长篇小说

发光的琉璃烛台

The Glowing Glass Candlestick

王志国　著

Billson International Ltd.

Published by
Billson International Ltd
27 Old Gloucester Street
London
WC1N 3AX
Tel:(852)95619525

Website:www.billson.cn
E-mail address:cs@billson.cn

First published 2025

Produced by Billson International Ltd
CDPF/01

ISBN 978-1-80377-176-2

Hebei Zhongban Culture Development Co.,Ltd
Wanda Office Building B, 215 Jianhua South Street, Yuhua District, Shijiazhuang City, Hebei province, 2207

必要的声明：小说中的故事发生地以及人物和场景、情节都是虚构的，尽管有些素材来源于琉璃老窑厂的前世今生。其目的是向创作了世界上唯一具有中国特色的琉璃建筑材料的无数先辈们，致以无限崇拜与敬仰之礼。并感谢王双来同志在琉璃烧造专业上的无私帮助的同时，恳请读者切勿对号入座，望文生义。

楔子

大明永乐四年，世界著名的紫禁城开始建造，那份宏伟尚在明成祖朱棣心中时，大明工部营缮司下设的琉璃管理局，颁布了琉璃工匠"入籍应招"的政策，从山西招募来了数百座烧制琉璃砖瓦的大小窑场，昼夜繁忙起来。在大明都城郊区海河村一带呈现了绵延数里的窑火灿烂、光芒映天的景象，比冬至、春节、正月十五还要热闹红火的场景历时了十四个年头，即 1420 年。紫禁城的壮美呈献给了全世界。时至今日古老的东方宫殿群落再没有谁能够超越……

然而，岁月蒙尘，过去了的熠熠生辉的奇迹，到了二十世纪四十年代末，也只能照亮各地窑工们四散返乡，回归艰难生活的惨淡之路了……

这群人中有位不服输、不放弃的窑主，逆势中在大明都城郊区定旺河岸，继续咬牙坚忍守护这份已有了七百年的祖业。他不仅看中了对子槐山上的原始森林，更看重了对子槐山里与煤炭伴生的优质坩子土，因为这是生产琉璃瓦的最主要的原料。他有从祖辈传承而来的琉璃烧造的官窑身份，这可是捧在手里无人匹敌的金饭碗。即使如此，此刻的他和那些创造了紫禁城伟大的众多琉璃工匠们一样，分分钟都挣扎于死亡线上……

目录

第一章

这是 1948 年年底的一个上午，阴霾沉沉，太和殿前的朝拜官道上，琉璃窑主辰启和弟弟辰亮搀着老太爷谦卑地瞻仰着大殿屋檐正中蒙汉双语的金字匾额。

此刻，早已过了而立之年的辰启仰望殿顶的琉璃瓦不禁黯然神伤，几百年来雄伟壮丽的场景竟然有了潜移默化的变化，琉璃瓦上金黄色釉面的斑驳脱落大有蔓延之势，像灰褐色的赖头上的一块块疮疤。

风雨侵蚀的偏殿殿顶，有的漏了雨、有的门窗残破不堪，椽檐朽断的现象时而清晰可见。

这之前，辰启和老爷子还曾看到天安门城楼内部墙体剥落，支撑屋顶的大红柱子的漆面，出现了道道裂纹，那正是严重虫蛀的表现……这一切叠加印证了烽烟四起、狼虎嘶吼、是残破的故宫遭受人祸虫害的根本原因。

从小生活在琉璃世家的辰启转头凝视身旁的老太爷——这个曾经的大清五品顶戴的管事，也曾是老窑厂的窑主，忠诚敬业了大半辈的臣子毕恭毕敬、诚惶诚恐地跪拜在太和殿门前，以此表达对曾经过往的无限眷恋，对凄凉现实的痛心疾首。

通往大殿朝道上枯衰荒草借势疯狂。寒冷不能阻止它们铺陈四野的顽强，努力画出哀怨的横竖道子，粗细不一，时断时续，像是一篇篇情绪激昂、愤懑的奏折，陈述外敌欺诈，内乱困斗，国破家亡的痛苦不堪的悔恨……

辰启难过地将眼光移回脚下，一只波斯猫悄悄来到老太爷的膝下，小心讨好的呼唤声连连，小心翼翼地蹭着老太爷的黑色礼服貂皮长袍，见无人搭理，便知趣地溜走寻找四散的饥饿伙伴去了。

辰启怜悯的眼神陪着它走了没几步便收回来，他咬了咬下嘴唇，像是狠心地扯断了寒风中的风筝线，又舔了舔干裂的嘴唇赔着小心向老太爷探问道，不是年年都拨岁修专用银两吗？

谁拨？兵荒马乱的，早就没有了！老太爷借机发泄心中的愤懑。

辰启不甘心道，听说，有人提议"以租养修"，还有人提议拆除几座大殿修建现代会所。

狼子野心！何其凶险！这是数典忘祖的混账主意！老太爷双手锤地。

辰启忙上前轻声哄劝着老人，都怪孩儿不醒世事，胡言乱语。说着将耄耋老人搀扶起来，而自己心中似乎有了些许的慰藉。

老太爷嘴上愤愤然喋喋不休，辰启则不断地提醒他小心脚下的杂草，以及破碎四散的琉璃瓦块……爷孙三人朝天安门方向的东侧门走去，步履缓慢而沉重……

陪在身旁的弟弟辰亮一直不说话，他知晓在这场合他没资格插话。因为辰亮知道自己命苦：二十多年前，老太爷提出要卸下窑主之责，决定在本支脉家人中采取竞争上岗的办法，挑选出新的窑主。辰亮的父亲和辰启的父亲应邀竞聘，经过三轮应试，二人不分伯仲，最后，由抽签的方式决定了窑主一职最终落入了辰启家。不知是不是巧合，窑主竞聘一事不足两年，辰亮母亲便得了怪病，每年至少要住院抢救一次，这么熬着耗着过了十来年，以为痊愈了，谁知辰亮父亲又遭车祸身亡。母亲受了强烈刺激，撞棺追随而去。家道中落，留下还在读中学的独子辰亮只好过继给伯父家。书读得再用功也不行，他必须自己养活自己了，他只好来到老窑厂跟着伯父家长子辰启哥哥学徒。

他记得母亲临走之前曾告诫过辰亮：这就是命……你爸和辰启的父亲同属虎，一山难容二虎啊……将来，老窑厂的大掌柜也是要落在他家长子辰启身上的。可辰启与你又偏偏年长整整一轮，同属龙……儿啊，你命好苦啊！辰亮心中好凄凉，但他咬紧牙关什么话也没说。

话说到辰启，读完高中后，正在努力备考大学商科。其父的"肺痨"日渐严重，当年这病是不治之症。原本计划商科毕业后继承祖业的辰启只得急招赴职，成为老窑厂最年轻的窑主。

长相清秀白净的辰启，举止稳重，待人处世平和少语，他知道琉璃这个行当和其他五行八作相比较，技术含量是最高的，也更讲究"上三作"的协调配合。

所谓"上三作"是指琉璃行当的三大关键岗位，即：造型制模的"吻作"；配炼釉彩的"釉作"；素烧、釉烧的"窑作"。把守三大关卡的技术人是琉璃窑厂的中坚力量，统称为"上三作"。

辰启明白"上三作"师傅们缺一不可，且必须是队伍稳定、彼此配合默契，才能烧出上乘的琉璃砖瓦。于是他格外注意与"上三作"的关系，这是整个窑厂运作滑润的前提，也是烧制出顶级琉璃瓦件的可靠保证。

辰启的身板儿瘦弱是家父遗传，病恹恹的虽不是那可怕的"肺痨"，一副瘦骨嶙峋的含胸状态看上去却像个半百老翁，禁不住风吹雨淋，说起话来文绉绉轻言细语，许是中药汤喝多了倒伤了中气一般。

辰启不仅对待"上三作"，就是窑工们他也是礼敬三分，平日很少发脾气动怒，总是一副整脸子，也许这就是坊间所传的不怒自威吧。当然，工匠们也懂得必须规矩做事，谨慎做人，才能把饭碗端牢。

老窑厂有祖传的规训：即使揽不到活，窑主也要保证"上三作"每天午饭有一海碗吃食，当然是不能用稀汤寡水凑数的。厂里一般技术工人，也就是俗称的"下三作"，也能领到半海碗。赶上年节还会有元宵、粽子、月饼等时令稀罕物。若是遇上窑工家中红白大事或是突然的变故，辰启还会亲自带上银两、礼品前往慰问。

现如今能吃上这口饭的老匠人是越来越少了，祖上留下的规矩，执行起来也愈加艰难。活路断断续续，导致了一部分房产的典当合同还有三四个月到期了。而赎回的概率微乎其微。

其实，造成老窑厂这般艰难、尴尬局面的，还有个摆不到桌面上的缘由：那是1944年的清明，驻守定旺河洋灰大桥和铁路大桥的鬼子头目本田少佐，突然来到老窑厂拜访大掌柜辰启，先说了一番热爱中国琉璃的动听鬼话，其实就是威逼辰启交出琉璃秘方，窃取中国人的琉璃宝贝。据传闻，辰启秒怂，第二日，便双手乖乖地捧着整理好的秘方上缴给了本田。这可是发生在抗战胜利前夜的背叛祖训的汉奸行为呀。这条消息就像是一条喷射毒汁的爬虫，诡秘地在匠人们之间偷偷遗洒，每每把窑工们搅扰得又惊又怕又恨。可谁也不在现场，这种绝密消息的真伪无人知晓，那又是谁如此胆敢煽风点火作祟呢？

坊间有人劝解辰亮的，说什么"二龙同锁一窑，岂有安宁"？而心性要强的辰亮在校读书时就学习刻苦，成绩拔尖儿，自然不信邪，即使母亲临终时的叮嘱也不能撼动他"只相信奋斗自会有光明"的哲理。他对于嘲笑、"劝解"不动声色，大凡有此事发生，他都是在心中轻蔑地哼一声便立即躲开。

辰启自然也要面对类似的"提醒、谏言"，他认为这是同族内觊觎琉璃窑厂家业之人，下狠手不断地挑衅捣乱的伎俩！他认为，辰亮一家够可怜的了，为什么非要这样糟蹋人家不可呢！越到了关键时刻，越是要兄弟团结一心，共克时艰。他相信"兄弟一心，其利断金"的祖训。这次进城就是辰启主动提出哥俩一起拜见老太爷，其目的是探询北平城的新消息，以期早做打算。

一路上二人闲聊，辰启问，自打解放军攻陷了天津，北平城已成为孤岛，今后事态发展，兄弟有何想法？

辰亮看了辰启一眼，说，像我这样只会读"之乎者也"的一介书生，哪里敢妄谈政治？

辰启笑道，秀才读书，为国解忧。说说有何妨。

辰亮止步站定说道，我看，打仗不外乎掠夺城池，强掳财宝，胜者自然会在废墟上再建设自己的辉煌。这些不是我等操心之事。我只祈祷能活下来，再谈奔命吧。

辰启认真看着辰亮的双眼，皱眉摇头问，为何如此悲观呢？

辰亮则心有不甘地说，愚弟和大掌柜相比是天壤之别，让辰启哥笑话了。

辰启无语，聊天遇到了死结，这"天儿"是聊不下去了。

老窑厂生死存亡之际，辰启默默地咬紧牙关承受着上天于己的惩罚，苦争苦熬地走到今日。他虽说是始终相信肖增谦的话：北平和平解放的日子就要到了，全国解放的日子就快要到了。可日子却是要一个半夜接着一个五更，盼着鸡叫呀……

眼下，辰启最大之惑是始终没有自己的子嗣，京城名医找了个遍，黑药汤灌了无数，媳妇熙靖的怀里始终不见动静。后来两口子一起喝药，甚至请过巫医神汉也都不管用。父亲遵从老太爷的指令也曾多次劝辰启再娶一房两房，怎奈辰启始终婉言拒绝，老太爷出面苦口婆心软硬兼施也无济于事。

辰亮在一旁自然是看热闹不嫌事大的角色，老太爷见他幸灾乐祸的样子，斥训道，难道你就不懂血脉相依，唇亡齿寒的道理？怎么不想帮辰启一把？我已是有了今朝没了明晚的残烛之年，我们这支脉再没有子嗣，老窑厂被那帮纨绔子弟掳了去，看你们还能笑得出来！

辰亮低头嘟囔道，他没子嗣，与我何干嘛！辰亮明知道这句话会招来又一顿臭骂，但斜眼却瞟见老太爷的眼睛忽然亮了，只淡淡地说了句，你回去把辰启给我唤回来……我倦了，没旁的事，你回吧。

辰亮悻悻出去了。

老太爷颤抖地举起双手，呼喊，苍天啊，难道我这辈子最遗憾的两件事，就这样遗恨终生了吗？

躲在门外偷听的辰亮知道老太爷指的两件事：一件是指辰启无子嗣，怕祖业不保；另一件事则指辰家几辈人心心念念的那对宝贝至今仍渺无音讯！他见老太爷如此伤心遗憾的样子，曾问过老太爷是祖传的宝贝丢失了？

老太爷斜楞了他一眼，不干你的事，瞎打听什么！

辰亮也偷偷地斜楞了老太爷一眼，心里却记下了这桩事。

紫禁城的修缮活路按朝廷规矩应是皇帝准奏工部奏折，经工部颁昭给营缮司，再由营缮司制定具体事项交由琉璃局督办实施。按照当时朝廷的"匠人入籍、世代传承"的规矩，工匠们则遵昭聚在一起，忙上一两年，甚至更长时间也是有的。事毕后，便又四散寻找糊口的营生，家境好些的去租种几亩薄田，儿女多就不得不再打零工，或是周围山坡开垦荒地。孩子们只要会走路，就要跟上大点的兄长姊妹摘野果、挖野菜果腹充饥。

被岁月揉搓而熬不住的山西工匠们只能来到对子槐山西墓地的义碑前跪拜后，返回故里乞求生存。

尤其是民国后的中国，琉璃行当更是日薄西山，苟延残喘。曾经辉煌的老窑厂空空的衰败架子，就是明证，它确实再也经受不起任何风吹草动了。

祖业深陷困顿泥沼之际，上苍难道非要看到最后一击的崩溃落在辰启身上吗？辰启不是自暴自弃的窝囊废，他不酗酒、不抽大烟、不搞女人。他只想着琉璃传承、光宗耀祖，而命运真的要错待他吗？

对待脖颈上一下下勒紧的索命枷锁，辰启当然不肯"坐吃山空"，这两年他不得已陆续将自己的一部分房产典当出去，换回银两维持最低生存运转，而不久的将来，大部房产因即将到期的当票而化为乌有。这些天妻子赵熙靖寸步不离辰启，二人都极力表现出若无其事的平静，每日三餐，早晚两次运化脾胃、疏解瘀滞、滋补肾气的汤药，妻子都是亲自料理操办，准时准点服用，生怕有一点闪失。

这天，辰启招呼妻子坐下来，有几句话想和她商议。

熙靖小鸟依人般乖巧地偎依在辰启身旁，抢先说，辰启哥，这次能让我先说吗？

辰启侧身看着熙靖道，好，你先。

熙靖起身端坐在辰启对面说，辰启哥，我以为，当票到期损失的房产暂时还不至于非三尺白绫悬梁的地步，我从电匣子听到的消息，天津已被攻陷，北平已被围成了孤岛。听传和平解放北平已是必然之势，那么北平保住了，紫禁城也就保住了！那就是说，煎熬的日子到头了。您想，古今哪个胜利者面对故宫这实属不忍再看下去的惨状，会无动于衷呢？

辰启目光不离熙靖那双媚眼，缓缓站起身，开始上上下下仔细端详着由自主选定的伴侣。她的一番话令辰启十分震惊，这个柔弱女子，怎么会有这番冷静清晰地思考，实在令他刮目。他郑重道，继续！

熙靖受到鼓舞则大胆说，半年前，我俩陪着老太爷去过故宫博物院。那副情景，我们祖孙三人跪在太和殿前，仰望苍天哭泣不止，辰启哥不会忘吧？老太爷急什么？当然是故宫再不抢修，世界建筑历史上就不会再有这巨大无比的光辉灿烂的皇宫建筑群啦！而我们决不能做时代的罪人，必须是当仁不让的维修和保护者呀！

继续！

完了……

你呀！本来辰启觉得有必要提前交代妻子身后之事，尤其是前几日，辰亮从城里回来捎给自己一封老太爷的亲笔信，信中口气已不再是与他商量了，而是要求他立即做出选择：要不纳妾，要不立即按信中祖规之法回信表明态度，其他由老太爷操办按家规执行。这次着实逼得辰启无路可选了。刚才妻子的一席话，又多少给了他一些积极的思考路径，然而再想细听也不再有什么独特的高招。那只有按自己思路行事了。

辰启发话了，嗯……你说得都很对！但是你想过没有，病长在我身上有近五年矣！花钱无数，却不见起色。熙靖，我怕真有那一天，这份祖业毁在我手里，或被家族觊觎者掠掳去……

呸呸。熙靖佯装生气道，不许胡说嘛！不会的！辰启哥，你不要吓唬我！辰启哥……熙靖一脸正色道，既然你说到这里，我也说出心中早有的想法：请你再娶一房吧，两房也可以，只要生个儿子，旁人就不会夺走你的老窑厂了。我熙靖不是糊涂人！

看你！辰启猛然站起，皱眉俯身盯住熙靖道，怎么突然又糊涂起来！刚才那般英姿飒爽的劲头何在？你好糊涂啊！你辰启哥是那种人吗？唉，不是你的原因，是我心有宏图，却没有那份能力呀……你，静下心来听我慢慢说，这话已经到了非说不可之地步了。

熙靖见辰启这副模样，心跳不免加快了，她乖乖地坐好准备接受他的坏消息打击。

辰启说，老太爷令我三日之内单独回家，他要我回家帮他实施"曲线救国"之策……

听到辰启这句话熙靖就明白了，他说的"曲线救国"之策和昨日自己听到的"变通之策"一样肮脏！就是因为自己没能给大掌柜添个接班人，致使这份祖传家业面临着被同族觊觎者吞噬的危险，就让我熙靖做出牺牲呗！昨日在郭师傅家中听郭师娘很神秘地对自己说：农村有钱有势的人家，为了传宗接代，或为了不被族僚权势们掠夺分刮财产，会由家长或族权显贵们聚在一起秘密商议，选择一名或是几名备选的小伙子，当然是体魄康健，面相周正，并签署协议，不得泄密，否则严惩不贷。同时也要算好女子的"吉日良辰"，男女二人眼睛都要蒙严实不许见面、说话，当场由族中持重女长者监候二人媾和……这些细节郭师娘讲得严肃真切，不像是在讲丢人现眼的丑事，而听者熙靖却是面红耳赤，羞臊难耐……

　　不知什么时候阴霾天开始飘下大片大片的雪花，铺天盖地，像是把冲向北平城的炮口阻挡住，把故宫的残破掩盖起来。不要炮声，这座古城受不了！故宫受不了！老百姓更受不了！

　　辰启和她讲完全部计划后，熙靖一言不发，而腹中却是翻江倒海，一天水米未进，一夜未眠，一想起便恶心干呕，有羞辱、有愤恨、有痛苦，甚至有高声骂人的冲动，可是她有资格骂人吗？五味杂陈，辗转难眠……他还是当年二人相识时的辰启哥吗？

　　至今熙靖还铭记当年的场景，一帧帧清晰动人：高中毕业典礼后的一天晚上，熙靖和好闺蜜夏旸去舞厅散心，二人刚刚跳了两首舞曲，不承想舞池中央突然冒出一股烟雾，顿时引起混乱与骚动，有人喊着火啦。大家一窝蜂地涌向正门出口，拥堵不堪的场景把熙靖和闺蜜夏旸也挤散了，熙靖呼喊的声音连自己都听不到。舞台上的演奏员都跑光了，唯独剩下唱机里的唱片在反复播放着乐曲的最后几个小节，咿咿呀呀，像是戏谑仓皇逃跑的靓女、公子哥们。突然，灯光也灭了，熙靖像是掉进了无底黑暗深渊……尖叫声、呼救声此起彼伏，躁动的人群不断被推倒、叠压、撕心裂肺地哭喊……突然，熙靖觉得有只手抓住她，把她从拥堵的人群中生拉硬拽了出来，熙靖开始本能地反抗，那人贴着她的耳朵小心呼喊：听话！跟我走！那是一声很认真的劝告，不像是不轨之人的调戏作祟，她只能顺从地跟着他朝人群奔涌的相反方向逃跑，朝这个方向跑的人并不多，熙靖忐忑盲目地跟着他左拐右绕，还不忘胆怯地四处张望……终于感觉到了脸上有凉风拂来，她欣喜地看到了夜空。

　　她停下来呼哧带喘惊魂未定，突然想起了夏旸在哪儿？此刻，她顾不上矜持，一个劲儿问他怎么办，她这才感觉到自己还一直抓着那个男人的双手不放。

　　你不要乱动，等我三分钟，说完那男人又重新跑向正门。她埋怨自己太无能了，只会干跺脚。煎熬中那个男人伴着闺蜜跑了回来，警报彻底解除。见到大家都平安无事，那个男人说道，我们回家吧。他们边往家走，边找寻洋车，辰启想着快些把她们平安送回家。好歹离家不算太远，先到了闺蜜家。

　　夏旸冲着那个男人说，还不知道您的尊姓大名呢。

　　我叫辰启。男人说完转身要走。

夏旸急忙说，你可要送熙靖到家了再分手啊……哎！明天上午十一点，咱仨，砂锅居，不见不散！

……

砂锅居。热气腾腾的铜锅很契合此刻三人的心情，各自通报了姓名，三人便成了过命的好朋友，而且不约而同地都带来了早晨的报纸展示在餐桌上。

……"昨日梦幻巴黎舞厅大火"二人毙命，十四人因烟呛而住院治疗……

大家交换着恐惧表情，唏嘘不已，小心自述当时的惊慌无助，又自然地将话题聚焦到辰启身上。自然是一番最真诚的感激。

辰启则持重、认真说，这是我们三人的缘分吧。不值得如此张扬。我是刚刚接手家族的生意，算是老板了吧。你们俩还是学生，这顿饭自然由我做东。

夏旸朗朗道，谁主张谁做东，大哥救了我们，怎么好……

辰启抬抬手，来日方长。

夏旸想把气氛烘托得更热烈些，说，那我们喝杯酒吧，以示庆祝？

辰启为难地再抬手，他明白，女孩子提出喝酒，那就说明她们酒量了得！这几年来，自己严格遵医嘱滴酒不沾的。于是很为难地说，真对不住，本人酒精过敏体质，真是扫了大家的兴致，只好以茶代酒了。

夏旸睁大了眼睛，大哥，您不是搪塞吧？

一直不说话，只是抿着嘴瞅着他俩说话的熙靖轻轻碰碰夏旸的胳膊肘，表示了劝阻。

好好。夏旸对前来的店小二耸耸肩，表示了遗憾。

这是辰启和熙靖、夏旸的正式相识。看着二位漂亮、精灵般的高中毕业生，知道了她们正在备战高考，而辰心中却黯然神伤，多年前，自己也是如此意气风发少年时，幻想自己的大学生活必定是"鲜衣怒马似锦华"。可是，老太爷却要求长房长曾孙，挑起远在定旺河边的琉璃老窑厂窑主的重担。辰启向老太爷请求可否读完商科再挑这副重担，老太爷断然否决，警告他说，本族的支脉觊觎老窑厂很久了，已到了不容商量的急切地步。

辰启知道自己肩上的责任，况且他也是很喜欢琉璃的绚烂多彩，辉煌高贵的。他从小受到的教育是，维护故宫，不仅仅是我们辰家祖辈坚守的家业，更重要的是重现故宫的辉煌是我们琉璃人的使命，因为她标志着一个国家的运势。故宫的核心建筑是太和殿，它岿然不动的辉煌形象，辉映北斗！这副重担落入你们这辈琉璃人手中，责任非比寻常啊！想到此处，辰启不再感觉自己没能成为像他们一样的天之骄子而自惭形秽了，而是以一个风度翩翩的谦和长兄形象热情款待两位小妹妹。

三人成了好朋友，来往自然频繁多了。不承想辰启家和熙靖家相距竟然不太远，再加上他英雄救美的缘故，辰启和熙靖就有了更多接触的机会。熙靖的父母也曾盛情邀请辰启到家中做客。

这天，辰启和熙靖商定约夏旸一起庆贺二位高才生共同被北京大学历史系录取的特大喜讯。谁知，熙靖急匆匆找到辰启，告诉家父被人暗杀的噩耗，安静祥和的家顿时乱了阵脚，辰启义无反顾帮助处理。

熙靖明白大学校门是不能迈进去了。飞来的横祸虽然没能击倒自己，可怎样才能担起养家糊口的重任，令她举步维艰、无所适从。

刚刚发生在天津的枪炮声，已经令母亲胆战心惊了，被解放军围困成了孤岛的北平城，令母亲看到了明天会发生在自己身边的一触即发的战事，她更加惶惶不可终日。终于将自己不成熟的看法告诉了熙靖：和辰启结婚吧。男的大个五六岁不算什么的，知道心疼媳妇的。

这是熙靖从未想过的选择。

母亲不由分说，亲自为自己的闺女说媒，辰启虽觉突兀，但自己的确很喜爱熙靖。为了这份爱，他也没有隐瞒比熙靖大八岁的事实。这令熙靖母女都大吃一惊。但是煎熬纠结了三天后，熙靖还是听了母亲的话。自己来到了偏远的定旺河边，成了琉璃老窑厂有史以来的最年轻的老板娘……

一夜未眠的回忆被翌日凌晨的大雪掩埋了，昨晚辰启夫妻俩的谈话给双方都施加了巨大的压力。一夜未睡的熙靖依然早早起床，给丈夫做饭、熬药，动作却总显得迟缓，还时不时该拿锅碗了，却拿了菜刀案板的小错不断，她发狠死掐自己的胳膊儿，嘴里叨念着，一心爱他……他，怎么能狠心把我往火坑里推呢……我成了什么……绑在柱子上的母马，还是猪圈里的母猪？好让人恶心！民主共和不是讲男女平等吗……我还是你的女人吗……什么冠冕堂皇的理由……你以为我不明白你的鬼主意？你的阴暗心理吗……嘟囔最后几句话的熙靖，没有料到辰启就站在自己身后，想必他会听得一清二楚。好奇怪，熙靖心里想，既然他听到了，那，他怎么不生气？难道他羸弱得连动怒发吼的阳刚之气都没有了吗？他为什么还是照样温柔地将自己慢慢地摆转身子面对他，轻轻将自己搂在他怀里……

辰启在她耳边轻轻细语，你有做女人的尊严，难道我就没有作为男人、作为丈夫的尊严吗？我们在最危难的时候做出的选择……是我们二人为了这家族做出的巨大牺牲！这是为了这个家族，也是为了我们俩的根本利益啊！人活在世上，总是有自己无法抉择的路口要做出痛苦的决定……

熙靖感觉到了他的眼泪最先滴在了自己的额头上，后来成串地冰凉凉越过了她的眉毛，像小溪痒痒地淌过了长睫毛的丛林，融合了自己的泪水不顾一切地淌下来，滑滑的、咸咸的……好容易经过一夜思考的她，怎么被他的泪水轻易融化了呢？怎么驯服地背叛了自己昨夜里坚定的信念呢？像是冰块融进了苦涩的蓝边瓷碗里，瞬间无影无踪。就这么轻易地，妥协了？怎么连改变的、犹豫的过程都没有呢？你真的下定决心，听他摆布、由他伤害自己吗？

熙靖不由自主地想起待字闺中的那年月，面对测字看相预测未来的一位老者，凝视自己片刻后，要求她写下自己的名字，老人审阅良久，又低头思索半晌，慢悠悠地对母亲说道，贵府的大小姐，给老朽的感觉温润平静中常常会有郁郁寡欢之念，这大概是因为大小姐被压抑的内心所为，贵府长女争强好胜而不成的苦闷淤积在心吧。依老朽所见，贵府大小姐个人魅力强大，辨物眼光独到，评判是非的能力是不容小觑的，而这些往往很难获得周围人理解。施展不出的才华困囿于心，终究不是长久之计。老朽冒犯了，我以为当大小姐遇上自己也深感为难的选择，却又令自己跃跃欲试的怦然心动的时刻，那，那就是大小姐的好运来了，只要遵从自己的内心需求，大胆历练自己，也许上苍会给予大小姐命中该有的大好机遇啊！

心念此刻，为了这份家业不旁落，为了热爱琉璃的爱人那份坚强活下去的信念，也为了他曾救过自己于危难之际的那份亲情，熙靖竟然大大方方地紧紧拥抱着辰启，在耳边轻声道，为了你，也为了你的琉璃……我，同意。

雪花大朵大朵地争先飘落到窗台上，雪花儿争相拥挤在窗外默默地祈祷女主人一切顺遂，不要啜泣，一切都会好起来的。

同样在望着窗外飞舞的雪花还有郭师傅两口子。

郭师娘若有所思地说，前日，我请熙靖来家闲坐，按照老太爷的吩咐，该讲的故事我都讲了。话也点到了，她是聪明人，想必心里都明白的……多好的一对呀，可人疼的，如此艰难之时，为什么还要给他们添没个男丁的难题呢……

郭师傅则说，世上哪有十分圆满的事呢？此事若能成功，大掌柜就算是人中的圆满之人啦！

郭师娘也只得默默点头，立即又提醒道，别忘了，给老太爷回个信儿，让他老人家放心。

郭师傅点头，我已然寄了出去。说到此处，媳妇忽然拽了他一把道，你可不能和大掌柜叨唠这事啊！郭师傅回手拍了郭师娘后背一巴掌，拉着脸说，这，我都不懂吗？

郭师娘厚道地笑笑，这不是给你提个醒嘛！

第二章

大明朱棣帝迁都之前，曾大规模重修扩建了山东曲阜孔庙，为此，在兖州煤矿附近建立了琉璃窑十几座，匠人大多是从晋中平遥、介休一带积聚而来的，就此扎根落户，混到解放战争的年月，原本窑火兴旺、远近闻名的琉璃村，已是衰败萧条。村子里的匠人们也四散开来寻觅活路。

其中有一户平遥米姓窑主为人豪爽中透着山西人特有的精明，他烧出的琉璃瓦件，釉色厚实饱满、纯正透亮，颇受营缮司官员们的赏识。技艺高超自然受人妒忌，对他的釉料配方费尽心机想着挖掘到手。他则百般小心，跟随自己打杂的是本家娃米家栋，长得五官周正，白净脸。然而，快十八岁了，却长着十五六岁的瘦弱身板儿，大眼睛长在他身上，更显出愣愣的无神，总像是没睡醒的懒散萎顿模样。论辈分米窑主是家栋父母的本家兄长，因而米窑主到处讲，不是俺心太软给这憨娃口饭吃，这倒运娃家早已根脉绝户了。米窑主还说，这个憨憨的傻娃原本是生在声名显赫的举人之家，到了其父母这一辈则一事无成，其母早早急症身亡，其父整日看不着人影，硬生生丢下这个讷言少语的儿子给俺，怪俺心软……没法子嘛！

没有子嗣的米老板也想收他为养子，可就是看不上他闷葫芦的呆傻劲儿，也就懒得多说那句话。

家栋成了在米窑主手下混吃混喝的打杂人，不是自家人自然是万分提防。配置釉料的屋里将秤杆吊上屋顶大柁之后，秤盘中的釉料加减几斤几两由他随口一说，一会加几斤，一会儿减几两，直说到憨傻家栋娃头昏脑涨为止。只有到了此刻米窑主才放下心来，正确地说是唯如此才能不会被那贼娃窃走家藏秘方。自己才能心安理得地带着他到处陪着营缮司的官员喝酒，争抢订货揽活路；或是地方财主乡绅集资修缮庙宇吃饭谈生意，家栋俨然是他的秘书、跟班儿、打杂侍奉。

窑主睡觉时傻娃是不敢偷懒的，总是憨憨地主动帮助别人装装窑，看看火。旁人瞧不起，喊他憨傻子，他憨笑应承从不计较。装窑看着是粗活，其实是要看素坯件大小薄厚的不同，结合窑火热焰的走势路线，决定素坯摆放的位置，这是很有规矩、章法的。否则，受热不均匀，就会发生有的素坯没烧透，有的素坯却烧过了火。而家栋哪里懂得这么多，只知道傻卖力气，摆放错了自然挨骂受训，甚至还会踢他屁股。待到米窑主高兴了、发怒了，训斥下人时也都不忘添上一句，呸！还不如傻家栋呢！他挨打受骂，总是不急不恼，永远是那副冰冷不化、似笑非笑的整脸子。

到了饭点儿，家栋从不抢先吃饭，而是先帮着厨娘干些担水、刷锅洗碗的杂活，能吃上口剩菜剩饭就很满意了，他从不抱怨。时间久了，大他四五岁的厨娘会悄悄给他留下饭菜，逢年过节还会特意给他留些好吃食，还时常帮他缝补浆洗衣裳。家栋则会更卖力气地帮助厨娘，并唤她春妮姐。

厨娘春妮姐是老板的女人，旁人也不敢当面嬉耍，胡说些污言秽语。家栋心善口笨，但嘴严实、不管对谁从不传闲话，对人对事从不贪小便宜。加上他傻，于是没人提防他，当然他能听到的秘密最多。他知道春妮姐识字有文化，家道中落前，嫁给一大户人家做长媳，生有一子，家道中落后，丈夫嫌弃她，非要纳妾不可，夫妻二人吵闹不止，婆婆当然支持儿子娶小，春妮一气之下离家出走，为活命不得已才寄人篱下的。

米窑主慵懒、肥胖，琉璃世家出身，这番家业是从爷爷那辈传下来的。大约干的釉料活计时间长，中的铅毒深，再加上纵酒熬夜，没有干男人那乐事的本领，自然也没子嗣。窑工们私下都咒骂他是缺德的报应，霸占漂亮女人不撒手，骂他人损家伙什不争气，到了半夜谁都听见过老板屋里的惨叫声。老板高兴时又掐又打，不高兴时又打又掐，只顾自己寻欢作乐、刺激折磨厨娘。这些腌臜事家栋都知道，他也只会给春妮姐买些跌打膏药、金创丸儿之类；再就是更卖力气地帮助春妮姐干些力气活，也不会说上句安慰体贴的话。春妮姐也一样，只能眼睁睁看着家栋被老板或旁人欺辱而掉泪。真是一对苦命人。

　　一晃年进腊月，解放徐州的战役迫在眉睫。为躲避战争而逃难的人群像热锅上的蚂蚁，朝哪个方向奔命的人流都有。

　　腊八这天，米窑主借着请大家喝腊八粥的机会，说是过几日带上家栋和春妮一起回平遥老家了。现场撒完散伙钱，他向大家伙鞠了一躬，这两日劳烦各位自主安排吧。

　　顿时人心大乱，养成了干活吃饭、挣钱养家习惯的窑工们一时呆呆地聚在一起，不知该做些甚。后晌，家栋帮助春妮姐收拾碗筷，见四下无人凑到跟前悄声说，春妮姐，跟上俺，逃走吧。

　　一句话吓得春妮不轻。她反问道，你不傻？

　　他那般欺辱你，还死心塌地？

　　春妮这才认定家栋真的不傻，她问，那……朝甚处跑呢？

　　家栋不假思索张口道，北平城。

　　春妮惊讶地问，凭甚活嘛？

　　家栋认真道，烧窑！

　　烧窑？春妮一脸的痴笑，上北平给皇帝佬烧琉璃？溥仪皇上都被赶下台啦，你不知晓？

　　家栋却胸有成竹道，溥仪不在了，还有故宫嘛。他住的地方大，为甚没有俺俩的活路？姐要是信得过俺，事不迟疑，今晚就走！家栋说完在厨房里来回踱步，忽然间傻娃像是大战前运筹帷幄的将军。

　　春妮的大眼睛跟着家栋的身影上下打转，半晌，一跺脚，小声却坚定地说，走就走。可你，不与窑主知会一声？好歹他也给了你几年吃喝嘛。

　　家栋立马停下脚步，两步跨到春妮面前，皱眉低声道，俺白吃饭吗？俺还救过他三次性命呢！

　　春妮姐身子向后仰，努力与家栋娃保持安全距离，愣愣地看着他没再说话。她想不通眼前的傻娃，怎么突然变得凶巴巴的？俺能跟着他吗？不跟着他，俺，又能跟谁呢？虎口狼窝的，俺真的就是这如纸钱般的薄命人吗？

　　家栋发觉自己说话声调高了，赶紧低八度道，那，听姐的……可你，不能露面嘛！

　　春妮木木地点头，嗯，俺在屋外候着你。

家栋推开米窑主的门，窑主伯，俺不与您回平遥。

正在眯眼养神的米窑主，慢慢睁开浮肿的眼睛说，你？

家栋向前跨了一步，缓缓却清晰道，俺要去看故宫。几年前，俺随您去孔庙的那年，俺在大殿前偷偷许过愿哪！俺要去！

能毬的你！躺在炕上的米窑主习惯地抬腿朝家栋的屁股上踢上一脚，这次家栋不像往常躲闪，而是站直了一动不动，米老板一见家栋这样子，不满道，咦！能毬了你？米窑主霍地坐起、抬腿又使劲地来了一脚。

家栋直挺挺执拗说，俺不回平遥，俺要看故宫！

米窑主站起狠狠地再来了一脚。

俺要办的事，您是拦挡不住的！家栋发音朗朗，掷地有声。

米窑主盯看着眼前这个傻娃，一时竟然没了主意，他默默坐回到炕边，不说话了。半晌，从枕头旁拿上香烟盒，家栋立即从衣兜里摸出火柴，擦着、向前挪了半步给老窑主点上烟。自己侧立一旁，笔直地候着。

老窑主窸窸窣窣从右衣兜里掏出了三块大洋，递给家栋，家栋后退半步没接。

能毬的你，拿上！老窑主左手拽过家栋衣襟，右手把钱塞进他的上衣兜里，别以为俺不知晓，你不傻！

家栋很执拗，俺傻。可俺知道……知道您私底下和上三作们通了话，凡俺向他们求教制模、烧窑、挂釉技艺时，尽管说清楚，告诉明白，还让他们放心，家栋娃傻，但傻娃忠厚，俺是他大伯！有俺在，他绝对不敢抢你们的饭碗！

嗯……算你娃有良心。傻家栋啊！可惜你爹啦，干事不靠谱的东西！白读圣贤书啦！

家栋脖子一梗，俺爹是干大事的人！

干大事？嘿嘿，吹牛吧！你走吧……活不下去，就回平遥找俺。哎！春妮，你不能带走！

家栋倔强地说，春妮和俺一起走。

不行！俺不松口，你敢带她走！

春妮闯进来，瞪着大眼珠子，直撅撅地怼道，你说了不算！春妮跨步上前扯上家栋，挺胸阔步迈过了高门槛，咚、咚、咚，扬长而去。全然不听米老板在后面声嘶力竭地咒骂。

越往北走天气越冷，战乱逃难的场景越乱，家栋想去北平看看故宫的夙愿越来越难兑现了。

一路上，该置办下的御寒棉服、棉鞋，一路上家栋都给春妮姐一样一样置办齐整，七八成新的，实惠简朴，不铺张显摆，也不显得穷酸抠唆。不仅是吃喝用度紧着春妮姐，就是睡觉也是暖炕头让给她，自己睡炕梢，一头一梢，二人离得八丈远。家栋的举动不由得招惹春妮时常偷偷地认真多看上几眼，思忖着自己长这么大从未享受过这般温暖，而心里倒有了更多的疑问，这娃到底是个甚人物？

这天住下，家栋照例早早烧了一锅热水，又用心刷干净铜盆，再舀了半盆热水放在了灶台上，招呼春妮姐，快来洗把脸、烫烫脚、解解乏吧。说完自己坐在炕头，不错眼地看着春妮姐一颦一笑，轻轻说，姐，咱俩出来有半个多月了。一路姐弟相称，可还顺利？

顺利呢。春妮笑着说，姐托你的福嘛。

那，咱俩可一直是姐弟相称？

春妮一听这话，先是一惊，看看家栋一脸正经的样子，双手赶紧从铜盆抽出来，拧干了毛巾，把脸慢慢地擦干净，心里总算是明白了家栋的话中话。她知道，这一路上家栋娃对自己姐长姐短的，尊敬有加，有啥事都好言商量，每晚上睡得很安稳，也从不担心他动手动脚。按他这般年纪，孤男寡女住在一起，能守住男人的火气，就算是个老实人，但这是不是还说明了他是个有心机的人？原来他一点也不傻呢。他说这句话的意思是不好明说要和俺分手的架势呀。于是，她拿定主意很懂事地说，家栋，一路上，姐很感激你。对你，俺没啥可隐瞒的。论年纪、论身世，姐都配不上你。姐明白你说这番话的意思。兵荒马乱的年月，你待姐的一片真心，姐无以回报。苍天在上，姐来世报答！明日姐会自谋生路，绝不连累你。说完了，春妮站直深深地给家栋鞠了一躬。

家栋赶忙站起，走到炉灶前掀开锅又给春妮舀了一瓢热水，拿来一个小板凳，摆在了灶旁空地上，和颜悦色地说，姐，烫烫脚再上炕。春妮顺从地脱了鞋袜，胆怯地坐在小木凳子上，头深深地埋在双膝头之间。租屋里只听得见家栋窸窸窣窣地铺着二人的被窝，不知什么时候那声响没有了，只剩下春妮的抽泣声。

家栋铺完二人的被窝，这回家栋将自己的被窝往灶头这边拉了拉，还是离春妮姐有二尺多远呢。做完这些，家栋又静静地坐回了炕边，这才不紧不慢地说，春妮姐，你误会俺了。人在做，天在看。俺家栋白天黑夜都和姐姐在一起，可有过半点不敬吗？俺是想问问姐姐，家栋心心念念地想和姐姐成为一家人，姐姐可同意？

春妮姐呆愣片刻，双手蒙脸抽搭搭地哭起来，哭着哭着，声音却越来越大了。家栋耐着性子等着她稳定情绪，就这样好似等了一年，直到春妮能清晰地表达自己的心意为止。她抽抽搭搭说，俺何尝不想啊，是姐姐不配啊，咱两个成亲，姐岂不误了你的大好前程？

家栋语气沉稳清晰道，俺若是说，有了姐姐才会有俺家栋的前程呢？姐姐还是不肯吗？

春妮姐抬头壮着胆子凝视家栋，家栋也不躲闪，他渴望着能听到自己多年梦想期待的承诺。又过了大半天的工夫，春妮姐不再啜泣了，她轻轻地把双脚擦干净，也不说话，只是当着家栋的面，自己上了热炕，默默地一件一件脱下衣服，一样一样叠放整齐，码在自己身旁，只留下了红兜肚，悄悄温顺地躺进了家栋的被窝里……

只见家栋忽地跳下炕，端起铜盆，掀开锅盖，拿起水瓢，舀了两瓢热水，立马把自己身上的衣裤脱个干干净净，站在灶旁，双手稀里哗啦地朝身上撩着热水，洗头、搓脸、该干净的地方一寸不落地搓了个火热通红……

家栋两口子走走停停，躲着抓壮丁、又怕撞见土匪的日子总算支撑着看见了定旺河冰封河面的景象。打听路人说这儿离北平还有六七十里地呢。

歇歇吧。春妮央求着，也不知为甚，俺总是浑身乏累。家栋，俺不明白你为甚非要去看故宫呢？

家栋双眼瞬时亮了说，春妮姐，俺没赶上修葺曲阜孔庙的活计……那时没俺嘛。四年前，米窑主唤上俺去了趟孔庙，俺的天呀！那座大成宝殿在蓝莹莹高天映衬下，金灿灿的殿顶，四周镶着一圈翡翠般的绿琉璃瓦，好不威风呢！那天米窑主也高兴，眉飞色舞地跟俺讲，甚唤作是九脊重檐，连说带比画，眉飞色舞；他还说屋顶的琉璃瓦是俺走出故宫能见到的最高等级的琉璃瓦；俺见旁边祭拜的香客直个劲儿地看俺俩，就悄悄碰了碰他，好心提醒，圣人面前不能大声喧哗，他却更加大声道，那殿顶上的三成瓦是俺爷爷烧出来的！谁有这能耐？你傻憨憨有吗？当时可把俺的肺气炸了！休要小看俺！那一刻俺下决心，非要烧出与故宫一般般的琉璃瓦不可！气死你这个米窑主！

春妮很后悔自己说话欠考虑，说，都怪俺不好，惹你生气了。

嘿嘿，家栋也认识到自己的不好，说，姐，怪俺度量狭小。自打俺有了春妮姐，俺就不能生气了……不值得嘛。可是，俺，想见见故宫，是俺家栋埋在心中从不敢示人的夙愿。俺，一定要进到故宫里。米窑主没见过故宫，俺一定要见到故宫，一定要比米窑主强！

而此时的家栋媳妇一门心思想吃上口生红薯。不知为甚，春妮脸红得像那兜肚，羞臊地悄声说，俺觉得啃上一口冻红薯一定是冰凉拔脆的香甜呢！

好。俺给你挖去。家栋说是给媳妇挖红薯，这冻掉下巴的三九天，前不着村后不着店的大田里，哪里来的红薯呢。家栋忽然发现路边的田地曾是收过的红薯地，他让媳妇等着，自己琢磨一定能找到几块刨剩下的红薯。为了春妮姐，家栋进地里试试运气，他知道天寒地冻，就是找到了一块半块的也没法子吃呀。既然媳妇要，他责无旁贷，拿着媳妇做饭用的菜刀，东挖挖，西掘掘，真还找到了一个囫囵个的胖红薯。他抬头想着向媳妇报喜时，看见一个醉鬼拎着酒瓶子正在远处地头纠缠自己的媳妇，举着酒瓶追着灌她酒，摇摇晃晃嬉皮笑脸地上前强求搂抱，春妮吓得躲闪不及摔了一跤。酒鬼见状想要上前施暴，家栋不张扬地飞步赶到，挥起刀背朝醉鬼脑袋就是一下子，他知道力道不敢太大，却也让醉鬼猝不及防，哀号了一声，一手捂着脑袋，另一手伸向身后腰间摸出一把手枪，家栋飞快上前狠狠用刀背砍到他握枪的右手背上，疼痛醒了酒的醉鬼满脸是血，翻身扑向家栋媳妇，妄想就近控制住女人。此刻家栋急红了眼，杀心骤起，亮出菜刀锋刃朝着脑袋就是一刀，那人一个躲闪，却被家栋砍在肩膀上，一股鲜血骤然流出，醉鬼还想做最后的挣扎，却没来得及站起，便扑倒在地再也没能发出丁点声响。一旁被吓得楞瞌瞌的媳妇竟然几次想站起都失败了。家栋朝四周望了望，上前扶起媳妇哄着她说，姐，不怕！你朝河边跑，过了那座浮桥奔西边山上的树林子里钻，俺随后就到。

二人一口气也不知道又跑了多久。终于感觉周围只有风声和二人的喘息声外，再没什么动静了。

坐下歇歇吧。春妮央求，俺实在跑不动了……

家栋让她站在一棵大树背后，躲着远处官道上的行人，上上下下打量着她。

放心吧，俺没伤着。瞧你！春妮不好意思地轻轻推了家栋一把。

家栋憨笑着说，俺是找姐身上溅着血没有，还好。俺给你拍拍土，姐，还不敢歇息，坡下是条朝北的官道，俺俩远远顺着它走。

家栋，菜刀呢？俺见那酒鬼还有把手枪呢！

放心。刀在身后别着呢，枪俺埋在路边田埂上裂缝缝里了。可惜了，那把手枪能卖不少钱呢。姐，前边是个小村子。你在这里等俺，俺去找点吃的喝的，去去就回。

春妮躲在一大块岩石的后面，大半天没吃没喝也不觉得饥渴，一想起刚刚发生的那场搏杀，后背寒风飕飕不止。但一幕幕细细回放，更多的是她对家栋的敬佩之情，怎么看都还像个半大孩子呢，大事当头，临危不惧敢作敢为。心里那种温暖和满足令她无比幸福。那个醉鬼会是个什么人物呢？哪边的？穿着便服，腰间还有把手枪……

不多时家栋回来了，除了带了两个窝窝头，一块咸菜疙瘩，竟然还有两块烤红薯和一块生红薯。手里为甚还拎着一瓶子白酒？

家栋凑上前笑着说，这不是酒，是人家房东找了个酒瓶子，灌的白开水。

你没给人家钱吗？大小伙子讨饭，穿戴又齐整，哪家会相信是讨饭的？

俺留了钱。人家听俺是山西口音，知道是逃难的，也就没要。俺，还是留下了。这年头谁活得容易呀。姐，有个好消息，俺打听再往北的村子，主人说有马村、小峪子、城隍庙，还说，再朝前还有个老窑厂村。俺问，那个老窑厂可是烧琉璃瓦的？他说是专门给故宫紫禁城烧琉璃瓦的。他问俺，就为找那个村？俺赶紧说，不是，随便问问，从兜里又掏出四枚铜板一起放在桌子上，深深地鞠了一躬就赶紧退了出来。

家栋，看你平日憨憨的，俺想错了，你蛮有心机哩！

姐，小心没大错嘛。

家栋，才刚，俺看你从那边过来时，俺忽然觉得你不像前几年刚刚见到时那个样子哩。

那时俺是甚个样？

那年你好像是十四五岁，哎呀！又瘦又弱嘛！

现在呢？

春妮有些羞臊地笑着说，现在……是个壮男人嘛！有力气……有担当，还……有本事，能当……春妮轻轻拍拍自己的肚子，点点家栋的鼻子说，能当俺娃的爹了嘛……

第三章

　　四十开外的窑作郭师傅祖籍山西，在老窑厂打工已是至少三辈人了，他这辈家中有二男三女，头胎是个闺女，二胎是双胞胎男丁，既续了香火又有了劳力，媳妇真会生，两口子很是高兴。谁知接下来竟又是女娃双胞胎，糊口重担压得郭师傅喘不过气来。前些年父母还能帮一把，如今只剩下老父亲且又有哮喘病自顾不暇。偏偏对子哥俩又酷爱识字读书，真不知当年是谁采的生！愁坏了郭师傅两口子。

　　懂事的大女儿秀花吃完了娘做的面条，她刷完了碗筷，请娘把自己的头发剪短，扮成假小子，穿上挂在门后的那件爷爷穿过的厚工服，那是一种掺进了泥水、汗水和坩子土的破旧棉衣，是下井不得不穿的"工作服"。最后再给自己披上一件挺实厚重的背垫，带上电石灯、刮汗板，拉上装坩子土的柳条大筐和一辆平板小拉车，趁着夜色混进了村西沟的小窑里。

　　这是当年门头沟不常见的小窑，因为它不产煤，而是生产和煤共生的坩子土。这种土是专供老窑厂烧制琉璃砖瓦的优质原料基地。

　　小窑是斜井，走不上几步，头前电石灯的那点亮就帮不上多大忙了。眼前一片漆黑，脚下湿滑地根本站不住，不由自主地一路跌跌撞撞，摔了几个跟头，终于适应了黑暗，见到了七个聚在一起飘忽的小亮点，秀花知道到达掌子面了。一个四十岁的男人轻声平静地说，今儿有个新来的小兄弟，你，拍拍手。对，大伙相互照应着点儿。我再多说两句，还是我们仨先上前刨料。你们后退，离我们远点……这是井下了，干活动静大，大家伙一定都要支楞着耳朵，加万分小心，听着有没有咔嚓咔嚓的怪动静，或是听见了新的不一样的流水声，朝外窜的老鼠突然多了起来什么的。发现了立即知会我，听我指挥，不能慌，万万不可乱叫乱跑。听清没？秀花带头闷声闷气地应了一声。那三个拿镐的男人开始刨起来，秀花学着其他人分坐四周。她知道刚才说话的是冬叔，昨晚上父亲特意到家里拜托冬叔多多关照自己。

昨晚上，秀花和兄妹们聚拢在爸妈身边静静地不说话，大家都知道这是爸妈的最后决定，大哥二哥要去石景山九中读书去了，他们不是为了自己，而是为了郭家明天有好日子过；

大家都知道，秀花从今儿起晚上不和大家一起睡了，她要走小窑，弟妹们都知道那是"吃阳间的饭，干阴间的活"；

大家都知道，秀花是爸妈最喜爱的好帮手，胆大心细，敢说话，谁也不怵。她一走，以后大家都要乖乖的、多长眼力见儿、多干活、少吃饭；

大家还知道，出了这个家门儿，秀花下井的事谁也不能和外人瞎嘞吆，女人下井的事被窑神知道喽，要遭天谴的！

秀花真不含糊，自打下了小窑，她每次爬出窑口都能背驮上来二百多斤坩子土，井口有称重计价的，她报的是大弟的名字，一天下来总斤数还要匀给挥镐刨料的工友们一些。不管怎么说，她一想起自己能给家挣钱了觉得浑身是劲。

秀花偷偷抓起一块新鲜坩子土，用手一捏竟然酥软酥软的，滑腻腻的，听娘说过它没毒，能吃，她便尝了一小口，没什么怪味道。她又塞进嘴里一大块儿，却赶紧吐了出来，嘴里满满的口水，酸酸的，突然感觉肚里空空，特别的饿，那种难受无法言说。她断定一定是坩子土勾引出来的馋虫。这不行，一定要忍住！我是来养家的！

这天，郭师傅的老父亲感觉清爽了不少，盯看着大孙女秀花笑眯眯地端过大海碗冲他大声说，爷爷，来喝热乎乎的腊八粥喽！

老爹！这可是您大孙女秀花刚刚从窑厂打回家的！您趁热。郭师傅默默流着泪，声音却比往日爽利些，他不能让老爹走时悲悲切切地对家里不放心。昨夜里，老爹三更半夜忽然嘴里啊啊地叫唤，拍着炕沿儿……闹着要起来，郭师傅两口子赶忙拿出里外三新的装裹衣裤给他穿上，老人带着啸叫的哨音，大口大口喘息着，咧咧嘴，拍拍衣襟，又拍拍裤子。知道这是大孙女走小窑给他挣下的，嘴里不停地说，孝顺！都，孝顺！他双眼闪着亮光，伸出右手，郭师娘知道他想摸摸秀花，便推着秀花再靠近些，可老人却清晰地唤了声，玉凤来了。郭师傅两口子对视了一瞬，明白这是爹看见逝去三年的老伴儿来接他了。老爹突然竭尽全力大口喘息，只是朝里拼命吸气却吐不出来了……他轰然垂下的右手，努力张开的嘴巴，双眼缓缓闭上了。想用尽气力吐出最后的是忏悔还是嘱托，谁也无从知晓……

全家人跪在老人面前哀号恸哭。

正当郭师傅操办老父亲的丧事之时，老窑厂来人告知他，昔日朝廷营缮司的官员、窑主的老太爷来厂视察，后面还跟着故宫博物院的官员和解放军军官陪同呢。郭师傅知道这是有大事要发生，他急忙通知郭姓家族主事，一会儿安排众人到窑神庙前小广场聚齐，迎接营缮司五品大员老太爷。

今儿一大早，老太爷早早用了膳，穿戴齐整，静候故宫博物院整理委员会的张韵然，昨日商定好，除了他俩还有最近进驻故宫博物院的军管会的戴主任一同前往琉璃老窑厂。

昨天晚上才接到通知的辰启大掌柜，天一亮就差人清扫厂里环境卫生。九点四十分，一辆军用吉普车开进了原木椽子制作的厂区大门，一阵寒暄后，按照戴主任要求先在厂子里走了一圈，一行人由熙靖带队，边走边看，边听熙靖介绍了老窑厂的简要历史。戴主任认真听完介绍后，朝着熙靖风趣地问，我们这座老窑厂已经是七百多岁的老寿星啦！你说说看，它是不是老了呢？

熙靖认真地亮着嗓子说，都说新中国就要成立了。我们老窑厂要和故宫博物院一起承担更光荣的历史责任，一起书写更加辉煌的新中国的历史！我们这辈人都认为老窑厂正年轻！您说我的回答对吗？

戴主任带头鼓掌，笑着说，一百分，满分啊！戴主任转向老爷子笑着说，这几年老窑厂过得太苦了，可是革命的乐观主义精神还是蛮高涨嘛！我们今天不仅仅是来鼓劲的，还是来加油的。辰启窑主啊，故宫要立即开始修建整理工作，你们老窑厂要立即行动起来，尽快恢复生产。

辰启也很激动，我们就盼着这一天呢！

那好。我们回办公室具体谈谈吧。

老太爷忙向张韵然悄声说，你们先谈，我来一次不容易，想去窑神庙看看。您看……

张韵然忙说，好。我让司机开车去。

辰启赶紧说，辰亮，你陪着老太爷去一趟吧。说着把辰亮拉到一边小声嘀咕了两句，辰亮赶紧跑到财务室，待他出来了，才坐上吉普车急匆匆开走了。

吉普车先开到了对子槐山的西墓地。这是几百年前老窑厂购置的一块义地。在外漂泊的游子都是讲究落叶归根的，不论是晋商还是为大明帝修缮琉璃宝殿的晋籍工匠们，百年之后也是一心执念地认祖归宗。后来，出来谋生的人多了，渐渐也接受了"哪里黄土不埋人"的现实，认为这也是为了家乡开枝散叶吧。为安抚亡魂，敬重逝者，大家伙集资购置了这块义地，琉璃窑主们还特意立了一块义碑为证。再后来，又扩大到无家可归的窑场里的外乡人家。人本一家，生死相依力量总是大些，心心相印总是温暖些。

而眼前的西墓地一片荒凉，原本用山石加灰膏砌筑成的规整围墙，年久失修，已有了两处坍塌的豁口，院落内杂草半人多高，荆条、臭椿树也借势丛生遮蔽、挤歪了一些碑石，更显得凄凉冷清。老太爷哀叹连连，斜楞了辰亮一眼，却又无奈地摇摇头，知道这些年朝代更迭、兵荒马乱，也怪不得孙辈们。但如此这般慢待了祖辈终究是大不孝嘛！于是他极为不满地低沉问了句，辰启身体怎样了？

辰亮漫不经心地回答，他呀，时好时差。

辰亮的回答，倒勾引老太爷的强烈不满，他抬了抬拐杖，斥训道，你，怎么也不成家？咱们这支脉再没有接班人，我耄耋之年还能再挺几载？真到了老窑厂不得不更改户主之时，你也会跟着完蛋的！你就不动动脑子，同一血脉，为什么不能帮帮辰启，帮帮这脉骨血呀！老人的拐杖使劲地敲打石板地，以强调无后的危机。辰亮既不迎合，也不违拗，面容冰冷地低着头搀扶着老太爷。

待到老太爷从窑神庙祭拜出来，辰亮和老太爷耳语了几句，将一封贴着小白花的信封交给老太爷后，又将一朵小白花别在老太爷的胸前。

郭氏家族二十几口人分长幼排序披麻戴孝，齐刷刷跪在庙前的小广场上，老太爷不禁潸然泪下，他颤巍巍扶起郭师傅，节哀吧。老太爷将手中的信封递给郭师傅，继续说，老郭兄弟是窑神派来帮助咱们老窑厂的，你家是几辈子的功臣啊！那四孔窑就拜托你们啦！窑火不能灭啊！郭师傅连连点头的同时，握着老太爷枯槁双手的两只大手稍稍加了一分力，以示铭志。老太爷则拍拍郭师傅的肩膀，贴着耳边悄声说，你的信我收到了，办得好！

辰亮胸前也带小白花，跨步上前握着郭师傅的手，说，郭师傅，请节哀顺变。大掌柜和熙靖嫂子在家陪同故宫博物院的领导视察，不能前来，委托我来表示他们的祭奠，并嘱托我请郭师傅一家人务必保重身体。说完把两封同样贴着小白花的信封交给了郭师傅。

在一起相伴几十年的窑厂老工友们以及年轻的徒弟们齐整整站在郭家人身后。老爷子向大家招招手，努力高声颤巍巍地说，解放啦！要成立新中国啦！故宫要修葺一新迎接开国大典啦！大家的苦日子熬到头啦！众人齐声鼓掌。这天大的好消息，给老窑厂上上下下喝下一碗起死回生汤。期盼多少年的时运改变，终于强烈感觉到了却又说不明白，世道转归真的是窑神的恩典吗？到处都在传说北平和平解放啦！也许正因为这个原因，窑神爷才终于睡醒了吧。谁是因？谁是果？老百姓听得多了，心知神感却从不言明，只要为了老百姓好，哪方神祇都是不敢怠慢的。

日月更迭，人性依然可鉴，这就是琉璃窑火七百多年不灭的秘密所在吧。

启动资金及时到位，老窑厂立马一派生机。一大早，辰亮在前院堂屋趁着早餐的机会向辰启汇报开工事宜，大掌柜，现时"上三作"师傅还不够，吻作釉作都缺人手，还是由您来兼任吧，毕竟配制釉料是咱家的核心机密嘛。

辰启摆摆手，说，辰亮兄弟，我这体格，是不能担重担了，还是传给你吧。

辰亮听得心里很得意，他的人生终于向前迈了一大步。但他仍然表现出真诚地不容置疑道，大哥，这个家还是您来当！我鼎力协助义不容辞。您的身体慢慢调养会好的。您要有信心才成！

辰启放下碗筷说，咱哥俩先不谈这个。我还有更要紧的事和你商议。

辰亮没容辰启往下说话，接过了话茬儿说，"下三作"缺的人多些。我昨日在咱村里和相邻的几个村子动员招人。今天呢，是故宫叫咱们去开会的日子，估计是分配任务的大事，下午我就赶回来了，到时我立马向您汇报。辰亮说完拿上两个馒头、一大块咸菜急匆匆走了。

等到辰亮火烧火燎地从故宫领回了任务返回老窑厂的时候，早已是掌灯时分，他一路小跑直奔四合院找辰启汇报，见辰启、熙靖都不在，便招呼下人快去找。

窑炉点火之前最是忙碌，熙靖一头短发，一身合体的旧衣衫，显得她更加得体干练，她顶着女人不能抛头露面的陈旧习俗，替辰启分担恢复生产的重任。一改幕后温婉女主之态，走上前台有条不紊地负责安排祭拜窑神、火神、准备原料、安排新来的人手等杂七杂八的事项。白天忙晚上还要挑灯夜战，多亏夏旸帮助在北京大学聘请的老师认真负责，熙靖按照老师的要求，竭尽全力嚼烂消化桌旁堆放的一摞子有关股份制的教材。该吃饭了，后厨伙计跑到窑炉提醒，遭到白眼，吐吐舌头知趣地躲到一边静候。窑工们这些天都很亢奋，窑业是火里求财的买卖，要想不饿肚子，那就要认准一条：虔诚敬神，用心做工。偷奸耍滑最后坑害的是自己，还连累了别人。这是最让同伴瞧不起的大事。

辰亮见熙靖伴着辰启回来了，迎上前几步愤愤不平，没头没脑地嚷道，我真不明白啦，房山南厂凭什么和咱们老窑厂平分秋色呢？

辰启和缓地示意辰亮坐下，先给他倒杯热茶，问，给肖大哥的信送到了？

送到了。他说明天就派人去办。

大掌柜，没容辰亮接茬儿说下去，郭师傅进来了，大掌柜，您找我？

熙靖忙着给郭师傅让座说，郭师傅，昨晚，你姐是问咱们的窑炉塌了吗？

回您话，有这事。昨日小舅子川嘉特意来问的，我姐跑来问我。大掌柜，这可是没影儿的事啊！赶上裉节儿上，这不是无中生有吗？

辰亮递过一杯茶，说，请。见郭师傅要站起，辰启示意他坐下。郭师傅，麻烦您，明天跑趟南厂。辰亮，那辆英国凤头借郭师傅用用。

南厂，说的是出永定门往南的房山东河村琉璃南窑厂。掌柜姓张，祖上原是营缮司"宫木局"里的大木作，就是专门负责宫里木作维修以及木料用度计算一职的小官吏。这样一来张家便有了预先掌握工程信息的便利条件，对建筑用料及使用琉璃构件品种数量方面了如指掌。再加上房山有好煤和上等的坩子土原料，故此张家祖上在煤矿不远的东河村成立了琉璃南窑厂，和老窑厂形成了鼎立之势。

此时皇帝没了，也没有了工部和营缮司的管辖，完全由民间自理自营的时日。张掌柜趁着辰启染病，时局混乱、市场疲软机会，利用多年积攒的人脉，从老窑厂挖走了吻作、釉作几位"上三作"师傅，害得老窑厂雪上加霜，受到的冲击着实不小。

翌日拂晓，郭师傅骑着那辆英国凤头牌自行车赶往南窑厂。当年，中国不会生产自行车，更别说汽车了。这辆英国产凤头车是世界名牌奢侈品。大掌柜一般是不外借的，都是辰启哥俩进城办事用，今天借给郭师傅是因为事急路远的缘故。

郭师傅先到成品库来找小舅子川嘉，见他正在整理刚出窑的素烧筒瓦、板瓦，这是南厂忙着备故宫修缮的货。郭师傅二话不说帮着小舅子忙活。川嘉不落忍，郭师傅说，赶上了，也不耽误唠嗑。哎，吴师傅呢？

在窑主张掌柜屋里，今天窑主有急事不在。川嘉转为小声道，那个吴师傅，不像是地道把式。他又朝张掌柜房间的方向努努嘴儿，他看不透这种人！郭师傅顺着川嘉努嘴儿的方向也望了一眼，见到两个干部模样的人一起走进了张掌柜的办公室。郭师傅认识其中的一位，那是肖增谦的秘书，另一个不认识。

郭师傅拿起一块板瓦说，川嘉，这瓦没烧熟啊。

不能吧……川嘉一惊连忙也拿起一块板瓦说，这不挺好的，您怎么知道的？

郭师傅又拿起几块瓦，在手里挨个掂了掂，叹口气摇摇头说，亏得没上釉呢！

见川嘉望着掌柜房间皱眉发愣，郭师傅手一松，板瓦摔在了地上。

惊吓到的川嘉低头一望，悄悄叫道，真的都不熟啊！

烧几窑了？

川嘉焦急地答，三窑啦！这质量怎么行！

掌柜办公室。吴师傅边给客人倒茶，边信誓旦旦道，今天我们掌柜的虽说不在，请二位领导务必把心放在肚子里。我吴天成烧窑是行家啊！保证质量没问题！

川嘉冒失失闯进来，说，吴师傅，张掌柜不在，您看这瓦都不熟啊。您瞧瞧中间这道黑线足有二分厚。烧三窑了，这，能行？

啊？你个小伙计，满嘴跑火车。出去！吴师傅身子打晃，脸涨得通红发紫，虽一时语塞，但很快调整脸谱，满脸堆笑地说，二杆子货！哎，咱们先吃饭去！

不啦，干部模样的客人站起来从地上捡了几块碎瓦，放进公文包里冲着吴师傅认真说道，不管给谁干活，保证质量一定要放在第一位啊。

郭师傅赶回来向大掌柜作了汇报。最后他高兴地说，您说怎么那么寸，节骨眼儿上，肖大哥，那……什么……今儿，没旁的事，大掌柜，我就先回啦。

辰启会心一笑，郭师傅，请您帮忙扫听那几个被劝走的"上三作"师傅，咱们欢迎他们回来。郭师傅，川嘉有困难，您也来找我啊，乡里乡亲的，都是为了讨生活不是？

李孝存赶到老窑厂时已是日踩西山顶，几近黄昏时了，他礼貌地向站在门口的一位师傅说明自己是来应聘的，想拜见辰启大掌柜。门岗师傅向他身后鞠了一躬，二掌柜，您回来了。这位小哥说是来应聘的。

辰亮把凤头自行车交给门岗，自己上前打量这位中学生模样的年轻人，个子中等，举止有些拘谨，但说话沉稳和缓，腰杆挺得板直，着装简朴洁净，没有一路上的尘土褶皱，脸上有股子英气精明劲儿。他见二掌柜没发话，就礼貌地鞠了一躬，手里一直拎着简单行装不撒手。您好，二掌柜，我叫李孝存。

你想应聘哪个岗位？辰亮问。

不知道。我会画画，捏个仙人骑凤、虬龙腾飞、双翅行什，都行。李孝存不紧不慢地说给辰亮听。

辰亮感到眼前的小伙子口无遮拦，一副不招人待见的轻狂劲儿，便问道，你还是个中学生吧？

李孝存一脸懵懂，怎么？老窑厂只招大学生吗？

辰亮一脸的鄙夷，心想不能轻易放过这个中学生，该让辰启也见识见识。他冲李孝存挥挥手，跟我来吧。

一进了辰启大掌柜的堂屋，辰亮便对李孝存说，这位是大掌柜，你自己介绍自己吧。

听见这话，李孝存向前迈了一步，双手递过一封信后，又退后规规矩矩站在一旁静候。辰启看过信，问，您了解琉璃这行吗？

李孝存摇摇头，不知道，只听肖增谦肖大哥说起过。

那您来，能干什么？辰启和蔼地问。

不知道。我会画画，还会捏个仙人骑凤、虬龙腾飞、行什威武什么的。刚才对二掌柜，我也是这么说的。

辰启笑了，这儿不造您说的那些。我们烧制琉璃瓦。您能干吗？

我来您这儿是来学习泥塑本事的。只要是为了琉璃艺术，什么苦活累活都能干。至于烧琉璃瓦……难不难我不知道，只要您能让我学习，那就不难。

李孝存见二位掌柜交换了眼色不再吱声，便将一直拎在右手的行李倒到左手，慢慢说道，二位掌柜别为难，不要我，没关系。只是，能容我住一晚就行，随便什么地方，无所谓。明日我见到了肖增谦大哥后，立马离开，行吗？

孝存见大掌柜笑笑没说话，赶紧解释说，我是大兴肖家村人。日本鬼子和我村的肖斜眼，杀了我家四口人。我成了孤儿，是肖大哥救了我，我总要向他交代一声。

辰启微微点点头，你不愿意在这儿干？

孝存坦诚地说，我能不能在这儿干，是您二位掌柜点头认可的事。但是，肖大哥答应我来琉璃老窑厂是学习琉璃艺术的。

辰启说，你先把行李放下吧，怪沉的。

孝存问，我能放在椅子上吗？

辰亮抢过话头，拉着脸说，我家地不脏。

孝存不再吭声，也不撒手。

辰启指指旁边的椅子说，放在椅子上面吧。

孝存轻声说了句谢谢了，伸手将行李的外罩解下来塞在了腋下，露出了白净被头的行李，他小心地放在了椅子上，自己则又重新占到了原位。

辰启问，你知道仙人骑凤？

李孝存从右边的裤兜里掏出一个巴掌大的金黄色琉璃小把件，这是我结婚时肖大哥送给我的。他说着又从左边衣兜里掏出个没上釉的仙人骑凤把件也摆在八仙桌上，退后一步说，这是我学着捏的。我不会烧窑也不会配釉。

辰启拿起来看了看，没说好也没说不好，只问了一句，关于它你还知道点什么？

李孝存说，民间也有叫它"走投无路"的。因为它总是摆在屋顶檐角的最前端。

辰启扬扬下巴鼓励李孝存继续说下去。

李孝存舔了舔嘴唇，说，我发现，把件的高和它的长是一比一的关系；把件的前面底宽是凤尾宽的两倍；把件的前面底宽还是仙人肩宽的两倍……这些我用尺子都量过了。

辰启笑着问，你说，屋顶上的仙人骑凤都一样大吗？

李孝存率直地说，大掌柜，您这么说就不对了。仙人骑凤是不能一般般大的！关键是要看建筑上的琉璃瓦是几样瓦。

辰启即刻道，九样瓦。

孝存从容道，您说的是最小样的瓦。它瓦上的仙人长和高是五寸五分。

辰启追问不松口，三样瓦呢？

孝存立即应答，从九样瓦开始算起，到三样瓦为止，每大一样瓦，仙人的长和高就要增加一寸。这样算下来，三样瓦的仙人长和高就是一尺一寸五分。

辰启点点头说，照你说，二样瓦就该是一尺二寸五分？辰启说完微微皱了皱眉。

李孝存不慌不忙地解释，大掌柜您又说错了。二样瓦是个特例。它上面仙人的长和高是一尺六寸五分，因为二样瓦是金銮殿独家所有的专用瓦。

辰启大掌柜露出微笑，问，这些是谁告诉你的？

孝存回应，是肖大哥。他告诉我的远不止这些，我都记在专门的笔记本里。不过这些知识我已经都记在脑子里了，只是，我太缺乏实践经验了。您要给我机会学习的话，我绝不会让您后悔！保证说到做到，绝不诳人！

辰启接过话茬儿，孝存，你也坐吧。辰亮，给他倒杯热茶。

李孝存这才侧跨一步，从行李里掏出粗布手帕，再卸下肩上自制的大书包，拿出一个带盖儿搪瓷缸子递给二掌柜说，二掌柜，茶不茶的，有口热水就知足。

孝存接过二掌柜递过来的大半搪瓷缸热茶，自顾自吸溜了几口，真香啊！谢谢二位掌柜。然后又从大书包里摸出一个白布包，解开它，小心从中抽出一片绣着翠绿荷叶衬着粉红莲花的粗布白手帕，再用手帕垫着右手掏出一个火烧，抬起头看着大掌柜说，对不住您了，我饿了，先吃口火烧。您该问我什么就问，不碍事的。

辰启笑着说，不碍事。你先吃。

李孝存大口嚼着火烧，响响地吸溜着热茶。他吃得那个香甜。转眼的工夫，两个火烧入肚。他小心翼翼地查看自己是否有饼渣掉在身上或是地上，然后才将绣花手帕收进白布包里，最后很满足地对大掌柜说，我吃饱喝足啦，您继续考吧。

二掌柜笑着说，你真是一人吃饱全家不饿啊。来……二掌柜端来一块板子，上面放着一团黑灰色泥团，又抓来一大把木制的长柄小刀、小铲之类的各式工具，继续说，你用这团泥做一条深浮雕龙，算是你的考试题。

李孝存看着辰亮冷冷地说，二掌柜，你说"一人吃饱全家不饿"的话，我不爱听。我刚才说了，我是个孤儿，当然一人吃饱全家不饿。可我必须吃饱喽！二位掌柜的一定都知道，如今新中国成立了，我吃饱喽，就是为了别让天上的父母、媳妇、还没出生的儿子惦记着，我好好活着，就能有本事跟小鬼子们打仗，抱我的家仇！这不值得你笑话！说完孝存不再理会二掌柜，自顾捧起泥团，揉搓成一条圆形泥条，先揪下一截，放在旁边，余下的盘成一条卷曲的蛇形，用手中的木刀木铲将龙身修整粗细一致，再将龙身鳞片、龙背上的龙鳍、制作成型，这时才拿来留下的那截泥条，作了龙的四只爪，安好后，最后的龙头则做得很细致，配在龙首，略作昂头状，怒目圆睁，龙口大张，龇着龙牙，面目狰狞，一副睚眦必报的凶猛状。

李孝存站起说，二位掌柜，我做完了，请指教。说话间熙靖进屋来，见到八仙桌上摆着一条浮雕龙，大为惊异，凑上前来细细端详，口中不自觉地发出啧啧地赞叹。

辰启问，你去过北海？

李孝存说，读书时去过三次，就为了看九龙壁。一待就是一天，很是享受呢！这条龙就是模仿正中那条黄金龙的，您二位是专家级别的工匠，徒儿让二位掌柜见笑了。

辰启笑笑点点头没说话。

熙靖说，辰启哥，我能插句话吗？见辰启点头，熙靖则说，这条龙怒目圆睁、龙口大张、龙牙好似要立即咬断敌寇脖颈，这是最为传神的。我看到了塑造者心中的血海深仇。

李孝存感动地说，这位大姐说到我心里啦。三次北海之行，我共临摹了不下九十九条龙，就是想找到九龙壁正中的那条黄金龙，威武、无所畏惧、无往不胜的那份神勇侠义。李孝存激动地说完，勇敢上前握住熙靖的手说，大姐！请受小弟一拜！说完松开双手，双脚并齐，挺胸收腹，左手扣右手深深给熙靖鞠了一躬。起身时，他已是泪流满面了。

辰启站起上前轻轻拍着李孝存肩膀说，你被录用了。按老窑厂的规矩还有三个月的试用期。试用期没有工资，老窑厂负责吃住。你接受吗？

李孝存站起，恭恭敬敬地给二位掌柜的鞠了躬，说，我接受。你们能收留我，我会用一辈子的努力证明给你们看！

辰启问，为什么？

因为我热爱琉璃艺术，我会用一辈子热爱它。

辰启很高兴，握着孝存的双手说，好！那咱们一言为定！

李孝存不好意思地说，大掌柜，这位大姐，我这一手泥……

辰启笑着说，这泥可不脏啊，我学徒时还吃过它呢！辰亮，安排他彩釉宅一排一号住下吧。

嗯。辰亮拎起李孝存的行李先走了。辰启哎了一声，辰亮也没回头。孝存见状匆匆朝大掌柜和那位大姐鞠躬，赶忙提起行李追了出去。

"彩釉宅"是祖传的房产，每套一明两暗、三套组成一排的三排瓦房，这三排瓦房虽不能和四合院的高规格相比，但是建筑的讲究精致是和四合院一致的。这些排房是老窑厂为了京城往来的一般亲戚、客户朋友所设。营缮司的官员贵胄是要请到四合院的专有客房招待的。

这是李孝存第一次真正离开家孤身一人面对新环境，也算是开始了一种未知的新生活。他摸摸炕头，还是热炕呢。

辰亮说，铁壶里有开水，水缸里有凉水，你看还缺什么就跟我说。

孝存忙着连连道谢。辰亮又说，明天你先了解一下新环境，逛逛村子里的街面，若有什么事我会派人找你。

辰亮摆摆手，走出了房门。留在屋里的李孝存喝了几口热茶，感觉还是饿得慌，他连忙铺上被褥，打了热水，先给自己搞了一次彻底清扫。整理完毕他这才打开干粮袋，拿出两个火烧，一块熟咸菜，大口吃起来。

吃饱喝足后的李孝存，吹了煤油灯，躺在被窝里，这是他第一次在新环境里面对黑暗，不一会就睡着了。

在睡梦中他又开始了与肖增谦大哥的重复对话：

孝存说，那天晚上，媳妇跟我说，明天是你的生日，散了学早点回来。娘说，让你在镇上买回一瓶牛栏山二锅头，再买盒稻香村的京八件。

媳妇还跟我说，明日是你的生日，我要穿着肖大哥送我的缎面大红袄去接你……不嘛！她幸福地摸着肚子夸张地撒着娇，我还没穿够呢，再过些日子想穿也穿不成了。我只好依了她，看把她美得！

孝存继续说，肖大哥……我……转眼的工夫就是孤儿了……只要想看从前我享受的幸福时刻，爹娘和媳妇的笑模样就会随时浮现在我面前。可是……我从不敢贪恋，只能看一两分钟，不然那画面会越看越模糊，越模糊我就越心急，急得抓狂，暴躁得想……每当此刻，我不断地重复媳妇曾在梦中对我说的话，孝存，我和儿子会永远守着你，我们知道新中国成立了，你会有好日子过了，我俩都不再哭了。我要求你也不许哭……不许你犯急，听话！不然，爹娘还不急病喽？

肖大哥，为啥偏偏我家摊上了这等事？

肖大哥拍拍他的肩头说，孝存兄弟，日本鬼子在南京城杀了三十多万像你我这样的，像大舅、大舅母这样的普通老百姓啊！这不是你一家之仇，这更是中华民族之仇，中国之仇啊！

……

天未亮，孝存醒了，睡不着的他躺在床上想着自己最可靠的亲人就算是肖大哥了。自己从小最敬佩这位比他大了十多岁的哥哥。自己一定在老窑厂好好干出个人样来，报答肖大哥。

其实，他俩只是同村人。世代同村的人们拐弯抹角也能攀上个姑表姨表的亲戚。肖大哥从小喜爱美术尤其是泥塑，这点对孝存影响很大。整天缠着他学习绘画、泥塑本事。肖大哥中学没毕业就来到老窑厂拜吻作赵师傅为师，肖大哥为人朴实、仗义，交际广、朋友多，辰启很赏识他。只是后来他说是跟什么人学做生意，离开了老窑厂。孝存大婚之日，他还特意赶来赴宴，送给了孝存一个金黄色仙人骑凤琉璃把件作为礼物，孝存视若珍宝。

1945 年春节的肖家村的当街上，有一位给日本鬼子当翻译的汉奸肖斜眼。他见到李孝存手中的仙人骑凤很是惊喜，伸手就要抢，说是日本人看上了，孝存不给，二人为此事结下了梁子。谁知那肖斜眼竟然借一次日本鬼子进村扫荡之机，诬陷孝存父母与共产党肖增谦同伙，残酷杀害了孝存全家，那日正是孝存的生日，孝存的媳妇打扮停当正准备出门迎接自己的小丈夫，谁知竟遭此祸。幸亏孝存放学后在镇里办事还未到家，才侥幸逃脱。

半年后，鬼子投降了，孝存和肖增谦到处打听也没能找到肖斜眼。后来听说 1948 年的冬天，仇人肖斜眼在良乡地界被人砍伤，侥幸捡了一条命。但也只是听说，肖增谦在新中国成立后格外注意寻找，也不见踪影。

其实肖斜眼只是个外号，他有个斜眼瞅人的毛病，尤其是看女人的时候。他的大号称作肖建锁。李孝存对他恨之入骨，当他得知那个家伙被人砍伤，竟然没死而失踪了的事，孝存竟然气得扇了自己两个耳光，痛恨自己为什么没有那份福气，错失了报仇的机会。以后他便有个习惯，走在大街上总是东瞅西看，企盼能再见到那个不共戴天的仇人。

孝存还是幸运的。临解放那年正月里的一天，他去宛平城找肖大哥，半路上经过良乡地界的一片红薯地时，老远见一条野狗在地埂边寻找什么，他好奇跟过去，只见到野狗从地埂边扒出了一把手枪，正在啃噬枪套。他见状，轰走野狗把手枪捡起，四下看看，连忙别在后腰里，赶回家中藏了起来。他盼望着快些见到肖大哥。

当他将手枪交给肖大哥时，见他十分兴奋说，这是一把美制马牌手枪，枪号 34174，名枪啊。他还高兴地请孝存上饭馆撮了一顿，嘱咐他严守秘密，还嘱咐他时刻记住家仇国恨，要用自己所能想到的办法报仇！

两年过去了，一想到报仇，他总是有些后悔，觉得不该把手枪交给肖大哥，自己拿着多好，万一碰上了那个仇人，就将他崩了！自己就会向天上的父亲母亲、媳妇，还有那个没见过面的儿子汇报，会向天下人汇报，我，李孝存的家仇终于报了！

每当孝存想到这些，他就会失眠。此刻，是他来厂的第二天半夜，又失眠了。望着窗外，慷慨的月光为琉璃老窑厂镀了一层银灰色，可以清晰地看到堆积如山的料场。三大排低矮的石板房，那既是老窑厂手工作坊，那里的每一间既是窑工的家，有热炕、有灶台可以做饭，有一年四季都热乎的火炕，又是窑工们的工作场所。那盘火炕晚上展开铺盖睡觉，早晨卷起铺盖为的是焙干琉璃瓦件。

在我们赞美歌颂世界最为富丽辉煌宫殿群的伟大时，大概很少有人知道创造美轮美奂的中国建筑独特光彩的琉璃工匠们，千百年来默默忍受原始手工操作所必须付出的烦琐劳累，必须承受的折磨痛苦，窑工们即使整天捧着大海碗喝水，仍然大都患有慢性咽炎、气管炎等与呼吸有关的职业病。而此刻半夜醒来的孝存师傅还没有开始体会这份艰辛，还沉浸在亲人被害、必须复仇的自我祈盼阶段。他还没能转变成唤醒内心的强大动能与智慧，创造出能够战胜黑暗邪恶本领的自觉。

李孝存进厂后的第三日，掌灯时分，家栋和春妮两口子终于找到了老窑厂。他大胆地走进用碗口粗的红松木做的厂大门，找到大掌柜的前院，报了自家名姓，说是来找个活路讨口饭吃。

辰亮掀起棉门帘子让家栋进了屋，辰启和熙靖正坐在西屋饭桌旁吃晚饭。见家栋进了堂屋，他俩放下筷子从西屋走了出来，分别坐在了堂屋方桌两旁正座，并请家栋也入座。家栋望望门外有些迟疑地坐在椅子的边沿儿上。

辰启问他会干什么。

家栋爽快回答，烧窑。

还有吗？辰启再问。

配釉料。家栋又如实回答。

辰启哥俩为之一振，何人传授呢？

家栋略微停顿一下，很有底气地说，家传。

辰亮微微摇摇头，说，兄弟，你一定有故事要讲给我们听吧？

二位掌柜若不信，俺可以当你们的面，配给你们看。只是……

这样吧，辰启说，你能写下配一料黄色琉璃釉的料吗？辰亮拿来笔和纸。

家栋犹豫，向门外瞄了一眼。

辰启说，你好好想想，不急。

俺……有个请求。俺媳妇在外等着呢，二位掌柜，俺能不能把椅子给她坐？她，身子不方便，天也冷。

没容辰启发话，辰亮掀开棉门帘，请家栋的媳妇进来，入座。熙靖进了东屋拿了个铜婆子出来，递过春妮暖手。

这时的家栋嘴里叨念着，好，真好！俺这就安下心来，他拿起笔，很快写完，双手恭敬地呈上辰启。

辰启看过随手放在了桌上，又问道，这一大料药若是给二样板瓦施釉的话，你说大约能施多少块？

家栋照实说，二样板瓦俺没见过，只有故宫太和殿顶才够资格使用。孔庙的大成殿是俺们那里最重要的建筑，规格也最高，是用四样瓦……您说的二样瓦俺只能猜猜了，大约……能施千把块吧。

只见春妮张嘴想对家栋说什么却又忍住了。

坐在一旁的熙靖察觉到，转向家栋的媳妇，关切地询问，有什么需要我帮忙的吗？

俺想上茅厕。

辰亮忙说，我带她去外面的吧。

熙靖摇摇头，对家栋的媳妇说，你跟我来吧。

家栋连连道歉，俺给你们添麻烦了。

不必客气。还没吃晚饭吧？辰启问。

谢谢了，俺俩在城隍庙村吃过了。不知离老窑厂还有多远，我们还多买了些。

家栋也被录用了。

那时的人手头有钱了，总是先想着盖房置家业。盖房的理念始终不忘"百年大计，质量为上"八个大字。彩釉宅就是当年老太爷修建南京孙中山陵时赚钱盖的。那是辰启父亲任窑主时的高光时刻。看着起梁搭椽、砌砖瓦（wà，铺设）瓦的讲究，村里的平房四合院可是没法比。就因为这一点，辰启的日子再紧巴，也从不敢动彩釉宅的主意。

如今住在头排一号房的是李孝存，头排二号是刚刚住进来的米家栋两口子。放下行李，家栋见一号房里有灯光，便主动推开门介绍自己，孝存则显得很冷淡，不情愿地报上自己的姓名就再也无话了。二人拘谨，场面尴尬。家栋只好小心讨教的口吻道，李师傅，您可知道我们住在这里的房租？

孝存边往门边迈步边答，不知道。

家栋也赶忙向外走，还扭头客气地说，李师傅，请留步。

孝存关上了自家房门。

送走了客人的家栋回到屋里，伸手摸摸温暖的火炕，拎了拎地灶上的铁水壶，心里算是真正踏实了。他往铜盆里掭了些热水，从旁边的水缸里舀了些凉水勾兑合适，才招呼道，姐，洗洗睡吧，总算是到家了。

二人洗净了三个多月的惊吓和疲劳，反倒都睡不着了。

春妮说，家栋，今后你别唤俺姐，唤春妮儿。俺唤你家栋，官称。

在家里俺还是唤姐姐，习惯了，唤一声姐，心里热乎呢。

俺依你。不过，俺一直想问你，你还会烧窑？

啊，那有甚难？不会，学嘛。

你怎么与二位掌柜的说还会配釉料？那可是米窑主的家传本事，你怎会知晓？

家栋故作神秘地说，嘿嘿，不会，偷嘛。

春妮不高兴了，这不好！不该做这种事。

家栋连忙上前拉住春妮姐的手，解释道，俺不诳姐，俺真救过他三次命，每次救了他，他就应承收俺为养子啦，传授釉料秘方啦，让俺当窑主啦，信誓旦旦，可第二天就不认账了。

春妮挣脱家栋双手不依不饶道，那也不该做那种事，俺生气呢！

家栋重新又拽住媳妇的手，说，他那么精明，能让俺偷？每次投料过秤，譬如，黄丹这味药，一料药实际需要称出三百零六斤就够了。简单吧？但是米窑主，他从二百斤开始，一会儿是加到二百八十斤，一会儿是再加八斤，再加五斤，再减六斤三两，加加减减，直到把你整得头昏脑涨为止。这还是一料釉药其中的一味。你想啊，一种黄色的釉药总有个四五味吧？他能整整折磨你一整天没商量！

春妮疑惑地问，那你是怎么……

家栋又一副神秘兮兮的样子打趣地说，这小把戏岂能难倒俺！俺读书时就精于强记速算，师爷都发怵。米窑主搞得名堂都是俺爹训练俺的一碟小菜。他哪里知道那些配方俺早已烂熟于心呢。

既然是秘方，你为甚又轻易抄给二位掌柜呢？

敢烧琉璃窑火，谁家没有秘方？就好比郎中药斗子里装的百十种中药饮片，若想治百病要看郎中对药材的理解，产地可地道，炮制可精细。想烧出上等琉璃，还要有上等坩子土，制泥细腻无渣，装窑要区分部件大小间隙，点火要懂得火焰热汽的走向，火焰温度要平稳更要把握火候。只有一整套真功夫，才能烧出上等琉璃瓦来呢！

你真真地费了心机呢！这是你多年的心血啊！姐算是服了你。

家栋信誓旦旦说，俺献上秘方只是一纸投名状而已，要努力烧出高级琉璃瓦件，才不枉二位掌柜对俺的信任啊。姐，俺一定要烧出最好的琉璃瓦，铺在故宫太和殿顶上，那才是真威风呢！

家栋，姐信得过你！

第四章

　　翌日早饭，辰亮来找家栋，春妮说是天不亮就出去了，他倒是说了句甚，俺睡得懵懵懂懂也没听真。他回来了俺唤他立时去请您。您看这样可妥当？

　　二掌柜笑着走了。

　　老窑厂地处交通要道，朝东坐船摆渡过河是宋家店村，再朝东南走就是进都城的官道。日本鬼子来了后，在老窑厂往南二里路，修建了洋灰公路桥和铁路桥各一座。那可不是为了中国人出行方便，而是为了掠夺坡前沟的煤炭，和妄图歼灭斋敬川、石城沟里的八路军抗日武装。

　　老窑厂村还是都城方圆百里香客们奔玫瑰岭娘娘庙的重要进山的起点，也是商贾们通往北河口外、大漠荒野的最大补给站。那时富足的老窑厂村一条东西大街二里多地，南北两面店铺、商行琳琅满目，货品齐全、光鲜亮丽。

　　春妮趁着家栋出门办事的机会，自己进村逛逛街面。她心里好久没这么敞亮痛快了，一路东瞅西逛、目不暇接，还特意买了一个荆条编的背篓，将锅碗瓢盆的生活用品都装了进去。

　　该置办的家伙什都买齐了，抬头一看时候不早了，赶紧往家赶。

　　可是左等右等，饭菜都凉了，还不见家栋回来。春妮着实心焦不已。眼巴巴地过了晌午了，才见家栋蔫头耷脑推门而入。

　　春妮在铜盆里倒好温水，桌子上摆好碗筷轻声问，寻到没？

　　家栋摇摇头说，那地方俺是不会记错的。尸首也不见了，俺辨出了痕迹，像是被人拖走的。那把枪俺是埋好的呀，还特意做了记号。记号在，家伙什怎么也不见了呢?

春妮急切地问,可见到周围有什么人转悠?

家栋懒懒地答,没有。

春妮踏实了,把饭菜端上桌,小声叨念,吃饭吧,一定饿坏了。既然家伙什和尸首都没了,说明这事过去了。俺俩可不敢向任何人提起这等事,即使问到头上也绝不敢承认发生过,不管谁哄骗俺俩,就死咬一句话:根本就不知晓有这等事。记住啦?

家栋边吃边点头说,姐,那日,俺还在那死鬼身上摸出一张人名单和一张出入证件。

春妮立时板正脸,咦,昨日为甚不说? 信不过俺?

嘻,俺是不想让姐担惊受怕嘛。家栋说着翻开炕角拿出一张折叠的纸递给春妮。

春妮看了看名单没吱声,却对那张出入证上的照片感兴趣,这是个日本人? 背面都是日本字嘛……俺觉得,有这证件的人可不是好人。留着它们吧,说不定能派上用场呢。不过……不到万不得已,可不能到处打听显摆啊,先收好喽。

家栋接过证件没说话,他读书时学过日语,这是出入日本宪兵队的证件,一看名字就是个日本人。看春妮紧张的样子,他没再说什么。

春妮忽然想起早晨二掌柜来的事,赶紧说,吃完饭快去厂子里找他吧……说是配釉料的事。哎,今早二掌柜在门口和俺说话,旁边屋里的李师傅从俺身边走过,俺连忙说李师傅早,可他没甚反应,像是没听见似的,倒闹得俺怪不得劲儿的。

家栋也觉得怪气,问,他也没理睬二掌柜?

没。春妮闷声闷气地回答。

釉料房是两间没窗户的平房,整张铁皮做的门,两道铜锁,辰亮拿出两把钥匙,交给家栋一把,说,每次用完要及时交还柜上。

进了釉料房像是进了地道,辰亮打开灯,做了简单介绍后开始做好配合家栋配料的准备。

家栋将钥匙还给了辰亮，郑重地说，二掌柜，俺不了解老窑厂传统釉料的质量，也不掌握釉料来源，窑厂的使用习惯俺也不知晓。俺想若是二掌柜信得过俺，俺顶多做个帮手。说着，家栋从口袋里摸出几张纸，这是昨晚上俺抄写的家传全部秘方，算俺投奔门下的诚意，请二掌柜收下，呈交给大掌柜笑纳为盼。家栋见辰亮笑着点点头收下了，心里总算是踏实了不少。

辰亮心里也明白辰启用此法子是对家栋进行的试探，嘴上却说，也好，这回，你就先帮我配料。

家栋点头应允，心里头着实佩服春妮姐的远谋深算。

辰亮开始调配釉料，家栋始终低头找料，从不抬头关注二掌柜的动作，这是有意避嫌。于是，二人很顺利地配完了两料黄色、一料绿色釉料，堆放在门旁一隅。

此时，有人前来禀告，村里坩子土小窑儿塌方了，郭师傅家的大小子为救人被砸伤了。

辰亮忙抢先出了库房问，伤得厉害吗？家栋也紧跟着出来了，在旁边候着。

来人说，郭师傅家的大儿子毕竟年轻，躲闪得利索些，不然可是要命的啊。

辰亮转身对家栋说，我去看看。你在厂子里四处走走熟悉一下环境吧。

家栋"哎"了一声转身就走了。二掌柜辰亮边锁门边不满地自语，躲闪得挺麻利。

家栋径直找到一排四孔窑炉，见到一位高大壮实的中年人左臂上还戴着白粗线绣的大大"孝"字。他说话声低却有力，带领窑工们清理窑内的杂物灰烬，查看窑内壁缺失泥料的地方立即命徒弟们及时补上，为点火烧窑做着最后的准备。

家栋看着眼前窑炉的高大排场，联想起刚刚离开的兖州琉璃村那个本家伯伯米窑主，他总是梦想却始终也没能拥有的这般豪气，而俺家栋家就有。这是家栋想家了，把米窑主梦想的那般豪气揽到了自家身上，俺米家真实地有里外全新、平地青砖砌碹的典型窑洞式四合院，北房是正房，带八柱支撑的宽宽走廊，东西厢房像是将砖窑纵切成两半样式的二层小楼，南房又是面朝北的三孔砖窑，只是比北房矮些短些而已。当年自己岁数小，只记得自己幸福的童年生活太短暂了，先是母亲暴病仙逝，后来是父亲放弃教书生涯，整天不着家，也不知跟着什么人到处奔波，自己中学也没能毕业，便跟着本家伯父奔山东兖州，干起了琉璃学徒生涯……

家栋的回忆释放的地点有些碍事，被左臂戴孝箍的壮汉打断，新来的？

家栋连忙躲闪并颔首道歉，是的。

我是烧窑炉的老郭，您是？

俺唤米家栋，新招来的，拜托郭师傅关照了。好气派的四孔大窑炉啊！

二人攀谈起来，郭师傅健谈豪爽，不像李师傅……也许李师傅是耳朵有什么毛病吧……当然不能贸然打探隐私。一想到自己和郭师傅今后会有更多工作上的交流，家栋叮嘱自己要多多尊重承让郭前辈。于是，特邀约郭师傅有空一定上家里喝几杯，郭师傅也爽快地答应了。

晚饭。春妮熬了一锅杂豆粥，糯香软烂，这是家栋最喜爱喝的。

春妮说，晌午俺两个也没顾得上说说话，前晌，俺上村里的东西大街逛了一圈，这村真热闹，商铺一家挨一家，什么李记油盐店、永旺肉铺，醉八仙老烧锅、丑儿烧饼铺、春光照相馆。哎，过两天俺两个去照张相吧，照张大些的，挂在墙上多美。你也没顾上和俺照张结婚照，就钻进俺的被窝，便宜了你！

家栋高兴道，姐说得对，就明天吧，先上理发店，俺理发，不，先给姐剪个好发型，娶了春妮姐这样标致懂事理的美人，算是俺米家的好福气。

你真好！还是你能说到俺心坎坎儿上。哎，俺还听说，离这里二十多里有个玫瑰岭娘娘庙，香火旺得很呢，俺在山东兖州那阵子就听说过这个娘娘庙，"拜过娘娘庙，儿孙怀中抱"很准的。哪天歇个工，俺俩去一趟。对啦，阴历四月初一，娘娘庙有庙会，可热闹呢！就那天去！行吗？

生活安定了，春妮不由得想起了丢在婆家的儿子茂茂。他现在该是小学毕业了吧。她想接儿子来北京读书，就不会受那个后妈的欺负了。可是怎么跟家栋说这个事呢？瞒着他这么多年，心里觉得亏欠着家栋，不说吧这心里头总是惦记着，也不是个事呀。春妮看着此刻的家栋心情好，就加了一句试探的话，哎，假设家里忽然又多了个儿子，你高兴吗？

又不是俺的儿子有甚高兴的？家栋心里明白春妮是有意提起前夫家里的儿子，在他面前她从未提起过，自己便装着不知晓，故意多加一句话，何必再多此一举呢？

俺喜欢儿子嘛，你也要喜欢！春妮大眼睛定看着家栋故作嗔怪状。

家栋笑笑指指春妮的肚子，我的嘛，当然稀罕呀！随便捡别人家的儿子，俺吃饱撑的？家栋拍了拍春妮隆起的滚圆肚子，儿子，踢妈妈一脚，她想给你在外面捡一个哥哥回来欺负你！

春妮听家栋这么说，心头不由得一惊，吓得话头戛然而止，扭头做饭去了。

家栋冲着春妮的背影笑笑摇摇头。

春妮午饭没吃踏实，晚上还偷偷在床上翻饼，以后可不敢再提此事了，春妮埋怨自己太轻率了，再说，婆婆也不会轻易把她的"心尖子"白白送给自己呀！真是自找烦恼。

家栋见春妮来回翻饼，关心地问，想甚呢？

俺……没想甚，真的没甚事……只是想着上玫瑰岭拜拜送子娘娘……说不定还能生个双胞胎，一儿一女，儿女双全多好呢！

好甚？累坏了你，俺心疼呢！说个正事，今晌午在窑炉认识了窑作郭师傅，人憨厚爽直，俺配釉他烧窑，打交道是少不了的。听说烧窑师傅好几个呢，俺想过几日请他们来家里坐坐。

春妮畅快道，听你的。把邻居李师傅也叫上吧。师傅们团结好，干活舒心呢。

家栋点点头，高兴地"嗯"了一声，刚想着翻身，却被春妮一把抓住，春妮心里不踏实，总想着和家栋多说上两句，别让他多心。当然是不敢再提茂茂了，干是又想起了一件事，你听俺说嘛，村西那个坩子土小窑儿塌方了，捂进个半大小子，等挖出来变成了大姑娘。

家栋笑了，胡咧咧，哪有大姑娘走小窑的。窑神知道了还了得！家栋勉强支应着。

真的。街上的人都说是郭师傅家的大闺女。

家栋说，俺后晌去窑上，还见郭师傅像没事人一样呢。

明天俺去一趟郭师傅家。听说那闺女危急时刻一把将身边的一个男人用力推开了，不然，那个男人就没命啦。若真是如此，这闺女是个巾帼英雄呢！窑神不问青红皂白就生气发怒，伤害了好闺女，岂不是窑神犯错在先？好可怜的闺女啊……春妮嘴上说好可怜的闺女，心里却更加惦记着老家里的儿子茂茂，不由得自己流了泪，动了真感情。家栋连忙递上新毛巾，把春妮姐搂在怀里，轻声安抚着，莫哭呀，儿子要紧，哭不得呀，不敢动了胎气……

俺没事。春妮推开家栋说，你睡吧，明早还上班呢。家栋嗯了一声，翻身睡了，没一分钟的工夫便发出均匀的轻轻鼾声。

翌日后晌，家栋在班上问起坩子土小窑儿塌方的事，证实了是郭师傅的大闺女受伤了。

当时情况紧急，二掌柜叫伙计套上了自家毛驴车，赶去救助郭家受伤的秀花，直奔宋家店正骨名家宋世义诊所。经查虽是小腿骨折但并不严重，宋老先生亲自接好骨头，打好夹板儿固定，拿了几付生肌活血的草药，一副木制拐，驴车又十分小心地往家赶，快到村口时辰亮遇上了熙靖嫂子从城里娘家回来，赶紧下车让驴车先走了。

二人站在路边，相互默默看着不说话。辰亮想着总不能女士先说吧，可这种事他一个做小叔子的怎么张得开嘴呢？思来想去，往大了说是关乎家族事业前途兴衰，兹事体大；关键是老太爷和辰启都发了话，自己不肯帮忙说不过去。再说啦……辰亮此刻不由得从心里盘算着自己童男子的爽快了，我又不会损失什么，哼，他心中滋生出说不出的畅快满足感，他告诫自己，瞻前顾后的，我为什么总是没有干点大事的霸气呢？想到此，辰亮终于下决心突破世俗，刚要张嘴，却被熙靖拦挡住，她说，你若为难，就喊我一声嫂子，若同意叫我一声熙靖。其他的事由辰启哥立下文书咱们三人签字画押，这种事你想好了，我们不按江湖上传说的规矩办，只有我们三人知晓，而且仅此一次，命由天定，我俩的关系也就止于此，而且是要终身保守秘密的，永不反悔。

辰亮长出一口气，心里也坦然了，说，大哥向我诉说过他的苦，也和我道过你的难，但他更知道你做为一个女人的大度与无畏。老太爷更是多次向我讲过家族有些成员始终觊觎着咱这支血脉的财产。他们是八旗纨绔之辈怎么能担起保护故宫的重担呢？这可不是一般的金条银锭，瓷器书画，而是多少辈琉璃匠人的心血，是在祠堂向先祖郑重承诺的人品担当啊！熙靖，我听老太爷讲，民国成立之初辰启哥曾向老太爷建议将老窑厂献给国家，可那个民国连年军阀混战不休，一年年的只留给了国人失望；后来日本鬼子来了，小鬼子……我那时刚来咱老窑厂，只听说，他们为了要琉璃秘方曾经威逼辰启哥，辰启哥体弱啊……日本人心黑手辣啊……

熙靖听辰亮说个没完，接过话头，你说的这些我不知道，因为我还没嫁过来呢！这种事我也不想再听了。

啊？啊！熙靖，我起誓，辰亮举右手说道，那年，我家突发变故，我不能读书了，才刚刚进厂。我绝不会做出那种伤天害理的勾当！熙靖，不管日后咱俩什么结果，不管辰启哥日后怎样，我辰亮永远是你的好内弟，永远对你负责！

熙靖心里说，他说这些到底想干什么？真是莫名其妙！熙靖真不明白男人和女人的想法怎么总是不合拍呢？

熙靖明白世间的纷争厮拼，都是为利所累，而她却依然向往着和睦、关爱、纯净……心理承压即使如此沉重艰难，也还是想着为了承诺对辰启的爱，为了心中向往的和睦生活……父亲给了自己"熙靖"二字，也是为了让自己的命运和这个国家紧密地联系在一起。熙靖和缓清晰的心境向自己回答，我不会做世俗的女人，要为自己做一回真正女人。像父亲一样，有颗华夏子孙的担当之责。父亲是中国最后一代的酸腐举人，但在抗击日寇以笔作枪的战斗中却有一副高贵的铮铮铁骨……我一定要搞清楚他是怎么离开了我们的。一想到父亲的离去，熙靖就会心痛。为了赡养这个家，为了妈妈；为了保护这个家，为了自己爱的人。她认可了自己的命运！一旦大事发生了，每次也只有牺牲自己……即使如此，自己也绝不会坐以待毙。她看着辰亮说，你别谈旁的不相关事了，等着辰启找你吧。熙靖果敢地下着命令，说完自己先走了。

村里坩子土小窑儿塌方的事，很快处理完了，新的支撑原木架子都已安装到位。窑工们采出来的坩子土也运到了老窑厂。

这日一上班辰亮找到家栋说，咱两个要进城买一批釉料。我出门时差人跟你媳妇说过啦，估摸顺顺当当也要天黑才能回来。二人赶着厂里的驴车急匆匆上了路。这是家栋头一次进北京城，兴奋地一路上东瞧西看，忙活得双眼都不好使了。辰亮热心肠，一路上充当义务解说员。六十多里的路程不觉得有多远就到了西城一家化工原料商店。辰亮拴好了驴车，二人进了店，顾客还挺多，辰亮悄悄提醒家栋小心"三只手"。

啊？家栋没听懂。辰亮右手中指食指比画成夹子模样伸进家栋衣兜里。家栋慌忙点头表示明白了，一副羞赧的模样说，俺没钱啊。兴许话音大了些，他这一句话倒招来了周围人的警觉。

辰亮把手里的购货单递给了售货员，招呼家栋找个座位坐下安心等待召唤。

不一会儿，一个三十多岁的男人过来问，外面的驴车是你们的吗？

辰亮只是点头应承没说话。那人继续说，您不看一眼？像是没拴紧，驴车自己溜达呢。家栋站起来朝辰亮说，俺去看看，又对来人说了句谢谢，自己出了商店门，朝西一看自己也笑了，自语道，真是乡下人，跟我一样没见过世面。明明俺拴得好好的，还是让你挣脱开了。家栋边教训毛驴，边把驴车拽了回来，将毛驴牢牢地拴在了电线杆上。不知那人什么时候也出来了，上前搭讪，来进货的？家栋也学着辰亮的样子点头应承没说话。

那人凑过来搭讪，我一看你们的货单就知道你是干琉璃行当的。

家栋应对，好眼力。知道买哪些货吗？

那人答，自然是琉璃釉料嘛。

家栋又得意地问，能说出几样货名吗？

那人笑了，几句话就能知道您是内行。我直说吧，手头有釉料配方吗？有朋友托我买几张秘方，想着也办个琉璃窑。至于价钱嘛，好说！

家栋也笑了，您是想买几个方子发财？

那人神秘地凑上前来，说，只要是好东西都能换成钱。谈谈？

家栋拍拍那人的肩膀，一听你的话就是冒诈，你进店不足一分钟，那时辰，俺们的进货单早就递上去了，你怎么能看到？

那人显出尴尬，但转瞬一副满不在乎的样子，一挑眉毛，谈谈？

家栋拴好驴车，让你赚还不如让俺赚呢！

买完了货，家栋请辰亮吃了一顿饭，每人还要了两小杯北京红星二锅头。

辰亮说，你不是说没钱吗？

家栋笑着说，在外行事，真真假假呗。

哎，我看那人跟着你出去，他是干吗的？

他眼毒，看出俺是外乡人，跟俺讲笑话呢。

回到家吃晚饭时，春妮见家栋闷闷不乐，问道，怎么了？

家栋说了拴驴车的事，最后来了句，这不是二掌柜在试探俺？

春妮想了想才说，俺寻思，不像是。你一个外乡人，一进厂就这么信任你。是你想多了吧。

考验也不怕。俺眼毒，记下那个人了。下次再进城，俺再会会他。

春妮接茬儿，听姐话不惹闲气，允许掌柜们考察考察你，到底是不是那种"银样镴枪头"。

家栋一副惊喜模样说，姐的这番话，着实不简单嘛！

春妮有些羞赧说，俺是听戏文听来的。

辰启得到天津港海关扣留了一台英国产蒸汽动力压瓦机的消息，派辰亮立即找故宫博物院整理委员会的干部下力气打通关节争取到手，这是大好消息。对筒瓦板瓦的加工带来了节省劳力、提高效率、保证质量的太多好处。蒸汽为动力的机器是早已完成了第一次工业革命的英国人，为了把这没人要的破烂儿，走私到中国打算大赚一把的。没承想梦想破灭。辰启像是捡了大便宜，而在试车时噪声太大，致使还发生了被嘈杂噪声折磨的操作工险些失去一只手的险象。被逼无奈辰启专门雇请机械师将蒸汽动能改造为电力动能；向下砸瓦改变成挤压成型，这一来噪声大为减少了。这算是老窑厂向现代化、机械化迈出了十分不易的一大步。

原来堆叠在素坯窑前的筒瓦、板瓦坯终于入窑了。点火仪式在窑炉前举行。辰启、熙靖二人，陪同故宫博物院整理委员会的戴主任来到重新归来的几十号工人面前，真是百感交集。

我们总算是熬过了寒冬。这是辰启说的第一句话。从今天起，我们不再是清工部营缮司琉璃局的工匠们了，而是我们自己的窑厂的主人啦！是故宫博物院属下的工人们了！这需要我们在今后的日子里慢慢体会，这个变化的本质有多么重要！下面请故宫博物院整理委员会戴主任讲话，大家欢迎！

戴主任说，我前些天来是给大家带来了启动资金，今天来是给大家带来了新的生产计划，还有一个好消息。故宫博物院决定，永定门外的琉璃南厂和你们老窑厂合并为故宫博物院琉璃老窑厂。昨日我和辰启、赵熙靖二位同志去了南厂宣布这个决定的，同时还参加了张厂长光荣退休欢送会。这次合并，就是为了集中两家的技术力量，发挥 1 加 1 大于 2 的优势，搞好故宫的修缮任务。我认为这更有利于琉璃事业更好地发展。希望大家好好珍惜这份荣誉和责任，努力生产优质的琉璃瓦，把咱们人民的故宫修缮得更加金碧辉煌！

大家热烈的鼓掌声中夹杂着发自内心的叫好声。

戴主任在辰启的陪同下点着了窑火。又是一阵热烈掌声，算是在给窑火慢慢鼓风，工人们知道借助窑火的慢慢燃烧，将期盼已久的欢乐，持久地通畅全身才是最幸福的。这和烧窑是一样的道理，一上来就猛火强攻是窑工操作的一大禁忌。

戴主任驻足观看镶嵌在窑炉前壁右侧的一座神龛，里面供奉着三尊神祇的雕像，中间那位骑着毛驴、脖子上挂着一串铜钱的是太上老君，右边是水神，左边是火神。神龛前面的供桌上摆着一只烤成焦黄色浑身油光的乳猪，乳猪两边是一尺长手指粗的高香，飘散袅袅青烟。戴主任上前仔细端详，辰启凑上前，戴主任，这乳猪，是我们一位职工家属用面粉精心制作的山西特产花馍馍，蒸熟后再烘焙而成的。

戴主任惊喜道，我还真以为是烤乳猪呢，好手艺！

辰启转身向辰亮严肃道，新中国成立了，以后不能搞这些名堂了。

戴主任笑笑制止道，思想工作要努力做，持续用功。这也是要求我们做得更好嘛。我们做不好，老百姓只好求助神明保佑嘛。我想起今后咱老窑厂的生产还会更忙，如有机会，把前两年辞退失散的工人们再请回来，多多关心帮助他们解决生活困难，好不好？

辰启很高兴，您说得对。我们已经招回了一部分工人了，一定继续做好这项工作。

好。还是老窑厂啊，很局气嘛！

午饭是工作餐，这是按戴主任要求制定的接待规矩，没有酒，菜品简朴实惠，边吃边谈工作。

熙靖提出自己的看法，戴主任，老窑厂实施股份制，我打算出任董事长。一来，因为窑主辰启身体原因，二来，我是高中毕业，最近还专门请教了北大老师，辅导我三个多月的企业股份制经营与管理。三来，我很想为咱们的传统琉璃事业尽一份力量。不知您的意见如何？

你有文化，这次复产工作不怕吃苦身先士卒，大家反映也不错。我没有什么意见，大胆工作，在实践中成长，不要有什么顾虑。

熙靖坦诚道，有些股东认为，从古至今没有女人管窑炉的规矩，说是亵渎了窑神，破坏了风水财运。

戴主任环顾四周，这个陈旧看法值得商榷吧！古有穆桂英挂帅出征迎敌，武则天当皇帝，今天人民共和国为什么不能有女同志当董事长呢？共产党讲究男女平等嘛。要做好说服教育工作！你自己也要做出表率！股东大会那天我是一定要来的！

好。我一定不辜负您和大家的期望！

不。戴主任纠正，应该是不辜负故宫党组织和全体窑工们的期望。

熙靖诚恳地说，我一定说到做到。另外，我还想到，应该有技术入股这一条，这样可以更好地调动发挥技术骨干的作用，使我们的股份分配更加合理。

戴主任笑着用四川家乡话说，对头嘛！技术，尤其是琉璃这一行当技术，不是一朝一夕就可以掌握的，没有高超的技术是烧不出一流的琉璃瓦件的嘛！具体操作你可以去请教北大的教授们。

熙靖很有信心地点点头。而就在此时，她突然感觉胃部翻江倒海，她紧闭双唇，低头默默离开餐桌，快步赶到后院卧室的卫生间干呕起来。

第二天，辰亮拿着报销单据在窑炉前找到了熙靖，请她在这些单据上签字。您身体不舒服？辰亮小声又小心地问。

熙靖斜楞了辰亮一眼，在单据上签完字，边走边说，明天一上班，请"上三作"师傅来大掌柜那儿开会。

大掌柜辰启将四合院前院的三间正房装修成两间办公室和一间会议室。堂屋算是大会议室。郭师傅、家栋师傅、孝存师傅还有熙靖和辰亮，老窑厂的领导班子齐整了。

熙靖讲了老窑厂在故宫博物院整理委员会的要求和帮助下准备实施股份制经营。上次开会讲了关于股份制的具体内容，以及具体要求。这次是想听听大家对股份制还有什么不明白的地方。

郭师傅说，股份制把我们三人和三位掌柜的都捆绑在一起了。这是对窑工们的信任。我没别的，就是一定努力烧好每炉窑……我想……

郭师傅，熙靖打断话头，我纠正您说的一个错误。老窑厂只有一位大掌柜，就是辰启。大掌柜占股份大头，对老窑厂的管理有着控制权。今天大家心里有什么想法尽管说出来。明天还有几个股东来和大家见面。故宫的戴主任也会过来，宣布股份制正式成立，全体股东第一次大会也正式召开。郭师傅，对不起，刚才打断了您的发言，请您继续……您，还有什么顾虑吗？

是这样……我想，我想让大女儿秀花来咱们窑厂上班，不知，可以吗？

熙靖说，这事大掌柜决定吧。

可以。辰启表态，学徒、考核、转正上岗都要按老规矩办。

郭师傅站起给大掌柜和各位领导鞠了躬。

俺想说两句，家栋师傅站起说，俺认为，不能只是干等着故宫或是皇家什么宅院、陵寝上门送活计，俺们是不是可以主动出门找活路。

大家听着觉得很新鲜，老窑厂从没有过这样的事。我们是故宫博物院的直属窑厂，虽说如今人民当家作主了，老百姓也用不起琉璃瓦呀！但熙靖却觉得米师傅有想法，脑子活络。会场一时冷了场。

熙靖说，我觉得，家栋师傅想法挺新奇。只是咱们才刚刚恢复生产，时间紧、任务重。但是有想法还是好的。大家就应该有什么说什么。有时间可以就家栋师傅的想法展开讨论。今天就不作为会议议题了。

熙靖的卧室。这些日子，熙靖和辰启大掌柜忙着累着快乐着，睡前熙靖总是要和辰启聊上两句老窑厂的事。一般都是熙靖主动挑起话题，今晚，却是辰启先开了腔，两个多月前，还是老太爷带着戴主任他们来到了老窑厂，带来了救命的启动资金啊！如今真正点火烧窑了，老太爷却来不了了……

熙靖说，辰启哥，耄耋之年的老太爷，走得很安详，到了那边也会给祖辈们一个吉兆的汇报。哥，节哀顺变吧。

你好傻呀，我的熙靖。老太爷跟我说的是，他一辈子盼着咱家世代都会有个男丁接老窑厂的班，窑火不断啊！他怕在我这辈上断了香火……辰启落泪了，老太爷惦记的另一件终生的遗憾事，就是辰家几辈子人了，都不能见上一面那件神奇的琉璃宝贝啊！

熙靖宽慰着辰启哥，你说的那宝贝，我看也就是个传说吧，还真能发光？那得是多大的夜明珠啊，更别说是琉璃的啦！她把辰启的手搭在自己的肚子上，说，咱俩赶上了新时代。不管咱家这个宝贝是男是女，只要他能干，咱俩就把这个班交给他。他不愿意干，我熙靖自己干！干出个样子来给大家看嘛！你才刚说的这些话，我不认为是你的担心、忧虑，我理解这是你对我的鼓励、支持！

辰启抚摸着熙靖微微隆起的肚子说，你说得真好。谢谢。老太爷临终前还特意嘱咐我说，那宝贝是咱们祖辈琉璃人的最大期盼，只要找到了，务必及时告诉他……

熙靖忽然愤恨地说，那个挨千刀的徒弟，枉为佛家弟子！为了不义之财毁了祖辈琉璃人的珍宝，那也是咱们中华龙脉人的珍宝呀！不说这些事啦，啊？睡吧，心情不好，会影响睡眠的。

第五章

生产、生活天天有新的变化，是那种不断向好的方向转变的变化。

而家栋家里突然来了一位不速之客打乱了他的正常生活。

客人唤齐凤兰，四十多岁的女性，白净，身材好，总是面带笑容，彬彬有礼又不张扬，配上时下流行的土黄色的列宁装，显得格外时髦干练。家栋认识她。在老家读书时，她是教授国文课兼日语课的老师。在家栋的眼里，别看齐凤兰长得清秀、白净，慈眉善目，但在教授日语课堂上，她却比日本鬼子有过之而无不及。同学们很讨厌她，家栋尤其讨厌她。因为那段时间，正是母亲去世不久的时刻，家栋很讨厌家中来女人，尤其是年轻漂亮的女人，齐凤兰就是这样的女人。她常来家里找父亲，她一来爸爸就关上他的房门，二人说话他是听不见的，她每次来都会给家栋带一些小礼物或是好吃的点心。即使如此，家栋非但不为所动，反而横眉怒目，家栋判定她是个"狐狸精"，早晚有一天因为这个女人，他会失去父亲。

果然，有一天他放学回家时发现家里被翻得底朝天，父亲不见了。家栋变成了孤儿，亲戚见他可怜只好找到了米窑主，家栋便跟着本家米伯来到兖州窑厂干杂活维持生计。

十多年不见了的女人怎么突然找到了这里。

齐凤兰主动讲明原因，说是当年家栋父亲失踪了、家里被抄了，而她十几天后才知道的。因为工作的原因，待她能抽出时间再找家栋时，已经过去了一个多月。这期间她曾请朋友来平遥找过他三次，都没能见到家栋，只听说跟着一位本家伯伯去了兖州……

齐凤兰说当年她和家栋父亲一起在家乡平遥参加了抗日救国同盟会。这是共产党说服军阀阎锡山同意，联合组建的抗日民间组织。但随着日本鬼子侵占华北，阎锡山的抗日态度也发生了根本转变，这种合作不存在了。如火如荼的抗日救亡的群众运动被迫转入地下，家栋父亲在这个时期被汉奸追杀牺牲了。

家栋隐忍怨愤地质疑道，你为什么不出手相救？那时，你在哪儿？

齐凤兰始终是那副平静和稳重模样说，汉奸并不是冲着你父亲的真实身份去的，而是听说你父亲收集到一座烛台，他便要求你父亲赠送给当时的日寇军官龟田大佐。你父亲不同意，那汉奸几次威胁诱骗都未成功……后来，便发生了你父亲被害的事……

家栋穷追不舍，那烛台是金的？银的？比命都重要吗？

齐凤兰证实烛台是琉璃的。她说是家栋父亲知道汉奸不会放过自己时，将烛台收藏地点告诉了她，并嘱咐她待家栋长大成人后交其保管收藏。齐凤兰说完打开带来的提包，一只金黄色盘龙琉璃烛台摆在了桌子上：

一条金黄色虬龙的尾部拖地，右边后爪奋力撑着身体，盘桓蓝色台柱之上，左前龙爪托起黑色烛盘，龙头仰天长啸，像是在迎接光明。虬龙形象威武刚劲。更可喜的是釉色纯正、饱满，酷似玉雕。令家栋不禁叹息自语，该是一对呀。

齐凤兰接过话茬儿，据你父亲说，商贩也在寻找那一只。多年不知所终，为生活所迫才狠心出让这一座烛台。我想请你们把窗帘拉上，可以吗？

家栋看了媳妇一眼，春妮起身拉上窗帘。家栋惊呆了。桌上的黄色小角虬龙竟然浑身发着黄绿色荧光，呈现跃跃腾飞之势，尤其是那双龙眼，颜色深锐、闪烁着耀眼深绿色荧光，直撼心魄，令家栋臣服震惊，只听说过夜明珠，如今这是奇珍异宝夜明琉璃虬龙啊！

春妮连忙抓住齐凤兰的手，千恩万谢。

家栋却冷静地问道，为甚非要找到俺呢？你可以独享其乐啊？

齐凤兰突然眼圈发红，热泪盈眶地说，你父亲曾经救过我的命。大恩不言谢，老人家临终前的委托我必须做到完璧归赵！不然心存龃龉，何以为人？年前，我在平遥米家村遇到了米窑主，他说你俩可能去北平看故宫了，说那是你一生的凤愿。我便来到北京到故宫打听，人家说故宫正在修缮不接待访客。后来他们提醒我也许你在老窑厂讨活路，我就过来了。

春妮激动地说，不知怎么称呼您合适，俺称呼您为大姨。春妮扯扯家栋的衣襟，齐大姨在上，俺和家栋恳请齐大姨赎罪。说着硬拽着家栋给齐凤兰磕了头。春妮继续磨叨，俺俩也没个亲人……

家栋使劲攥了媳妇一把，趁势将她拉起，冲着齐凤兰说，您大老远找到俺真是不易啊，在这嗒嗒好生歇息些时日，先让俺婆姨给您做碗臊子面吧。说完家栋指使春妮快去，自己将烛台重新包裹好，小心放在了卧室门后。您喝茶，我去厨房看看。

齐凤兰笑着端着茶杯回应，一家人，不必客气，你快去厂里忙吧。

家栋进了厨房，贴近春妮小声嘱咐，听她多说，你少说。他又转成要出门的架势大声强调，别忘了滴上些香油啊。

齐凤兰在春妮家只住了一宿，一大早便离开了，说是去城里会个朋友。

晚上，春妮不解地问，你那样对齐大姨，为甚？俺不懂！

家栋说，俺低头时发现她的右脚踝里侧有一个铜钱大的红色纹记。前些时候，旁屋的孝存师傅曾画过一样的纹记问我是什么意思。

他在哪儿看见的？春妮惶恐地问。

说是一个日本军官的脚踝上。家栋回答。

难道她的文印也是右脚踝？也在里侧？见家栋点头，春妮惊讶神情，小声叫道，难道……她是日本人？那她为甚给俺们送来那个宝贝？脑子被门板挤瘪了？

……

春妮突然问，你老爹收藏古董？

你为甚知晓？

是她吃饭时问我的。你不说俺凭甚知晓？

家栋默默摇了摇头，又点点头。

春妮问，你明白了甚？

家栋一字一顿地自语，难道……她是在放长线线，找另一只烛台？来者不善啊。

立冬后不久，春妮生了个男孩儿唤作米釉亮。釉亮的满月酒宴客人不多却很隆重，辰启大掌柜和熙靖董事长还有辰亮、孝存、郭师傅老两口，再有几位老师傅。有人打趣道，再过几个月，熙靖董事长的儿子就出生了。

有人不会说话，冒失道，若是个漂亮姑娘呢？

竟然还有更不会说话的，假若是个漂亮姑娘，两家何不结上娃娃亲呢？

竟还有人起哄叫好！

其他客人只顾喝酒，不作回应。家栋两口子也装作没听见，只是一心诚意劝大家喝好吃好，显出无动于衷的状态，但他斜眼瞅瞅辰启大掌柜两口子也只是很有礼貌地微笑应酬，并未做任何回应。家栋轻轻按了按春妮的肩膀，露出释然的笑容，但心里却暗暗下定决心，这个百年育人的大事是绝不能认输的。

那天，家栋不仅请了郭师傅，还特意请了秀花，说是秀花在父亲的精心指教下，很快能够独当一面了。家栋预测她很快是琉璃行当头一个女窑作一把手。春妮也夸奖起秀花越发漂亮了，她的美是那种健康的美，体格胖瘦匀称，胸高腿长，干活泼实不惜力，说话办事真实爽快不扭怩。郭师傅两口听着又高兴又自惭形秽，心里暗想，自家姑娘没文化，怎能高攀辰亮二掌柜呢？秀花不管那一套，家宴上她大大方方坐在辰亮的旁边，处处关照着辰亮，真真儿像个大姐姐。辰亮也算是见过世面的，说话礼貌、办事得体。二人说话声不高，不惹年长者皱眉嫌弃，动作大方得体不显得过分亲昵，也不招中年人侧目。

那天齐凤兰也来了，穿着亮红色高领厚毛衣，外套是最时尚的浅灰色呢子西装和配色一致的西服纯毛呢裙，庄重大气，彰显贵太太的矜持典雅。她还带来了重礼———一只老凤祥金店的金锁，亲自戴在了小釉亮的脖子上，金光四射。齐凤兰抚摸着小釉亮的白嫩脸蛋儿，甜甜地笑着逗引，叫奶奶，叫一声，看看，哎，他笑得多甜呀！一分钟的表演，把家栋夫妇的风头都盖了下去。家栋也笑得合不拢嘴，但收得显然也快了些，他转身忙着招呼辰启那桌客人去了。

席间齐凤兰表现得俨然就是春妮的亲婆婆，还不时偷偷嘱咐春妮，家可要锁紧些，小心那宝贝被贼眼瞄上。

春妮笑容满面，窃窃私语道，谢过他大姨奶啦，俺俩从不示人显摆的。再说，这院子牢靠呢。你没见家栋稀罕那样子呢！还特意定制了一只硬木箱子装起来，放在卧室大柜子的底格，严实呢。

那宝贝是一对的呀，可惜了！齐凤兰连连摇头表示遗憾，家栋没向你提起他老父亲收藏古董的事？

春妮顾左右而言他，家栋进城办事时还真问过京城彬记古玩店的岳掌柜，他可是民国时期最有名的古玩大家，他一听说，夜光琉璃黄金龙烛台，一脸的故作镇静，其实俺当家的早都看见他双眼发光啦！嘻嘻……你不知道彬记古玩店的岳掌柜？

岳掌柜呀！怎能不知晓？听说人家专门收集奇特古董，哎？把那宝贝拿上让他掌掌眼？

春妮脸一沉，俺可不敢长那邪心眼，那是咱老祖宗留下的宝贝，哪能由他们褒贬糟蹋！春妮再瞅齐凤兰，只见她红着脸嬉笑道，都是醉酒的说笑呢，哪能当真？

春妮搛起一块拔丝山药，恭敬地放在齐凤兰的菜碟里，您快尝尝，又糯又甜呢！

齐凤兰点头感谢，妮子，我说过的，在晋中地区家栋父亲也算是祖辈收藏古董的行家呢，那天他把那宝贝交到我手里的时候，我问过他两次：那一只烛台呢？他每次都是闪烁其词，我看着他眼珠也是闪动不止。你知道吗，这是人在说谎时才有的表情。你不信试试家栋就知道了，看他对你忠心吗。男人啊……嘻嘻……哎，大姨逗逗你……嘻，试试也无妨嘛！嘻嘻嘻……

故宫急需的琉璃瓦构件在紧张的加班加点之中。家栋除了完成每窑所需的釉料外，还多备出两份料，只是需要炒制的黄丹料有铅毒，单独放置在库房的隐秘角落，即使到了需要配料的时候，他也在下了班后人少时再操作，或是早早起来，在人们还酣睡时药就配完了。一方面他是珍惜大掌柜对自己的信任，决不能有丝毫的差错而失密，另一方面也是尽可能地减少对大家的毒害。

窑火一点着，是不能离开人的。秀花总是抢着多值夜班，让父亲和别的师傅回家歇息，那时值班是没有值班费的。其实，姑娘家有自己的小九九，她听辰亮说自己从不和大掌柜一家人吃小灶，于是认定辰亮吃大灶上的伙食不会合口味，所以，一到她值夜班，总会给辰亮带些好吃的，逢年过节还会有些特别的应景小吃、时令果子什么的。辰亮原来住四合院前院的南房，出了院门儿就是窑厂，夜里无事自然常来找秀花聊天，这是秀花最开心的时刻了。她还听说自打熙靖怀了孩子，他就搬到了老窑厂的排房住，和孝存、家栋师傅们是邻居了。离窑炉虽远了些，但他还是一如既往地来找秀花。这在秀花的眼里辰亮就是自己的对象了，旁人也这样认为。可辰亮怎么想，时间长了，秀花又不是傻子，有时自己想和他亲昵一下，辰亮总是表现得很紧张，也很抗拒，秀花开始还以为是害羞不好意思。秀花也没在意，觉得慢慢会适应的。可时间一长，秀花心里不踏实了，一个大男人怎么能让一个黄花大姑娘一而再再而三地上赶着往上贴呢？他把我秀花当成了什么人啦？

你是不是心里有别人了？这天秀花拉下脸子问辰亮。

我没。我……

你到底喜欢不喜欢我？

辰亮点头认可，但秀花觉得他点头很勉强，生气地斥责道，我总觉得你三心二意。

没，没有啦……

那你过来。秀花自己先到了窑炉旁边暗影里，回头看看辰亮迟疑不动，跺了一脚，使劲招招手！辰亮总算是跟了过来。到了暗地里，秀花身子靠着窑炉边墙，这里光线暗又暖和，她一把将辰亮拽过来，紧紧搂住，她想着凭自己这把子力气，辰亮一定美得发疯。谁知一个大男人自己先是筛起糠来，气得秀花用手拍了拍辰亮的大腿根儿，心想这不挺好的嘛，咋吓成了这样？我就不信啦！她狠命地抱紧辰亮，火热的嘴唇硬生生地贴在了辰亮冰凉的唇上……时间凝固了，辰亮额头冒出了汗，秀花头一次感觉自己若不是靠在砖墙上，早就瘫在地上了。那种飘飘欲仙的感觉美妙极了……不知过了多长时间，她觉得不对劲了，她发现辰亮在默默流泪，都流进自己脖颈子里了，凉冰冰的。秀花还以为他和自己一样激动所致呢，细细呵摸，不对呀！怎么他那里变得软塌塌的了！好像我秀花强迫他，他辰亮很不情愿似的受了多大的委屈。秀花反过身子，又是一把将辰亮挤兑在墙上，你，到底咋啦？辰亮就势蹲在地上，表现出努力不要哭出声来的那般痛苦。辰亮，你……这是爱我吗？我怎么这么贱骨头！自作多情！秀花整了整被揉皱了的衣裳，拍了拍身上的灰土，一字一句恶狠狠地从牙缝低吠喷出了少女被羞辱的愤怒，滚！算我秀花瞎了眼。滚！滚不滚？我喊人啦！

辰亮低着头，匆匆从厂西小门溜走了。

回到家的辰亮没敢开灯，脱下那身脏衣服，赤条条钻进被窝躺下了，他也说不清楚秀花和熙靖两个女人到底谁更美，更具诱惑。秀花一股子蛮劲，大张旗鼓地彰显女人的魅力，这使得辰亮可以坐享其成男欢女爱。然而几次下来竟然感到索然无味。她不像赵熙靖那般高冷矜持，那般令他垂涎三尺，却又似藏在毛玻璃的后面，在自己急切地想捕捉到清晰真实的她时，那种感觉越是强烈，自己越是不敢造次，焦虑、痛苦地更让他抓耳挠腮……这一夜辰亮盯着房顶直到天亮鸡叫……

从秀花下了夜班进了家门、病恹恹朝床上一躺，秀花娘就不错眼珠子盯着自己的大闺女，当娘的进退两难，迟疑许久，终究还是来到了闺女身旁，心疼地坐在床边不说话，看着自己最稀罕的大女儿泪水，心如刀割，经过漫长地煎熬折磨，秀花娘终于开了口，我知道你和辰亮会有这一天的……

听母亲这句话，秀花腾地坐起，惊讶问，娘，您怎么知道的。

母亲流着泪，长叹了一口气，缓缓说，母女连心呀！

秀花翻身坐起来，抓住娘的双手，娘，您说我该怎么办？我打心里喜欢他，可他……可我……就是心里，放不下他呀……

听娘的话，你比他大三岁，就是进了门，能过下去？

娘，秀花满脸狐疑不屑地问，不是说"女大三，抱金砖"吗？别的女人能是金砖，叫他男人抱，我为什么就是素窑烧得碎砖头呢？

秀花娘握着宝贝闺女儿的双手，摩挲着，心疼磨叨，大闺女儿跟着娘受苦啦，弟弟妹妹们读书风吹不着，雨淋不着，脸蛋儿都是红润润地招人稀罕。可你呢？为了这个家，为了让弟弟妹妹们能安生念书上大学，跟着娘吃了多少苦呀！好闺女，娘知道你从不计较，甚至你都不知道自己是咱家最白净最漂亮的孩子了。瞅瞅现在，终日苦日子折磨的皮肤粗粗刺刺的，走起路来哪里还像个姑娘呢？为娘的能瞅不着？能不心疼吗？你们都是娘身上的肉啊！谁敢说你是个碎砖头？你是真正的大金砖……是你没看到自己个的能耐啊！他辰亮命不济，有什么可显摆的？你和他不是一路人啊，闺女！你为什么认死门一根筋呢？咱家不攀高枝，不也是出了一窝子大学生吗？听妈的话，辰亮靠不住！他不稀罕你，正是好机会啊！

秀花抱着妈妈，娘，你和爸爸不是总说辰启大掌柜一家人都是大好人吗？为什么单单辰亮靠不住呢？

闺女，有些话还不能跟你说得太明白，需要你慢慢品啊。你记住这些话是千万不能去跟辰亮叨叨！

娘，您的话我想不明白。我，就是离不开辰亮啊！

突然郭师傅闯进来，指着秀花的鼻子，竭力压低嗓门地骂道，你这个蠢笨丫头！怎么说你就是个卖傻力气的命呢！你愿意受罪吃苦，你就去吧！有你受的！

听老爸一席话，秀花也倔了起来，我傻、我笨、我无能，行了吧？你们都不用管我，就让我自生自灭吧！我跟定辰亮了，你们不给我提亲，我自己去找大掌柜，不用你们操心啦！说完秀花下炕穿鞋，蹬蹬蹬地跑出了院门。

秀花刚跑到岔路口正巧碰上熙靖要进院门，她赶忙高声叫，熙靖嫂子！

熙靖扭头见是秀花便等她跑上来关切地问，有事？进屋说吧。

秀花一把拉住熙靖的双手，我就一句话，我，想嫁给辰亮，您同意吗？

熙靖对这突如其来的响雷，一时惊吓得摸不着头脑，她小心试探地问道，秀花，你爹娘什么主意？

我的事我做主。熙靖嫂子，您和大掌柜决断吧，准不准这门亲事，给我个准话。

哎，这是你和辰亮二人已经决定了的事吗？

是这么回子事！不然我也不敢说，我早就是他的女人了。嫂子，我一心就等您的回话啦！秀花说完蓦转身像是得胜的将军，撩开大步蹬蹬蹬地走了。

熙靖眨眼的工夫，不见了秀花。她下意识地看了看这刮风天，再瞅瞅暴土狼烟的地上到底都刮下了什么。

熙靖推开院门，进了西屋，见到倚在窗根儿看书的辰启问，你没见到院子里掉下什么老物件？

辰启望望窗外，再看看熙靖，不解其味地摇摇头。

熙靖突然发出脆朗朗的笑声，边笑边脱鞋上炕凑到辰启跟前将刚才自己撞见秀花的场景学说了一遍，结语像是说书的一般道，那女子说完转身蹬蹬蹬地走远了……熙靖见辰启盯看着自己，忽然脸红了低下了头。辰启怜爱地轻轻拍拍妻子的肩膀，和缓地说，抽空你找趟郭师娘，算是我们正式征求郭家的意见。话，不可多说。事，不能耽误了。

熙靖笑眯眯地点点头，身子向上挪移着，够着辰启的嘴唇亲了一口……

郭师傅家。秀花娘劝道，咱郭家和大掌柜家算是几辈子的世交了。辰亮当年进出本田少佐岗楼的事，你就不该瞒着大掌柜。

他进出日本岗楼干了什么勾当，你能说清楚？还是呀！你说给大掌柜听，不是落个挑拨是非的嫌疑？人家是哥俩呀！

秀花娘并不退让争辩道，可你不想想，只过了两天本田少佐就进厂来逼迫大掌柜交出秘方的呀！你要说了，他就不会那……了呀！

郭师傅满腹经纶道，妇人之见。我老郭有那么傻吗？我提示大掌柜小心本田少佐的阴谋，他听进去了呀！就是大掌柜的让我给他当助手，演活了一出精彩的戏法。你知道不？

秀花娘难过地说，你倒是一箭双雕、事办得漂亮啦。可我的秀花闺女儿怎么办？将来怎么和他过日子？

怎么过也得过，那是她自己的选择，赖不得旁人！

你个死老头子！

郭师傅忽然想起什么事儿来，对秀花娘说，有件事，好像能证明辰亮还算是个中国人。

秀花娘追着问，什么事？你倒是快说呀。

你记得咱村东那家永旺肉铺邓老板吗？他曾和我说过这么一件事：那年……就是鬼子投降那年，清明节后，我去给炮楼的鬼子送肉。在炮楼后的院子里，遇见了辰亮二掌柜从本田少佐办公室出来，辰亮叫住我问，邓老板，您多见识广，您听说过会发光的琉璃烛台吗？我打岔说，见过呀。辰亮急忙追问，在哪儿？谁手里？我说，您家的烛台，难道划根火柴点着了，不发光吗？邓老板笑着说，我见辰亮的头摇成了拨浪鼓，急赤白脸说，不用划什么火柴，一到天黑烛台全身自己自动发光的那种！我很吃惊地说，那可是宝贝呀！您二掌柜一准儿有！琉璃世家嘛！怎么，你刚才献给了他？我噘着嘴儿使劲儿地朝本田少佐屋里努了努。辰亮气狠狠地说，我要有还用问你吗？我笑着和二掌柜说，那是，那是。什么时候您想吃肉了，我就割你一大块！

秀花他娘咯咯笑着说，那个肉铺邓老板刀快嘴损！八成，辰亮都听不出来呢！

郭师傅说，我这么想，不管他家有没有，他还算有点儿人性，不然真嫁祸给辰启大掌柜就麻烦大啦！

呸！他巴不得自己有那个发光的烛台，好捞个升官发财呢！郭师娘撇撇嘴，右手中的锥子狠实实地扎透鞋底子，左手麻利地引着麻绳刺啦刺啦地纳着鞋底子。

这天，秀花娘送走了熙靖，心里说不出地难受，熙靖都来了，这个面子是不给不行啦！她跟郭师傅如实地提出自己的心里话，想着丈夫能想个法子把这事推脱了了事。不承想郭师傅竟然斥训她，你好糊涂呀！不是我心狠不心疼咱的大闺女，她不听劝，生生往上贴，咱俩能怎么办？咱两家几辈子的交情，能为这事就……啊？

郭师娘哭了一宿，等到一大早闺女回来了，她盘腿坐在炕上，纳着鞋底子，不像往常主动给宝贝闺女儿盛饭伺候着，而是大声认真对秀花说，你可听娘说清楚，你熙靖嫂子正式来提亲了。我过几日找人选日子定亲！你选中的人，往后可别怪老家儿！

秀花腼腆地笑着跑进了自己的屋里。

郭师娘转身偷偷咬牙撇嘴，差点没哭出声来嘟囔了一句，不懂好赖的傻东西！

辰启看着熙靖挺着大肚子，还不识闲地忙着老窑厂的生产，回到家又不忘操心伺候自己，十分心疼，特意从城里请来保姆姜婶专门照顾熙靖的饮食起居。

女儿希希出生了，给这个家庭注入了久盼的喜庆人气儿，出了满月的熙靖像是整天上满了弦似的里外张罗，人愈发显得成熟漂亮、精神干练。

家栋今天天不亮就来到厂里，配完了一剂釉料，脱下春妮特意给自己做的蓝布大褂，在门外使劲儿抖干净，又挂在了门后。当他路过吻作车间时，见亮着灯，便走了进去，见吻作车间只有孝存一人，便夸奖道，你算是以厂为家了，怎么？又是干了一通宵啊，设计什么呢？

孝存既不抬头也不应答，视家栋为空气，家栋不在意，自己搬了个马扎子坐他旁边仔细端详他手里的活计，继续问，你这是捏的哪路神仙？

孝存不屑地反问，干琉璃行当的米师傅，不认识它？

家栋也不示弱反怼道，俺还以为孝存先生是哑巴呢！它叫行什。此神只在故宫太和殿顶上才有，它排在十只祥瑞神兽最后，唯它身后有一对神赐的翅膀，手中握有一柄金刚宝杵，它负责督察前九只神兽是否忠于职守，即使排在第一位的龙兽也不例外。按说，龙兽算是皇权幻化的象征，那显赫地位也一样要受到行什的督察监管。所以说他是天下唯一的最高级别"督察使"。李师傅，俺回答可对？还请大师不吝赐教。

孝存浅笑慢点头，但不停手中的活计。

家栋问，你是怎么淘来了行什画稿？

工艺美术学院！怎么，不可以？孝存随口应了一句，却噎得家栋一愣一愣的。好歹他习惯了，依旧夸奖道，蔫呼人，道行不浅啊！这不是一般人都能有机会看到的呀！

孝存抿着嘴唇得意道，我用望远镜瞄了它老久啦，就是想把它请下来。

孝存兄弟，家栋依旧按着自己的思路说下去，俺提一点建议啊，你闲暇之时可否也参加到装窑烧窑出窑的工作之中呢？

孝存这才抬头一脸不屑地看着家栋，术业有专攻。你要去，去就是了，何必谦让？你也不必强求我向你看齐。说完低下头继续他与行什的神韵交流。

家栋并不在意孝存的冷漠态度，说道，俺是觉得，做一个琉璃匠人，还是要熟知整个琉璃工艺全过程为己所用，对自己的设计才会有更全面的认识和理解，你说呢？家栋停顿一下特意看了一眼孝存，继续说，我今天有闲暇。家栋说完便开始整理堆积在吻作半个车间里的各种模具，大的小的、木制的，杂乱无章。看到孝存的冷淡，家栋没再多说。孝存也只管默默干自己的活，偶尔看着家栋。见他将库房靠墙的一面腾出了一个过道，把木制模具一组组地用麻绳捆扎牢靠，又集中摆放成了临时一堆，然后出去了一会儿，扛回了不知什么地方找来的一些木板。

等等。孝存不客气地喊，停！你这是干什么？

哦，俺想分门别类码放，便于保护，也查找方便。这些木制模具应该好好保存呀！它们都是咱们前辈们留下的宝贝呢。哎，你字写得好看，是不是把每组模具用硬卡片编号，再建本台账。你，可有更好的建议？

孝存这才语气和缓了下来说，你以前干过？

家栋嘴里说没，手里不误工答道，俺是听厂里几位老师傅说的，该归置保存好喽，不然，太可惜啦。你这里的老师傅们没跟你提起过？

孝存看看家栋，默默点了点头。

家栋笑着干得更欢实了，那就干起来吧，谁让咱俩年轻呢？

孝存嗯了一声，将手里的活告了一个阶段，才走了过来。二人干了整整一天，将吻作工作场地整理得井井有条。

刚刚坐下休息的哥俩，抬头见熙靖急匆匆中带着火气跨进门来。她到釉料库房外的小屋找了家栋两趟了，不见人影，心里有些攒火。

二人见老板娘来了，赶忙站起迎接，看到眼下这场景，熙靖竟然无语了。她远观近瞧了一阵，像是自语道，这样挺好的，应该提出表扬。咱们现有的条件有限，到处是黑乎乎的灰土一片，这种面貌要改观啊。

家栋说，厂长，您找俺俩哪一个？

熙靖不客气地拿过一把凳子，坐下说，来，你俩也歇歇。是这样，我想进一步了解你俩对咱们老窑厂的工作还有什么新想法。坐下聊聊？这儿坐，门口亮堂。

三人坐下来，家栋不客气抢先说，故宫是中国，不，是全世界最大的最辉煌的宫殿群了吧。听二掌柜说，现在故宫里头的场景可以说惨不忍睹。哎，这可是二掌柜的原话，不是俺胡诌八咧。俺是没事胡乱联想啊，沈阳故宫呢？南京中山陵呢，全国皇家庙宇、陵寝、皇帝钦赐的名山风景区的古建筑很多嘛！经过民国时期的军阀混战，后来的抗日战争，对这些宝藏一定是破坏不小啊！是不是都有可能需要维修了呢？那可都是咱们新中国的宝贝文物啊！熙靖嫂子，要是能够掌握了这些消息，就能够主动找这些单位掌门人联系啊。到那时，还愁没活干吗？

我们是故宫博物院的窑厂啊！熙靖说，谁能和我们比高低呢？还用上门求活路？皇帝的女儿不愁嫁！

家栋说，熙靖嫂子不知道吧。俺就是从山东兖州来的。俺住的那个村子唤作琉璃村，俺米家的祖爷爷就给南京明大都、山东曲阜孔庙烧过琉璃瓦。嫂子，窑工们就怕没活干呀。您看看如今的窑工们，干起活来什么劲头啊？为啥？新中国成立了，当家做主了！那就要拿出主人翁的干劲来嘛！

熙靖感动地连连点头赞许。

这是真心话。从那个时代走过来的中国老百姓都深有感触的是，大家心中都铆着一股劲头，脸上洋溢着真心的笑容，卖力干活，自觉加班，总想着一夜中国富足起来。即使一穷二白，即使遇到了抗美援朝，即使中华民族到了最危险的时刻，全国人民在共产党的英明领导下，众志成城，努力奋斗！这就是那个时代，那辈人心境的真实写照啊！

熙靖一进门看见了他俩把车间收拾得如此规整，又听了家栋这番话，心里头很是高兴，这个建议很好。咱们扩大再生产，就有改善咱们的生产生活的脏乱差的条件嘛。再说，厂房设备也该向现代化机械化的方向转变嘛，改变生产环境，也是会提高生产率嘛。具体的方案，咱们都再往细致具体的方面想想。我都记下了。

熙靖走了。家栋挺兴奋，孝存不以为然，外行看着咱们干的就是泥水活，又脏又是灰土，可内行人才懂，这是真正的艺术品！精雕细刻是必须的，怎么能机器生产呢？笑话！家栋笑笑没吱声。

几天后的下午，家栋又来找孝存。

孝存，俺硬着头皮画了一张画，你给看看，提提意见？

孝存接过了画，便双眼一亮，脱口说了声，好想法！他一门心思闷头审看起来。这是画了一条黄色小角虬龙，缠绕在蓝色烛台柱上，一只龙爪抓举起黑色烛盘，龙头仰天长啸，像是在迎接光明……

家栋在一旁悄没声地看着孝存，始终不敢打扰，直到孝存将画稿放在自己的工作台上，转身面对家栋笑着点点头，好想法！

家栋连忙制止，莫夸莫夸，俺真是不会画画！知道孝存老弟丹青妙手，斗胆前来班门弄斧。拿给你看就是同你商量可不可以将俺的笨拙想法，通过你的修改斧正，然后将它变成一座真正的琉璃烛台呢？家栋谦恭地蹲在孝存身旁，静静地等待他的决断。

好一阵煎熬。孝存终于说，先做小样吧。

太好了。孝存，你看旁边标注的高、宽是不是合理呢？

孝存依旧是那句话，先做小样。

家栋扬了扬眉，不再唠叨了，他自觉蹲在一旁不错眼珠地凝视孝存那双手：他先用手指测量了烛台的宽；又伸展中指和肘关节，量了量烛台的高；然后，一条粗壮的泥柱很快竖立在他的工作台上，在泥柱上又浅浅地画了几条横线，端详少许后，一大把木制刀儿、锥、铲儿朝工作台上一撒，再加上了一把小小的喷壶儿，便开始了对泥柱的取舍。很快，烛台初具轮廓。此刻他扭头看了家栋一眼，这是探寻的眼神，家栋微微点头示好。孝存开始精雕，主要是龙身上的鳞片，龙背、龙尾上的鳍，摇曳变幻，而四只龙爪筋骨遒劲，都是单做单安，还有龙爪威武时夹带起的缕缕霞光，都是用细长锐利的三几条飘动又相连的片状线条表达出来，瞬间虬龙的强烈动势表现得淋漓尽致。看孝存干活真是一种享受，他心想即手到，手到即事成。一切又都是温馨地熨帖在家栋的心坎上。终了，精工细琢的龙头安装好后，家栋身不由己攥紧的拳头终于放松了，他长长舒展一口气，再见到孝存的模样，竟然像当年的蒸汽火车头一路奔忙总算是到站了那般沉稳、踏实。再后来是细修、定版，最后孝存看看家栋说，等等吧，晾干再制作石膏模具。

哎，家栋问，石膏模具可是最新的制模方法。你是怎么学会的？

请教美院老师呗。人家是从国外学到的新制模法，咱们能学到手就不错了。

你道行够深啊！

这都是肖大哥帮忙托人拜的师，费老劲了。

是那个常来找辰启大掌柜的肖增谦肖大哥吗？支持我们学习上进的人就是好人！你也是好人，学习真刻苦，始终不忘学本事，做得对！就是花钱也值啊！

孝存洗洗手，说，但我觉得，孝存停顿了一会儿，带着思索，或是拿捏不定的神情说，石膏脱模，简单易学，还省事，但我……觉得和传统木板阴刻制模相比总觉得细节还是在韵味上……说不好哪儿差些，我还拿不准。

琉璃黄龙烛台经过素烧、釉烧，拿出四件成品，摆在了大掌柜和熙靖面前，可以预见的是受到了一致好评。这还不是重点，重点是，家栋看见了烛台拿出的那一刻，大掌柜深吸了一口气，神情凝重，表情十分诧异，烛台拿在手里反复把玩，不舍得放下，眼睛不离烛台地问，谁设计的？

家栋抢答，孝存师傅。

孝存立即站起来，当众质问家栋，你为什么不说实话呢？

对孝存的质问，家栋立时很尴尬，连忙满脸通红地解释道，俺，真没说瞎话，俺只是有了一个不成熟想法，真正捏出活灵活现的烛台来，真的是孝存师傅下的功夫，另外，俺没经过领导同意，擅自用了一点釉料。下次一定先请示再制作，绝不敢再违反规矩了。

熙靖说，料不值几文钱，但规矩不能破，下不为例吧。大掌柜，您说呢？熙靖见辰启哥全神贯注于八仙桌上的烛台，还不时轻轻转动不同的角度，眼神始终聚焦在龙头上。

熙靖笑了，赔着小心将声调提高了两度，辰启哥，你说呢？

大掌柜只是点点头，眼神不舍地调整到熙靖的双眼，赞许道，这是条神龙啊。

熙靖嗔怪地回应，我还以为您没睡醒撒癔症呢！得，您就给我们讲讲这条神龙吧？

这条小虬龙，不是明代的，也不是清代的，是现代中国的，能从它身上看到今天的中国人热爱祖国保卫祖国的一颗炽热的心，一身铮铮的铁骨，内心充满着豪迈、自信。那种坚韧高傲的贵气魂魄，体现在这条虬龙上，说明塑造者的功底很扎实。着实不错！老窑厂的产品中最为重要的就是塑造成功的龙形象！这是中华民族的图腾，这也是华夏儿女骨髓里的精华。大掌柜抬起头专注看看眼前的两位年轻人，寄予厚望地说，今后，你两个就从琉璃艺术品方向多多地试做新品种，你们的想法熙靖都和我说了，咱们先做好修缮故宫的急活，只要时间匀得开，你俩也积极把眼光放得更远些，更多地积累经验……等待一个好时机吧……

这些话说到家栋心上了，但是他没表现出来。在山东兖州生活的那些年，他高兴不会笑，生气不会恼，生活久了便养成了习惯，但这次则是因为大掌柜的神情令他觉得有种不同凡响的奇特感觉，而这种感觉不断地向自己一步步袭来。大家对辰启大掌柜的评议回响是心服口服、激情澎湃。

孝存听懂了辰启大掌柜对自己的殷切期待，心里鼓动起风帆，信心满满。二人见时候不早了便告辞了。辰启亲自将他俩送到院门外，一直望着两位年轻人的身影消失了，才回转身进家来。熙靖见到辰启这般模样，小心地问，辰启哥，你在想什么？

辰启迟疑了好一会儿，才说，我在想，孝存的设计想法，怎么好像什么人告诉过我？

熙靖不由得"啊"了一声，你，看到过这个设计？

似曾相见啊！

难道是孝存抄袭别人的设计？

不，不，不是这个意思。哦，我想起来了！老太爷给我讲过，当年他的父亲曾说过椒园寺的住持向他讲述过寺内曾经有一对能发光的琉璃黄金龙烛台的故事。老太爷讲述的那对烛台的形制，我感觉就和今天看到的一模一样。熙靖，你关上灯……怎么……这烛台不会发光呢？

辰启哥，这是他俩刚烧出来的，这是琉璃烛台，不是夜明珠，怎么会发光呢？你怎么啦？

辰启静静地冥想着什么，飞驰的思绪和熙靖的揣测不在一个平面上。

回家的路上孝存突然又问家栋，你为什么说是我设计的？

家栋回答，你别误会，俺没别的意思。再说，俺说的是事实啊。仅凭俺一张草图顶多是一种粗略的想法，真正把它变成艺术品的是老弟你呀。俺心里真的是佩服你。俺还觉得，俺两个进入琉璃行当时间短，要学的东西太多了。再说，俺两个都算是半个文化人吧，俺心里就想……俺两个应该成为交心的好朋友，不辜负大掌柜的栽培。

孝存低头踢开了脚下的一块石子，说道，我也没别的想法，看把你紧张的，说了那么多的俺俺的，你改了吧。北京人都说"我"。

家栋说，谢谢你了。你说的……我，都懂。

孝存也笑了，你说的我也懂了。那就说好了，我俩今后就是交心的朋友啦！

一路上二人都没再说什么了，却都将彼此的这几句话留在心中。

家栋一路无话，心里不踏实的感觉终于云消雾散了。然而，思维忽然悄悄跳跃到另一件事里了，直觉告诉他，一桩迫在眉睫的盗窃案可能很快会发生，他要求自己必须精准把握，务必做到万无一失。

果然，两天后的下午，那只藏在板柜最底层硬木盒子里的琉璃黄金龙烛台不见了。

那天，藏在厨房门后的春妮看见了一个中年人，偷偷潜进了他家堂屋，她知道那家伙一定是从他家大板柜的最底层，轻而易举地拿走了那只琉璃黄金龙烛台。

几天后，齐凤兰果真又来了，左拐右绕非要看看那只她送过来的能发光的琉璃黄金龙烛台。家栋委婉拒绝，她却坚持只看一眼。家栋只好让春妮拿出箱子来，打开让她看了一眼，两口子保护严密。因为三个人心里都如明镜一般，只是谁也不曾点破而已，齐凤兰的手始终没敢抬起来，最后，臊眉耷眼地走了。春妮从女性天生的敏锐直觉中，看出了齐凤兰呈现出的悲剧的痛苦面相。不管怎么说，以后的七八年间，家栋两口子再也没见她光临老窑厂。

家栋知道她或他们不会善罢甘休的。从此没人知道这件事的来龙去脉，似乎也不再会有人知道这档子事了。

第六章

一起试做琉璃烛台这件事，增进了家栋和孝存的关系。家栋高兴了总能找个理由叫上孝存，喝上几杯。因为辰亮住在隔壁，家栋有时也会叫上辰亮。辰亮一定会招之即来的。

辰亮说，咱这就是桃园三结义啦！

孝存和家栋相互看看未置可否，家栋说，管它什么结义呢！大家一起喝杯二锅头，唠唠家常，开心就好嘛！

孝存也闭着眼睛连连点头，喝，喝！

家栋说，俺家，喔，我家春妮也是个好热闹、热心肠的人！你们有事需要帮忙，只管吱一声。

这天，春妮去郭师傅家帮师娘给孩子们裁剪衣裳，家栋迈进孝存的家门，头句话就说，中午这顿饭只能在你家凑合了。

说是凑合，孝存哪敢真的将就呀，自己也从未主动提及请他一家三口到家里吃顿饭，不是不能，而是不忍。他一看见家栋的帅气儿子釉亮，心中就隐隐作痛，就想起还未见到自己一面，就随妈妈走了的儿子，他知道妈妈怕黑，就由他陪着妈妈去吧。每逢此刻，孝存要用极大的毅力驱赶，或是拼命碾碎心中的块垒……而那该死的块垒就像是手握生死牌，死卡住他不放的追魂鬼。孝存逢年过节自己更是主动地想起父母和妻儿，一想起他们就会犯心痛的毛病，日子长了，他竟然像是很享受那种痛，甚至觉得自己那一刻染上了吸食烟土成瘾的顽疾一样不能自拔。

家栋问，要不我两个包饺子？

尝尝我的手艺吧。孝存淡淡地说。对比春妮的口味，孝存心中有数，自打媳妇走后，他每顿都在努力寻找媳妇的味道，结婚后的那几年，他在家是饭来张口衣来伸手的人，哪里会做饭炒菜呀？就是偶尔主动想分担点家务，媳妇也不让他干，怕耽误了他的学习。自打媳妇走后，他发誓一定要努力找回所有媳妇当年做饭的味道、做事的精致、整洁干净的习惯……魔怔地一遍遍、一点点寻找、模仿、尝试，唯如此他才能抚摸到媳妇的滑嫩肌肤，嗅到媳妇特有的体香，他坚信自己每每做到了、进步了一点点，都是因为媳妇在冥冥中不厌其烦地手把手教会他的。坚持一年后，果然重新获得了那份刻骨铭心的厨艺，有了从不敷衍每顿饭的好习惯，养成了对整洁、干净的追求，因为那是和媳妇最亲近的时刻，如同生前的幸福场景重心放映出来令人诱惑的向往。

不用。家栋说，白菜馅儿，素的就行。我想着边包边聊点正事儿。

由你。孝存很快利索地完成了和面、剁白菜、拌馅儿的一系列准备后，又找出一根早上吃剩下的油条，准备替代鸡蛋或是猪肉拌进馅里。你想说什么？孝存问。

俺俩，嘿嘿，瞧我，没个记性。对，我俩搬家吧，找块地儿，盖上六间瓦房，一家三间。虽说这儿年年交租金，也比较便宜，省心，但终归不如住自家的房踏实稳妥。有个风吹草动，我俩就无家可归啦！再说，住这儿说是自己家，却不能由着自己的心愿归置。

家栋几句话无意间又戳到了孝存的肺管子，张嘴来了句，你三口之家温馨幸福。我凑什么热闹？

家栋看着孝存认真地说，孝存，你的身世俺知道一些，肖大哥告诉我的。他要求我好好照顾你……我知道谁遇见这种事了，都难过这道坎儿啊……可如今新中国成立了，这件大事，不知你告诉爹娘他们没有。我想你一准儿告诉他们了。亲人们说了甚？是说你要昂着头，笑着朝前走，还是命令你绝对不能笑，每天以泪洗面才是大孝子，才是好丈夫，才是好爸爸？你就这样准备苦自己一辈子？如果你这样想，别怪我家栋说话难听，还不如现在你就追随他们去了呢……兄弟，不该这样呀！孝存，你是个聪明人，应该知道你一生尊重孝顺的爹娘，你最疼爱的那个女人，包括那个孝顺的儿子宁可不见你一面，也要陪着他娘走那条漫漫长夜路。他们为什么？那个小人精为什么？他一定和他娘一样，希望你能生活得幸福，在那边的四口人才放心啊！

孝存僵直地坐在那里一动不动，只是默默流泪，随着家栋的劝慰开始了抽泣不止，直到号啕大哭起来！家栋默默包着饺子不劝阻、不安慰，让他尽情释放淤积于心的那些扎心的过往……

末了，孝存安静下来，家栋才拍拍他的肩膀，说，孝存，我家栋向你保证，春妮再怀胎不论男娃女娃，都过继给你！

孝存苦笑着咧咧嘴、摆摆手说，我打心里喜欢釉亮，他有绘画天赋，这孩子有股子豪气，做事也踏实靠谱，让他认我这个干爹我心里就挺美的了。我可不敢得罪春妮嫂子。

好！听你的。腊八了，多吃点饺子，别冻掉了耳朵。家栋攥了两个饺子放在孝存的碗里，也给自己攥了两个，说，我的意思是，你瞅个机会，找肖大哥问询问询，村北那片荒坡地既不是农田，也不是果园，荒草遍地，连棵树都不长。我俩趁着年轻，多吃些苦就是了。反正盖房是慢工活计，我俩还年轻有力气、有熬得起的时间，就看看政府有甚政策吧。需要请村干部，托个人情什么的。你脸皮子薄，这些杂活，包括有求大掌柜帮帮忙的事，都由我出面。

吃完了饺子，二人到相中的那片山坡地，家栋认真地向孝存讲了自己的想法，包括那块地的优缺点。其中的难点就是劈山开出一片平地，另一个难点是吃水，但家栋强调，老话讲水随山长，我两个请个风水先生相看相看，俺相信一定会得到解决的，没问题！再就是，离村子远了点，可，也许还是优点呢？再说了，好地界，村里也不能给我们两个不是？

孝存点点头。

这是二十世纪五十年代初的腊八，对在荒坡地盖民宅的政策要求并不严格。家栋和孝存把该写的申请报告写好，到了村委会就办完了该办的手续。二人挺高兴，自然也遭不少人笑话：离村子远的山坡地，别说运个砖瓦、煤炭了，就是喝口水都是难事。咋想的？

家栋和孝存不言语不解释，天天窑厂下了班就在这儿报到。一个多月了，除了谈规划，说设想，也不见有什么大动静。

一项重要的紧急任务突然而至。国家决定在西郊海淀区选址建一座高级宾馆——友谊宾馆。说白了，就是为了感谢苏联老大哥派来大批的专家支援我国社会主义建设。友谊宾馆要建成一座国内最高级、亚洲最大的花园式苏联专家接待处。

老窑厂承接了全部的琉璃瓦烧造、指导屋顶铺装任务。任务重工期紧自不必说。

模具库房。家栋和孝存各自认真核对设计师送过来的图纸。他们知道友谊宾馆的设计师张镈是中国古建筑研究大家梁思成先生的弟子，更知道这是自己认真学习的大好机会。

模具库静悄悄。二位渴求知识的年轻人在努力从各自的专业与审美角度探嗅到了一种不一般清新感。

家栋自语，为什么选择清一色的翡翠绿琉璃瓦呢？

孝存自答，是不是和外国人喜爱橄榄绿一样，象征着友好和平。

家栋自答，当然。战争就是遍地焦土黑浓烟嘛。

家栋自问，张镈设计中用了传统的建筑式样和最耀眼的琉璃瓦，而为什么横脊两端的吞脊兽和斜脊、戗脊上的祥瑞神兽都不用了，改用了和平鸽？

孝存自语，艺术就要创新嘛。和平鸽的造型就是要表达世界人民团结起来，热爱和平、反对战争的美好愿望呗。

家栋也自语，和平鸽双爪踏祥云，奋力腾飞显示极大的自信和力量！

孝存转头看家栋，喃喃道，看来传统既要继承，更要创新。

家栋盯住对方道，创新也是传承。否则，传统也会窒息枯萎的！

二人开心地哈哈大笑起来，突然又一起问对方，还有新发现吗？

家栋抢答，我发现，宾馆中央部分的大殿顶部两侧的檐口，勾头滴水、瓦当都是采用了柿子花的图案。这是传统勾头滴水和瓦当从未有过的图案。

孝存补充，对。这是中国民间美好的寓意，事事（柿柿）如意，持久和平。我发现了斜脊上安排是三只鸽子，而传统建筑上的仙人骑凤、龙啊、凤啊这些祥瑞神兽都不见了。

家栋补充道，仔鸽们收拢双翅，昂首挺胸向前方。这也是寓意争取世界和平是世世代代永恒大业的寓意吧。友谊宾馆是老窑厂新中国成立后接到的第一大外单，还有不少创新。我想……

孝存接茬儿，只能干好不能有差错，绝对不能有，哪怕一丝一毫！

我的意思是，家栋慢悠悠地小心地问，听说过"盛世收藏"这个词吗？

孝存点点头说，你的意思是那只大殿正脊两端的和平鸽，是琉璃屋顶建筑设计的第一次重大创新。

对！家栋挥挥拳头，说，第一次打破了传统设计式样。新中国就是中华民族的盛世，搞土改、抗美援朝，就是迎接盛世的到来！俺俩在老窑厂工作，那就要注意收藏琉璃制品。别人收藏瓷器，什么汝窑、钧窑、哥窑，而俺们偏偏要用心收藏琉璃制品，别人瞧不起，俺却偏偏热爱，琉璃从产生到辉煌有上千年的历史，中国人怎么能只收藏瓷器呢？陶瓷陶瓷，陶在先嘛！

孝存不以为然说，你这家伙为什么总不消停呢？鬼点子没完没了……你难道第一个收藏品就要收藏吻兽"和平鸽"？你撂爪就忘了图纸上标的高度啦？我这么高哎！宽不到半米也差不多，长呢？和高差不多哎！

家栋提醒孝存，你忘了？它是七块拼装而成的嘛。

当然知道了。我的意思是，大掌柜也不会卖给我们呀！

不试试怎么知道他不肯？

就算是大掌柜同意啦，你花了一个月的薪水买到手啦。请问你把那个特大号和平鸽放在哪儿？你家的内掌柜——春妮嫂子摆在何等地位？你这是不打算好好过日子啦？造反啦？嗯？再说啦，往后，再有了创新呢？你是知道的，太和殿正脊上的吻兽，可是重达三、四吨的巨兽啊！

放在俺们的新房呀！不，确切说，是放在咱们新房的后山洞里。

孝存愣住了，半晌才说出一句话，你这家伙，心思缜密得就像是活阎王！我可要加倍小心你。不定哪天被你设计整死啦，我的僵尸还帮你数钱呢！

嘘——别害怕。俺绝不搞阴谋，只搞阳谋，但山洞的事千万保密呀！

家栋果然去找了大掌柜，熙靖也在。

辰启听完家栋的想法，沉吟半晌说，你说的有道理。盛世收藏。不过，这件事……应该由老窑厂来做，它为故宫服务的历史最悠久、它体现的是琉璃工艺的最高等级的制作，应该有此历史的担当。

家栋一下子热血沸腾，您说得太对了！

当年建南京中山陵时，老太爷提醒过我父亲。可惜父亲没精力想那么多，父亲临走前向我也提起这件事，我年轻不懂事，太贪玩了，也没在意啊！就说眼目前儿的故宫吧，太和殿斜脊上的十只祥瑞神兽，都是有身世的，有故事的。每一只都是凝聚华夏民族忠贞爱国，不畏强权，勇斗邪恶强敌，保卫太和殿的安全的。

默默认真听讲的家栋用心地点点头说，嘿！您说得真是对啊！

辰启看了家栋一眼，心里说，这个年轻人只会说这么一句话？他便问家栋，那你说说，太和殿斜脊上的十只祥瑞神兽的排序、名称？

大掌柜，您瞧好儿吧！

辰启哼了一声，心想这个"山西老心"，还学会了老北京话。

家栋伸出右手说，在檐头最前端的是仙人骑凤，紧随其后的，依次是龙、凤、狮子、天马、海马、狻猊（读，suān ní）、狎鱼（读，xiá yú）、獬豸（读，xiè zhì）、斗牛、行什（读，háng shí）。家栋掰着手指头一口气数完了那十只祥瑞圣兽，排序正确，读音准确得令辰启瞠目结舌！他感慨地说，嗯，不错。知道太和殿的人成千上万，甚至上亿，可知道大殿上的十只祥瑞神兽的有几个人？能叫上名字的更是寥寥无几呀！这不应该呀！就说眼目前儿的抗美援朝战争吧，美国佬真的只为了占领朝鲜吗？项庄舞剑，意在沛公！他是想掐死新中国于摇篮之中嘛！大掌柜辰启满怀激情地继续说，我在和熙靖讨论这十只小兽时，我特别喜欢她说的这几句话：十只小兽是站在太和殿斜脊上护卫金銮殿的，它们的生命与金銮殿共存，不像强盗举着刀枪闯进别人家去糟蹋。仅凭这一点，难道不应该让全世界油然而生对它们的敬畏之情吗？

听到此处，家栋身不由己地站了起来说，弱女子说的话，真是如雷鸣钟鼎啊！我们上不了前线，那我们可以好好宣传宣传，太和殿顶上的十只祥瑞神兽的精忠报国的精气神啊！

看来，你不止会说一句话。

家栋憨憨地傻劲上来了，不，俺还会说一句：那您同意我收藏了？

且慢。我两个要签一个君子协议。我同意你收藏咱们老窑厂的琉璃制品，但要有几条相互负责的约束条款。譬如，诸如大件琉璃制品，像宫殿正脊上的吻兽之类，要由老窑厂收藏保管。我们要开辟一块专用场所，平时也可以向客户展示宣传嘛。其他小件可以由你收集保管，但一定要有账册登记。当老窑厂有条件办一个真正的像模像样的琉璃博物馆时，老窑厂有优先赎回你藏品的权力。我先想到了这几条，过几天让熙靖拟一份较为完整的协议。若是真能成立个琉璃博物馆，那肯定是创造了一个世界第一呀！哎，记着把原样九龙壁缩小一些，或是简约一些，制成工艺品，主动拿到世界上去展览，向世界宣传展示我们古老的优秀的琉璃文化！这难道不是很美的一件事吗？

家栋偷眼瞄了瞄熙靖嫂子，见她始终都没说上一句话，心中有些纳闷。但此刻听辰启大掌柜讲得头头是道，他也顾不上想那许多了，又站起来直言道，大掌柜，您说得太对了！俺老窑厂应该力争将"故宫九龙壁"修建到国外去！这样不更好吗？您的一席话俺真是受益匪浅啊！俺收藏琉璃制品，向您保证绝不做发财致富之徒，而是为了把咱们老窑厂七百多年的历史向世界人民宣传出去。家栋又说，要是能再有编辑成书的、拍摄成电影什么的，都能完整地保留下来了，那该多带劲儿啊！把俺们老祖宗创造的琉璃之光照亮全世界！大掌柜，当我们跟着时代的潮流奋勇向前时，不能把我们背囊中传统的好东西，从那些磨损的破洞和被荆棘划裂的缝隙中掉落在路上丢失喽呀！

辰启用力点头认可，你这个建议很好。你真是办了件功德无量的大好事，到时候我一定送给你一件好礼物。大掌柜说完，面朝东方拧紧眉宇不知在思索什么。家栋便不敢多言，静静地候着。过了好一阵子，大掌柜才慢悠悠像是自语道，说起收藏琉璃珍品，使我想起老太爷曾给我们讲过祖上有着一段不可示人的机密。

家栋一听赶忙站起，大掌柜，我……

辰启示意家栋坐下，如今这个机密啊，咱们就当是一段传奇听听无妨：那是明朝年间的一个三九寒天，一位云游僧人来到老窑厂，正巧遇上窑厂主事，就是朝廷派来的琉璃监造官。僧人便说，贫道从南方云游到此，远远见到宝地紫气升腾，走近观之，烟火旺盛，一片祥瑞之象啊。窑厂主事一听高僧远道而来，便急忙请进堂屋盛情款待。交谈中那僧人想在此地找一处修行场所的心愿和盘托出。窑厂主事面有难色道，师傅来此普度众生，这是大好事啊。离此地不远确实有一座椒园寺，只是，古刹屹立已有千年，最后那位主持圆寂也有百年了。宝寺空置已久，怕是不宜住人了……除此之外，附近再无寺庙可寻，您看……

僧人听罢不以为然，执意前往，临行前高僧问道，若是椒园寺确实有了修缮的可能，我一定会以虔诚之心，恳请众善信徒集资出力一起办成此事的。只是，贵窑上的琉璃瓦可否助力椒园宝寺呢？

只见主事认真拱手答道，实不相瞒，此窑厂乃为朝廷御用窑厂，没有圣上旨意小人是万万不可擅自做主的。

那位高僧执着道，贫僧可否向官窑主事讨要一片琉璃瓦呢？

主事应允，立即赠送游僧一只金黄色琉璃筒瓦，又命一下人携带一些素食、饮水，还有一套被褥前往带路。

下人回来后禀报说，那寺庙年久失修，已是破败不堪，确实不宜住人了。谁知高僧十分高兴说，虽无门窗，但有残墙，已是奢侈享受了。代我谢谢你家主人，阿弥陀佛。高僧送我出山门时，我见他双手合十，恭敬地念叨，当今圣上定会听到贫僧虔诚祈祷，也定会恩准椒园宝寺用上琉璃瓦的。

自此，那高僧每日天亮下山广结善缘，讲经布法，晚上回到残破的椒园寺中，即使夜夜柴草裹身，饥寒交迫，也终不忘铭记佛法，信守初心。僧人的事迹感动了八方百姓，众人纷纷捐粮捐资，集腋成裘。当年的琉璃官窑主事也很感动，时常带上米面、菜蔬豆腐，主动登门拜访，切磋经法心得。

终于有一天禅僧很高兴地告诉主事，乡邻慷慨捐赠，修寺有望了。老窑主事眼含热泪道，修寺所差银两，请求师傅由我窑上一并补齐吧。师傅可以择吉日动工了。

禅僧喜出望外，谢过主事。

椒园寺修复工程完工庆祝那天，禅僧将官窑所赠的金黄色琉璃筒瓦小心取出，用红绸系束，供奉于条案之上。

一晃又是十几年过去了，禅师已老，自知良日无多，请弟子给老官窑主事送来一信：

主事老友：你我修行积福为伴，一生有缘，现请弟子将供奉在条案上的金黄琉璃瓦奉还窑主为念，还请仁兄勿忘我二人那夜彻谈。

次日，禅师圆寂了。琉璃官窑老主事拿出那片系着红绸的琉璃筒瓦，见到筒瓦内壁所刻：北漆布，东漆布，庙倒庙修琉璃烛。于是，老官窑主事秘密派人随他到了椒园寺，按照禅师所教导，在其住处地面掀开了两块金砖，露出了一个暗箱，捧出暗箱，打开的确有一个用多层漆布裹着的包裹，可打开包裹竟然空空如也。看来早已被人抢先偷偷拿走了。

您知道是什么宝贝吗？家栋问。

据老太爷说，是一对会发光的琉璃烛台。大掌柜答。

发光的琉璃烛台？家栋浑身打了个激灵，难道自己手中的那个烛台是椒园寺老禅师的宝物？它为何会流落山西地界了呢？老父亲又是如何收集到的呢？这个宝物应该是一对呀，那另一个呢？家栋想了想，定一定神，问，您见过发光的烛台吗？

大掌柜摇头，只是听老太爷大致地描述过。我也没见过。

大掌柜，对不起，我想问您祖上可曾见得那烛台的模样？难道老禅师没有过明示？

大掌柜思酌良久，道，当年老太爷说，祖上传下来说法是禅师曾问过祖上，您这窑厂既然是为皇宫建造琉璃瓦的御用窑厂，那你们可会制造发光的琉璃烛台吗？祖上回答不会，禅师可曾见过？禅师沉吟片刻，笑曰，太可惜啦。贫僧是见过的啊！

家栋心想，老禅师为何没说出实情呢？他又问大掌柜，您祖上又是如何悟出高深的禅语呢？

大掌柜答道，禅师说的漆布，有两重含义，一重是"漆布"和"七步"之谐音，讲的是步伐；另一重含义则是这步伐不是我们平常人走的七步，而是七寸之步。因为禅师在信中先讲清楚了宝物的藏匿地点，就是他与祖上二人彻夜谈心的地点——禅师的住处。那里是不会有七步之阔的。

看来抢先盗走会发光琉璃烛台的贼人，很有可能就是禅师的贴身弟子啊！家栋遗憾地低吟磨叽。

大掌柜未置可否，只是不停地摇头，这是我知识所及的最珍贵的琉璃珍品了！可惜啊，现已是几百年渺无音讯啦！它不落入外敌、强盗之手就好，应该把最好的留给国家才对呀！

家栋的心猛地扑腾了两下，脸也顿时红到了脖颈。他心中不断地斗争着，最终的决定是：此刻还不是说出来的最佳时刻。自己从小就听父亲说过，热爱收藏说是猎奇心理作祟也好，还是为了获得虚荣心的膨胀感、抑或成就感也罢，总之，是能满足个人对"物"的占有欲望。但"物"终究是肉身及魂灵之外的东西，生不带来死又不能带去的。怎么办？每个人会有每个人的终极想法。老父亲则认为，最好承载地点应该是国家博物馆。想到此家栋坦然了，家栋冲着站起身来的辰启说，大掌柜，我们为什么不自己试着烧制呢？

辰启摇摇头，我何曾没有动过这个念头呢？也只是想想罢了，谈何容易……我累了。

家栋连忙起身道别，走到门口又转过身问，椒园寺重修时用上琉璃瓦了吗？

辰启笑答，用上了。据说，修葺一新的椒园寺改名为七步寺，漂亮大气，香火极盛。可惜它毁在了军阀混战的战火之中。辰启咬牙切齿道，糟蹋文物，等同汉奸、民族败类呀！

刚才，您是说送给我一件珍贵的礼物，可是君子之言？

辰启左手扣右手，一本正经地向家栋保证：诚信为本，驷马不追！

米家栋显得有些激动。临出门，自己抬起了右臂、握紧了拳头，随着用力挥了几下的动作，身体也仿佛飘了起来。

前提是你必须主动做好收藏才算数！大掌柜的话从后面撵了上来。

一定！驷马不追！家栋边出门，边朗朗唱喏。

家栋回到家，兴奋地把和大掌柜的谈话讲给春妮听。春妮没有家栋想象的那样和自己同频共振，从表情上都能感觉到勉强和敷衍。

你怎么啦？孩子没病吧？

春妮摇摇头，看着家栋认真道，真的都好着呢。只是……今早你前脚上班，俺带着儿子上街买菜，刚出大门口，迎面走来一个中年人，问有瓷器卖吗？俺说没有。他追着俺问，古旧东西都行，是古旧的就行，什么铜钱啦、腊签啦。俺说这村子老旧，两千年了，你买吗？他还死皮赖脸地跟着俺，一听您说话就是文化人。俺一绷脸儿，你躲远点儿，不许跟着俺！他这才没敢再瞎磨叽。等俺娘俩回家时，他还在胡同口蹲着呢，见俺过来，赶紧又溜了。不知怎么的，俺心里总是慌慌儿的……不是……那帮日本人，偷偷派人来啦？为了那只夜光琉璃黄金龙烛台？你忘啦？

家栋坐在媳妇身边，使劲搂着她的肩头，说，别怕，新中国成立啦！他们还敢来耀武扬威？

春妮忧心忡忡地问，那宝贝，真的藏好了？

家栋亲密地趴在媳妇耳边极尽温柔道，藏好了。俺不告诉你，就是不让你操心。

哎呀，你搞得俺浑身麻酥酥的。哎，说正事，你刚才对我说什么搞收藏琉璃瓦？俺可丑话说前头，你不能花钱买那些没用的破砖烂瓦。日子刚刚安定下来，你挣的那几个铜板，可不能瞎糟蹋！你别忘了，那片荒坡地还等你大把撒钱呢。

俺有分寸。放心吧。家栋慢慢把媳妇扳倒，热唇贴在了热唇上。

春妮使劲将他推到一边说，告诉你，俺可又有啦！你可不能饿着冻着俺娘三个！

嘿！太好了！正发愁说了大话，没法子……

春妮立即警惕问，你是吹了甚牛皮，还是又和谁打赌了？

家栋侧过身子，右手撑着头说，俺对孝存说，等俺家春妮再怀上，不管是男是女，俺都过继给你。

春妮忽地坐起，大声斥责，你疯啦！啊？俺这还没生呢，你就要把俺宝贝闺女卖啦？

不是。俺是觉得……

春妮怒火上攻，腾地站起，冲到家栋面前，手指头戳着家栋的脑门儿，字字带着钢刃儿说，俺是觉得你心太狠！你敢再提这事，你就是在赶俺们娘三个！你知道俺没娘家可回，你是逼俺死啊！你真是心狠啊！春妮越说越伤心，哭声越大。家栋吓得心乱如麻，怪自己说话没个铺垫，太不谨慎，这下捅了马蜂窝。被吵醒了的儿子还不会说完整的话，他说话晚，但不爱哭，只知道抱着妈妈不让家栋靠近，靠近就又推又打。家栋求爷爷告奶奶地央求春妮别哭闹了。

春妮用右手擦擦脸上的泪水，一把把摸到家栋脸上，不哭可以，你还卖不卖俺闺女啦？

绝没有这事！家栋指天发誓，还将脸伸到春妮跟前乖乖地享受着独家润肤神水。春妮终于破涕而笑、偃旗息鼓。

大掌柜辰启在饭桌上想问熙靖为什么不理睬家栋搞琉璃收藏之事，也遇到了麻烦。

熙靖说，家栋的思维太活跃了，不安心搞生产，总有新花样。搞收藏那是要有实力的！他挣那几个子儿，能经得住他祸祸？如今又要自己盖房，盖房那是百年大计，没有大把的钱，砖能立起墙？瓦能铺满房？哎，是你让辰亮帮忙找人，给他们炸山、推坡、平地的？

辰启点头说，我是心疼那两个外乡人，人生地不熟的，能帮一把就帮一把吧。再者说，这二位是咱们的业务骨干，为人又老实忠厚。他们不糊涂，当然也知道该掏的钱，该还的人情也都是要出的……不过，你说得对，那是百年大计容不得含糊呀！

熙靖则认真提醒道，那两个人都是净身出户，到哪儿去借那么多钱呀，就是借到手啦，猴年马月能还清？孝存是个孤家寡人，还不如家栋呢！唉，怕是他老婆和俩儿子都要挨饿喽！

辰启问，家栋有俩儿子？

熙靖笑着撇撇嘴，说，他媳妇又有啦！真是神枪手，都不带空肚儿的。

辰启笑了，心里知道熙靖为什么话里带着浓浓味道的原因了，那真是醋坛子倒进热灶里——满屋子酸气哄哄。平常她不这样呀，这是哪根筋搭错了呢？

吃饭生气可不好，辰启笑着说，熙靖，叫秦婶把我那漂亮大妞抱过来，我不亲两口，饭都咽不下去！

熙靖立即提出反对，希希午睡呢，你别招惹她，吃饭！熙靖朝嘴里扒拉饭，还不忘自语道，这是怎么话说的？扯得太远啦！抬头对辰启说，家栋的事撂几天再说吧，友谊宾馆的活催得紧呢！还有件事你这个当哥哥的可是该操心了。

辰启答道，你是说辰亮的婚事？

熙靖嗯了一声，郭师傅家我去过了，那两口子可是离佛最近的人啊。都谈妥了，说是新事新办，不可以大操大办，搞浪费。

辰启忙应承道，那我去和郭师傅说，赶紧操办吧，别惹出点什么乱子来。辰启轻轻摇着脑袋，自语道，这个郭师傅……是我看错了他……

熙靖听清了辰启哥的自言自语，问，怎么看错了郭师傅？

辰启只是嗯了一声，也不说清楚，熙靖想，这不像是辰启哥的做派呀！难道有不好说的隐情？

友谊宾馆的建造开工有三个月了，友谊宾馆屋顶设计的琉璃瓦件用的是四样瓦，就是说和孔庙一样高级别的琉璃瓦。辰亮他们按照设计要求，很容易换算出了筒瓦、板瓦等各种构件的总数量。家栋配出了釉料。辰亮再将生产计划分配下去，这都很顺当。麻烦的是正脊、垂脊、戗脊等十多条脊上的吻兽、垂兽、走兽，都要换成和平鸽，大小都还不一样，也没有现成的模具示范，孝存忙着将图纸上的样品变成实物，再反复请示设计师张镈的意见，反复修改再定稿，家栋再将定稿样品烧出来。这一切做完后，他两个还要上工地现场负责指导安装，还要反复叮嘱工人的铺装到位。终于可以松口气了，熙靖又要求他俩常驻工地和工人们一起干活，有利于掌握整体琉璃工程质量监管。一来这是熙靖接手的第一个重要工程，一定要争取到模范工程称号；二来，家栋和孝存毕竟是缺乏工程实践经验的，需要历练。

熙靖说的这些话，让家栋想起了山东兖州琉璃工地上他寸步不离的米窑主。当年家栋用自己仅有的两块大洋，偷偷地给米老板买烟和酒，但有一样，他从不将酒瓶递给老板，而是自己背着个帆布大包，等找到恰当时机才递上来一根烟，更知道什么时候米老板累了、高兴了，他会不失时机地端上一小杯酒递到米老板的手中，多了没有。米老板也有生气的时候，凡是遇到这个不幸时，他宁肯挨上几脚，也绝不供酒，顶多递上根烟，悄悄解劝，劝不动时他还要自讨苦吃，乖乖挨揍。被打的他，躲在一边一声不吭生闷气，任米老板怎么叫唤，就是不过去，直到米老板朝他笑着招招手，又将手贴在唇边，做个夹烟吸烟的动作，他才不紧不慢地过去。米老板高兴的时候就会对窑工们说，你们球蛋蛋一伙加起来也抵不过一个憨傻的家栋娃！

米老板哪里知道那是家栋牢牢记住老爸的话，不管是谁，只要他能教你真本事，那就不要计较别人的打骂，哪有比这还便宜的学费？

可是孝存跟谁学呢？他从校门出来进了厂门，对吻作的这些专业技能一窍不通。自然对熙靖的安排有抵触心理。家栋不多说，只要求孝存盯住自己怎么干，琢磨为什么这么干，并要求他悄悄讲给自己听。不对的地方家栋会耐心地再给他讲。孝存是个领悟性很强的人。二人配合默契，很让熙靖放心。说到管理，家栋要求孝存敢说话，做到批评及时，话要说到点子上，态度要真诚。有次家栋提示孝存注意看一位工人，那工人用麻袋片简单地把铁锤包了包就要瓦（读去声）瓦，他捅了孝存一下，暗示赶快制止。

孝存上前说，等等！你这样做违反了操作规程。知道吗？

年轻工人不以为然道，不知道。

知道为什么要用木锤吗？

不知道。

那你为什么用麻袋片包裹铁锤呢？

不知道。你才来几天？说我？

他怎么不能说你呢？家栋走上前说，大家吃这碗饭，就要尽心尽责，你是施工人员，专业应该比我们强，看看你，琉璃瓦件安置泥灰饱满，多好。可你为什么要用麻包片包裹你的铁锤呢？显然你是知道瓦瓦时铁锤会破坏了琉璃瓦表面的彩釉层。那你为什么不用木锤呢？是你忘记带了？你想将就施工，这样做对吗？他说了你，怎么不可以？你看看正脊那头的和平鸽，那是他做的。他年纪大不了你几岁，你会吗？他是琉璃老窑厂的吻作李师傅，认识吗？

那人一听只好说软话，木锤落宿舍了……我认错还不行吗？

知道错了，一定要改，这是做人的本分。你唤甚名姓？

钱富水。

富水小兄弟，要还想干就立即回宿舍去拿。你说呢？

唉唉，这就去。小伙子立即下了脚手架，朝宿舍跑去。家栋请大家继续干活。

这一幕恰巧让熙靖碰上了。

她知道这个小伙儿，是工业局一位科长大姨家的孩子，这小伙子聪明，但仅限入门快，没后劲儿；人勤快，但是仅限捯饬自己，干活稀松拖拉。这都源于他厌恶农村，总想着进城找个干活轻快工资又高的工作。当妈的好容易盼来了"带把儿"的宝贝，她舍脸一次次央求大外甥臧科长帮忙安置。熙靖对此事门儿清，是因为这是实行股份制那年，肖增谦万般无奈之下请她帮忙操办进厂的。那批只有几个人招进了老窑厂，安排到孝存车间的智君和钱富水是一起进厂的，那姑娘是团员，干活又麻利。这人啊，就是不一样。因为肖书记的关系，钱富水和智君一起分配到孝存手下当徒弟，谁知孝存说什么也不要，肖书记出面做了几次工作，孝存才勉强收下，但提出条件，进门要考试！不是什么人都可以来我这儿混日子的。每人发一张纸一支笔，考题是画条龙。结果钱富水画了一个圆圈，在圈圈旁边又拖了一条长尾巴。而智君画了一条有模有样的龙。钱富水被淘汰了。

为此，钱富水和孝存结下了梁子，才有了刚才那一幕。钱富水和智君告别时偷偷发狠地说，等着瞧！

智君劝慰道，那人脾气怪，人是个好人。

老光棍儿！

哎，不许说话揭短，戳人家肋骨啊。

嘿！挺护着你师傅。

他说了，能不能成他徒弟，还两说呢！从他说这话第二天，我早出晚归，话少多干活，小心不出岔儿。

我可不像你，乖巧伶俐，哎，咱俩交个朋友吧。

你少胡吣！我没那闲工夫！快滚吧你！

友谊宾馆工程很忙，这天，家栋趁着需要返厂补配釉料的机会，回了趟家。不是春妮说给他听，他真不知是谁帮忙请了煤矿爆破专业人员把荒坡炸酥，又请来推土机呼忽地推出一片平地。家栋赶紧找到大掌柜，得知是辰亮帮的忙，家栋不知该怎么感激才好。

友谊宾馆工程干到三个月，又是二掌柜帮忙召集来了村里的建筑队，清理好施工现场、地基施工完成，按照城里的建筑规格正在加紧施工。后来家栋知道这都是大掌柜授意辰亮帮忙的，先期的费用也是大掌柜做的担保，每笔钱辰亮一项项都是记录在案。

一年后家栋和孝存在新居里吃上了中秋月饼。这让他俩感激了大掌柜一辈子。辰亮也成了他俩的好朋友。

春妮果真如愿生了个闺女。等春妮出了满月，友谊宾馆主体建筑施工也结束了。

家栋说，春妮姐，俺请好了假，必须回平遥老家一趟，自家那套祖宅四合院必须变卖了抵盖房的欠款。春妮一听非要跟着去不可。无奈俩孩子只好请郭师母帮助临时照顾几日。

一到老家才知道四合院一直都是被米家族长的长子占用着，这么多年族长非但黑不提白不提，还一脸正色地说家栋父亲活着时就已经将整个祖屋宅院卖给了他们。

家栋笑着说，租也好，卖了也罢，这样的大事一定是有变卖契约的，就是您拿出俺家的房契也行嘛。

族长支支吾吾说不出子丑寅卯，只好推三阻四地推脱各种理由不愿意搬家退房。家栋只好请村里的党支部书记、村长、乡派出所所长一起来调解。

大家一致认为，既然族长拿不出卖房契约，那就由家栋拿出祖屋房契，以此证明祖屋的归属。族长很满意地笑了。他断定家栋是拿不出什么房契的，时间久远了，当年家栋父亲被害身亡，傻憨傻憨的家栋十五岁，便成了孤儿，跑到山东兖州打杂卖苦力呢！他怎么可能拿得出房契？

家栋笑道，房契，俺有，只是请诸位回避一下。春妮客气地将各位领导请出堂屋，不足一袋烟的工夫，家栋请他们进来，大家大吃一惊，审视了摆在八仙桌上的房契。族长纳闷环顾四周，也未找到有破坏的痕迹。

如此这般，族长又出了个主意，家栋娃在北京发展不错，全家也不再回平遥了，俺看索性祖屋转让给我们吧。

家栋笑着说，可以呀，只要是价格合理卖谁都可以嘛。家栋爽快答应了。可一听族长的价格，家栋连忙摇头，俺来时做过了调查的，您这个数，都不够平遥地界的一年的房租。

正和族长争辩着，门外有人进来，这是个高个子身材魁梧的中年人，一头浓发虽然梳理有型，却黑白混杂，虽干练却也能看出是饱经沧桑的坎坷大半生，一身半旧稍显紧瘦了些的旧军装似乎更印证了这一点。来人有礼貌地问，敢问先生，可是准备卖房的吗？见家栋点头，他忙说了个数字，强调很想买下这套宅院。他边说还不忘四顾张望，嘴里磨叨，平遥的房盖得就是讲究，着实不赖呢！多好的青砖黑瓦，糯米灰膏灌浆，瞧瞧这正房廊下的四梁八柱根根儿是上好的柏木啊，这包浆可是有年头啦！柏木材质、强度都是上乘好料，耐腐蚀且不易招虫蚁，佛家说得好呀，柏木长青如日月嘛！皇上建宫殿、庙宇都是用这家伙做栋梁之材呀！哎，东家，你可是有主了吗？什么价格？我说个数，来客把手缩回袖口里，上前抓住家栋的右手，左手托了托袖口，神秘地问，这个数怎么样？哎，我这是参加了公开竞争啊！来人见家栋不说话，就凑到家栋身边说，东家，你这事非要办得讲究一些才好呀！只要你同意这个数，我提出要求，必须要求，三、五日内把房腾退干净。我从部队转业回乡，看平遥的房子好，料实在、活精细，就急着安家呢，这四合院，我要定了！

族长一听立马出面制止，家栋，好歹俺们是同族一家人嘛！这样，俺在他说的数目上再加一成！

我再加两成！来客不松嘴。

你这个人！族长气急败坏道，俺，再加两成！

我翻一倍嘛！反正部队上给的安家费嘛，就是为安家嘛！

你这同志，俺俩是同族加亲戚，你争也是没用的！

您别着急，家栋向太爷说，太爷，您真的要吗？若是要，俺这里有写好的卖房契约，俺就按您最后的加成计价，您要是签了，正好村长、村支书都在场，请他们做个中人吧。太爷，俺丑话说在前头，您老若不签，这位复转军官就签。您看？

族长急扯火燎地嚷道，我签！为甚不签嘛！

家栋连连说，好，好，太爷，您看好契约，上写道，您要先交定金的。余款交付日期是五日内。到期您不能按时支付，这一纸合同就算是违约啦，作废啦！那定金归俺所有。

老太爷慈祥地拉着家栋的双手说，家栋你的定金有些高，象征性地交点就行了嘛，俺们都是读过"仁义性本善"的至亲嘛！重德守信嘛，自然是人之本嘛！况且我们又是自家人嘛。家栋呀，放心吧，即使，一时拿不出全款，那也就是顶多向后顺延个八九日，太爷俺还能赖账不成？

家栋笑着说，俗话说，亲兄弟明算账嘛。太爷，这定金是按着老规矩，房款的百分比定下的。老祖宗的规矩不能改。俺是一天也不会拖延的。您到时不能拿出全款，俺是要重新找买主的。过了一夜，您若后悔了，还是坚持要买的话，那要看看这位复转军人的出价了。按老规矩，价高者先得。这合同里都是写得明明白白的。俺爷孙俩可是要明算账的，按契约办事嘛。在场各位见证人是可以做证的。

此时复转军人一个大步斜插进来，魁梧的身体像一道墙，挡住家栋本家太爷，急得拉扯家栋道，年轻人，俺随时到银行取全款，不用等毬五日七日的，你也好早些回北京嘛！

老太爷一听上前双手抓住复转军人的粗壮胳膊道，岂有此理！你这军人，俺还没说完嘛！怎么能没个先来后到呢？岂有……老人一时间话语急促，竟然有些气喘、咳嗽起来。

复转军人一看，连忙闪身给老太爷让出场面，连连哈腰示歉，哦，老人家，失礼失礼啦，俺一时兴起，说话急了些。您老先，您先，不忙地，俺等得起，等得起的。

老太爷稍等了片刻，气息平顺些了，他指使大孙子去拿定金。大孙子偷偷拉了他一把，还挤挤眼，太爷不理睬，厉声斥责道，还不快去！老太爷自己则固执地颤颤巍巍签好字，村长和村党支部书记作为中间担保人耐心地等待定金到手后也签了字。

春妮收好了契约。

这时复转军官拉住家栋，年轻人啊，若他违约，交了罚金，这张契约就算是作废了，对吗？你这样，麻烦你，再写一张契约。我在这里多住几日，做好接盘准备。可说好，你也不可违约，房东违约可是要双倍处罚的，这条你可得写上，咱们先小人后君子。当兵人绝不诳人的！

家栋收好卖房契约和定金，放在书包里，交到春妮手中，突然大哭起来，转身走到天井面朝堂屋扑通跪下，爹娘啊，孩儿不孝，卖掉了祖屋，令二老魂魄无家可归，实属败家孽障。可万幸的是米家一宗枝繁叶茂，今老太爷怜恤儿子家栋一脉，慷慨解囊，保住祖屋，实属顾念亲情，义薄青天。逆子家栋向您二老保证：明年清明俺定携全家回乡祭奠父母，为米家祠堂供奉香火。说完，家栋站起身，又朝米家太爷下跪磕头，亮声唱喏三声，祈祷老太爷长寿康健、米家根深叶茂。

礼毕。家栋重新站起，说，俺这里还有几张清单，请诸位帮忙看清楚，这是父亲留给俺的四合院里的被褥毛毯、家具、炊具等家用清单，清单上还有老太爷等几位中人签字。俺卖房契约上是不包含这些家私的。太爷，您老准备房钱，俺在这里包装家具碗碟之类，托运回北京。多谢多谢诸位领导、乡亲啦！晚辈在此一并叩谢了！

家栋两口子忙活了整整五天，来往火车站不计其数，终于准备回京了。临行前，家栋还和春妮一起前往米窑主坟前祭拜了米老伯，感谢他老人家在自己最艰难时刻给予的养育之恩。

北上的绿皮车开动了，那个转业回乡的军官从后面的车厢过来，到餐厅间，家栋两口子站起来一起敬了他一杯酒，三个人其乐融融。

家栋，我老郭这回还行吧，照你写的总算是背下来了，没出大差就好啦！

家栋说，郭师傅，全仰仗您大力协助，不然……您也看到了……唉，家丑啊！不说了吧……家栋又敬上一杯酒，若有需家栋帮助的地方，家栋绝不退缩。

家栋回到北京，孝存已经回家三天了。他老家村里的房屋院落非但没卖出好价钱，要命的是孝存架不住本家的阻挠，有哭穷的，有比亲缘远近的，还有比辈分在家族中高低的，就是谁也不愿意掏钱，只想着孝存已是在城里挣国家薪水的干部啦，不让多多地揩油已经是对不起族人的了，怎么好意思还想着卖房呢？回老家那几天，被喝了十瓶红星二锅头，抽了三条大前门烟，孝存拿上了几百元钱灰溜溜地进了家门。本来回家心里头很是悲悲切切，这一趟手里除了捏着那薄薄一沓子钞票，什么可用的家具一件也没能拿回来，最后也只能再到祖坟上叩拜父母妻儿，大哭了一场，算是和家人四口的再次诀别。

回京后，家栋先把二人欠盖房的各项款项，一并还清了。等了半个多月火车站才来通知说是托运的家具、炊具等杂物到了，运回来的全部家当家栋都是分成了两份，孝存推三阻四说什么也不要，急得春妮还哭了一场，说，你记住，他孝存叔，咱们两家已是今生的至亲好友了。为了逝去的父母妻儿，咱们都一定要好好活着才是呀！不要计较这些个身外之物。你认这个理儿吗？谁说你有钱啦？你没钱就不还，有钱了，想还点就还点。那算个甚事嘛！

孝存感动地想给家栋、春妮两口子磕头，被家栋严厉喝止，你给我记住！

男儿膝下有黄金，只跪天地和娘亲！

孝存埋着头喃喃道，自从我成了孤儿，我的生活时常陷入泥沼，可就在我困顿无望时，总会有像你们两口子一样的好人拉我一把。我是真心想谢谢你们。

家栋拉着孝存的手说，还是算了吧。俺总是觉得，自打认识了辰启大哥，他总是在生活工作中给俺们出考卷，就是看俺俩能不能考出个状元来。

孝存说，家栋哥，我俩这辈子一定把老窑厂当成自己的家一样维护好才对呀。

家栋说，好！俺俩也有了新家。收拾停当了，请大掌柜两口子、郭师傅两口子、辰亮和秀花，还有村长武叔他们，来家暖暖房。

孝存大声说，一定，我来掌勺！孝存说话头一次这么高声亮嗓，头一次笑得这么开心，家栋也笑得拢不住嘴，不由得打着颤音儿悄悄对春妮说，他有了头一次，就会有百次千次！这个大工匠，就算是真正活啦……

这是家栋和春妮在新家的头一个夜晚，二人兴奋得都睡不着。

春妮问，你怎么会在老宅里找到了房契？当时俺可是担心死了。

家栋笑着说，和老爸分手那年，俺已经十五岁了。老爸和俺约定好，房契和家具等物的重要清单和大洋等财产的藏匿地点，以及放置爸爸收藏品的地窖，都告诉了俺。还有老爸和我联系的信件我们都有秘密接收的地点。

春妮一听，激动得一骨碌坐起说，你和老爹真是了不起！做事都盘算得又长远又周到。

家栋眼含热泪说，老爸给俺的最后一封信也证明了俺的猜测，齐凤兰就是个日本特务，她就是杀害俺老爸的凶手。可惜啊，俺知道得太晚了！

第七章

　　大掌柜的卧室。熙靖将一只铮亮的铜汤婆子塞进辰启的被窝里，辰启哥，今天是友谊宾馆竣工典礼的好日子，周总理都参加了，还夸奖咱们呢！他说，琉璃瓦是中国传统建筑的瑰宝，要珍惜，要发扬光大。还说，鸱吻变成一只展翅欲飞的和平鸽就很符合我们这座友谊宾馆的主题嘛！周总理的话很亲切，底气足，很有气势……友谊宾馆大功告成，我感觉真幸福！哎，今年还是国庆五周年，咱们是不是该好好庆祝一番？熙靖抬头见辰启心不在焉，问，辰启哥，您不舒服吗？

　　辰启的反应慢了两拍，啊，没有。咱家的暖炕是和地暖烧火洞的管道连在一起的，你忘了？才立秋就用上汤婆子？

　　我是觉得您手脚怕凉，早用上省得身子骨受罪……您是不是有什么心事？

　　辰启欲言又止，见熙靖不高兴了，才说，今儿前晌，肖大哥来了，说是国家有新文件了。咱们老窑厂属于私营手工业，要进行社会主义改造。

　　熙靖突然紧张起来，改造？咋改造？不许咱干了？

　　我也说不清楚。肖大哥说是进行社会主义改造，没说不让干的话。

　　这是大事嘛！该问问清楚的呀！熙靖有些急躁。

　　辰启拍拍床帮，提高了嗓门，莫急嘛。过两天召集开会传达国家正式文件，不懂的地方我想也会有干部做解答的。

　　熙靖看了辰启一眼，自己的声音先放低了，难为情地笑笑，启哥，怪我心急了。于是她加倍小心地试探，那，萧大哥没说点别的话？

　　辰启想了想，点头道，也说了几句。

熙靖嘿嘿笑着打趣道，您咋挤上牙膏了呢？

辰启闷声闷气地说，他没明说，我听他的意思是提醒咱们不要害怕，共产党是要走社会主义道路的，抗美援朝战争结束了，国家要加快社会主义建设，让大家早些过上幸福生活。

熙靖紧挨着辰启搂着他的臂膀，亲昵地说，那干吗偏偏要改造我们呢？难道社会主义不能有私人经济吗？

辰启心有余悸顾左右而言他……他还说，要我们一定要跟上社会主义的前进步伐，别掉队……你说，哪敢掉队呀？有皇上的那些年月，我们哪天不是规规矩矩？

熙靖则当笑话说，那叫战战兢兢！敢不规矩？要掉脑袋的！

辰启无奈地回了句，是呀。现如今我们更是规规矩矩的呀，给咱们人民的故宫生产琉璃瓦。为啥不守规矩？不瞎嘀咕了，睡吧。不做亏心事，我们也不用怕。刚沾枕头的辰启又起来了，熙靖，我答应了家栋收藏琉璃的事你帮他办了吗？

还没有。这不是刚从友谊宾馆那边撤回来嘛，我答应他回来办。你放心吧。

熙靖，我觉得家栋是个可造之才呀。办事沉稳、点子还挺多，眼光长远，为人还仗义。听郭师傅告诉我，前些日子他回家卖老宅子，遇到的事家栋事先都预想到了，心中也早都有了应对的主意。一步步都是按他自己的计划朝前走。房子卖了个高价，还把家具碗碟都给拉了回来，郭师傅说，他还真没见过那么能干的。

熙靖念叨，听说，孝存带去的几百块钱都花在了烟酒、吃饭上了。整个一个大院子，九间房产啊，族人就是不让出手，只拿回了几百块钱，旁的啥也不准带走。桌椅橱柜、炊具铺盖都是家栋分给他的。连欠下的盖房的钱，也都是家栋垫的。真没想到家栋正经是个大家主呢。

辰启和熙靖聊着，忘记了还没有正式开展的手工业社会主义改造给他们带来的惊吓和烦恼。

睡吧。启哥，别熬夜，太累了。

熙靖，辰亮的婚事，我和郭师傅谈妥了。让他们选日子吧。该送去的聘礼由你办，就这么个兄弟。抓紧办吧，省着公私合营的事再有什么岔子耽搁了。

我知道了，睡吧。

自打当上了执行董事长以来，熙靖觉得自己年轻了好几岁，感觉精力充沛、活力四射，吃得香，睡得实。难道真如算卦老先生所言，自己是能够干出一番大事业的？别的不知道，就知道心里认定老窑厂就是自己为之奋斗的终身事业，争取保持住老窑厂这个金招牌并持续发展下去，别辜负了祖辈人的期待。

熙靖打心里觉得幸福，觉得每天的太阳都是新的暖的，即使阴天也是老天爷心疼怕晒着自己；即使下雨也是因为老天爷怕天干物燥，惹得自己上火呢……可是，这怎么又要改造自己了呢？这是为什么呢？

熙靖代表辰启到区政府开会，头一天专门听取主管曹副区长传达政务院关于资本主义工商业暂行管理条例，以及一系列的重要文件；第二天是分不同界别的小组讨论；第三天上午，是市委、市政府专门派下来的干部将大家的意见作了集中说明和解答，下午曹副区长做了区政府对社会主义工商业改造的整体工作部署。

紧张的三天会，熙靖带了满满一档案袋子的文件回到家，辰启期待的眼神看着熙靖，熙靖疲惫地指指档案袋，示意辰启先看，让她缓口气儿。

第二天早晨，辰启说他看了两遍文件，大致清楚了。政府就是要大搞社会主义经济建设嘛，文件说是国家经过清点企业总资产后，按年息的 5% 给咱们十年。我寻思从那一刻起，老窑厂经营管理权就归了国家所有……你说我讲得对吗？

熙靖一边帮助保姆姜婶准备早餐，一边点头，一边问，你懂经营权归国家所有的意思吗？

辰启点头，就是，不让咱们当窑主了呗。

熙靖大滴大滴的眼泪扑簌簌地滴在了粥碗里，我干得好好的，怎么就不让干了呢？我真的想不通！

辰启安慰道，赶明儿，厂长由故宫博物院派人来，你可不能这副面孔呀。能分到副厂长一职也是好的嘛！

嘻！你怎么这么……我的辰启哥！副厂长都不让干的！文件说得清楚，咱们没有经营权了嘛！按照公家评估老窑厂的全部资产，包括厂房啦、生产资料啦、设备产品啦，都归属国家啦！国家按照总资产年息的 5 ％作为补偿，给你十年，就是说，整天睡大觉都没人管你啦！懂吗？

辰启低头默默思索，半晌自语道，5 ％，要说不多呀，也就够四五口人家的平常日子。孩子大了、我们老了、有个病闹个灾儿的，就够呛了啊……

先吃饭吧。熙靖这些天一下子变得少言寡语，可在家里她再也憋不住啦！她说，国家的大形势摆在眼前，能怎么办？区里开会时那个书记说话态度还算和蔼，而那个副区长的口气就挺生硬，好像我们这些人都是剥削者，都是站在人民的对立面的、思想问题很大的人，都该好好改造才能回到人民的队伍中来。听得我打心里硌硬……不行！我去找肖大哥谈谈。熙靖匆匆吃完饭，穿上外衣要出门时，被辰启拦下了，你真去找肖大哥？

嗯……有些事我想不明白……你是窑主，我不是。为什么我被你连累了，不能进入管理岗位呢？

我也不明白。辰启轻轻抚着熙靖的肩头说，咱们是全区最大的手工业企业，技术难度、产品要求，也都是很高的，不是来个人头就能指手画脚管理起来的。我已经派辰亮找肖大哥，看他能不能来咱家面谈一次，请他听听咱们的想法。我主谈，你多听，或者你不参加只是我来谈。这样，我们的回旋余地会大些。谈得不投机也不会影响到你。凭你高中毕业的高才生，当个中学老师总是行的吧？熙靖，咱不要发愁，更不能在外人面前表现得怨声怨气呀！千万听哥一句劝，往开了想，天总是有晴有阴的。天晴心境好，雨天耐思考嘛。

熙靖一副哭腔地说，辰启哥，我是发愁啊，咱们还年轻呀！要是整天五脊六兽、无所事事，那还不憋闷死？

你把发愁变成发奋，再考一次北大，去学你热爱的历史，不也是一条光明之路吗？

我不想选择那条路了。我去上学了，谁养活这个家？我想证明自己！

辰启抬起双手，用两个翘起的大拇指，赞美熙靖。

辰启和肖大哥谈了两个多小时，熙靖进来时已经是午后近两点钟了。

辰启只是抬头看了她一眼，也没打个招呼，倚在床上动都没动一下，只顾低头看文件，见熙靖默默坐在床边也不说话。辰启说，你自己热饭吃吧。

熙靖怯怯地问，谈得不投机？

辰启换了个姿势，随便地应付了句，该说的我都说了……他批评我，应该和共产党一条心走社会主义光明大道呀。

熙靖十分诧异道，何出此言？

大概我提出应该允许你继续留在老窑厂。即使不能当管理者，也可以当一名工人吧？不应该剥夺你工作的权利。我是窑主，若非身体羸弱，我也可以成为一名工人吧？我也是从学徒干起的，我不承认自己是剥削者。

他说什么？

回避呗。说你辰启也辛苦半辈子了，身体又不好，有这个好机会，带着一家三口去南方散散心。南方暖和，风景秀美，对身体好……你说说，我这病秧子，能去哪儿？

这个肖大哥，搪塞什么嘛！熙靖也很不满地发了一句牢骚。

熙靖，辰启劝自己的妻子，既来之则安之吧。把这老窑厂交给了国家，总比毁在那帮败家子儿手里强，也总是给老祖宗一个好交代。哎，熙靖，你，也该关心关心辰亮啊……我感觉他总是有意回避我……没必要刻意回避嘛。我们，毕竟是一家人……为了我们这支血脉生存，辰亮也算是做出了自己牺牲的，我们也不要怪罪他。

熙靖满脸鄙夷地说，他那是和咱俩划清界限呢！

辰启拉着熙靖的手，恳切地说，不管怎样，咱俩也不能再伤害他了……

熙靖愤愤地说，是我们伤害他了吗？还是……

辰启立时板着脸说，熙靖！不要听谣言的流传！毁了亲情，才是谣言的险恶之处。一个孤儿了，我们还能把他推给什么人呢？

熙靖看着辰启哥眼圈儿都红了，赶忙也握住他的手说，辰启哥，莫生气，都怪我不好。你的意思我懂。明天我就找郭师傅两口子，婚礼的日子眼瞅着就到了，我一直盯着呢，你放心吧。

熙靖思忖了一会儿，说，是的，辰亮也是有压力的。早在老窑厂的股份制实施中，辰亮就找过故宫博物院整理委员会，还专门找过肖大哥，向他们表明自己主动放弃在老窑厂的所有权益，包括其中他家的应得的继承股份，并递交了书面声明，心甘情愿地成为老窑厂的一名普通职工。

辰启有些诧异和不满，说，有这事？你为什么不早告诉我？

哎，你是看过那份股份契约的。

辰启一拍大腿，嘻！你不是都跟我汇报了嘛，我还看那些条款做什么嘛。怪我，怪我……辰亮这孩子办事还算靠谱，就拿家栋和孝存二人盖房子这事来说吧，我请他出面联系矿上帮忙平整山坡地、又请村主任武叔帮助联系建筑队，辰亮都是二话不说，事办得有里有面，正经是个好管家。辰亮这孩子，怎么说呢……你把道儿指清楚、他明白了，交给他去干，准行！要是有几条道，让他选择怎么走，或是前面没道可走时，你问他怎么办？他会显得茫然、困惑。还有，辰亮平时为人和气，不吝啬也不怕吃亏，但是他若认定这人不好时，就显得缺乏富有弹性的容忍度。这就是他和家栋不一样的地方。由此我也想，是不是我错怪了他？甚至什么地方伤害了他？他才对我……熙靖，你也帮我想想，给我提提醒。哎，熙靖，走神了？

熙靖第一次听到辰启如此认真地分析评价一个人，还是自己的亲人，这里含着他浓浓的血脉至亲至情，也含有他身不由己决断时的痛苦。她不是走神儿，而是真的不知如何应答辰启哥。

姜婶被希希拉着进屋里来，奶声奶气地叫着爸爸妈妈，咋咋呼忽地扑过来，熙靖和辰启忙不迭地迎上去，一家三口拥在一起，熙靖看见了辰启流过腮边的泪水，她猜想那泪水一定是酸酸的、苦苦的、亲情却是深深的……

辰亮的婚事，按照郭师傅的要求办得简朴、风光，也彻底了却了辰启心中的一件大事。那天辰亮喝醉了。熙靖扶他到床上时，他突然坐起，拉着熙靖的胳臂，拍拍自己的心口窝，来了句："忧患已空无复痛。心不动。此间自有千钧重。"几滴泪滚落在前胸，他轻轻摇着头，倒在枕头上，背对着熙靖再没说话。熙靖拉过一床缎面龙凤呈祥的大红喜被，给辰亮盖上，正要退出喜房，回转身却和新娘子秀花撞了个满怀。

熙靖嫂子，我到处找你，来，我敬你一杯！熙靖接过酒杯，说，秀花妹子，早生龙凤双宝！

秀花撇撇嘴，那怂货，还不如辰启哥呢！真是能蒙着中上一枪，就阿弥陀佛喽！

随着资本主义工商业的社会主义改造全面开展，全国经济形势也逐渐在好转，市场物价也开始稳定。

钱富水的哥哥升任了工业局副局长。钱富水的对象问题总算也得到了迅速圆满的解决，当他拿着香烟喜酒来看望熙靖时，希希的奶妈姜婶高兴地让座倒茶，双眼笑得眯成了一条细缝，恭喜新郎官儿，我家太太都不是老板娘了，你还是亲自送上喜糖喜酒，真是个知恩懂礼儿的好孩子啊！姜婶边说边伸手去接过新郎官手里的礼包。从她扬起的眉毛可以看出，姜婶诧异于新郎官的手指为啥有些僵硬，勾着礼包不松手？当然奶妈是不能对客人隐私有什么兴趣的，她只是站起身把喜包利索地接了过来，放在一边，很热情地给客人倒热茶。

听完姜婶一席话，钱富水站起身要走了，她也赶紧准备送客，谁知他到了门口却站定回过头来了句，怪不得我给老板娘的喜帖不见她回应呢，原来是下台了呀！说完抬腿撩起门帘就走了。姜婶怔怔地站在帘后一时反应慢些，但还是很生气地跺了一脚嘟囔道，我家太太是亲自给副局长送上的贺礼，我是知道的。你怎么能……熙靖从里屋抱着希希出来，劝慰道，姜婶，跟他不值当的，我们该出发了。

辰亮找来一辆苏联伏尔加牌轿车，送大掌柜一家人去前门火车站。行李放好了，辰亮向辰启、熙靖一家人逐个摆手致意，祝旅途愉快后招呼司机出发。

等一下，坐在后排的熙靖叫住辰亮小声问，这是哪个单位的轿车？

工业局的。向臧副局长借的。辰亮恭敬地答道。

熙靖伸出右手说，这钱你交给他们局财务科。看看人家公车私用的规定，还要算上司机师傅的补贴，若不够你先帮我们补上吧。咱们不能坏了公家的规矩，记着开张发票，别让臧副局长为难。

辰亮说，嫂子说得对。都怪我不好。钱你收好。放心吧，我会办好的。

辰启一家人高兴地出发了。他们事先联系好南京的世交老友前去做客散心，那时的中国人还没有明确的旅游概念，这是一次无奈的奢侈享受。

一周后，家栋收到熙靖从南京发来的信，使他感觉到了熙靖的满面春风，他总算是放下心了。这是熙靖第一次出远门，她信中把自己的新鲜见闻热情地讲给家栋听。几乎一天一封的来信中，熙靖总是有聊不完的话题：

我们一路平安抵达南京，就住在新街口广场的福昌饭店。在这里能看到广场中央孙中山先生的铜像。

辰启哥说他一生最佩服两个人，其一就是孙中山先生，还说明天我们全家一定要到孙中山先生身旁照张合影。

家栋，这里好热闹，每天都能看到举着五星红旗和彩旗，那是游行群众队伍；听到敲锣打鼓和欢呼声；那都是在庆祝一家又一家的企业、商厦公私合营了。

家栋，你当上副厂长后一定很忙吧。辰启哥说你一定会是一个优秀的厂长。努力干！我们一起为你加油！

明天我们还要去拜谒孙中山先生陵。辰启哥说，这是来南京最重要的一件事。

祝你全家幸福！

工作顺利！

嫂子熙靖于睡前

1954 年 8 月

我们会在南京住上至少十天。鉴于辰启哥的身体状况，不打算着急忙慌，蜻蜓点水，我们慢慢走。你有什么需要可来信告知。

又及。

熙靖于子夜

自打辰启和熙靖去了南京，家栋心中有种空落落的感觉。他失去了两个知己朋友。他总感觉是自己挤走了熙靖，心中很内疚。他觉得资本家只是个职业名称而已，不该是个被诅咒的专用名词。也许自己是政治文盲，或是只看到了辰启之类的少许人而已吧，一叶障目。看了看睡在自己身旁的春妮，他提醒自己，这些话是不能向任何人讲的呀！包括春妮姐。他悄悄地爬起来，很快给熙靖写了封回信：

辰启哥、熙靖嫂：来信收到，见字如面。得知兄嫂一家平安快乐，我们全家很高兴。

兄嫂是我生活中遇到的两位贵人，我铭记于心没齿不忘。我唯努力并竭尽所能将老窑厂发展壮大起来，才能报答兄嫂知遇大恩之一二。

您的老宅我已安排人手定期养护，放心。

我家中有兄嫂庇荫一切均好，勿念。

祝兄嫂安康幸福！

祝希希小友更聪明、更伶俐、更漂亮！

代问姜婶好。

愚弟家栋呈上

1954 年 8 月 30 日夜

待看见熙靖一家人在南京时的照片，辰启一家人已经继续南下广州了。来信说广州更适宜冬季来此安居，温暖湿润，但总觉得离家千日好，不如老窝睡一觉。

熙靖一家人在腊月二十三小年这天，终于回到了牵肠挂肚的琉璃老窑厂。

到家的第二天，八点上班时的电铃声刚刚响过，肖增谦厂长兼党支部书记叩门拜访来了。这令辰启和熙靖很是不安。保姆姜婶忙不迭让座、沏茶。幸好熙靖已经梳洗完毕，端上一盘新鲜蜜橘并剥了一只亲手递到肖书记手里，小声道，快尝尝，很甜的。然后谨慎地问道，有急事？

肖增谦笑笑说，我以为只是说说而已，不承想你们全家真的出了远门。一路顺利吧？辰启老哥身体怎么样？

谢谢肖书记的关心。辰启从跨院屋走过来，双手打着拱手礼连声道谢，多亏有熙靖和姜婶的照顾啊。

肖书记说，那就好。我来是告诉你俩，故宫博物院办公会议决定，任命赵熙靖同志为琉璃老窑厂厂长。此件已抄送区政府留存。

辰启、熙靖二人呆呆对视，满脸的错愕、惊喜，眼泪在二人的眼眶里充盈着，发着光，打着转，终是女人的眼窝子浅，泪水先于辰启从眼眶承受不起的充盈而滚落下来。

辰启说，肖书记，上次我们二人的谈话，我说得不对的地方，还请您多多包涵。

肖书记连连摆手，你又没说错什么，我包涵什么嘛！肖书记转向熙靖说，你们出远门之前，我和辰启二人的那次长谈，我及时地向故宫博物院党组、咱们区委作了汇报。你敢大胆地提出自己的想法、建议，还受到了上级党组织的表扬呢！两级党组织也知道辰启在抗战期间的表现。比如，鬼子临投降那年，逼迫你交出琉璃配方，你给了他们，他们不相信，在一个班的鬼子监督下要你亲自当面配料、试烧，给他们验证了才放心。他们哪里知道老窑厂和你一心的郭师傅等骨干团结一心，当着鬼子的面那场戏法变得滴水不漏啊！这些我们都是有调查记录的。还有，你这老窑厂是我党的进山出山，接送干部，以及平西抗战根据地的联络站。这些，区委领导也都是知道呢。

肖书记慢条斯理说，这次的资本主义工商业的社会主义改造基本顺利完成。针对诸如老窑厂这样的手工业企业的情况比较特殊，我们党也没有实施一刀切的管理办法。老窑厂隶属故宫博物院管辖，它的管理新班子组成是这样，我任党支部书记，赵熙靖任厂长，米家栋任副厂长。肖书记停顿了少许，先看看辰启，又瞅瞅熙靖比刚才还要庄重、严肃地说，我在这里还需要强调一点，经过区党委调查，并经市委有关部门核实，赵熙靖同志的父亲赵实志同志是中共地下党员，于1947年7月被叛徒出卖而牺牲，经市委批准赵实志同志为烈士，这是烈士证书，请赵熙靖同志保存好。

此刻，熙靖反而没有了眼泪，她站起来伸出双手从肖书记的手里接回了烈士荣誉证书，满脸的庄严和自豪。虽然这一切来得太突然，但对熙靖来说却一点也不觉得意外。

肖书记站起来要走，忽然又想起来一件事，对辰启说，下周，区政府召开这次资本主义工商业的社会主义改造总结大会，过几日有正式文件下发，到时请辰启参会。我这是先说了，违反了组织纪律，到时以下发的文件为准吧。

熙靖送走了肖书记回到家，坐在椅子上一直沉默不语，她心中认定眼前发生的一切都是应该真实地发生，她并不认为当年的算卦先生有多准，但老先生确实清晰地告诉她，你真正走向理想的时刻开始了……

听了肖书记的一席话，辰启能体会到他为了熙靖的家事、老窑厂的公事，没少费心。他知道熙靖为了找到父亲被杀的真相，也是到处写信、托朋友询问了解，总算是有了准确并且满意的答案了。辰启心里总算是踏实了，这副压在肩上的担子可以卸下来了。话虽说是卸下了、肩头轻松了，可辰启感觉到的却不是轻松，而是被不知什么东西挤压的气喘无力的那种心慌意乱与惴惴不安。

　　这天傍晚，辰启突然心生渴望，想再次迈进郭师傅家的门槛儿，和这位对老窑厂敬业忠诚了三代人的代表、自己的老伙伴聊聊天。上次聊天还是五年前的事，是为了辰亮与秀花的婚事。这次来怎么竟有恍如隔世之感呢？院落太过清静，郭师傅的四个孩子都去城里上大学深造去了。郭师傅的儿女们就是冲着这点，使劲儿朝里挤的，当然他们也是从刻苦努力中获得的资格。

　　郭师傅在家吗？辰启轻轻呼唤。

　　郭师傅老两口在屋里听到了，诚惶诚恐地应承道，在呢，在呢！二人着急忙慌下炕、找鞋、趿拉着争先迎客，在家门口二位老人竟然拥挤到了一起，出不得退不得，只能齐声连连道，大掌柜好，快进屋！快进屋，大掌柜！

　　辰启进了屋。郭师娘忙着用手摸摸炕头，转身又去炕灶上余开水，郭师傅忙着摆炕桌，刷茶杯、撂茶叶，还不忘请大掌柜坐炕头，嘴里连连叨念，大掌柜，有事差人招呼一声我们立马就过去，怎么还亲自来呢？今冬，真是腊月天冻掉下巴啊。辰启插不上话，乖巧地听从指挥，老老实实地脱下棉窝，坐在炕头上笑呵呵看着老两口忙活。

　　待一切消停了，郭师娘给大掌柜和自家老伴儿斟上热茶后站立在郭师傅身旁。郭师傅则规规矩矩地坐在炕沿边儿，面对着大掌柜说，大掌柜，您说吧。

　　快别忙啦。我没什么大事，就是来看看您二位。咱们也算是几辈子的世交了。自打有了辰亮和秀花那一对儿，我们还是亲上加亲呢，真好！

　　是啊是啊！就是我家秀花没啥文化，也不懂礼数，让大掌柜笑话了。秀花过门也有几年了，也没能生个一男半女的，可把我们老两口愁死啦！

　　郭师傅，生儿养女也不是咱们老家儿说了算的呀，我可不是来兴师问罪的。秀花是个好女人，心眼儿实在，为人仗义，跟你学烧窑更是不分白天黑夜，寒来暑往地埋头苦干。这是继承了郭家世代好家风啊！咱们可不能妄自菲薄！你培养了咱们琉璃老窑厂头一名女"窑作"师傅。这就是个大功劳！这是我来的第一大目的：响鼓还需重锤嘛，您再加把子力气，帮她练出火眼金睛的看窑火绝活来。咱家秀花一准能成为"窑作女专家"，把咱们琉璃老窑厂的香火再烧上七百年！您说，可好呀？

　　郭师傅端起茶杯激动地说，必须的！来，大掌柜，我老郭以茶代酒，以表我们几辈人的一片忠心。

好！辰启主动给郭师傅斟上热茶，我来的第二个目的，就是今后你郭师傅不能再操心秀花两口子的生活啦！时代不同了，他们有自己的小日子，过好过歹要看他们自己的造化了。两口子的小日子也是需要像咱们老窑厂一样谋划经营嘛。我是怕辰亮把您老俩再气出个好歹，我的罪过就大啦！

郭师傅既羞赧又尴尬地朝着大掌柜使劲点点头，由衷地说，我听大掌柜的。

那好，我就告辞啦。辰启说完，下地双脚往棉窝一插，抬腿就走，郭师傅看着大掌柜走路颤巍巍，又略微有些许东倒西歪的，像是双脚踩地不稳的样子，来时可不是这样呀！怎么？他不敢多想，那胡思乱想岂不是咒大掌柜吗？咱可不能干那种缺德事呀，郭师傅在大掌柜的后面拃扎着双臂，保护着大掌柜，嘴里还直个劲儿地劝慰道，慢点慢点，莫急嘛！

辰启边走边朝后招招手，别送啦！别扶我！我扶着门框，我要自己稳稳当当下了屋前的台阶。

郭师傅不再向前，接过老伴儿的手电筒，尽心尽力地给大掌柜照着路，看着大掌柜独自一人，双手左右挥舞像是驱赶什么，硬是跟跟跟跄坚持自己朝家走去。

郭师傅流下了老泪，自语道，这是怎么了？怎么好端端的……大掌柜……

我看着也怪怪的，刚才他坐在那儿，也总是用右胳膊往后甩，像是在轰苍蝇。

不敢瞎说。三九天哪儿来的苍蝇？

回到家的辰启歪倒在炕上，眼睛却一直盯看着门口，嘴里发狠地斥责道，躲远点！不许进我家！

熙靖走过来问，是谁气着您啦？累坏了吧。睡会吧？想吃点什么？做好了我再叫醒您。

辰启说，熙靖，别走。他们怕你！

谁怕我？没什么人呀？熙靖也怯生生地瞅着屋外。

看穿戴，是老辈子人。他们几个在郭师傅家里就站在我身后，撵也撵不走，我回来时还紧跟着我不放。辰启嘴里嘟嘟嚷嚷自己叨念。

熙靖壮着胆儿掀起了棉门帘子，左右瞅了个溜够，说，没有什么人啊。天黑了，看你说得邪了呼啦怪吓人的。

辰启心里明白，这是长辈们请自己回去呢。他对熙靖却说，啊，许是我眼花了。你去请孝存和家栋来我这儿，我有话说。真是累了，我先睡一会儿。

不大会儿，孝存来了。熙靖把他安排到堂屋改造的会议室坐下喝茶。

孝存说，大掌柜，家栋说他有点急事要处理，一会儿就过来。

辰启起身来到堂屋，好。反正我哪也去不了了，我等他。孝存，请坐吧。把你叫来是想说这样几件事。一是，这次资本主义工商业改造，你们要关心，今后也要养成看报听新闻的好习惯。新中国工人一定要关心国家大事，不能只是知道干活挣钱。你们是老窑厂的新时代主人，不是文盲睁眼瞎。老窑厂的未来是要握在你们手中的。

孝存从没听到过大掌柜说过这番话，一时有些摸不着头脑。

辰启似乎兴致很高、侃侃而谈。第二件事，熙靖的父亲是个有知识、有良心的中国老学究，可惜北平解放前夕被国民党特务暗杀了。这是肖书记通过北京市委调查清楚了，还给她家颁发了烈士证书。也就是说，我是老窑厂的窑主，是资本主义工商业的一个业主，也是这次改造的对象，是个剥削者。但是我家熙靖，她不是！

第三件事，琉璃老窑厂已经收归为故宫博物院直属的国营企业了。肖增谦大哥是党支部书记，熙靖是厂长。我从现在起退休了。辰启强忍着眼泪没流出来。站起来向孝存深深地鞠了一躬，挺直了身板刚要回东屋，孝存站起来，大掌柜，请您等等，我想说句话……您是我命中的大贵人！孝存给您鞠躬了。待到孝存抬起头已是泪流满面了……会议室里很静默，这种静是阴沉压抑的。幸有孝存的啜泣声，不然，可怕的静默太令人窒息了。辰启什么也没再说，默默走回了东屋。

熙靖示意孝存坐下说，辰启哥的话，有些还不能算数，要待到肖增谦大哥正式宣布后才算数，孝存师傅听听就是了。

孝存说，熙靖嫂子，我一定做到是一个辰启大掌柜信得过，老窑厂信得过的琉璃大工匠。孝存给熙靖深深鞠了一躬，带着伤感、疑惑走了。

辰启闭上眼睛像是在休息，熙靖凑上前用手背放在辰启的鼻子前，感觉辰启的呼吸迟缓，每一吸一呼之间，总是有较长的时间间歇，这是熙靖从未察觉的可怕变化。她看天暗了下来，就叫来了姜婶，请她看护大掌柜，自己去去就来。熙靖匆忙赶出门，却与家栋撞了个满怀。

你，怎么刚来？熙靖轻轻跺了跺脚，声音不高却有明显的怨气。

家栋右臂腋下夹着一个木质的长匣子走进来，不敢多说，只是焦急地问，怎么了大掌柜？

快去吧。吓死我了。熙靖强忍着抽泣说。

家栋跨进卧室，看见了大掌柜躺在床上朝他招手，他迎上前，握着大掌柜冰凉干枯的右手，大掌柜，您说吧。家栋听着呢。

家栋，我……来日不多矣。有些话算是我临走时对你的嘱托吧。日后，熙靖和希希只能拜托你和春妮关照、保护了。我信任你们两口子……再有，老窑厂终于收归国家所有了，算是了了我最牵挂的一桩心事……可是，它毕竟是我家祖辈上百代人呕心沥血的结晶啊！它也是咱们国家建筑材料上……最值得保护继承的国宝！家栋，你要帮帮熙靖，维护这窑炉火，它万万灭不得啊……

家栋轻轻拍着辰启的手背说，故宫不倒，老窑火就不会灭！

辰启吃力地摇摇头，家栋，这正是我要叮嘱你的呀！世事难料。我想说的是故宫不倒，是因为它房顶上那十只祥瑞神兽的合力护佑！世界上没有哪个国家会有如此待遇，唯华夏获得上苍所赐……魑魅魍魉，任谁仇恨也是无济于事的……老百姓的众望所盼……我，不是迷信蛊惑你，这是我家老辈人代代传下来的最高机密……保护太和殿……永世，屹立不倒、熠熠生辉……就是我祖上担的重任。你不知道，太和殿快到了修缮的日子了。殿顶上的祥瑞神兽们，也到了请下来重整战袍、焕然一新的时候了……辰启喘着气，越发不匀实了，他拒绝熙靖递过来的半杯温水，别，让我说完。我有一套祖上流传下来的祥瑞神兽标准图谱，请你保护好，我走后，一来，当到了修缮之时，定要竭尽全力协助熙靖完成任务，那是上苍对你俩的世纪大考。二来，修缮完工之时，就是你将这套神兽传播到世界去的大日子……这是你两个人最为重要的任务……懂吗？

家栋重重地点点头。

辰启闭上双眼，似乎是积攒气力，家栋耐心等待了数分钟，辰启闭着眼睛说，年轻时，曾经和潭柘寺的老住持畅谈过一夜……此刻辰启睁开了眼睛，他曾赠给我一句禅语，我，至今未悟出，其内的禅意，辰启说着从怀里掏出一个做工精细的景泰蓝莲花小盒，递给家栋，示意他打开。

家栋打开，是一张棉纸，上书一行小楷：

春子秋风拂袖去，是悲是喜佛度怀。

我想，将那句禅语送给你去领悟吧。一来，我知晓你的聪慧。二来，我也把妻女托付于你，到你悟出那日，也许能帮助我的妻女躲过劫难……佛法无边啊……我累了。你去吧。家栋刚转身，又被唤了回来，家栋啊，辰亮是我在这个世上的，唯一的兄弟……不知我，为他张罗的婚事，是对，还是错，两口子过得，不很和谐……你要分出一份心思，帮劝帮劝他吧……

家栋说，他总是拿秀花和熙靖嫂子相比。这样比较的本身就是错了嘛。我说过他，就是听不进去。

啊，也许远不止于此，悔不该当初啊……害了熙靖……

家栋刚想张嘴问，被熙靖制止道，让他歇息一会儿再说吧。

家栋急切地悄声问，难道，苍天真的要……

熙靖无奈点点头。他自己说的，坚决不让我请医生，也不去医院。

忽然，大掌柜闭着眼睛又发话了，家栋，让我再和熙靖说几句吧。家栋点点头默默退了出去。熙靖跪在炕边，辰启歪着脑袋，断断续续道，辰亮日语很好，还获得全校日语演讲的第一名呢……他到现在还在努力应用啊……你要注意呀！熙靖……我对不住你……追悔不及啦……

辰启哥！我会记住的。再等等家栋吧，他说有要紧的事，不，是你认为的最高兴的事要说！挺住！家栋，快来！

家栋抱着那只会发光的琉璃黄金龙烛台闯进来，高声说，大掌柜，您快看看，这是什么？熙靖，请把灯关上！他将烛台捧到了大掌柜的面前说，大掌柜，您快看看，这是什么？

大掌柜颤巍巍勉强完整地念出稀世珍宝的全称：发光琉璃黄金龙烛台？那个呢？他还不忘问询剩下的那个在哪里。

熙靖把灯又打开，扶着大掌柜坐起来，家栋把烛台轻轻地放在他的腿上。辰启激动地抚摸那条黄金龙身的每一片鳞甲，每一寸龙鳍，从头摸到尾，爱不释手。他俯下身子想亲吻龙头，知道自己做不到了，轻轻地摇摇头，微微地像小孩子般的羞赧地笑了。家栋捧着烛台，让熙靖扶稳大掌柜，他将龙头恭敬地送到了大掌柜的嘴边，他努力探着身子，竭尽全力地贴住龙头"啪"的一声微响，随后又像孩子似的得意笑了，他扭着头寻找熙靖，深情地凝视她，慢慢地慢慢地瘫软在熙靖怀里，永远地闭上了双眼……

家栋把烛台重新包裹好，放回了狭窄的木匣里。

熙靖将辰启轻轻地放在枕头上。

家栋过来麻利地给辰启穿戴好了里外三新的装裹衣物、帽子、鞋袜，放平了身体，盖上了古蓝色的绸缎被子。

家栋书写了宝石蓝色的对联，亲自贴在了四合院的大门旁：

五十载匠人伟业英才辰启不忘初心魂归西天
七百年官窑琉璃华夏赤子传承国宝辉映北斗

葬礼按辰启嘱托节俭不张扬，没有仪式、不请响器、不披麻戴孝，只有身边的不多亲属和好友每人胸带一朵小白花。

走在送葬队伍最前的是希希和釉亮，希希小姑娘快六岁了，长得漂亮、白净，个子瘦高，梳着一头短发，表情沉痛凝重，白净的脸蛋上留下了明显的两道泪痕。她身穿一套黑色五四式学生裙装，黑色长筒棉袜，一双黑色的红军式样的带襻布鞋。

釉亮七岁了，圆圆的头，和希希一样，白净的脸上也有两道明显的泪痕，釉亮的头发黝黑短硬，看上去比希希显得壮实些，也稍高一点，穿着一身黑色中山装板正挺阔。二人的双手各托举着一只高尺余的琉璃黄金小角虬龙攀绕的烛台，烛台上插着三寸高、和铁锹把子相似粗细的白色蜡烛，烛光东倒西歪依然顽强闪着亮光，即使孩子们很小心地迈着每一步；缓缓跟在他俩身后的是涂黑漆的柏木棺椁，棺椁由八个壮小伙儿扛着，迈着迟缓却很整齐的步调；再后面是肖书记、郭师傅、熙靖、家栋、村长武叔、孝存、辰亮等，还有自发前来送行的老窑厂的工友们、村子里的经年好友等。队伍称得上是浩浩荡荡，绵延不断。棺椁绕老窑厂一周后，尊大掌柜的心愿，安葬于对子槐山的西墓地中，老太爷身旁。

墓地早在几年前尊老太爷的旨意重新修整如初了。用砖石垒砌成的大门门垛的横梁上雕刻有"对子槐山西墓地"七个大字；门前东侧的碑铭也是在原有的碑上做了复刻；墓园内的杂草小树都已铲除干净；百十年间的所有坟头，都重新用水泥修整成为半球形，接地边缘用三层砖高的水泥灰垒成护围；原有的墓碑也都复刻清晰；没有墓碑的，或是原有木制的碑已朽的，换为了刻有"琉璃工匠之墓"的碑石。整个墓地的边角空地都用水泥灰石铺设平整。

送行的队伍占满了墓地里外，郭师傅站在事先准备好的墓穴旁，高喊一声，入殓——寂静的场面又骤然掀起一阵哀号，棺椁缓缓放在了墓穴中，熙靖铲了第一锹土撒在了棺椁上，众人纷纷轮流向墓穴中铲土，有不少工友用双手抛送。坟头形成了，熙靖将一束鲜花放在墓碑前，碑的上部有一张瓷烧的辰启照片，这是大掌柜高中毕业时照的，虽清瘦但光彩照人、精神抖擞、英姿帅气。

郭师傅又大声喊道，宣读祭文——

家栋站在墓碑前，对着辰启凝固于瓷画中的冰冷微笑，大声朗诵：

我主辰启 可亲可敬 自幼博学 强记聪明

弱冠之年 执掌家业 熠灼琉璃 辉耀故宫

驱逐鞑虏 秘密交通 倭寇掳宝 股掌戏弄

不惑病缠 不忘初衷 十只神兽 太和殿顶

保家卫国 神圣使命 继承传统 琉璃永铭

民族典范 尊灵永蜇 哀号靡及 镌刻心中

家栋念毕，郭师傅唱喏：默哀——礼毕——

琉璃老窑厂大掌柜辰启送行仪式结束！

熙靖和希希、肖书记、孝存、釉亮以及辰亮扑向辰启墓前小声哭泣，未能上前的好友也有大声哭嚎的，更多的是嘴里不断地在和辰启做最后的话别。仪式结束了，大家默默地依依不舍离开了墓地，剩下的就是熙靖、家栋、郭师傅、孝存等，还有辰亮，围坐在辰启周围，努力平复悲痛的心情，你一句我一句地安慰、劝解熙靖。

姜姆和春妮悄悄地对熙靖说，这里阴气太重，还是让孩子们先回去吧。

熙靖点点头。

熙靖，春妮向着周围人用手划拉了一下，说，叫上他们都上俺家。记住没？见熙靖点了头，春妮才放心地转身走了。

"头七"那天一大早，熙靖独自带上香烛、纸钱和祭奠果品，来到墓地探望辰启。这个早春的季节，多风、沙尘，原本应该是明媚的春光却让人沉闷不爽，时常被尘埃遮挡的天空，泛着亮闪的灰蒙蒙的蓝色。墓地时常飞来一群群麻雀，啄食喧闹得让人烦躁，给肃穆中搅拌进来一种更加悲凉的巨大反差。

熙靖先将墓碑擦拭干净，再摆上时令水果，稻香村的点心，又点上香烛，在一个大瓦盆里烧了纸钱，做完这些，轻轻坐在墓碑旁，默默地凝视着辰启冰冷的微笑，不断地擦拭着微微肿胀的双眼，始终没有说话。

很快，家栋来了，先给辰启三鞠躬，再给大掌柜上了三炷香，盘腿坐在大掌柜面前，轻轻地说，大掌柜啊，您走了哪是七天啊，是走了七年呀。说起收藏琉璃的事，不就是昨天吗？您放心，我会遵照您的教导，将琉璃收藏当成我的一件终生大事，认真履职，务必尽心尽力做好。我真后悔，当初怎么不多叨扰您几次呢？有几次到了您家门口，又胆怯地退了回来。我真怂啊……家栋落泪了，不再说什么了。他怕再招惹熙靖难过。二人就这么坐着，寂静的墓地总感觉有人朝他们慢慢走过来，二人不约而同地抬头四处观望，又若有所思地四目对视，都轻轻叹口气，似乎是在盼望着大掌柜真的能再走过来和他们聊两句。聊点什么都行啊！这难道真的就不可能了吗？

还是熙靖先开了口，咱俩走吧。我有些冷了。

每隔七天，他俩都会在这里静静地等候。等什么？开始还很明确，渐渐地自己也不再相信会有奇迹出现了。"断七"结束，也许以后的日子，该是他们信守承诺认真履职的漫长岁月了，总要有新的生活开始。

这天，晚饭后熙靖拎着一个手提包，敲开了家栋的家门，说，这里有辰启答应给你的礼物，一直没空带来。她打开提包，拿出勾头和滴水各两件琉璃藏品，都是难得一见的古蓝色，图案是当下很敏感的式样。家栋明白了，这是从南京中山陵淘来的。看到那种图案，春妮大吃一惊，慌忙开门出去转了一圈回来，这是她借机看看门外有什么闲杂人等。春妮觉得日子越来越好了，可是也从心里觉得家栋越来越看不懂了，他办事总是不知哪儿泛着玄玄乎乎的一股傻劲儿，不再那般稳重了。她重新迈进家门时又特意朝炕上瞄了一眼，不见那瘆人的蓝哇哇东西了，想必是家栋都已经将那些东西收拾起来。她心里总算踏实些。

见春妮回来，熙靖从提包中又拎出一件深蓝色女式中款呢子外套，说，这还是我在南京给弟妹选的礼物呢。

春妮乐得合不拢嘴，抖开衣服，兴奋地穿起来，嘴里还不住地朝熙靖说着谢谢！谢谢！

送走了熙靖。春妮立时没了笑模样，赶紧把呢子大衣放进大衣柜，家栋也准备上厂子里看看。

此刻，春妮冷冷地说，你等等，俺有话说。你知道熙靖来咱家？

家栋点头，昨天她下晚班时告诉我的。

春妮一本正经地问，俺怎么没听见？

家栋笑容可掬地回答，你什么时候进厂上班了？

春妮生气地说，你看熙靖的眼神儿有问题啊！你说，她从南京背着那四块琉璃瓦，死沉死沉地又背到广州，又从广州死沉死沉地背回了北京，再从前门火车站死沉死沉地背回了村里，最后这段路听着最短，可是最累人不是？你说，这是一份多大的人情啊？熙靖可是千金大小姐的命！都是为了你呀！啊？你俩，到底有甚事？你说说？春妮挺着胸，一步步贴近家栋。

家栋漫不经心地说，看你说的。她知道我收集琉璃瓦的事，你也知道啊。我心里记着这份人情呢！日后遇上个报答的机会，你可要提醒我，啊？

春妮霸道地点着家栋的脑门，厉声道，你别打岔。俺是问你两个到底是甚关系！

家栋不耐烦地退到了床边，你又胡思乱想呢。

春妮步步紧逼不示弱，自打知道俺又有了，你就再不敢靠近俺，俺想摸摸你，你都是躲得远远的，为甚嘛！熙靖到底是比俺小嘛，比俺年轻、比俺漂亮，是吧？

春妮姐，家栋板着脸，开始数落春妮，我唤她熙靖嫂子，或是窑主夫人，不该尊重吗？你这是无事生非乱猜疑。我现在大小也是个领导了，做得不对的地方你在家里提醒我，但你可不能当着大家的面扯出这番闲话啊！

春妮依然顽强命令道，你看着俺的眼睛。

家栋表现出极大的容忍度说，又来了！又是检查我眼珠是不是闪动？证明我是不是撒了谎？我算是彻底服了你那个齐凤兰、齐大姨娘亲啦！

春妮忽然发现了什么秘密，惊讶道，咿呀！俺那个娘哦！你从甚个时辰起都改说我我的啦？和你这个丑婆娘划清了界限？成了老北京四合院里的女婿啦？

家栋一副欲哭无泪的模样站起来，小心抱住春妮，朝脸蛋儿上响响地亲了几口，央求道，俺求求你，春妮姐、我的亲亲媳妇！别闹了行不？

春妮立马换了一副新面孔，俺是逗你玩的嘛，当官啦，不识逗笑啦？俺知道里外轻重。当面教子，背后教夫嘛，俺拎得清呢。哎，俺还有话呢，你说你收集那几块刻有那种图案的琉璃物件唤作甚？

家栋不解其意地答道，勾头和瓦当。

俺不管它唤瓦当还是勾当，你不是给自己找麻烦吗？快丢掉吧，那蓝哇哇的玩意儿，让旁人晓得了，可不是闹着玩的！

家栋认真道，你提醒得对。但这几块琉璃瓦是辰启大掌柜的南京老朋友特意给他留的。这是当年咱们老窑厂在修建孙中山陵墓上的琉璃瓦件，人家多存了一部分作为更换维修备用的。这可是很珍贵很有收藏价值的琉璃制品。当年的那个组织是孙中山先生亲自创建的，当时的宗旨是，联俄、联共、扶助农工，是很有进步意义的，后来被蒋介石反动派夺了权、篡了位，变了味，那就是另一段历史。我手中的这几块琉璃勾头瓦当是大掌柜特意送给我的收藏礼品，他早就允诺过的，三年多了，我还以为随便说说而已，大掌柜竟然还一直挂念着。

哎哟！你这么一说，好像大掌柜立马推门进来了似的，吓死俺啦！你一说，俺就明白了。一定保守秘密就是了，你好好珍藏这些历史文物吧，只要你不离开俺娘三个就行，俺对你绝无二心，春妮忽然做忸怩状，撒着娇说，老公，你到底信不信俺嘛？

家栋连忙表态，我信，俺信呀！俺爱你，也至死不渝！家栋说着美美地且小心谨慎地拥抱着春妮。

第八章

1958 年初秋的一天，家栋找到孝存在吻作车间的那间工作室，见他穿着自己缝制的一套深蓝色粗布工装，干净、干练，脚蹬一双雪白的布袜子十分扎眼。家栋笑着说，当年见你头一面时，这双白袜子可比现在还扎眼呢！八成是看习惯了，见怪不怪了吧。哎，你不怕肖书记来了批评你？

孝存笑着说，他每次见面的第一句话就是，干着泥水活，踩着灰土爆烟的火炕上，你是和谁较劲哪？

家栋也随声附和，是啊，和谁较劲？

嗐，这都是我媳妇惯出的毛病，她总是说，人要讲究干净利落，才精神嘛。自打她走了，就给我留下了这么个臭毛病，我哪儿舍得改啊⋯⋯

家栋一听赶忙岔开了话题，哎，你的那位女徒弟智君呢？

孝存说，天天给故宫干活，不知道自己干的活在故宫的大殿顶上有多威风，趁着这段时间活不多的好时机，我批准她去看看故宫。我还给她布置了作业，不管用什么方法，照相也行、绘画也可，三天之内，交五份可以做成琉璃摆件或是生活装饰品的设计图案来。总之，是能独立存在的琉璃艺术品。即使是暂时画不出来，能谈出自己的创作想法也可以，完不成作业是要被处罚的。

家栋一听很是惊喜，嘿！你够狠的。不过，你说的、做的，都很棒！我支持！

孝存接着说，就要给姑娘家多些个压力。智君这孩子，聪明、能干，是个好苗子。和她一起进厂的那个钱富水，比她差得不是一星半点。还觍着脸时常来找她，我讨厌他，来了就轰。

哎，年轻人的事，你可别瞎操心。家栋好心提醒孝存，却换来了孝存一顿怼，这怎么是瞎操心？你找我就为说这些？我忙着呢！

家栋笑着说，我知道你是一片好心为了徒弟好。

孝存倔强地回应着，这算是句人话。我就是看不得，一朵鲜花插在了牛粪上！没事你走吧。

哎！我正事还没说呢就撵我？家栋神秘地朝孝存跟前凑了凑说，我听中央人民广播电台的新闻说，就在今天，在广州举办"中国进出口商品交易会"开幕了！这可是中国层次最高、规模最大，商品种类最全的国际贸易盛会呀！你，怎么还不明白呢？怎么不和我一起高兴呢？

孝存冷冷地说，我为什么高兴？北京有象牙、玉石雕刻，还有景泰蓝，甚至还有绢花，天津有泥人张。咱们的琉璃都是上房的琉璃瓦，老外看得上？

别人看不上，是我们宣传不到位的责任。大掌柜曾经说过，太和殿斜脊、戗脊上的十只小神兽就是最值得我们大力宣传的祥瑞神兽。当时正是抗美援朝最关键时刻，大掌柜预言，美国必败！我问为什么，他说，咱们有誓死捍卫太和宝殿的神兽啊！白宫有吗？没有！至今我都记着大掌柜那一刻伸出的拳头，苍白却有力！瘦弱却刚强！

一提到这事，孝存也怀念起大掌柜辰启来了，说，大掌柜走了两年多了，他是真的热爱琉璃啊，咱俩做琉璃黄金龙烛台的时候，他和熙靖嫂子多支持咱们创新啊！他是我佩服的琉璃匠人，可惜走得太早了。

家栋不无遗憾地叹了口气，说，广州进出口商品交易会去年就开始了。咱们准备了一年，今年无论如何也要参加了。中国的琉璃宝藏也该走出国门了，让世界看看咱们中国琉璃有多么光彩夺目。这也是大掌柜最关心的一件事，咱们要尽快做好……等成功啦，咱俩一定记住"家祭勿忘告启翁"！

孝存挥挥手撵着家栋说道，整个一位"天桥的把式"！

辰亮踩着话音儿进来了，我一猜家栋厂长就在这儿。肖书记和熙靖厂长在厂门口等着呢，说是请您赶快去区委办公室，有个紧急会议。还有，肖书记跟我提起要让钱富水抽调出来负责采购的事您知道吧？得，您知道就行。我看那小子挺机灵的！

家栋装没听见，忙着向厂门口大步流星地赶过去。

以兴建北京十大建筑为标志的首都建设就是这样在老窑厂开始的：1958年9月初的一天，区委小会议室，故宫博物院的领导、肖增谦书记带着熙靖、米家栋坐在下面认真聆听市政府领导的工作部署：这次要兴建的十大建筑，除了工人体育馆、华侨大厦和天安门广场改造工程以外的七大建筑都有琉璃瓦的需求。而且，品种多、用量大、时间紧，任务极其繁重，但又必须按时完成。我们是来和你们一起讨论有什么困难，怎样解决的。说吧。市政府领导开场白言简意赅，定性定调。

肖增谦发言，我们老窑厂现在只有四十几名职工，称得上工匠的只有二十名。首先，人手不够就是个大问题。

区工业局局长说，请区长现在拍板，可否把陶制面砖厂合并给琉璃老窑厂？

可以。人员加上场地。够吗？区长问。

还是不够啊。熙靖实话实说。

市政府领导说，以市政府的名义，从张庄砖瓦厂、南湖屯砖瓦厂、八里庄砖瓦厂，跨区直接调入技术人员，凡是曾经学习过琉璃制作的，或是在琉璃这行的窑厂烧造过琉璃的人员，无论年龄大小一律正式调入琉璃老窑厂。同时，还可以招收一批新徒工加强琉璃制作技艺后备力量的培养，这是市政府领导的解决方案。

市政府领导又补充一句，如果临时有什么不太需要技术的急活、重活，需要人手的活，通知市政府，我们会立即和驻军联系支援你们生产第一线。

感谢市区两级领导的大力支持。肖增谦书记表态，生产队伍没问题了。请赵熙靖厂长再谈谈厂房和设备问题。

熙靖厂长说，琉璃老窑厂虽然是有七百多年历史的老窑厂，但工艺流程几乎全都是手工操作的，可以说是个原始落后的古董级老厂。我们无条件接下这个艰巨任务，但是，必须立即解决机械设备严重不足的问题。

请赵厂长具体说说。市领导接着话茬儿点熙靖的将。

熙靖立即站起来说，首先需要……市领导示意她坐下讲，熙靖坐下说，原料粉碎、过筛、成泥搅拌的机器，这是整个工艺流程中最基础也最费劳力、工时的工作。几百年来一直是毛驴拉着碌碡反复碾压，费时、费力、效率低。第二，琉璃建材中，用量最大的就是琉璃筒瓦和琉璃板瓦，用料大，成形简单，最适合使用机械制瓦。这在国内早已广泛使用了，节省劳力，效率还高。是不是……

市领导立即插话，你们立即写购置报告，我们拨款。立即行动吧！你再接着说。

熙靖接着说，第三，这些机器都是较为大型笨重的，而从公交车站下来，通向我们琉璃老窑厂这段路只是铺了一层石子儿的土路，路面狭窄，坑洼不平，运输大型机器，遇到下雨天就要趴窝。这个能否考虑解决？

市领导说，不管这段路有多长，必须立即铺成柏油路。你们马上打报告。

熙靖兴奋地笑了，继续说道，第四，有了机器，可我们是小门小户人家制作琉璃瓦，厂房低矮狭小，这也是个急需解决的现实问题。

市领导说，嗯。琉璃窑厂老了，女厂长很年轻嘛，讲得清晰、有条理。很好。市领导转向肖书记，作结论道，请你们立即向上级写紧急申请拨款报告。时不我待，抓紧行动！市政府领导的语气显得十分焦急，继续说道，没办法，要在一穷二白的家底上大干快上，从干部到百姓，都恨不得一天等于二十年泼着命地干，毫无私心杂念，只想着快些摆脱掉落后贫困面貌，一心一意赶英超美！这是很可贵的民族精神，是舍我其谁的主人翁精神！今天我们决定了的这几件事，立即着手办。

几十年过去了，当年经历过那场一天等于二十年的琉璃工匠们，至今回忆起来依然感动着、激励着，新中国的管理者们不忘初心，领导着中国老百姓奋勇向前。今天回忆起当初的一些激进、一些幼稚，或是一些狂妄吧，又算得了什么？谁没有年轻过？谁敢说那不是一种特别的精神财富？正是因为有它的存在，才在太上老君的炼丹炉里铸造了中华民族永不屈服、永不言败、永远阔步前进的特殊基因呢！

1958 年 9 月初的那次特殊会议后，琉璃老窑厂的每一天都是按几年光阴过的。老窑厂正式在册职工，由原来不足 50 人猛增到近四百人。

"上三作"师傅各自领导自己的车间踏实苦干着。

郭师傅有女儿秀花助力，省劲不少，多少年没见过堆成山的来自山西大同的煤，雁北的劈柴，都说是"素坯燃煤，釉窑烧柴"，秀花把这两样材料都安置得整洁妥当。在离窑炉较远的地方用砖石垒砌成平台，防止浸泡雨水，还用厚实的帆布苦盖严实，挑拣出责任心强的窑工负责看管。郭师傅看着打心里佩服闺女胆大心细。

辰亮升任了后勤副厂长，还暂时兼任材料供销科长。天天杂事不断，脚后跟踢打后脑勺的忙，从不喊累。到底年轻啊，不论在哪儿，只要打盹儿三五分钟，再睁开眼睛就是个满血复活的全能干将。

家栋副厂长兼任釉料购买、配置任务。釉料库房安排在严谨又不偏僻的厂东北角，墙壁厚实防盗，炒制铅料时可以上房顶的炒铅小屋，那里有座炒铅专用的八卦炉，通风好，可以降低铅中毒风险。

唯独孝存的吻作车间又大又高，冷冷清清，要有人！可没人，因为他坚决反对收徒弟学艺，还强调现在不是有了个智君嘛！肖增谦和家栋多次找他谈话，掰开揉碎地跟他谈道理，他憋了半晌蹦出一个响屁，不用给我添人，我不要。不然就立军令状，耽误了工作，我认输认罚，开除我，绝不眨眼！

肖书记磨破嘴皮子，最末了，他还是说，我吃睡在厂，保证完成制模任务，还不成？那干脆把我开除算了！那个倔头劲儿上来，油盐不进，还跟家栋嚷道，有跟他们着急上火的工夫，我早干完了！这个岗位不是顶着一个脑袋就行的，有股子蛮劲就行的！要有一定的审美能力嘛！

熙靖劝肖书记，他个性强。可他的艺术感觉很敏感很强烈，这是最难能可贵的。咱们先依他吧，不急。别挫伤他的艺术个性。

三排低矮闷热的工作室，短时间内改造成了一大排高大宽敞明亮的新厂房。从国字109号公路到厂门口的这段土路三公里长，为了抢时间，保证十大建筑按时竣工，很快进入扩宽、铺设沥青阶段。此刻辰亮跑到吻作车间找到了肖书记和熙靖厂长，电碾子和制瓦机卸到水闸汽车站了，进厂这段儿路，筑路队不让进。二位领导，怎么办？

工作进度不能等，肖书记当机立断说，熙靖，你还是更多地关注厂内部，一定要严格检查各部门的工作进度，必须下死命令、硬指标。辰亮，要赶紧把设备运回来！你出主意，我找人。

我能有啥注意？先说筑路队那头怎么办？

不去管他们。

那好。肖书记，把新招来的徒工们叫上六七个，跟上我到后勤库房找绳索，您带上二十人到厂东头扛上滚木，咱们用最原始的办法滚木垫底、人拉肩扛，保证没问题。家栋厂长，您到食堂安排吃饭的事吧，我顾不上了。做好喽还得劳您大驾送过来，徒工们年轻，吃得多、饿得快。

辰亮真有两下子，硬生生地靠人力铺设滚木一点一点地前行，下午一点多熙靖和家栋也赶了过来，熙靖骑了辆三轮车，家栋当保镖，二人给大家送热饭、热菜、热鸡蛋汤。吃完饭，辰亮悄声对家栋厂长说，您还得立即回食堂，这儿的活大概要干到天亮，让食堂做点夜宵吧。

果真又是一个不眠之夜，机器运回厂里安放就位，天也放亮。这一切争分夺秒都是为了保障完成工程的需要。

肖书记和家栋厂长回到临时宿舍，想洗洗脸的力气都没了，不洗，满脸花猴子模样也不能睡呀。家栋硬撑着打来温水，二人各分了半盆。家栋一边洗脸一边说，碾碎、焖料、炼泥、压瓦、干燥这一系列最费时费工又污染严重的工序基本上都实施了半机械了，完成任务问题不大。可是，肖书记，熙靖厂长今天找到我说，那个电碾子噪声过大，布袋式打粉机的粉尘浓度太高的问题，这都是大问题呀！

肖书记说，这个问题我知道，她也跟我说了，我告诉她，不能在群众中瞎叨叨，你也给我记住。这些噪声粉尘和大大提高了工作效率，减轻了劳动成本、保证了产品数量的这些优势相比，和一天天更加逼近向国庆献礼的紧迫压力相比，都是短期的小事情！以后再说克服的事！眼下都可以忽略不计！当领导一定要记住轻重、缓急，一定要心中有数！不能在群众中造成混乱情绪！记住了？

肖书记，这我懂。我的意思是，咱俩都要记住这笔欠债，窑工们整天在机器旁摸爬滚打，时间长了，身体吃不消啊！家栋说着说着又显得很焦急的样子。

肖书记瞪了他一眼，严厉批评道，像你这样心慈手软，能带出精兵强将吗？赶紧迷糊一会儿吧！肖书记口气强硬起来。

家栋闭上眼睛，也不再吭声了。

熙靖听了家栋的汇报，十分不满意，怎么这样对待工人？这不是战争年代！我去找他。熙靖和肖书记嚷嚷了半天，还是他那一套狠心才能带出强兵的理论。争吵半天也没个结果。熙靖只好常去粉碎车间，强行规定在机器旁边只能集中精力连续工作最长不能超过二十分钟，强调更勤地轮流换岗。熙靖跟代班的负责人说，立即给干粉尘的工人买口罩，脏了洗、破了换。立即专门派个人给我盯住马蹄表和电铃，到点提醒大家轮流换岗。即使这样熙靖还是不放心，经常去督促、查岗，甚至停工批评那些不重视身心健康的工人们。

大家都怕自己被别人笑话偷懒，但互相督促坚守时间的习惯也在熙靖苦口婆心的说服教育、强行监督下，慢慢养成了。这件事也传到了肖书记耳朵里，不得不迫使他思考：妇人之见还能管理好工厂？

前些天，有工人向肖书记反映，熙靖厂长要求工人分成了几个贯通班组。

什么是贯通班组？肖书记问。

工人回答，贯通班组就是打破工序界限，把素坯制作和挂釉程序纵向联合成组，每组必须保证质量贯通到底。为了实现这种保证，熙靖厂长还要求，素坯制作时，在素坯底部或是背面烙印各个班组长的姓名。

这有什么好处呢？肖书记问。

有什么好处？就是为了惩治工人呗，为了给国庆十周年献礼，谁不是出十分力，难道还能藏起三分？

肖书记听完，嘴上没说什么，心里却很生气，这不行，不能这样对待工人阶级。

肖书记找到熙靖厂长，劈头就说，我听说明朝那会儿，为了保证每个工匠的制作水平，也是在琉璃构件不刷釉的背面，烙印上工匠的祖籍和名号的。待到这件琉璃瓦出现了质量问题，一看便知这是哪个工匠所为，那一定是要追责问罪的。

熙靖回答，那时的政策是"工匠在籍，世代可袭"的荣耀。有荣耀就要尽责任嘛。

肖书记生气地质问熙靖，你不认为这是对工人们的羞辱吗？

我不这样认为。肖书记，您是不是试着换个角度看待这个问题呢？目前我们的确是任务重，工期紧啊，容不得半点马虎。但是，最近我发现，有些工人干活只图快速完成、超额完成任务了，不注意质量，出现的质量问题也多了起来。而检查起来又很难查找到责任人。您说怎么办？十大建筑是为了国庆十周年的献礼工程，您说怎么办？

肖书记被熙靖这个女人的反驳无言以对。但他还是坚持道，你别忘了，如今是新中国了，还是不要再搞那套"工匠在籍，世代可袭"的什么荣耀了吧！

熙靖心里提醒自己，不要再讲什么道理了，变通才是出路。时间不等人啊。想到此，她说，您看这样可不可以，质量要求还是要严格执行的，毕竟十大工程是百年大计嘛。这样，咱们做个班组编号吧，各班组展开生产竞赛，把质量监督处罚权力下放给车间班组，您看这样……

我看这样还行。肖书记总算是舒坦些。哎，提意见的那个工人名叫钱富水。你看看，不关他的事，人家小伙子还是发扬主人翁精神向领导反映。多好的年轻人！我想起来了，他是工业局臧副局长大姨家的儿子，我看小伙子不错，臧副局长也说过多给孩子身上压担子呢。我看材料科缺人，可不可以让他到那里锻炼锻炼？

熙靖说了句，您定吧，我忙去啦，转身就走了。

肖书记看着熙靖厂长的背影摇摇头，他不明白为什么熙靖总是以消极的态度对待紧急生产，对待工人呢？再联想起对待孝存拒绝收徒弟事情的处理上，熙靖居然用什么保护艺术创作个性为孝存开脱，反对自己批评处理孝存，这样做对吗？肖增谦对熙靖为什么总是不能和党支部保持高度一致性的问题上，渐渐累积了不满。

这天家栋向熙靖反映坩子土料不多了。

不多了就进呗，这还需要商量？熙靖不明白地质问。

家栋说，这是肖书记对辰亮说的话。

熙靖又纳闷儿地问，肖书记？他怎么发现了坩子土不多了？

家栋说，他听钱富水说的。这句话是辰亮对我说的话。

熙靖不满地说，怎么啦，你跟我玩起了弯弯绕儿？

还没容家栋回答，村长武叔走过来插话，熙靖厂长，怎么不想用咱村小窑的坩子土了？

熙靖盯看着家栋，家栋也一头雾水。熙靖瞪了家栋一眼，笑着问，老武叔，我正想找您呢，小窑坩子土产量供应不上了？

武叔生气地说，这事怪我吗？是你们有人提出要从隐桂寺山里进货了嘛！

熙靖感到诧异，您听谁说的？隐桂寺的料除了路途远成本高以外，关键是料的质量……我们不摸底呀。实际上熙靖在这里私吞了几个字，那就是十年前，隐桂寺的坩子土给老窑厂惹过一场祸，她至今还记忆犹新。

武叔一听熙靖这番话，心里舒坦了，得，熙靖，你甭说啦，我还纳闷呢，咱们西山底下就近的上等坩子土不用，还舍近求远？我还以为，隐桂寺老母鸡下的蛋皮上描着牡丹花呢！

熙靖说，武叔您甭着急，这话说到我这儿为止。您回去悄悄问清楚今儿这档子事的来龙去脉，再说给我听听，好吗？

武叔高兴了，点头转身抬腿走人时还不忘甩了句，还是熙靖妹子懂事！武叔说着还不忘朝后挥挥手。

琉璃老窑厂是老天赏赐的饭碗。离老窑厂不远的西沟里有和煤炭伴生的优质坩子土矿料。踩了几百年了，现今说采掘难度大，危险程度高那是当然的。但是，三天后，第一批毛驴驮队就给老窑厂运到了一吨上好坩子土料，以后是每两天一吨。感动的家栋自掏腰包给老武叔捎去了两瓶北京红星二锅头。这倒将了老武叔一军，看着小山样的料堆，没容熙靖厂长吱声，村里的妇女主任一大早，就带着二十多人的妇女队伍一手拿各式锤子，一手拿各种式样的小凳子、马扎子，围坐在料山周围，叮叮梆梆地开始了敲料大赛。

坩子土从地下采上来是湿湿的软软的，但一经过风吹日晒，容易板结成大块料。料块太大直接影响粉碎机的吞咽质量和进度，最好是核桃块。

生产科的刘文举路过料场大会战场时，走到家栋厂长跟前说，昨天我看见钱富水从老茂手里拿走了一条大前门。

老茂是谁？

前阵子熙靖厂长要求成立的质量贯通班组的事，记得不？对。就是钱富水对此有意见，他却鼓动傻老茂向肖书记反映这法子是熙靖迫害工人的馊主意。一向嫌弃工作太累的傻老帽向钱富水发过牢骚，钱富水就鼓动傻老帽向肖书记反映，这是熙靖厂长迫害工人阶级的馊主意。傻老茂胆子小不敢反映。钱富水说，你不敢我去说，但开出的条件是他只要敢反映了，老茂就给他一条"大前门"。

家栋说，质量要求也没降低呀！这个老茂不是被钱富水要了吗？

刘文举也哈哈大笑起来说，要不他叫傻老茂呢！刘文举忽然换成了一脸正色道，钱富水却叼着前门烟，调到了供销科。

汇报完了刘文举转身要走又被家栋叫住，哎，昨天我说的坩子土的事？

哦，刘文举拍了自己脑门一下，嘻，您不提我都忘了。那是钱富水在前两天开早班会前，问辰亮，想从潭柘寺进几车料，辰亮点头同意了。钱富水转脸就向他们孙科长汇报了。什么时候进我就不知道了。

家栋皱眉，按说这算是秘密消息了，你是怎么知道的？

小鸡不撒尿，各有各的道。你别问我这个，我只向你保证我的话只为你负责。

家栋好奇地问，为啥只为我负责？

刘文举做出一个扬眉歪嘴的怪相，转身走了。

此刻老武叔凑上前来，武叔一拍脑门，家栋，见到你，我忽然想起一件事，赶紧跟你说说，我怕一会又忘了。前儿要从隐桂寺进坩子土的事我问清楚了，是你们厂材料科一个叫钱什么水的负责人说的，准备用隐桂寺的坩子土了。哎，这个叫钱什么水的负责人，我怎么不认识？

家栋很气愤地说，什么狗屁负责人！这号人您可是要加小心。甭搭理他！家栋换回了平常热情、亲近的表情，向材料堆旁的妇女队伍努努嘴，佯装哭穷的嘴脸道，老武叔，大婶、大嫂们真能干啊！只是，午饭我可真请不起呀。

别怕。老武叔惯常地大手一挥，说，村里有免费公共大食堂，不用你请。

哎，我说，别误了咱村的农业生产呀！那罪过我可担当不起啊！

武叔认真地点着头说，放心吧，这是个临时紧急任务，特事特办。绝不能误了农时，那是农民的命根子！

家栋这才放下心来，高声来了句，好！那就说定了，改天我请您喝酒。

这真的就是当年的劳动精神，一方有难八方支援的共产主义大协作精神，和谐的干群关系、邻里关系。大家只是渴求新中国快些再快些发展社会主义经济，这也就是那辈人的最淳朴最可贵的对于共产主义精神的狂热追求。以至于的确是过早过热地享受了共产主义生活的最初级体验，这是有问题的，但这并不重要。因为谁能保证行走在先人不曾走过的坎坷崎岖之路不会有个闪失，甚至跌一跤呢？重要的是我们要及时改正类似的失误！

家栋说完话就赶紧到了熙靖办公室，将刘文举和武叔反映的事立即转告给熙靖。

熙靖说，看来钱富水真是有本事的人。家栋，进料的事你可盯紧点。二人正说着，辰亮进来了。

熙靖厂长，辰亮说，人事科跟您说了吗？钱富水调到了材料供销科，说是您和肖书记商定好的。

肖书记跟我说了。熙靖说，我同意。请你们二位稍等，我记录一件事。熙靖打开工作日志，写了几行字后，说，正好你俩都在。我重申一件事，坩子土原料产地不能轻易更换。确需更换必须经过厂办会议充分讨论，依据实验室的化验结果加上试烧实践作出科学决定，当争议不能取得一致之时，由我厂长拍板定夺，并负全责。请你们二位记住。我也将此事记录在我的工作日志上了。同意就请二位签字，就算是我们的一次工作会议记录，今后也成为一种工作制度定下来。不同意也要写明理由也要签字。这种做法是我党的优良传统，我们要在实践工作中发扬光大。

家栋立即站起来在熙靖的工作日志上签了字。

辰亮咬紧下嘴唇，偷瞥了熙靖一眼，见家栋将钢笔伸到自己面前时，辰亮慌忙站起朝家栋笑笑道了谢，拿起笔就要签字，才发觉钢笔拿倒了。他下意识又瞥了熙靖一眼，低下头满脸通红地签了字，向熙靖说，没事我就回呀。

熙靖站起来说，从今后，我们的工作会议就这样形成了一种制度。形成的决议，我们三人签字认可，以便认真执行，并有据可查，有责必究。这样做我们不仅可以省下一个办公室主任一职，也可以做到相互负责共同监督。希望你们回去也做个记录。没旁的事情就散会吧。

第九章

立下军令状的孝存师傅终于累倒了。智君带着原本是肖书记给他配备的三位徒弟，第一时间特意拜见这个不认可他们资格的孝存师傅。智君带头捧着一把刚刚摘的野山花进了门。孝存有些惊讶，也有些尴尬，还有些羞赧。但年轻人不在乎他的这些感觉，叽叽喳喳，欢声笑语中暴露出是怎么先请智君当小先生，向他们传授"小学课程"，先自己学着捏活模仿；智君还组织大家找出鸥吻雕塑的比例关系；以及他们又是怎么样急切地等待着自己什么时候能正式行拜师礼。年轻人甚至毫不掩饰地问李师傅，您真的有那么神吗？蒙着眼睛也能捏出一条栩栩如生的龙？这不是家栋厂长吹牛吧？三位徒弟见孝存师傅一直不苟言笑，终于觉察到，该走了，总不能让孝存师傅张嘴赶自己吧。女徒弟智君双手递给孝存师傅一份保证书，上面用大字写道：我们绝对一切听从孝存师傅的指令，并保证说到做到。我们期待着拜师礼上给您磕头呢！孝存看着孩子们，不知该说什么好，这对他很难。困难到自己还没想出什么更好的说辞时，孩子们已经悄悄地溜走了……

老辈子的烧窑行当不像现在可以在窑内关键节点设置采集温控大数据的仪器，而是需要烧窑师傅结合窑内瓦件摆放的密度、高度，判断火苗温度流动的路径，均匀地布满窑的各部位。同时，还要练就一双火眼金睛，能够敏锐体察到窑温爬升要均匀而不可任性过猛，那样会使瓦件或者烧不熟或者火力过猛而瓦件烧焦。有经验的老师傅会将火焰驯服得既精神饱满又平和稳健，像一匹宝马一样听从指挥，这样的功夫没有十年八年是练不出来的。一个老窑厂又不能只靠一位师傅单打独斗，这里需要团队的协同精神。

　　郭师傅就是这个团队的"窑作"头领，他烧窑时胆大心细，为人处世却谨慎不张扬，他常说，同吃一锅饭的兄弟们都不容易，要互相担待，他就是这样为人师表的。别人如何做他不理会，也从不和谁红过脸，更不为了小事、小便宜争执，他认为那不是个男人。但他心里却永远记得是，唯自己强大才不会受制于别人。一对双胞胎儿子双双考入清华大学，他早就看出来了那股子家传的智慧，但从不喜形于色；大闺女秀花女扮男装下小窑挖坩子土，帮二位哥哥挣学费，他从心里稀罕宝贝大女儿，可是从不会当面夸奖；家里日子再难，郭师傅也不舍那张老脸向别人借过一分钱；小窑塌方，秀花豁命救人砸断了小腿，他没请过一天假照看，也不接受任何人的资助夸奖。这就是为什么他提出秀花来老窑厂上班，还将闺女收于自己门下为徒，别人都说不出个什么来的根本原因。秀花一进厂，就没把自己当成了一个柔弱的女人，她尊老护小，别人自然都让她三分。秀花有烧窑的问题，从不问父亲，而是缠着别的师傅虚心讨教。

　　郭师傅遇上烧特殊瓦件，比如烧大殿正脊上的鸱吻又大又厚的部件，或是烧平板或小或大的特殊部件，他都是主动要求所有的年轻窑工到窑前集中现场讲授。窑炉车间还有一块宝地，整齐码放的都是烧过的或是没烧熟的素坯件，外行看不出什么门道，内行一打眼、一上手就知道那些都是残次品。这个就是专门为年轻窑工们准备的鉴别试验场。这就是老窑厂传统教育的秘密所在。

　　可就一样郭师傅心中老大不满意，他最稀罕的大女儿，怎么偏偏和大掌柜的胞弟结了婚，他尊敬大掌柜，认定大掌柜是个好人，可不认可"女大三，抱金砖"的这门姻缘。对辰亮的看法，郭师傅有种不能言说的憋屈，他好冷眼旁观辰亮，总觉得那孩子有一种劲儿和大掌柜截然两样。他眼睛里闪光的时候，和嘴里说出的话不是一个意思。再加上结婚有几年了也不见个"动静"，就更让郭师傅闹心。他固执地认为自己已经预见到的结果，自己却没有能力去改变，心里积蓄着惶惶不安，对大女儿他怀有深深的自责，当然还有对大掌柜的无法补偿的愧疚。

　　最令郭师傅糟心的是大女儿秀花的心里可不这样想，她就偏偏爱辰亮，说他只是嫌自己不爱学习，整天不是窑炉就是家里，隔三岔五还要跑回娘家关心父母，帮着干家务。秀花说，那是没法子呀！父母老了，妹妹们也在咬紧牙关想着学哥哥们的样子考上好大学。我不帮一把谁帮？家里就数自己学习不好，没能学出个优秀来光宗耀祖，家务活我再不多干点，岂不更让爹娘着急上火嘛！她知道辰亮总是嫌弃自己浑身一股柴火味儿，那是安身立命的饭碗，是没法子改变的嘛！辰亮给她买的洋式"妈妈罩"，细细的带子勒箍在身上，多难受呀！也不知他怎么想的……可秀花只认一个死理儿，他的这种表现，说明了他爱我，他这般疼我，我一定会死心塌地地爱他，他若是想别的娘们儿看我削不死他！

生活的车轮按自己的节奏轰轰隆隆向前一日千里奔跑着，只是几个月的工夫，老窑厂便迈进了基本现代化、机械化的行列。只是随着工厂扩建，员工人数剧增，新招工来的几百号人只能睡在用木板铺设的大通铺上，上面再铺上谷草编成的草垫子。那时的生活水平就这样，也没人觉得有多苦，劳动了一天浑身脏兮兮、冒着酸臭味儿也没人嫌弃，姑娘们是从不往身上喷洒什么香水的，她们认定那是资产阶级的腐朽思想作怪，必须给予严肃的大批判。

三伏天，男男女女的年轻人跑到离厂五十米远的定旺河里洗洗干净，回到草甸子一趟，前一分钟有说有笑，后一分钟鼾声四起，再醒来又是一个清爽美好的早晨。

而管后勤的辰亮看在眼里，急在心头，他找到肖书记提出建个职工浴池的建议。

肖书记眯着眼问，现在生产任务这么紧张，一天等于二十年地干，哪有精力和资金建浴池？等到国庆献礼后再考虑吧。肖书记说完转身就走。

辰亮追上去，咱厂几百号职工，一下班就拥向定旺河里洗澡。女同志不方便不说，万一出个事故就麻烦了。

肖书记站定，很认真地教导辰亮说，这就是咱们可爱的工人师傅们，艰苦奋斗，从不叫苦叫累的好工人们！咱们各级干部就是要学习这种精神，要认真学习！你去通知各车间领导强调一下安全的重要性嘛，过了国庆献礼，咱们就考虑建浴池。

辰亮还想再说什么，肖书记不耐烦了，你老跟着我干什么？快去各车间通知呀！

第二天，新招来的年轻工人们满当当地挤在一间小会议室里，准备听肖书记给大家讲讲当年跟日本鬼子打游击的故事，进行一次革命传统教育。肖书记一进门就皱起了眉头说，怎么不开窗户？

坐在一旁等肖书记的熙靖也皱着眉头迎上来说，前两天不是预报要刮台风嘛，窗户刚装上玻璃没来得及安插销，就先钉上钉子了。

大家也该洗洗澡了吧？肖书记说。

我们天天晚上去河边洗。年轻工人们有男有女地抢着回答。

熙靖皱眉头对大伙儿说，这段定旺河大湾儿，你们刚来不熟悉，看着水流平稳，其实河这岸水稍浅，河中间水流湍急不说，还有水草污泥、很危险啊！到了九月河水凉了，你们还怎么下河洗澡呢？还有，光大膀子的都把衣服、背心穿上。咱工人更要讲文明嘛！

这屋不通气儿，坐一个小时还不憋闷死啊。小伙子们嘟嘟囔囔……熙靖厂长，肖书记终于发话，我看洗澡的问题是该解决啦。

听肖书记这么一说，熙靖强忍着不能表现出来的喜悦，一本正经地应和道，您说的我同意。

肖书记皱着眉头说，好。那我们先上课。今天我给大家讲讲当年用游击战打日本小鬼子的事……

见辰亮朝小会议室走来，熙靖快步开门迎上去，把他引到自己的办公室。辰亮一甩头，怎么样啦？书记同意不？熙靖点点头。辰亮伸出大拇指，还是嫂子您的办法多。

熙靖板着脸，别夸我，这是家栋厂长出的主意。

你俩甭管谁，都比我说话管用。我回去赶紧写报告，建个男女两用的大浴池。

熙靖赶忙叮嘱道，你设计时看能不能考虑夏天温度高的特点综合利用锅炉房的热能，既能烘烤瓦件，又能方便大伙洗澡用热水呢？

放心吧，我一定做好节能工作。辰亮说完就要走，却被熙靖拦挡住，哎，郭师傅老伴儿前两天找我反映，说你们两口子不和睦，有这事吗？

辰亮侧着身子想走又不敢走，一脸不屑的样子，说，这个秀花，家里的哪怕一点点丑事都敢朝外抖搂。没文化太可怕！甭听她瞎嘟吡。

熙靖问，结婚有几年了？秀花怎么还没个动静？你不能讳疾忌医！两口子上医院查查，真有毛病该治就治，这又不是什么丑事嘛！

嗯。辰亮闷声闷气地答应着转身要走。

熙靖不高兴地叫住他说，听你嗯的声音就没个精神气儿，你怎么就不能拿出男子汉的气概来嘛！

嗯。辰亮还是那没精打采地"嗯"了一声，转身小声嘟囔，女人都像你就好啦……

熙靖生气了。辰亮嘴里嘟囔什么熙靖又不聋不傻，她回怼过去，你怎么就不懂得珍惜人家秀花呢？你这是傻啊，还是茶啊？

辰亮边往出走边嘟囔，我傻呗，不傻会帮你们干那事？

熙靖一听气得浑身哆嗦，恨不得上去踹他一脚。她上前狠狠地关上了办公室门。

哎哟，怎么啦？我看辰亮骂骂咧咧地出去了。家栋进来关心询问熙靖。

用你管？你是我什么人？熙靖质问家栋，将头埋在双臂里，双臂伏在办公桌上，身体抖动着，抽抽搭搭哭得十分伤心……

家栋不作声，先将门虚掩上，再给她倒了一杯热茶，最后又倒了半盆热水，将毛巾浸入，搓了两把，拧了一把递给她。自己则站在门旁边，似乎是为她把门站岗。

此刻，熙靖止住哭了，她抬起头，先是用毛巾擦了擦脸，又走到脸盆前，双手捧着热水认真地洗脸，擦干了脸和手后，又在脸上擦了些云雀润肤霜，照着镜子重新梳理好头发，最后拍了拍、前后拽了拽衣服下摆。这才从容地坐回了办公桌前，轻轻地说，过来坐吧，对不起，我向你道歉。

家栋不回应，只是淡淡地说，我是跟你汇报生产进度的。

革命传统课上完了。肖书记来找熙靖，家栋向厂长汇报完工作，正巧开门往出走，肖书记往进来，说，哎，先别走，咱们说个事。肖书记坐下，他还沉浸在讲课的良好感觉之中，大声说道，这伙小年轻的，正是年少气盛、身上驴马味忒大，冒出的汗都是酒味儿、醋味儿，这俩小时可把我呛坏了，哎，熙靖，咱们先谈谈建个浴池的事吧。

我正要写具体方案呢。

肖书记说，好，建浴池的事就算是拍板了，交给辰亮立即执行吧。

熙靖说，我觉得，让工会制定一个洗浴时间、管理制度什么的。

见肖书记点头，熙靖又说，您说是不是该放映两场电影了，大家都很辛苦，搞个慰问吧，年轻人也多，精力旺盛，也活跃活跃生活气氛嘛。您和驻军比较熟悉，放电影这些事，是不是您和他们说说？

肖书记忽然明白了什么，看着家栋，却指着熙靖说，我怎么觉得，她手里有一根细绳儿一直拽着我跟她走啊？

家栋笑了。

熙靖却立马严肃辩解，您可别冤枉我。我哪有那本事？

你这个小鬼头！不是后面有高人指点吧？他斜眼撩了家栋一眼，高声说，你记住，只要是为了大家办好事，你俩拽着我朝前走，那也是好事嘛！我说家栋啊，咱厂的生产进度怎么样？

家栋说，刚才我向厂长汇报了，您放心，保证按时完成任务。

好！这是今年最重要的工作指标。肖书记说完站起来，双手背后乐呵呵地说了句，该下班了，回家吧，就抬腿出门走了。

熙靖没动窝，她对家栋说，再陪我坐会儿吧。

家栋说，好。喝茶呀，都凉了。

家栋，熙靖慢慢品着茶，像是不经意间说道，辰启哥曾对我说过，抗战结束前夕，老窑厂传出他是汉奸的谣言，就是辰亮散布出去的。临终前，辰启哥一再叮嘱我小心辰亮。我今天见识了。

家栋严肃地说，我和孝存还有他，有次都喝高了，我听辰亮说，这个窑主是辰启家和他家的父辈哥俩竞争的结果，他说，老太爷偏袒你家。不然他不会是个孤儿，他心里记恨大掌柜。事后他又找到我，问我他醉酒后都说了些什么。我说，我也喝高啦，哪还会记得你说了什么话？熙靖，当年鬼子逼迫大掌柜交出秘方的那件事，大掌柜和郭师傅一起给我连比画带讲地真实地演了一遍。要不然我不会对他和郭师傅那么敬佩的！至于辰亮，当年他听大掌柜的话，全力帮助我和孝存盖房，这事我们俩都记在了心中，可他和我俩说了三次桃园三结义，我俩都没捬茬儿。关于他，我还知道一些事，但又说不太清楚。人嘛，慢慢处、细心品吧。你不要想得太多，我心里明白，大掌柜走了，辰亮一心想着能和你……怎么样了。我看你也是心中有准谱的人，我心里头就踏实了……熙靖你记住，大掌柜临走前的嘱托，我家栋铭记在心，绝不辜负大掌柜的信任。刚才，你接受了我的关心，也让我看见了你在我面前梳理打扮，这也是把我当成了你的家人一样，我已经十分满足了。我俩配合好工作，用心照看好孩子们，让大掌柜九泉之下安心。这就是我的最终心愿。

家栋……至此为止，这些话不许你再说了。我心知肚明……我们回家吧。

即使工作再繁重，家栋也不忘记搜集与琉璃老窑厂相关联的物品，譬如，清末、民国时期老窑厂最艰难的时日为了维持存活而发生的典当证据，还有，他向孝存征集了堆放在库房内那些木刻阴版模具。这批古老模具再不集中保护的话，就再也找不回来了！

孝存疑惑地问，不会都收集起来吧？

当然，收藏是讲究品相的嘛！挑选年代古老的、有代表性的、品相也要好的。

你不用再跟肖书记请示啦？

不用，辰启大掌柜在的时候，我就已经和他商议好的，只是我没能及时收集起来。见孝存不说话，家栋又说，我收集这些文物或是琉璃制品，都是和大掌柜有协议的。见孝存还是沉默不语，家栋也不言语了。他认真登记，并复写了一份留给孝存保存入账。

你不信任肖大哥。家栋正准备离开时，孝存在背后不满地甩过来这一句。

家栋回转身，无奈地申辩道，不，是他不信任我。肖书记总是认为"收藏"就是纨绔子弟为了私欲无聊地烧钱。可我不是纨绔子弟。

孝存批评道，但你还是我行我素，还在不断地丰富你的琉璃藏品。

家栋说，我承认。你对我的观察很准确。收藏就要持之以恒。否则，转瞬即逝，好文物就再也找不回来了。譬如我们在给民族文化宫烧制琉璃装饰面板时，一直不能调制出设计师要求的颜色。

这事我知道。设计师要求的颜色，既不是孔雀蓝也不是孔雀绿，是在蓝绿之间的那种既饱满的又亮晶晶的令人赏心悦目的颜色。你别说，那种颜色真的很有魅力呢！

下面的故事你就不知道了。我和辰亮几个人还组织了攻关组，怎么配料也烧不出来。真急人哪！可是，天助我也！有一天，在市里的化工原料批发部里，遇到了一位同去买料的五十多岁外地老同志，从河北进京买料的。他自告奋勇跟着我回到厂里，他说，这个配料里有一味料剧毒，让我们离开，我们明知道这是为了避开我们，保住家传的秘密。可是能怎么办？没辙啊！只能听话离开。果然这次烧制成功。我们热情款待那位老同志，谁知人家拿上事先谈好的酬金，颠丫子啦！没辙啊！

嘿！你这句是典型的北京方言啊！

我几次和熙靖一起找肖书记谈收买那人的秘方，可他就是不同意，说这样做是资本主义的肮脏交易，不合法！我只能将每次烧制的实验品，都留了下来，作为一次严重的失败教训记入琉璃收藏日志里。民间可不得了！藏龙卧虎，高手云集啊！我就想，如果我们老窑厂放下身段，诚恳拜民间高手为师，珍重人家秘方的价值，是不是就不会错失那次机会，我们也会给后人留下了一笔釉方配置的财富呢？

你的意思是肖书记这个老顽固不支持你？你怪罪他？

也不全是。我是听熙靖说，这里有个"专利权"的立法问题。她专门为了这件事情请教了北大法学教授。据熙靖讲，像这种类似保密的家传秘方的买卖交易，在国外是可以的，有《专利法》的保护与支持，我们老窑厂也有很多绝活、秘方，也是可以受到专利法保护的。可是，我们现在还没有这种法律。倘若进行这种交易，就无法在法律的监督下实施，那就说不清楚交易的公与私的界限了。最终受到损失的就是我们的琉璃事业了。

孝存说，对不起，家栋。我曾经说过你道行深，总是有我意想不到的点子，我很怕你什么时候把我卖了，我还高兴地帮你数钱呢。

家栋勉强地苦笑道，我也说过的，我只搞阳谋。可我不知道怎么和肖书记沟通，真的。

孝存说，他是个好人。

家栋点头道，我也认可。

孝存撇撇嘴，可我还知道，你"讨饭"居然讨到了人民大会堂的工地上，有这事吧？

家栋无奈地摊开双手，说，没想到你还有苏联克勃格的潜质。你说得没错，我是在去各个建筑工地出差时觍着脸向工地的负责人讨要的。我提出要交钱，施工经理说，算了吧，这一星半点的更不好下账，你拿走吧，我们就算损耗了……我当时真的很尴尬，像是做贼被人家捉住一样。

你在咱们厂会计那儿直接交钱购买不更省事吗？

肖书记早就通知会计不允许我私自购买，零售价也不行，因为琉璃瓦件没有零售价一说。我说能不能按销售给工厂的价格卖给我？他说更不行了！说是没有个人购买的先例。肖书记前几天还批评我，工作要专心，不能夹带个人收藏嗜好！他批评我，这叫公私不分，会在群众中造成很不好的影响。

孝存却认真地说，我从熙靖嫂子那里看到了你和老窑厂的协议。我和肖大哥说说吧。尽管我也不赞成你搞收藏。花钱找罪受，费力落埋怨。

我也曾试图和肖书记沟通。不行啊。他说当年大掌柜是私人企业主，为了掌握住像你这些个能人，他在乎那几个小钱嘛。可现在这是国家的企业。他要求我，把收藏的劲头一心扑到工作上！

孝存挠挠头皮，一副有劲使不出的感觉说，我认定你家栋和肖大哥都是好人，都是我敬佩的人！最后，他还努力地劝告家栋说，家栋，你趁着他高兴，多试几次呗！不再试试怎么知道不行？这是你常说的话。

你不必再自讨麻烦了。因为你不愿意收徒弟的事，肖书记还……算了，不说了。

这事怪我。我去解释。

解释什么？你不是已经新带了三个徒弟了嘛，还说什么？不要自找烦恼吧！

短短的一年时间，为国庆十周年献礼的北京十大标志性建筑胜利完工了。北京市政府对这次重大工程建设中表现突出的工匠给予了表彰和晋级奖励。琉璃老窑厂的窑作郭师傅、吻作李孝存为劳动模范并分别晋级八级工和七级工。全厂表彰后勤副厂长兼任供销科长的辰亮晋级七级工。

孝存找到了肖书记，头一次想凭自己努力说服肖大哥，他说，这次评劳模、晋级，怎么没有熙靖和家栋二位厂长呢？俩人哪怕上一个也好呀！熙靖厂长，一个女同志，起早贪黑带头干，真的不容易啊！您不能这样压着他俩！这不对！

不像个书记！

肖书记低头正专心看着《人民日报》，听孝存说的话，头也没抬说道，他俩表现都不错，但名额有限，荣誉面前领导不能和工匠师傅争嘛。

你这么说不对呀……

有什么不对？肖书记抬头打断了孝存的话头，啊？有什么不对？我看是你要注意了，不要以为个别领导总是无原则地祖护你，你就翘尾巴！现在你是劳模了，更要学会夹着尾巴做人嘛。你们这帮小知识分子呀！总是想……肖书记没说下文就起身气哼哼离开了。

肖书记回家的路上遇到了郭师傅，郭师傅请肖书记到家里坐坐。

肖增谦说，我早该去你家喝杯热茶了，走，去坐坐。但你要是请我吃饭，那就是另外的问题了，我绝对不会去的。

肖增谦走进了郭师傅家门，郭师母、秀花引他上座，热情献上杯热茶，郭师母说，谢谢肖书记对我家老郭的栽培，又培养我家秀花跟着她爸学手艺，真不知怎么感谢您！

首先声明，这不是我肖增谦的本事。这是老郭师傅干得顶呱呱！秀花，好好跟着老父亲学手艺，琉璃行当可是大有前途呀！肖增谦端起了热茶，吸溜了两口，真香啊！吸溜完两杯热茶肖书记站起身说，茶也享受了，我也该走了。

郭师傅送肖书记出了门，小心翼翼地说，肖书记，我有句话不知当讲不当讲啊。

肖书记拍拍郭师傅的肩膀，和蔼地鼓励道，郭师傅，你祖辈都是工人阶级，现在既是党员，又是劳动模范，有什么话不能说？说吧！

我听会计小姚说，您对家栋厂长收藏咱们厂的琉璃瓦件的事有意见。其实事情是这样的……

郭师傅讲了家栋收藏琉璃的整个经过，最后说，还有一份当事双方签订的协议，保留在会计小姚那里呢。

肖书记问，你是怎么知道的？

我也算是个中人嘛，还签了字的，我是大老粗，但听家栋厂长讲了琉璃是咱们国家有两千多年历史的好东西，现在没人把它当回子事，这不对呀！咱们要保护琉璃这个宝贝。家栋厂长还说，宁可自己花钱，他也要做好这件事。他还说了，将来有机会办一个琉璃博物馆献给国家呢！肖书记，这不是私心是公心啊！您说说是这个理儿吧？

肖增谦没点头，也没明确反对，他看了看郭师傅，沉吟了好一会儿才说，这事您容我再好好想想……

肖书记边走边琢磨，为什么像郭师傅这样的劳模、党员也为家栋说话呢？难道我真的有什么地方做得不够妥当吗？走着想着肖书记一抬头见自己又回到了厂里了，抬头一看正是家栋的办公室，还亮着灯，便推门进去了。

肖书记关切地问，这么晚了还不回家？

家栋抬头见是肖书记，显得些许愕然，但很快表现坦然了，说，我在做个笔记。

做什么笔记？

我每次收集到琉璃制品都要做一个记录，在什么时间、地点，经过怎么个过程搜集到的，都要作完整记录。

肖书记见桌子上摆放着几块琉璃挂檐板，便双手搬起来仔细端详。

家栋见状，认真耐心地说，肖书记，这是琉璃挂檐板，是人民大会堂四周屋檐下用的，主要是为了把屋檐顶端杂乱的横截面用漂亮的挂檐板遮挡住，起到美观装饰的效果。您可以从挂檐板的正面看到成捆的麦穗、稻谷、火炬飘带，表达我们的农业大丰收景象，因为这是新中国最基本最重要的经济建设主题。而传统建筑的挂檐板，大多是龙、凤的形象来表达皇家的九五至尊。这一对比就是古老的琉璃艺术的创新、发展了。

肖书记一本正经道，你还真能说啊！那你再说说是怎么得到这些挂檐板的呢？肖书记的夸奖中带着一股明显不一样的味道。

家栋听出来肖书记别有麻辣味道的夸奖，这样一来，也把家栋的倔犟劲儿勾引、激发了出来，说就说！谁怕谁？他说，肖书记，我这两件挂檐板，是觍着脸向人民大会堂的项目经理要来的。我问，到哪儿结账，经理说，就这两块怎么下账？别讨会计烦了，就算是损耗了。

那你怎么不收集大件琉璃呢？肖书记说话的阴阳怪气的意味很令家栋恼火。

家栋道，嘿，真让您说着喽！家栋得意地朗朗道，肖书记的问话恰似棋逢对手，家栋非但不生气，反而很高兴，说明他这个书记开始关注琉璃收藏了！家栋高兴地告诉肖书记，说，我去中国革命博物馆建筑工地的时候，正巧遇上一位收藏瓷器的藏友。

你还收藏瓷器？

我哪有钱收藏瓷器呀！是我把家里老父亲在世时收藏的瓷器便宜地卖给他了，我才有资本购买琉璃制品嘛。这个藏友见我看中了他们馆中有"琉璃雀替"，"雀替"您见过吧？

肖书记一脸的鄙视眼光看着家栋，家栋也能体会到肖书记是尽了很大的努力在克制自己的不满情绪。

肖书记说，你也太小瞧我了。年轻时我在老窑厂也工作了五年呢，什么没见过？"雀替"就是中国古代建筑中最具特色的构件之一。"雀替"放置在横梁与"立柱"相交之处，起到托住、支撑横梁与立柱的重要作用。不过，宋代以后再用"雀替"的目的更多的就是装饰美化的作用了。

家栋对肖书记的回答有些吃惊的满意，他说，肖书记，您说得真不错。过两天您就可以仔细观看中国历史博物馆大厅立柱顶端的"雀替"了！那上面的图案是丰收的麦穗和稻谷。传统建筑上的"雀替"往往是如意或是莲花，而咱们的历史博物馆顶上的"雀替"就是继承传统的再发扬光大，就是共产党为了全国八亿人吃饱饭的伟大进步！哪朝哪代皇帝能做到呢？

肖书记听家栋这么一说，心头略有一暖，情绪也得到了有效的管理，说话的语气和缓了下来，你真能耐呀！怎么没拎回来呢？

那个大体量，我哪儿拎得动？我那朋友说，卖给我的这个雀替，是他们有意存的，以防备用。不过，我要先声明一下，我俩的交易是守规矩的，我有他开具的单位正式发票。

肖书记原本想立即问询家栋是怎样交易的，以此找到重要的原始证据，但听到家栋抢先交代了，自己的情绪也稍有了些许平复，说，我能看看你的藏品吗？

家栋一脸严肃说，不行。你不仅不懂什么是收藏，还阻止我收藏琉璃制品，你知道你在做什么吗？你在放任琉璃文物的人为损失，是对琉璃事业……

米家栋同志，你知道不知道？肖书记的调门儿也高了起码三度，用指责的口气批评道，你的所谓琉璃收藏，就是典型的"吃拿卡要"的贪腐行为。这是做人的道德问题，懂吗？你对我的批评果然是阳奉阴违呢，说一套做一套！

家栋依然和缓地辩解，我没有。我当时带的现钱不够，我是当场写下了欠条的，第二天我还特意跑了一趟还钱呢。您看看这是不是国家的正式发票？家栋从抽屉里拿出了发票，双手恭恭敬敬地递给肖书记。他没接，而是双手背后，原地来回踱步，调门有增无减，你对我的批评置若罔闻。对吗？

我没有。家栋很是沉得住气，不紧不慢地为肖书记提供证据，我准备过两天雇辆毛驴车，把"雀替"那家伙拉回来。到了那时候，你就可以看个够啦。

肖增谦火冒三丈，他不曾想到家栋竟然如此嚣张挑衅，不把自己对他耐心善意地帮助当回子事，他也不再留有什么情面了，他向前迈了一步说，你倘若这样对待党组织的批评，那我会请示上级党委撤销你的预备党员资格！请你记住这个教训！肖书记转身咚咚咚地敲着地板走了。

一周后，家栋的预备党员资格虽然没有被撤销，但还是被提出了行政严重警告，预备党员的资格被延长半年转正。

党组织内部处理家栋决定的当天晚上，熙靖迈进了家栋的家门，语重心长地对春妮说，他们党内的事情我不懂，本不该瞎插话，可看见他没日没夜在厂子里熬油耗神，大家心里真的都很心疼。我知道他是副厂长，是应该应分的，可他没贪污、没偷懒，怎么到了，模范没评上，倒背了个处分呢？

哎，俺还奇怪了呢。春妮像是恍然大悟的样子说，家栋这些天回家就说困，饭也不想吃，说是睡吧，俺偷看他瞪着大眼睛望着天花板，也不知想什么。俺问吧，他也不搭理俺。

坐在旁边陪着熙靖的家栋瞪了春妮一眼，不耐烦地劝说春妮，闭嘴吧，行不？

春妮脖子一梗，若不是熙靖来，你病入膏肓啦，俺娘几个该咋活嘛？熙靖是自家妹子，既然来了，有什么事都可以和熙靖说呀。你说嘛！怎么……

熙靖笑笑说，春妮姐，没你说得那么严重……家栋，你说句心里话，你没评上先进，也没晋了级，心里不痛快，是吗？

家栋有些赌气地质问熙靖，我米家栋在你眼里就是这号人吗？

熙靖嫣然一笑，那我没看错人。家栋是个好干部！这就行了呗！春妮姐，厂子里的人都说家栋是个好领导。这就行了呗！还要啥？我来看看他，这就放心了，我走啦。

第十章

在二十世纪六十年代初，社会面临着诸多挑战。因为当时社会信息的闭塞，老百姓普遍的低水平文化尚不能助力他们善良醇厚的品格升级，总之，他们只是觉得困难来得突然、凶猛而无所适从。

之前琉璃老窑厂轰轰烈烈的繁忙景象，经过国庆十大工程献礼的结束和自然灾害的接踵而至，古建修缮工作几乎全面停滞了，更别说许多已经批准的传统建筑工程也被迫停工。国家刚刚扶植起来的琉璃老窑厂也一派冷冷清清，企业没订单，工人没活干，库存堆积销不出去。依靠皇家宫殿的单一订单显示出的限制性弱点，困围了琉璃老窑厂的事业发展，确切地说，不得不面对如何生存下去的大问题。如果再加上，为了国庆十大献礼工程的需要而从别的工厂调来的二百号初级技术人员；为了琉璃事业发展而特别招来作为人才储备力量的三十名徒工；再算上调来的管理人员、后勤保障人员；这些加起来是之前老窑厂人员总数的五倍之多。这四百多工人兄弟的饭碗问题是熙靖最关心的，也是最令她头痛失眠的头等大事。

老窑厂党支部办公室里的气氛也是沉闷闷的。肖书记向熙靖和家栋二位厂长宣布政府的决定：通顺砖瓦厂合并到琉璃老窑厂。

熙靖不高兴了，家栋在桌下用脚轻轻地碰了碰她。但她还是坚持要说，肖书记，再增加二百来号人的饭碗？我们自己都在等米下锅呢。您不知道？

肖书记默默抽着烟，坐在一旁沉默不语。听熙靖这番指责，肖书记掐灭了烟头，叹了口气，这个决定不能埋怨我。我阻止不了上级党委的安排。这是党章要求必须遵守的下级服从上级的规矩嘛！

熙靖立即反驳说，我们总还是有提出自己反对理由的权利吧？之前轰轰烈烈的生产最难能可贵的是，发现了老百姓建设社会主义新中国的极大热情，并充分地调动了这种热情，集中力量干了一些大事。群众积极性调动起来了，大家铆足的劲头让外国记者都瞠目结舌，咱们新中国的工人从不计较个人得失，可是，他们要养活老婆孩子，咱们总不能对他们说，对不起，今天没饭了，你们回家吧？不能因为我们头脑发热而让群众受苦，更不能让他们为我们的不冷静错误买单吧？

肖书记立即正告熙靖，注意你的措辞！什么是领导不冷静的错误？

熙靖也不依不饶地站起反击肖书记，不冷静的错误就是领导随便拍脑门，把一个二百来号工人的砖瓦厂推到我们这里来，不管我们能不能承受，难道让工人们和我们一起挨饿？我们老窑厂的家底就这么败光？现在老窑厂不再是辰启家的私产了，这都是国有资产呀！

肖书记拍案而起，熙靖，你要记住，你现在，是公开和上级党委唱反调、对着干！这是很危险的！

家栋也严厉批评道，熙靖，坐下！执行上级党委的决定。

熙靖反而冲着家栋来了，你不知道吗？他是不必操心生产的。

家栋不客气地反驳，这么长时间没有订单，他能不知道？

熙靖反唇相讥，因为吃不饱的人群里，是不包括党支部书记的，他可以拍拍屁股一走了之，照样拿国家的工资，而且是十三级高干级别的高工资！而几百号工人呢？这还没算上他们的老人老婆孩子！挨饿呀！他这个书记心安理得吗？熙靖的发言已经明显带着哭泣前的颤音了。家栋不再隐忍了，他质问起肖书记，你真的就这么心安理得？

肖书记转身冲着家栋发飙，米家栋，你也质问我？我就那么自私？你是不是还在埋怨我，给了你半年的预备党员延期处罚？凭良心说，你只是延期了两个月不就转正了吗？行政警告处分也撤销了。你知道吗？这两个月是上级对我的调查所用的时间！结论是上级党委肯定了你收藏琉璃制品是个很有价值的举动，不存在贪污腐败吃拿卡要的行为。现在，你的行为不是已经转变成了琉璃老窑厂的公益行为了嘛？而我这块绊脚石，你可以一脚踢到一边去啦！

家栋明知是惹火烧身了，也义无反顾地说，我是不是有向上级党委申诉的权利？你只是遭到了批评而已。绊脚石，谁说的？你不还是党支部书记嘛，谁敢踢你屁股一脚？

肖书记扑哧笑了，我也让你们气糊涂啦！我只是跟你们开句玩笑嘛，只是一句比喻嘛！哎，有句话你俩可要明白，为什么把通顺砖瓦厂合并到咱们琉璃老窑厂来，是因为这次国庆献礼工程，他们厂的工人们跟我们厂合作过程中，看到了你们两位厂长眼中有工人，集体上访要求合并到咱们厂的。你能忍心把他们赶走？

熙靖、家栋听完肖书记的一番话，像是给了他俩当头一棒，他俩相互对视了一眼，不由地愣了半晌的神儿，腾的同时站起来，二人大眼瞪小眼，小声说，我们能把他们赶走吗？那还算是人吗？突然二人又转回身大声说，你这个书记真会给我俩戴高帽儿呀！熙靖上前把肖书记的烟盒一把抢过来，揉吧揉吧丢进了纸篓里，大声说，抽烟有害健康你不知道？少抽烟不得肺病！咱们几个为了国家还能多合作几年呢！

家栋接过话头说，这话说得很对，我支持！有个好身体就能为党多工作几年嘛！

肖书记的拳头狠狠点着二位厂长，你俩这是合伙欺负我！

郭师傅、孝存、辰亮都跟着争吵声接踵进来，还没落座，熙靖已经开始布置工作了，我们的担子更重了，首先要求大家坚守岗位，努力工作，至少别让老婆孩子们挨饿！其次，我们必须参加广交会！孝存已经设计出二十几种产品了。孝存，让大家看看你领导设计的图纸，大家有什么修改建议？我们这是集体搞创作，广开言路，原则就是能够充分发挥琉璃的特点、能够通过画面、式样反映出中国的悠久文化，中华民族的伟大精神，讲出琉璃独有的精彩故事，最好还能有一定的实用性。

大家伙见状也不敢多嘴，埋下头认真看图纸。肖书记也凑过来，找了两张设计方案说，这东西真漂亮！可卖给谁呢？

家栋说，我们要参加广交会，卖给外国人呀，他们有钱嘛！这句话挑起了大伙的热情，纷纷加入热烈讨论，最后决定先定下来了五种产品，立即进入试制阶段。

辰亮请求，我有点想法，能说说不？见家栋点头，他继续道，熙靖嫂子有个同学在外贸公司，还是个大领导呢。是吧？辰亮问熙靖，见她点头，辰亮继续说，熙靖厂长能不能和那个同学联络联络，起码帮我们指点指点，蹚蹚路子，至少是少走弯路吧。

主意不错。家栋首先同意。大家也都主张熙靖去试试。办公会结束了，家栋跑到孝存那儿忙活起五件样品的试制工作。

我先说两句，郭师傅也跟过来了，琉璃不像瓷釉那般精细，琉璃刷上两种以上的釉色常有串釉的现象，就像是小孩子画画涂颜色，经常会有过了界线一样。以前，咱们总是说串釉不仅不算啥，还正是琉璃釉的特色。可进出口公司会认可吗？外国客户会认可吗？我觉得还是要使釉色既饱满，又不串色为好。那样厚实闪亮亮的感觉就像是玉石雕刻。

孝存发言，世界著名的雕像维纳斯女神也是缺少双臂的，几百年来也有不少雕塑家试图给维纳斯添加上双臂，认为既然是女神就应该是完美的。但也有不少鉴赏家认为那是不得已的"残缺之美"。我想倘若最初发现维纳斯时是有双臂的，那是否有人提议砍去她的双臂吗？因为要创作出残缺之美吗？我想那毕竟是残缺的，我们不能假设当时的雕塑家会不会创作四肢健全的美女。但可以肯定的是，此时的女神毕竟残缺了，无法挽回了。就像我们依靠现有技术还不能做到琉璃不流釉，所以可以容忍琉璃釉在不影响整体效果时，稍有溢出一小部分釉色，但绝不能溢出的部分是在至关重要的部位。否则，那就是拾人牙慧，牵强附会，附庸风雅了。

大家点头赞成。孝存说，我也想过这个问题。造成这种原因可能与釉烧时温度上升的速度、釉料的浓度、刷釉的厚度等等这些因素有关，这些我们都是要考虑进去。咱们成立一个攻关小组，家栋你看？

家栋叹口气，义无反顾地说，身后就是悬崖，咱们无路可退了，只能朝前走。说干就干！

散会后的辰亮也想跟着家栋他们走，但半路犹豫了。那个年代在老窑厂的管理者是没有什么休息日的，不像工人每周还有一个星期天，会议结束，熙靖说今儿是星期天，希希自己在家呢，我请假先回去了。辰亮转过弯儿，也来到了熙靖嫂子家。希希正在背诵唐诗。看样子是熙靖额外增加女儿的家庭作业。希希乖宝曾经很骄傲地告诉过辰亮，她现在能背诵六十首唐诗了。

辰亮见母女俩很专注，自己只是悄悄朝熙靖招招手，算是打了招呼。自己则静静地坐在一旁。

做完作业的希希发现了他，高兴地叫着辰亮叔叔，跳下床，来到辰亮身边嗔怪道，您为什么总是不来看看我？难道我不是您的侄女吗？我可想您啦！您不想我吗？您铁石心肠吗？

辰亮抱起希希把她放在自己大腿上，从衣兜里掏出一个小纸包递给希希。希希高兴地叫道，妈妈，江米条！她立即跑到熙靖身边，我就说嘛，江米条一定会从梦里飞出来的。

吃东西前该做什么？熙靖问。

乖巧又麻利的希希边说洗洗小脏手，边向洗手间跑去。

自打进来，辰亮的眼神始终贴吻在这个漂亮白净的小姑娘脸蛋上，眼里那般慈爱浓浓黏稠得像蜂蜜。

你怎么不去和他们一起试制出口产品呢？熙靖问。

自打知道熙靖怀孕，辰亮就从四合院的东厢房搬走，成了孝存和家栋的邻居。公私合营那会儿，辰启已经把那三排平房正式划归为辰亮的唯一财产，这还是辰启要求胞弟收下的。除此之外，辰亮什么也不要，都留给了辰启。孝存和家栋早已经搬到了村北山坡新盖的房子。现在的租户都是老窑厂的中青年骨干。

我来看看希希，好长时间不见了。辰亮轻轻辩解。又是长时间的冷场，辰亮低着头，轻轻叫了声，熙靖……

熙靖扭头看着辰亮说，还是叫我嫂子吧。熙靖认真地纠正他，让我先说一件事吧，前几天秀花又找过我，她又和我谈起你……

辰亮痛苦地再次低下头，无奈且小心地打断熙靖的话，嫂子，和秀花过日子，不都是我的错。我既然和她结婚了，我知道我肩上的责任，我也在努力。可你不知道的是，秀花对两口子那点事，要求得太多、太强烈，我真的招架不住。我但凡有点不配合，她就会讽刺挖苦，问我心里是不是又想着哪个野女人，甚至还影射你呀！上次在你办公室我不该那样说你，我给您道歉了……嫂子，那年咱俩在马路边说的话，我说到做到，不然还算是个男人吗？大哥不在了，我就是您的亲弟弟，不管什么事，你只管招呼我一声。但是，我……

辰亮，熙靖依旧盯看着辰亮，眼光从不表现出躲闪，她十分恳切地表达自己的心里话，我们为了这个家族兴衰已经做出了很大的牺牲了。嫁给这个家族是我的宿命吧，但是，我并不后悔。辰启和你都是我人生中遇到的贵人，我会铭记在心。但是，正如我崇拜阳光，依赖它的温暖爱抚一样，可这并不代表我必须接受太阳的炙烤，而不允许我选择躲开。辰启临走时也对自己的决定后悔，向我表达了他深深的悔恨，他为何如此决绝，我想你是知道的。

嫂子，辰亮急切辩解道，日本鬼子投降那年的清明节，鬼子本田来咱厂的那件事，那时我刚刚来到咱们厂。我什么也不懂，我向天发誓，我从未做过对不起辰启哥的事！我不明白你们为什么还提那件事？

熙靖义正词严，你太敏感了。你怎么认为我在指那么遥远的事？你要知道那时我还没嫁过来呢！我说的意思只是不想看到你现在这样子。我也不希望你生活在幻想之中，你已经寻找到了只属于你自己的幸福，这是你应当珍惜的。你现在这样子，倘若执意发展下去，是要毁掉三个家庭，三代人的！

辰亮沉吟了好一阵子，才说，能看到你和希希幸福就是我最大的幸福。我从不曾后悔过，有嫂子今天的这番话，今后，我也不会生活在幻想之中了。如果非要说我的生活，那就是我心甘情愿地生活在一个男人该有的责任担当之中。唯如此，我才觉得自己活着还有一点点价值吧。嫂子，我，走了……

辰亮内心再怎么翻腾，再怎么觉得自己如同走上了极刑的绳套里，他也没忘记和希希认真地道别。

小姑娘紧紧地抱着辰亮，你要常来呀。爸爸说他去很远很远的地方了。我们家没有男子汉了，我还小，不能算是男子汉，天一黑下来，我和妈妈都会很害怕。你说怎么办？

爸爸在天上，叔叔在院外。我们会永远保护着你和妈妈，放心吧。辰亮亲了亲希希的小脑门儿，你梦到什么好吃的、好玩儿的，一定要告诉叔叔，叔叔一定会把它们放进你梦里，你一觉醒来，睁开漂亮的大眼睛时就会看到了。相信叔叔！辰亮说完轻轻放下希希，猛一转身大踏步地走了。

熙靖慢慢站起来，缓缓地走到四合院门口，微蹙眉宇看着辰亮迟迟不愿消失的真实背影，直到空寂无人的路上，忽然落下了一群叽叽喳喳的麻雀，她才眨了眨眼睛。初秋风瑟瑟，她依然伫立探望着那个幻象身影，非但没有模糊，却是越加清晰闪亮，只是逐渐微缩成极小的雕塑，无声无息地停歇在自己的内心深处封存起来……

清晨，希希在上学的路上等到了从岔路走来的釉亮。

给，这是我给你留的。打开呀！江米条，好吃极了。昨天下午辰亮叔叔去看我，给我的礼物，一共是十二根，好朋友二一添作五，给你留六根。釉亮打开揉皱了的泛着油光的纸包，高兴地拿出三根，重新包好递过来，郑重其事地说，好朋友二一添作五。

希希拒绝，全是你的呀！

釉亮把三根江米条一下子都塞进了嘴里，闭上眼睛认真地咀嚼，江米条在嘴里嘎嘣嘣传出的一阵美妙的音响，害得希希直咽口水。那种难得的美好享受竟让她和釉亮不约而同地轻轻摇头晃脑起来，釉亮将美味缓缓咽下，睁开了双眼，希希和他不约而同地说，真香啊！然后釉亮很正式地说，好啦！希希，我妈妈说，男孩子不能馋嘴，有好吃的要先让着亲人。纸包里剩下的全是你的啦！走！上学去。

那好吧。希希高兴地收下了，把小纸包小心地放回书包里，放学时，我俩再二一添作五。

这是二十世纪六十年代初的现实情况给孩子们留下的难忘的记忆，即使到了插队那年，希希和釉亮偶尔咀嚼县城为民食品厂的"石板"饼干时，还在念念不忘那几根世界最最香甜的稻香村江米条……

大人们听到的是因为国家遇上了灾荒年，农村糟了旱灾水灾虫灾雹灾风灾，总之什么灾害都一股脑儿地全来了！田里没收成，老百姓怎么会有吃的？也有说法是当年为了给苏联老大哥还债，好吃的都要先紧着往莫斯科运，没法子，那时吃粮有粮本，吃菜有菜本，不是要专用购买证件，就是要专用票证，光有钱是不能买到好东西的，要凭票才能购买。当然也有高价的，比如高价点心高价糖什么的，那都不是给老百姓预备的。所以希希书包里有江米条这样的稀罕物，简直就是奇迹。希希常偷偷告诉釉亮，我妈妈说了，好吃的都在路上往我俩身边跑来……就快到了。

釉亮相信希希说的话，因为希希妈妈很有学问，爱看书，还看外国书，很了不起，是釉亮最佩服的人。

　　这几天的中午开饭时间，老窑厂各车间以及厂食堂的广播喇叭里都在反复宣传，在广州举办的出口商品交易会的消息报道。用问答的形式，向大家讲述：什么是广交会？为什么要向全世界宣传中国特色商品？老窑厂的琉璃产品有没有参加广交会的资格，可不可以把我们的琉璃产品卖到全世界？宣传稿件都是孝存的女徒弟智君写的，她兼任厂共青团支部书记。为了配合宣传，她还组织团员在食堂靠房山墙的那边搭了一个平台，上面摆放了二十来件赶制出来作为广交会备选展品，供大家鉴赏，旁边特意放了一个供大家评选优秀品种的投票箱；每张餐桌上还有一沓纸条和几截铅笔头，供大家对展品提出批评建议或是观后感想，凡被厂里选中采纳的意见建议还有奖品鼓励。这一下子，全厂都活跃了起来。工人们喊出的口号是，"我们是国家的主人，一定要拿出高质量的琉璃产品，我们要为国家挣外汇。"团支部还专门召开了鼓励青年参加的全体共青团员大会，广开言路，大家共同谋划，为多挣外汇做贡献。摆在食堂的那五件送展实验样品，也成了大家午餐时谈论的中心话题，端着碗边吃边相互讨论。

　　肖书记则躲在人群外围边吃边想听一听大家伙的意见。

　　从票箱一周的统计看来，那张兰孔雀漂亮尾羽作为支撑底座的"五福"琉璃圆桌最受欢迎，其次，四个一组的"梅、兰、竹、菊"琉璃八方绣礅和松柏枝叶点缀的一米三高树桩花台的票数紧随其后，吉祥象礅矮花台以及"岁寒三友"平板琉璃镂空雕画也有不少拥趸。甚至不少人强烈建议增加品种，多多益善创外汇。

　　肖书记没想到家栋提出的走出口琉璃工艺品的建议竟然得到了广大工人的热烈支持，全厂上下又都拿出了极大的干劲来。

　　孝存的徒弟们去故宫采风后交上来的作业质量很高，孝存加紧指导他们完善成产品。

　　团支部书记智君采自故宫乾清宫影壁墙的装饰图案，镶嵌在镜框里，挂在墙上的装饰效果很抢眼。智君还有件作品是故宫太和殿斜脊上的十只祥瑞神兽，被她设计成了十个正方形的琉璃深浮雕像砖，谁看了都说好。它们都已列入了二期开发产品的名录中。智君也成了厂里的小名人。

家栋为了参加和市外贸公司的产品介绍会，半个月前特意邀请熙靖和他一起去前门大栅栏瑞福祥定制了一套中山装，他想要不是为了达到去广交会抢占外贸阵地的目的，怎么会舍得到这种高档店铺呢？再说穿衣这方面他的确是个"棒槌"，有熙靖把关他会很放心。

料子很快选好了，灰色纯毛料子，挺阔帅气。师傅量好了尺寸。家栋也结完了账，他对熙靖很诚恳地说，厂长，这次出差，你是主角，怎么也要买上两件啊。

好，听你的。熙靖高兴地带头走向女装柜台，家栋紧跟在她的身后，一言不发，熙靖说什么他嗯一声或是啊一声，眼睛却四处逛摸张望，熙靖见状问他，你怎么啦？

家栋小声提醒说，都说城里小偷多，你挑你的衣服，我守候着你，放心吧。

熙靖笑了，我像富婆吗？

不像。家栋十分认真阐述自己的观点，包子有肉不在褶子上。

熙靖用疑问的眼神追问，家栋实话实说，不胖也不瘦，虽然穿着朴素，但是你的气质一看就是高雅、高傲、高端的派头。

那你呢？

一看就是跟班的。

嘿！醒醒吧。小偷什么时候变得如此高智商还这么会阿谀奉承？哪有跟班的如此这般紧张兮兮的怪样子？富婆雇佣你不是白花银子吗？家栋，你放松，我会小心的。哎，这件怎么样？熙靖将一件花格衬衫搭在自己胸前，俏皮地稍稍歪着头，征求他的意见。

好看，买一件吧。家栋用频频的点头微笑回应。

熙靖又将一件红色中式对襟还有亮色大红印花的女外衣试穿上身，跨前一步，挡在家栋的面前，不说话，只是眨眨眼递过来一个询问。家栋一愣神儿，头不由自主地朝后仰，双眼直勾勾地在熙靖身上上下左右地扫描，脸也憋得红红的，真好看！买一件吧。

来到裙装柜台，熙靖挑了一件"布拉吉"，就是当年苏联女人穿的连衣裙。

自己先照了照穿衣镜，然后一个猛转身，一手提着裙摆，另一只手摆成了邀请跳一曲的动作，来到家栋面前。家栋傻乎乎地张着嘴，买这件吧，广州……广州热，天热……天太热！

熙靖佯装嗔怪道，不当家不知柴米贵，一会儿的工夫，你说了三次买买买啦，不过日子啦？

那……我定的那套中山装先退了吧。先给你买，你光彩照人了，买卖谈成了，我们脸上才能有光啊！

熙靖换下"布拉吉"，拽着家栋的袖子，朝外走，这些服装我都有的。每年辰启哥都会给我定做的。

那……他，我……

熙靖装作没听见，也装着不懂他下面要说什么，她随手拿起一件西服式套装薄裙，问，怎么样？

家栋看着衣服不敢再说话了。

哎，熙靖有些生气，我是开玩笑的话，你这是何必呢？

我不敢说。

熙靖故作严肃道，大胆说，说错了不掌你的嘴！

我觉得你穿哪件都很美！

熙靖故作惊讶状，问，出家人从不诳语？

家栋使劲点头，我……

熙靖却截住话头自顾自道，女人嘛，来到商场就逛个没够。今天逛得真过瘾呢！咱们该回家了。

熙靖走出了瑞福祥，来到了熙熙攘攘的大街上，忽然她想起了什么，对家栋说，我没和裁缝师傅说明垫肩的事。你等等我，不要乱动，我马上就回来。家栋不知道什么是"垫肩问题"，只好乖乖地等着熙靖。几分钟的工夫，熙靖就回来了。

家栋说，我饿了，咱们吃饭吧。我两眼一抹黑，我跟着你走。但事先说定，这顿饭一定是我请客。感谢你陪着我定制衣服，这可是个累心的活。

那我就不客气了。熙靖痛快答应下来。家栋不明白她为什么像是一下子小了十五六岁，像个孩子似的格外地神采飞扬。

夏旸刚从上海出差回来，就给熙靖打来了电话，二人在电话里高兴得直想拥抱，先是谈了十分钟的家常，讲了二人分手的各自生活。说到动情处，免不了唏嘘不已，感慨万千。直到秘书递过来一张纸条，似有重要电话要进来，二人这才赶紧谈正事，最后二人决定见面商谈出席广交会大事的日子。日期就定在取那套中山装的第二天。

当家栋再上大栅栏瑞福祥取中山装时，服装师傅让他试穿了两套，一套是灰色，另一套是藏蓝色，他很纳闷儿，服装师笑着说，你爱人做得对，应该是定制两套的，换着穿，得体。

我爱人？

服装师傅反问，定制服装那天来的那位女同志……哦，您的秘书？唐突了，不好意思，请您原谅。

家栋猛然明晰了，啊啊了两声，不再询问根底，"事件"清楚了，家栋心跳也骤然加快，脸红红的，浑身不自在。

回到家，家栋对春妮说，真没办法，正是应了那句俗语"听人劝吃饱饭"。服装师傅听说我去参加广交会，建议我定制两套为好，替换穿，很得体。我便定了两套。你不怪我吧？

放心。俺不会要求你省那点小钱的！副厂长也总要有个副厂长的样子嘛！快穿上我看看。

家栋连忙应承，穿上新装。春妮看着家栋那个帅劲儿，欢喜得不得了。两套不多，工作需要嘛！钱，不够吧？

还好。只差二十块钱，熙靖借给我了。明天，我立即还她就是了。

春妮很纳闷地问，为什么明天？

家栋随口答道，我们明天要去市外贸公司谈出口琉璃工艺品的事。

熙靖也去？

当然要去啦，她是厂长嘛。你说巧不巧，熙靖的高中同学是外贸公司的大领导，人熟好办事嘛。

还有谁？

辰亮。家栋随口一说，说完了又很后悔，因为辰亮并不去。

对……他该去的。春妮边拿钱放进中山装的衣兜里边念叨，辰亮负责安排午饭是对的，毕竟是见过大场面的人家出身嘛。

家栋连连点头。

家栋见到熙靖同学夏旸的头一眼就令他很惊艳，已是九月份了，一早一晚秋意凉爽，夏经理高盘发髻，新潮大方，一副金丝眼镜、一套银灰色毛料西服裙套装，恰当衬托着白皙温润的皮肤，显得高贵典雅。

熙靖将厚重深褐色头发编成蝎子辫，俏皮地翘在脑后，一袭浅黄色薄呢子料仿制的军装样式，和谐又稳重。家栋想若是女人都像她俩这般会打扮该多好啊。又不由得想起了春妮，他坚信，俺媳妇打扮起来肯定也不会差的……

熙靖和夏旸多年不见，很是亲热，热情互致问候后便很快进入了正题，原来，外贸公司也在努力开发新的出口产品，夏旸称赞熙靖二人来得正是时候。

家栋拿出了孝存的彩画图稿，说，夏总经理，这只是效果图。我们迫切欢迎市外贸公司的领导们到我们厂参观指导。

夏总说，我们会去的。这也是必要的工作程序。到今天为止，我只知道琉璃瓦是故宫房顶上用的建筑材料……哎呀，孤陋寡闻了，原来还可以是这么漂亮的工艺品。那我们就定在后天吧。今天午餐就在我们公司的餐厅吧，省点时间我还是想更多地了解你们七百多年的琉璃老窑厂的历史和你们的产品，可以吗？夏旸怕家栋受到冷落之嫌，最后问话时头偏朝向家栋，家栋连连点头赞许。

第一次和夏总经理交流得很顺利。家栋和熙靖下了 58 路公交车后，依然兴奋地边走边畅谈进军广交会的美好前景。眼瞅着不远处的工厂大门就要到了，二人不约而同地停住脚步，一个突如其来的冷场令二人都有些莫名的难堪。诚挚热烈的交谈似乎导致他俩都没做好分手的心理准备。还是家栋反应快速，他"嗨"了一声，从中山装内兜里掏出钱递给熙靖，光顾聊天了，险些忘记还给你的钱了。

熙靖有些惊讶地问，怎么？情断义绝的架势？不就是个礼品吗？

家栋更显得尴尬，我……不是……我，你……我不能收你这么重的礼物啊！

熙靖云淡风轻地说，家栋，你没看出来？春妮特别想要希希做你家的儿媳妇吗？

家栋笑着说，她从操办俩孩子的百日酒席开始就图谋不轨了。

熙靖微蹙眉头侧头问，你反对？

不，不，是我们高攀不起啊。

熙靖紧追不放，现在呢？世事有变，反过来啦？

家栋赶忙解释，不，不，那是多少年以后的事，也不是咱们大人能够说了算数的呀。

熙靖稍稍歪着头，眯缝着有魅力又有穿透人心魔力的大眼睛，嗔怪地问，所以，你现在就要一笔笔结算清楚？

家栋停顿了十秒钟，才低头像是喃喃自语道，你不能这么说。这些话每句都是扎心的。我们作为柏拉图的精神奴隶，都读懂了彼此内心的密码，却是不能越雷池一步的……我觉得，现在相处得最是和谐了，也很幸福。谁都不要搅动这十分娇贵的一湖春水，尽管它被包裹在一层像肥皂泡一样透明的胶囊里。我们都要小心翼翼地保护它，不要它破裂。若是多年后我们真能成为亲家，那就是我米家栋祈盼的最大幸福了。这个约定……可不可以……是我们二人的君子之交的终身约定呢？

熙靖面向家栋稍稍向前挪动了小半步，轻声认真地说，你的这番话，我赵熙靖镌刻于心。钱，收起来吧。

当两辆苏联伏尔加小轿车开到琉璃老窑厂门口时，肖书记带领着全班领导和众多工人师傅们列队欢迎。按着肖书记安排，夏总带队的市外贸一行人参观了工厂各车间，了解了琉璃制品的生产全流程，重点看了素烧、釉烧车间，以及成品展示厅。熙靖作为陪同兼解说，还特别介绍参观了厂里专门为琉璃制品设立的收藏展示厅。这个展示厅更是得到了市外贸领导们的齐声赞扬。夏总说，你们的产品和其他工厂的产品真是不一样，这些产品是中国享誉世界的既独特，又实用，更是十分富丽堂皇的建筑艺术品。我们有责任向世界大力宣传中国琉璃啊。不过，我还是发现了一个问题，你们看，这个绣礅的红绿颜色是不该混在一起的吧？

您说得很对。家栋如实承认，这是串釉现象，我们正在努力改进。

另外，夏总说，你们还有些宣传细节要完善，比如，老窑厂的简介，产品的中英文双语介绍册，这些都要求是彩色印制的。如果有困难，我们会提供帮助。

熙靖向夏总保证，我尽快拿出文稿及图片请您审阅。

好的。夏总笑着将联络处周处长介绍给熙靖，请你们与周处长具体接洽对接吧。

市外贸参观团走后，家栋则全心投入解决串釉问题上，熙靖仅用了三天的工夫就做好了书面材料准备。这些工作都是由她独立去和市外贸接洽的，进城只有 58 路一趟公交车，一来路况差开得慢，二来国家处于汽油贫乏年代，当时的公交车都是在车顶上放着一大包煤气，才能行驶。另外通信也很落后、成本也高，哪里舍得长时间通话浪费资金呢。家栋看着熙靖几乎天天都要进城，如此勤奋干练、不怕吃苦，心里很是敬佩。

琉璃产品的成功是需要两次烧制的。第一次称之为"素烧"，就是将阴干后的成型泥坯烧制成合格素坯；第二次烧制，是在素坯表面刷上一层釉料，再烧制，这是"釉烧"阶段。如此才能最后完成华丽焠变为璀璨如宝石的琉璃制品。也就是说，"素烧"是琉璃艺术生命体的初始阶段，而"釉烧"才是最后形成雍容华贵的琉璃艺术公主的高级形态。釉烧成品要求色泽饱满、温润如玉，但是各件成品中在色差上又会有微妙的变化。也正是这种变化，成就了琉璃艺术的千姿百态的妩媚韵味。

关于釉烧窑炉，首先需要点火使窑温逐步升到 900℃ 至 1000℃ 左右时，产品表面的釉料开始融化并逐渐形成结晶状态，这个阶段，一方面釉料成分之间的相互充分作用而融为一体，才能形成比宝石还璀璨的结晶体，但另一方面融化后的釉料又具有一定的流动性，这就要控制好釉料流动不能越过设计要求的范围，这一阶段的窑温也要求恒定。

家栋用较为先进的窑炉测温计配合郭师傅、秀花目测窑温的测温绝活，把控住了升温速度，以防止釉料融化速度过快流动；到了恒温阶段，二位师傅稳控恒温时间的同时，通过和化工学院的专家们协力攻关下，研制出结晶固化稳定剂，可以防止釉料融化后的过度流动而保证了釉料的结晶饱满。这是家栋多次登门求教专家们帮忙解决的。

孝存师傅在产品设计时注意到发扬琉璃釉的结晶面积较大，粗犷不粗糙的特点，避免和瓷器比较谁更加精致细腻，而是更加注重用凹进的不同粗细线条勾勒的花瓣、枝叶、岩石海水界限、增添其清晰度、丰富其层次感。这样一来琉璃的色彩既大方泼洒，又晶莹透亮的特色相得益彰，交相辉映。孝存与郭师傅他们的温控改进的做法，形成了另一条防止严重串釉的路径，而不去和瓷器的丰富细腻争高低。与此同时孝存还加大了各个色彩区域的分界线条深度。使釉色流动遇到"沟壑障碍"。这些措施都有效地阻止了"串釉"现象。当然，刷釉工的技能掌握才是保证釉色既饱满又不至于肆意流溢的关键，使成品达到极致的宝石效果。

广交会的交易大厅参观人流熙熙攘攘，尤其是琉璃工艺品展示区，人头攒动，充分显示了琉璃工艺展品很强的"吸睛率"。国内外来宾反响热烈。

家栋很激动，国内外的订单雪片飞来是最好的说明。琉璃老窑厂的生产热情更加高涨了。正当大家沉浸在兴奋之中时，市外贸公司突然传来了要求退货的另类声响。

第十一章

熙靖挂了家栋的电话，径直奔向外贸仓库。

一见面家栋便焦急说，昨天因为小雨，我们送货晚了，货品临时堆放在库外。今天一大早，库房保管发现咱们有些产品表面发生了"拱釉"现象，严重的有半个一分硬币大的面积。你看看。家栋在旁边提醒道，这肯定是原料的问题。坩子土里掺有杂质。

熙靖急切地问，什么杂质？

家栋说，还不清楚。我想起十多年前曾经发生过类似事件。那次就是隐桂寺山里的坩子土。"拱釉"可比这次凶。我打电话交代辰亮了。靠以往的经验积累，这批料彻底废了。

熙靖和家栋立即赶回老窑厂。

化验员进来递过报告说，二位厂长，这种杂质是石灰石颗粒。经过煅烧过的石灰岩颗粒遇到潮湿条件，就会像我们烧制成的石灰石一样膨胀，就是我们说的"崩釉"。还有，这批原料的铁含量也超标。

家栋忽然醒悟了说，怪不得素坯时我就感觉有些发暗，不是那种浅黄色或是奶白色，刷出釉来也不透亮呢。

熙靖点头表示明白了，接着又摇头，原料我们没更换呀！即使更换，采购员必须第一时间通知化验室呀！

化验室的同志立即表态，厂长，我们没有收到通知。

对嘛！我这个责任副厂长和各车间都要有检验报告才对呀！家栋的话也证实了化验室的说法。

熙靖像自责说，郭师傅他们也应该立即试烧鉴定新原料的质量……这一步一步，怎么都停止运转了呢？刚才我还专门问过财会科，他们也没有收到材料科送来的拨款请示单。家栋，熙靖小心提醒道，夏总和周处长都很着急，因为这批外贸订单的交货时间紧迫，我们必须立即执行了。

采购科长小孙进来，见周围站着家栋副厂长、两名化验员也都没坐，而自己正前方位置摆了把椅子，就更不敢坐了，谨慎地问，熙靖厂长，您，找我？

熙靖说，坐下说吧。孙科长还是站着。

熙靖这才问，进新料了？

孙科长稍显犹豫了片刻，还是点了点头，但很快转变成了焦急语气回答，您先别急，钱富水，今天……歇班没来，容我再……我……立即去趟隐桂寺问个明白。说完做出了转身要抬腿走的样子，却并没见到具体实施，因为他的双腿也抖了起来。

熙靖慢条斯理说，还走得动吗？家栋指了指那把椅子，明确说，坐下说吧。

小孙挪步，双手扶着椅子背坚持站着，熙靖问，钱不在了，你先告诉我，从哪儿进的料？

或许是腿抖得已经无力迈开脚步了。孙科长头深深地埋在胸腔里，怯生生说，我错了。是钱富水逼着我干的。他说，用哪儿的料都是用，为什么不为自己想想？

熙靖问，怎么讲？

每车料隐桂寺村的小窑主答应给我俩这个数，孙科长怯懦地伸出了一巴掌……

熙靖问，进隐桂寺的料，得到辰亮批准了吗？

孙科长犹豫了片刻，先是点了点头，但又突然抬起头，我请示了！真的！他没说话……但是……但是他点头默许了，我看见了！真的！我没说谎！这几句话孙科长说得声高八度，语速快，力道急促……接下来他低下头，又变回了无力绵软的嘟嘟囔囔，他不点头，我哪有胆量做主……

熙靖又问，知道你是怎么进老窑厂工作的吗？

孙科长怯懦答道，知道。父亲去世那年，母亲也病倒了……家里没了经济来源，是您来到我家……

熙靖也提高了八度音调，清晰缓慢地语速道，能来厂子顶替你父亲的班，不是我，是肖书记和工会章主席一起努力找区劳动局、区政府领导特批的指标，特批的！给了你！来厂几年了？

三年。

熙靖换成了平和的语气问，听说过这么个俗语，"升米恩，斗米仇"吗？

孙科长推着椅背向前了一步，哭诉道，厂长，我不是那种人啊！我错了。我不是人！我，这就去找隐桂寺村的小窑主春水。把货退回去！

熙靖问道，拉了几车？

就……拉了第一车……带斗的卡车，是我和钱富水从汽车场雇的，料进了咱们厂，钱富水指挥把料都卸载到了靠近泡料池附近，他要求生产科赶紧泡料，优先使用这车料。

没通过检验的料？没经过泡料池的料？他哪来的权利？熙靖腾地站了起来。

孙科长吓得拉着椅背后退了半步，又回到了急促的语速，他说是辰亮的主意！他也没说谎，我亲自请示了辰亮的……我刚才就说了。

熙靖也回到了和缓的声调，你听好，限你和钱富水立即把料拉干净，然后到我这儿报到，听候处理。孙科长急忙出去了。

辰亮和孙科长在门口打了个照面，他俩什么也没说。辰亮进来了，熙靖直接叮嘱道，你赶紧联系汽运十厂，把咱们在市外贸仓库里的货都拉回来吧，找个地方堆下来，用水管子好好浇透水，看看结果再说吧。家栋，请你告诉生产科，明天开始加班，全力以赴给市外贸尽快补齐货品。另外，把烧好的素坯也集中起来，浇透水。检查结果，可以补救的，立即补救后再商议挂釉的事。

厂长，辰亮上前说，我刚从武叔那儿回来，他答应立即帮咱们加大供应量。我计算了一下，如果全厂都紧急加班，集中精力保证市外贸的出口，应该问题不大。

熙靖想了想，说，我担心泡料池不够用啊。

辰亮说，我已经安排人手把已经废弃了的泡料池重新启用。另外我想找找粮食局请求能不能给咱们特批些高价粮保证夜班同志的需要啊。

熙靖看着辰亮，默默点着头，好，行不行总要试试。家栋，能不能从咱们干部做起，每人省出三斤粮票、哪怕一斤也好，注意，千万不能强求啊！这些粮食就是为了支援夜班工人师傅，哪怕是喝碗玉米糊糊也是好的呀。我们娘俩吃得少，我先报名上交五斤粮票。

辰亮立即拿出纸和笔，边写边说，支持熙靖厂长的倡议。我报名出五斤粮票。

熙靖说，你要量力而行啊。我再去找找姜总经理，看能不能想点办法给我们一些支援。现在最需要的是我们上下一条心，绝不允许这个裉节上，倒在广交会的大门口！诸位，听清楚了吗？大声告诉我！

熙靖一席话说得家栋热血沸腾，他慌忙扭着头想给自己续杯热茶，谁知暖瓶都端不稳了，两次烫着了左手，熙靖想接过暖瓶，却被家栋躲闪开，又烫了一次。他背对着辰亮和熙靖说话声有些发颤，当年，从兖州落魄逃到北京，只想着看一眼故宫太和殿顶的琉璃瓦，至于接下来还能不能挣口饭养活老婆孩子，想都不敢想。可我命中注定遇上了辰启大哥、熙靖嫂子，我才有了命运转机……那天……辰启大哥走的那天……春妮拉着我的手说，米家栋，辰启大哥临走那天下午我在大街上遇到了大掌柜，他对我说……春妮妹子，我可能要出趟远门，熙靖和希希就拜托你和家栋照顾了。你们两口子是值得信赖的人。春妮说，米家栋，现在想起来，我都浑身起鸡皮疙瘩，你是这两家人的顶梁柱，到什么时候都不能忘记俺俩身上的担子有多重！再重再难也不能认怂！在辰启大哥的面前俺代表你发过誓的！你一点闪失都不能有啊。家栋继续说，今天这事，我心里明镜似的，有你们这些好朋友，真是我的造化。再难，咱们也没有后路了，一定要敲开广交会的大门！为了几百号工人和他们的老人、老婆、孩子们能吃上饭，为了不辜负辰启大掌柜对我们的期望，还为了咱们国家的琉璃窑火不灭……我们必须豁出去啊！

熙靖也默默流了泪，那一刻时间凝固了，而寂静的空间却变得无限大，似乎只有他们几个人……而他们的心中因为有着最多的忠诚善良的工人，所以才愿意坦诚地奉献出自己的所有！

泡料池扩大了；

武叔亲自赶着毛驴车送来了刚出窑的坩子土，紧跟后面是一队骆驼驮着坩子土，优哉游哉地进了老窑厂；

自愿加夜班的师傅超员了，大家谁也不愿意这节骨眼上到嘴边的外汇飞走喽；

更多的工艺品素坯在干燥备货；

细心检查素坯有没有拱爆破皮的这道工序，成了每个职工义不容辞的责任；

更多的合格半成品在认真仔细地按照新的要求刷釉；

刚出窑的成品再也没发生漏网的瑕疵……

大家似乎又回到了两年前的火热年代；也知道了，嘴里的野菜糊糊、手里的玉米发糕的珍贵；更知道了"咱们工人有力量，团结一心向太阳"的奋斗向前精神是任何牛鬼蛇神也阻挡不了的……

熙靖和家栋跟着夏总终于挺直了身板儿迈进了当年的秋季广交会的大门。

老窑厂的琉璃工艺品展台在广交会上，收到了意想不到的热烈反响。闲暇时间里，夏总和家栋谈论最多的则是熙靖厂长。夏总则说起高中时代，她们那届毕业班，就她两个文科生考上了北大。谁知，熙靖家里突发变故没去报到。这些年不见了，熙靖还是这么能干。家栋从不吝啬对那些不畏惧困难，竭尽全力努力拼搏的女士奉献出溢美之词。如果说还有什么憧憬的话，那就是希望在熙靖的领导之下，博取广交会上更丰硕的成果。

回来后的熙靖在党支部扩大会议上做了详细汇报，并按照广交会上的客户反映以及市外贸的新要求，对明年的生产计划做了大幅度调整。会后，肖书记留下了熙靖。

肖书记说，熙靖厂长，前些日子忙着广交会，同时也给小孙和钱富水他们自我反省的时间，现在，怎么处理他俩，我们也要拿出个处理意见了。我想听听你的意见。

我还是先听听你的意见吧。

我的意见是小孙免去科长职务，行政记大过一次。钱富水行政记大过一次，二人都调到粉碎车间。这二人在后来的那段冲刺广交会的会战中表现还不错。考虑到咱们厂能够发百分百的工资已经算是在全区拔尖了，也谈不上什么奖金。他们俩天天也来上班，也不能扣除他们的工资。咱们要不也就这样了吧？

熙靖叹了口气，说，肖书记，他们做错了什么事？给咱们厂造成了什么重大损失？现在他们是怎样认识自己错误的？这三个问题你怎么一个也不提啊？这不好吧？我的意思是，他们总该写一份深刻检查吧？1959 年国庆十大建筑献礼工程，你听到的工人阶级对厂里的质量要求太过严格而不满，向你提出来强烈反对的那个人就是钱富水。班长老茂不敢向你告黑状，钱富水就让老茂给他买一条大前门，他敢去找你说这事。他曾公开说，我哥是工业局局长，厂里没有人敢把我钱富水怎么样。这些我都跟你汇报过，这次又是他鼓动孙科长偷换原料基地，为什么敢如此作为？还不是觉得我们不能把他怎么样吗？那好。我对钱富水的处理意见是：向全厂说明，孙科长和钱富水为谋私利给生产造成了重大损失，故给予记大过处分；在全厂职工会上作深刻检查；限期调离我们厂。

是不是太重了？臧局长打过几次电话了，说他在家里多次狠狠地批评教育了富水，他已经认识到自己的错误了。他毕竟还年轻嘛。

你这是什么意思？又是大事化小，小事化了吗？那你还找我商量什么？你的党性原则呢？我知道你和臧局长是平东抗日队伍的好战友。熙靖说完站起来生气地要走。

赵熙靖！肖书记叫住熙靖厂长，我们在谈工作，你不能总是这样回避嘛！

肖书记，不是我回避，你先回去问问你儿子，他在这件事上是不是也参与进来了？

听到熙靖这句话，肖书记愣住了。他请熙靖坐下来，诚恳地说，你的话中话，我真的没听懂，我希望你有什么都说出来，我们都是共产党员，应该开诚布公才对呀！

熙靖说，不是我不说，你还是先回家和他好好交流，看他是不是能认识到自己的行为是违法的。不然的话，他也会越陷越深的。

隔了个星期天，周一七点半刚过，臧局长的电话直接打给熙靖，希望熙靖能够秉公执法，严肃处理钱富水的问题。熙靖一听，火冒三丈，还是局长的策略高明啊，以守为攻为上策。

臧局长，您这个弟弟啊，人是很聪明的，只是入围琉璃行当吃亏啦……我觉得，最好的办法就是一纸调令把他调到您身边看管起来，既能培养又能监管，岂不一举两得？我们厂的情况是产品光鲜亮丽，而制作它的过程却是泥巴呀、黑水呀、粉尘呀，真不怎么样！我说得您信不？信不信……还是由您做主的。

电话那头的臧局长十分诚恳地说，好好，你说得很有道理！我再想想吧。有时间我们聚聚吧，听说您的酒量很是可以呢！好好，莫客气……另外，您什么时候用那辆伏尔加轿车就直接找司机小刘，千万别客气啊！臧局长说完挂了电话。

臧局的一席话整了熙靖一个大红脸，这还是几年前全家去南京的事啦，当时自己就交代了辰亮给人家补上油钱和司机出车费，还叮嘱辰亮要发票。怎么……

这天，辰亮进门就问，厂长你找我？

前两年我们一家四口去南京，你雇的是伏尔加轿车吧？你交了钱了吗？发票呢？

辰亮立马脸红到了脖颈，我，忘了……真对不起，他立即掏出钱包捏出三十块钱递了过来。

熙靖生气地说，我要发票！

辰亮怯生生说，怎么突然想起了这件事？要我说，算了吧……

辰亮，熙靖平静地说，看来，你是故意而为啊！想也把我拉下水呀！

辰亮一脸无辜的老实样子，低头小声嘀咕，熙靖厂长，你真是冤枉我呀！我……怎么敢……

熙靖严厉地说，你分管后勤，钱富水私自进料的事，你是默许的；你打着我的旗号，把广交会的货私自赠送给臧局长；这一件件，我不调查清楚，是不会叫你来的。你好自为之吧！周一咱们党支部扩大会议上见吧。现在，请你出去！

星期六的傍晚，钱富水敲响了熙靖厂长家院门。熙靖听闻是他，没打开院门，只请他星期一到厂子里说事，带的什么礼品也不准留。见他磨磨蹭蹭地在四合院门口滞留了很久也不为动，甚至嘱咐希希上下学一定要和釉亮哥哥一起回家，不要与这种人打交道。

星期一大早上班，就有人在熙靖办公室门前高声报告。

熙靖一声请进，说完也没抬头，只顾忙自己的活。

赵厂长，您好。我是肖增谦的儿子，您叫我小旺就成。

熙靖这才抬头瞄了瞄面前挺胸立正的小伙子。瘦高个，是个有礼貌的高中生。长相紧随肖书记。

熙靖热情站起来招呼坐下。

我是来请您原谅的。我也参与了钱富水私自从隐桂寺进料的事。那是一个多月前的事，钱富水找到我说有个挣点零花钱的好差事，想请我参加一起干。我说自己上学没空。他说不用我出面，他负责操作。让我帮忙拿出二百块钱就行，到时挣了钱大家再分。

熙靖插了一句问话，你和他是好朋友？

都算不上什么朋友，只是认识而已。当时我说这笔钱数太大。他不高兴了，他知道我在家是管家掌权的。因为母亲身体不好，两个妹妹上初中，爸爸上班忙顾不上家，就委托我管家。我爸是十三级干部一月挣多少工资，钱富水门儿清，害得我也不好意思拒绝。我再问他到底干什么营生，他也没正经说个明白，拿上钱就跑了。昨天我爸才跟我说明白，把我狠狠地训了一顿。

熙靖轻轻摇摇头，你呀，通过这件事该吸取些什么教训呀？

交友不慎、不分青红皂白就轻易相信他人。我一定……

事有凑巧，钱富水的局长哥哥还没有来得及精心操办钱富水的事，自己就先被调走了。对他的调任传到熙靖耳朵里的说法有好几种，总之都不太好听。钱富水和孙科长的事肖书记也找过熙靖两次，熙靖推脱工作太忙，也实在是太忙，参加明年春季广交会成为熙靖第一要紧做好的事，这关系到几百号工人吃饭的大问题，她不再和肖书记慷慨激昂、意气风发了，而是耍起了太极，搞得肖书记也没了脾气。因此事的牵扯，辰亮被撤销副厂长一职以及党内警告处分；补缴私自出售的琉璃艺术品款项；熙靖也被党内给予警告处分，补缴占用区工业局伏尔加轿车的油及用工费开支，但她请辞厂长一职未获批准。

这事一晃就拖了快两年，总算是有了结果。

第十二章

老窑厂总算是熬过了 1959 年之后最困难的那几年，到了 1966 年 5 月底老窑场又面临了更严峻的考验……

肖增谦和赵熙靖二人首当其冲，被以钱富水、辰亮为首的一帮人赶下领导岗位，还被关了起来。同时，米家栋、李孝存、郭师傅也都遭到了不公平的待遇。

那时候，爆炸性新闻总是不断地突如其来。这天一上班，就是关于肖增谦书记的档案大揭秘：说他曾在解放战争即将全面胜利的时刻，故意将分配给他使用的手枪奉送给了国民党特务。

私底下的孝存听了很生气，他愤愤不平地说，这完全是污蔑。

你知道这件事？春妮悄声问。

孝存讲述那是 1948 年深秋的一天下午，在良乡地界，肖书记回家探亲的行动被肖家庄的汉奸肖斜眼发现，他带着稽查队的特务们赶过来要堵劫肖增谦。情急之下，向河西方向逃跑的肖增谦将手枪匆匆埋在了地偃边的裂缝里。那时的武器对地下党来说是十分珍贵的，视同生命一般地珍惜。肖增谦脱险了，当他再次赶回来想取走手枪时，手枪不见了。为此肖增谦受到了党组织的处分。孝存还说后来还是自己帮助肖大哥找到了一把手枪，还是美国名牌货呢！特漂亮、特高级的洋货。

啊？春妮不由自主地轻轻叫了一声。

孝存看看她说，好像你很吃惊？

春妮说，那枪是美国货，马牌儿，枪管上有一只马头，还有数字号码呢。

啊？这回是孝存吃惊了，你怎么知道？

俺是听家栋说起过，你是怎么捡到的？

我听肖大哥说起藏枪的事，我自告奋勇帮他去找，谁知，枪没了。我想坏了，必须立即离开那里，周围一定有特务在张着网准备抓捕来找枪的人呢！我吓得撒丫子朝西跑过了定旺河。

春妮说，嘻，你没找到那支枪啊！

孝存争辩道，当然找到了。过了两天，我又路过那块地界，看见一条野狗在那个地偃边刨吃什么，我赶过去把野狗赶走后，捡起一看，真是一把枪！我又惊又喜又撒丫子跑起来。

那天是几月几号？春妮问。

孝存答，我也记不清了。肯定是冬天，三九天！我当时很高兴，以为找到了肖大哥的枪，他就可以不受处分了。而肖大哥说那不是他的枪……你说奇怪不奇怪？

春妮得意扬扬地说，那是俺家栋藏起的枪。

春妮给他讲述了那支枪的故事，最后还拿出了当年带枪人身上翻出的一张人名单和一张出入证件。

孝存拿过证件只看了一眼，便激动地说，我认识他！他死了吗？

俺听家栋说他死了，可……第二天，家栋再去找那支枪时，尸体和枪都不见了。

这天晚上，家栋、孝存二人偷偷来到关押肖增谦大哥的废弃小仓库，对看守说，我们来看看肖书记，待一会儿就走，行个方便吧。看守是厂里的一位老工人，说，行，你们聊吧，我去趟茅房，我不回来你们千万别走啊。

小仓库有灯却不亮。家栋说，黑灯好唠嗑。二人在肖增谦身边一左一右盘腿坐在草垫子上，孝存拿出个纸包，递给了肖书记，吃吧，烧饼夹红烧肉皮。

家栋问，肖书记，熙靖厂长关在哪儿？

肖书记指指旁边那道墙，她就在隔壁单间里。

家栋站起来说，我去看她一眼，我们也给她带了两个烧饼。家栋说着起身进了关押熙靖的小屋。屋子黑洞洞，家栋小声地呼唤，熙靖，熙靖？不见有回音儿，家栋开始害怕了，她不会……突然一个人从后面抱住了他，家栋哥……熙靖的眼泪浸湿了家栋的后背。

快松手！家栋小声地警告熙靖。熙靖竟然还撒起娇来，就不！

我给你带来了烧饼，趁热乎快吃吧。

熙靖这才松开了手，还在家栋脸上亲了一下悄声说，比这个还香吗？

家栋佯装生气道，不许胡说八道。你快尝尝。

熙靖大口嚼着，嗯，真香。希希听话吗？

春妮可稀罕希希啦，放心吧。

在肖书记那屋，孝存递给肖书记一只酒瓶子，说，不是酒，是给您沏的"高末"，趁热喝吧。

一眨眼的工夫，家栋回来了。他问肖书记，肖大哥，你还记得丢枪那事吗？

那还能忘？那是我这辈子犯的最对不起党的大错误。肖书记将那段不堪回首的故事说完了，还不忘重重叹了口气。哎，还得谢谢孝存帮我又找了一把枪，可是那把枪不是我的。但能找到一把，我心里总是舒坦些。我记得那把枪是美国货，马牌，是把好枪。

家栋笑着说，枪号我至今都还记得，是 34174。

肖大哥大吃一惊，对呀！你怎么知道的？

家栋憨憨地笑了，嘿嘿，那把枪应该是我的，是我从一个汉奸手里夺来的。要不是我手疾眼快，他就先把我给毙了。我那一刀砍下去，砍在了狗汉奸的锁骨上。看他流了那么多的血，还以为他死了，把我吓得够呛。我壮着胆把他的全身搜了个遍，除了那把枪，我还找到了一张出入证和一张人名单，那把枪我就埋在了地偃的裂缝里。第二天我再去找时就不见了。肖大哥，那张人名单、出入证我都带来了，我总觉得有大用处，一直保存到现在。

孝存抢着说，肖大哥，你看看这个证件上的人。甭开灯，我这儿有手电。

肖书记看了一眼证件说，这是日本宪兵队的出入证。这家伙，孝存，这家伙就是咱村的肖斜眼，大汉奸，官名是肖建锁。肖书记转向孝存说，杀害舅舅、舅妈和你媳妇的就是他！就是他带领着日本宪兵队闯进你家的。家栋，他没死？

我琢磨他死了，流了那么多的血，可第二天我再去时却没见着尸首。不知道是被人抬走了，还是他自己爬走了。枪也不见了。

嘻！要是当年我在场，就是把他剁成了肉泥，也解不了我的深仇大恨！孝存强忍到最后还是哭出了声来。

肖书记拍拍孝存的肩头，说，肖建锁可能是没死，一来他家没办丧事，二来，当年我仔细查了所有的名单也没找到这家伙。这张名单上的人我都知道，都已经解决了。这张纸是宪兵队出入证，是肖建锁的。

家栋蔑视地说，看这家伙的长相眼睛不斜啊，怎么唤个肖斜眼？

看守回来了，他一鼻子就闻到了烧饼香味儿，孝存递过来一个纸包，也有你一份，就是少点。

看守连连道谢，俩烧饼呢，可是不少！我总是值夜班，二位什么时候想过来看看肖书记、熙靖厂长，只要我在没问题。人到这时候，都盼着有人能来说说话儿。咱们厂的人，除了那个钱富水，还有狗头军师辰亮阴险狡诈以外，面相都善良。哎，我真搞不明白辰亮怎么回子事呀，赵厂长是他嫂子，多好的厂长啊，怎么还陷害她呢？赵厂长虽说管理严格，但她对咱们工人真是一百一，没的说。就说前几年的自然灾害吧，还多亏了你们几个领导得好。咱们月月能开满支，外单位的人羡慕死了。

后来的日子里，钱富水和辰亮又带头蓄意要破坏琉璃老厂的一些珍贵老物件。郭师傅知道后，第一个想到的就是叫上秀花，父女俩摸黑儿串联各车间的老匠人连夜把留存了近百年的制模的老模具、老纹样，连搂带抱全部搬进了吻作车间内的东北角，并用木板钉成了隔断，全部封存起来，还贴上了孝存写的"库房重地闲人免进"的黑体大字告示。门上还装上了两把大铜锁。老艺人们用自己淳朴的赤诚，巧妙地保存下来了珍贵的琉璃文物。

1969 年的春天，市政府下达了整修天安门的重要任务。那时琉璃老窑厂多年没接到关于故宫的重要工程订单了。

这天，智君一走进吻作车间，就忍不住哭出声来。

孝存听着她断断续续的哭诉，才知道钱富水又来纠缠她，他倒了一杯热水，递给徒弟，不客气地说，你怕什么？啊？

钱富水不是个人！

对嘛！他不是个人，咱们就更不能怕他了嘛！想当年，你和钱富水进厂到我这儿来学徒，那也是经过考试的。还记得吗？考题是画一条龙。钱富水画了一只蝌蚪，你画的是一条像模像样的龙，那条龙就是长得白白胖胖，温柔可爱，我一看气得想笑。看你有才气的份上我才收下你的。你想拜我为师，首先就不能怕钱富水这类人！

智君有些委屈说，我不是怕他。我是担心您，他们又要害您了……

孝存想了想，说，这样，咱两个一起制作葵花向阳的勾头和滴水的模具。

智君点头不哭了，麻利地给李师傅打着下手，很快石膏模具成型了。她洗洗手说去去就来。孝存叮嘱她快去快回。

待到师徒俩再坐在了一起时，两个人都一愣，各自拿出了一荤一素共四道菜，摆满了拥挤的小小工作台。当年副食品供应还是国家配给制，肉蛋奶都是需要票证的，一家一户一个月只有一张半斤的肉票，大家都是抢着买肥膘炼油，哪里舍得吃顿红烧肉呀，智君带来了四小块晶亮油艳的红烧肉已经十分难得了。还有好容易排队抢来的素什锦。因为当年的豆制品是不受票证限制的，它不仅油炸好吃、价格还相对便宜，所以被老百姓疯抢。

孝存不解地问，这红烧肉是你做的？

智君羞涩地点点头，端起水杯，李师傅，我以凉白开当酒，祝师傅生日快乐！

孝存很惊讶，你，知道我的生日？

她看着师傅的眼睛，泪水扑簌簌流了下来，您的生日比我爸的生日只早一天。你们俩都是好人，都不该遭罪啊！

孝存扎着双臂、张着双手也不知如何安慰姑娘家，只会说，不许哭，不许哭！

智君点点头，我不哭，我不能哭。被他们发现可不行的……不哭！

孝存笑了，这就对了，不哭！我知道好人受罪的日子总是长不了的。不然，太阳还会升起来吗？哎，这么好吃的红烧肉我再尝一块。

好吃吗？智君问，见李师傅满意地点点头，智君认真地大声说，我认您为义父，可以吗？

孝存大吃一惊，整个人像是被智君的话施了魔法，像一尊雕塑，半张着正在咀嚼的嘴僵在那里。

吓着您啦？

那可不……好好一块红烧肉没把我噎死。闺女儿，你叫我一声师傅，就比什么都强！吻作是琉璃行当里的关键岗位，要学的东西多啦！我知道自己那点斤两，但我保证一定倾其所有传授给你。但你不能忘记喽，除了我，你要多多向其他师傅请教。你有天赋这是别人抢不走的，但要铭刻在心的是：尊古不拘古，博采不偏执。记住了？

您这么一说，更像是我爸爸的口气啦。我心里老早就有您这个义父啦！

孝存做了个鬼脸，嚼着红烧肉，嘴里还不忘调侃，你做的红烧肉可把我馋坏啦！我只能给你留一块！

饭吃完了。孝存站起来说，下班了，快回家吧。我先走了，你记得关门啊！

走到半路的智君精神抖擞地拐了个弯儿去看望父亲，将今天发生在厂子里的事情向他学说了一遍。爸爸欣慰地说，姑娘大了，知道学本事了。真好。你记住，尊重你的师傅，绝不去做违背他意志的事。他不同意做"延安宝塔山正吻"自有他的道理。你想啊，古老的天安门是世界级重要的文物，我们要尊重文物，尊重历史、保护文物。至于勾头和滴水的纹饰改造成向阳花的纹饰，既然你参与了制模，那就是你也同意这个新方案。自始至终，一以贯之绝不反悔。你懂吗？不怕压力大，不做墙头草！

离开父亲的智君知道末班公交车早没了，她立即在黑暗的公路上奔跑。当她进了厂大门，身体一下子轻松了，她承认这一路心里很害怕，她用力奔跑，希望快些再快些摆脱随时都会地动山摇的漆黑夜。她悄悄走进车间，打开昏暗的灯，找到了自己亲手制作的正在烘干的勾头、滴水模具。她打开模具，像轻轻抱起小侄儿那般十分疼爱地把向阳花纹饰捧在怀里，任泪水滚落浸润在灰黑色的胎体上，本是光滑的胎体表面悄悄砸溅成了粗糙的树皮状，她小心地用自己的小手，一点一点地将还湿乎乎的小样揉成了一团，嘴里不停地念叨着，我是红旗下长大的向阳花……我不同意改变天安门原始的纹饰，我同意爸爸的观点：那是历史留下的灿烂，那是中国的珍贵文物。她流着泪，把那对尚未干透的勾头、滴水亲自破坏了。做完了这一切，她再去找孝存师傅做的那两个模具时，却始终没找到。她想，一定是师傅自己处理掉了吧。她站在灯光下，来时那种沉重阴霾笼罩的心豁然开朗，她终于无所畏惧地改正了自己险些犯了的大错误，也伤害了师傅对自己的殷切期待，她感谢爸爸点醒了自己险些丢失了的清醒和纯净。她轻轻关上车间门旁的灯，又飞快地朝家里跑去，她感受到了回程的一路被晨曦抚慰的幸福。

但是她没注意到，有一双关怀她的眼神，始终都在跟随着她的脚步移动，用慈爱的力量，一直护送她安全地进了家门……

时间一天天飞逝，关于天安门正吻、勾头、滴水的造型设计改造的请示不能再等了，为确保工程用瓦不能耽误工期而承担重责，厂领导立即按天安门原有的正吻，筒瓦、板瓦原有制式安排生产任务，因为时间紧迫包括葵花向阳纹饰的勾头和滴水也开始了同步生产。原料到成品需要经过十几道工序才能完成，若按正常生产方式是很难按时交活的，但又必须无条件按时完成任务。

没办法，只能将原来的领导班子重新启用，肖书记病重卧床在家，熙靖和家栋二人毫不犹豫地挑起重担。和全厂职工一样吃住在厂、满负荷运转。郭师傅带领窑作一班人住在窑棚，身不离窑争分夺秒；出窑工人为了节省时间，身穿棉衣冒着被烫伤的危险，不等琉璃瓦件彻底降温就进去抢着出窑；装运琉璃瓦件的卡车就等在窑口；质检员就站在货车旁，边检验边装车，满一车走一辆。运到天安门工地时琉璃瓦件上的余温还远远没有散尽呢……

琉璃瓦安装顺序是要从檐头开始向正脊铺设，首先要用的就是勾头和滴水，供瓦顺序不匹配将直接导致工地停工。工期紧张、安装刻不容缓，而且天安门前后坡面必须同步施工，因为当时没有足够数量的旧式的勾头和滴水，就会直接影响工程进度，工程指挥部报请上级批准允许将已烧好的新式葵花向阳纹饰的勾头、滴水用在天安门城楼背面，这样做既不影响天安门整体效果，又解决了工程进度不能延误的问题。

工人们加班加点赶制出厂的重达数吨重的传统正吻，也终于顺利安装在天安门城楼上。至于已经生产出来的延安宝塔山正吻，被搁置。在熙靖厂长的坚持下，它最终站在了那个历经沧桑躲在一隅的琉璃制品聚集的挡板最前面，有了这件特殊年代的特殊展品当道，任谁也不敢再"炸刺"了。

天安门修建工程终于按时竣工了。天安门指挥部特意为参与修建工程的工人们进行了嘉奖，每位职工得到了一份修建天安门工程纪念品以资鼓励。

就这样，葵花向阳勾头和滴水作为那个特殊年代的印记永久地留在了天安门城楼上，真实地记录了那个时代的风风雨雨。

只是，孝存师傅最早设计、制作的那一对葵花向阳纹饰的勾头和滴水是被谁"盗"走的，又是怎么烧制出来的秘密，谁也不知晓。工程完成后的那天晚上，郭师傅叫上孝存、熙靖在家栋家里相聚，郭师傅拿出了两对葵花向阳的勾头和滴水送给家栋留作收藏时，真相才大白于天下。原来是郭师傅偷偷拿走了模具。

那对模具采用正面满雕形式突出葵花籽盘，籽粒饱满硕果累累，在勾头瓦当上的艺术效果十分醒目，。滴水上的如意形舒展的向日葵花叶和勾头上的葵花盘相互辉映，自然简洁，合成连续图案的美好韵律无比和谐，十分贴切地表达出朵朵葵花向太阳的寓意。在场的郭师傅、家栋、孝存，和熙靖都郑重地站起，会心地微笑举起茶杯，一起高喊，干！

2018 年天安门为庆祝中华人民共和国成立七十周年大庆时做了一次维修，对原有的葵花向阳纹饰的勾头和滴水有破损的还做了拆除更换，仍然按照那个特殊年代的琉璃瓦件加以补配，那些尘封的往事将永远地留在金黄色葵花向阳、亿万红心永远向党的颗颗饱满的籽粒果实之中。今天的细心游客们倘若站在天安门身后，用高倍望远镜观察，会发现天安门殿顶北向坡面的檐头上一些勾头、滴水上的纹饰，永远都是向阳花开永向党的蓬勃生机的模样。那是一段美好隽永的珍贵记忆。

天安门修建工程胜利结束后第二年，一天早上，郭师娘来到了辰启的墓前。她先擦拭干净了墓碑、供桌后，又一件件从挎篮里拿出供品摆好，最后拿出一瓶北京红星二锅头，两个二两装玻璃小酒杯，倒满了酒，说，大掌柜，近日安好啊？我又来看望您来了。您可见到了我家老郭？他三天前就去拜访您啦？这几天我一直也未见老郭给我托梦来。我这杯酒是我代表全家人敬您的，希望您在那边一切安好，也希望您和老郭能在一起多聊聊……说完郭师娘双手高高地捧着酒杯，又深深地弯下腰，将杯中酒虔诚地慢慢绕着墓碑洒了一周，眼泪也不断地从脸颊溅落在供桌上、墓碑旁。另一杯酒老人家一仰脖喝了下去，嘴里还不断地诉说着，大掌柜啊，自打我家男对子去九中学习后，您就是每月给他俩寄上十元钱，生怕孩子们饿着。这一寄这么多年啦，俩儿子工作了，那一对闺女儿也上了九中，您还是照旧寄十元。我跟熙靖说了，可不能再寄啦！我和老郭负担得起啦，可熙靖说，这钱是辰启临走时叮嘱我的，我怎么敢不执行呢！大掌柜呀，您也看到了，孩子们还算孝顺，年年清明节都来看您。他们几个学习工作都好着呢，都是有孝心知恩图报的好孩子，你放心吧！我一唠叨起来就没完啦！您告诉我家老郭，我很快就会过去照顾你俩啦……随即郭师娘蒙着脸呜呜呜地哭了起来……

就在那天夜里，郭师娘真的高高兴兴地追寻老郭他们去了……

天安门修建工程的岁月中，釉亮和希希正在荒凉的陕西黄土高原的小山村里咬牙适应着艰苦的插队生活。

说话再转回到1968年的秋天，米、辰两家人高高兴兴地在一起吃完了国庆团圆饭，希希和釉亮每人背上十个一角钱一个的圆面包，坐上了绿皮客车，奔赴陕西插队去了。上次釉亮他俩想去黑龙江建设兵团，因为熙靖和家栋的问题没落实，未被批准，都没去成；后来是去内蒙古满洲里插队，因为希希闹肠胃炎俩人又没去成。这次去陕西二人都觉得不能再耽误了。既然命运之神告诉她俩，这一代人赶上了非去农村不可，那就去！她还告诉家长们，只有了解中国农民，你才能真正懂得中国历史。熙靖尊重希希独立自主的安排；春妮很高兴，她当然最愿意看着希希和釉亮在一起了。

1968年秋天，釉亮和希希插队去了不久，家里又发生了一件大事。

都说祸不单行，家栋刚刚能架着木拐走路了，突然一个三十多岁的男人来找春妮，见面叫一声妈妈，就给春妮跪下了，称自己是春妮的亲生儿子，活不下去了，来找生母求救。春妮顿时傻眼了，她看看长相，只问了两个问题就明白了，一把抱住男人，哭喊着叫着茂茂啊，妈的儿呀！她险些哭昏过去。她先给茂茂做了顿热汤面，窝了三个鸡蛋，享了福的茂茂吃饱睡着了。春妮这才顾上跟家栋学说这一切。家栋看一眼茂茂穿戴，再看他站没站相，坐没坐相，心里就腻烦，本来在家养伤心里就闹腾，强压着火气，扭头回自己屋里也懒得说什么，这一切春妮看在眼里也没什么好法子。茂茂是不管不顾理所当然地住下了。

谁知第二天，茂茂再醒过来时就立马成了这个家的新主人。他先是伸手要零花钱，自己见谁也不认生，天亮了就不着家，到处乱窜，只顾着给自己买吃买喝，买衣服，没钱就伸手。开始春妮耐心好言相劝，茂茂还点头认账，再后来就大发雷霆，或狡辩耍赖，或寻死觅活……

这天，孝存来找春妮嫂子说，我是来还房钱的。这不又到了当年咱们搬新居的好日子了吗？他说着从上衣兜里掏出了一个鼓溜溜的信封递给春妮。春妮一个劲地朝他又使眼色，又摆手的，也没能制止住孝存把信封塞在她的手里，叨唠着一些听不清楚的感激话，转身匆匆离开了。

春妮送走孝存，回屋就想着赶快把装钱的信封藏起来，却被茂茂从里屋出来，毫不客气地一把抢了过去，吹着口哨，转身回屋开始梳头打扮自己，这是要出门享受美好生活的架势。

春妮进屋说，把钱还给我！你，怎么活成了这样！一个为非作歹的强盗！

茂茂一边系着军装纽扣，一边晃晃着迫近春妮面前示威道，你想怎么着？我就这样啦！你不让我痛快，我就让你痛快见阎王！信不信？

家栋看不下去了，进来斥训茂茂，你三十多的人啦！如此这般没家教？

茂茂上前一把将家栋推倒在堂屋，冲上去骑在家栋身上拳脚相加，嘴里还不干不净地骂道，你私藏琉璃的秘密被我发现了。你不给我五千块钱，我就去报告给魏怀仁！让他们把你的那条腿也打断！越说越愤怒的茂茂直至用双手卡住家栋的脖子，威逼家栋交钱消灾，否则就送他见阎王，口中还十分嚣张地低声威胁，反正我也不是第一回杀人了！你是要死要活？

这下子终于激怒了春妮，抄起家栋的拐杖，抡圆了向心心念念的亲生儿子的后腰砸了下去，茂茂一声惨叫，瘫倒在地，挣扎着想起来却已经办不到了。

事闹大了。春妮扶起了家栋回到了卧室，哭着说，家栋，俺春妮对不起你，这就是俺的命数到了。我去派出所报案，若不能回家了，你就靠着闺女吧……千万不能告诉釉亮和希希呀！说着春妮走出家门……

到了北张小山村，知青们怎么也没法子想象中国革命最重要的根据地，新中国成立二十多年了，还是如此缺吃少穿。

希希在给妈妈的信里说，村民们为什么总是问我们，你们北京的娃娃为甚来这山沟沟里和俺们老百姓抢粮食？

我们来的头半年是吃国家给的粮食补贴。希希耐心地给村民们解释政策。

那半年后呢？村民不紧不慢地问，你给俺娃的白面包，在你们北京只花一角钱，而俺一天苦挣苦熬的工钱也只能买一个，够给谁吃？俺们过年的白面馍馍根本吃不到正月十五，就要喝玉荄子糊糊了，你们怎么会知晓，俺海碗边边攃这箸子辣子酸菜，出了正月就没了呢？

釉亮在给爸爸的信中写道，村民们当着我们的面说，土改那年分了地，俺们高兴得天不亮就起来套上牲口去耕地，那狼呀，就蹲在地垄边边守着你。我们问，你们怕不怕？村民答，怕甚嘛！只顾着心里美呢！如今哪儿还能见到狼？如今哪儿还有当年正月里的"闹红火"嘛！釉亮在信中说，爸爸，我不明白，这话是怀念当年闹土改呢？还是发泄今天的牢骚呢？

给孩子们的回信，大多是由熙靖负责写。她叮嘱孩子们，村民们的话，不是牢骚，是他们对当年土改的美好回忆，是希望今天的日子快些好起来的强烈的美好愿望！你们既然到了他们身边了，就要踏踏实实地和当地农民一起，努力改变农村的落后面貌。农村需要你们。

春妮见熙靖写个没完，着急地凑上前来叮嘱道，你可一定要求他俩回北京过春节啊！

熙靖停下笔说，我不同意他俩回北京过春节。才去了几天嘛，来回一趟要花多少钱呀！倒不如留下来和当地的农民一起体验那里怎样过春节。

春妮生气了，你不写俺写！二人的往返车票俺掏钱，有甚难的嘛。

熙靖央求道，好，我的春妮姐姐哟！他俩既然去了农村，就该踏实地接受教育。这也是一种磨炼革命意志的好机会嘛！对他俩不是一件好事吗？当地的孩子们不是娘亲的娃吗？人家能活，咱家的孩子们就不能活？

春妮抹上眼泪了，道理俺也懂呀，可俺心里就是怕他俩熬不住，好钢不是也要慢慢锤磨嘛！熙靖妹子，要不，俺俩这样，让希希一个人回来？闺女家体格弱，也趁着回北京调养调养嘛。俺家釉亮壮实实得像个牛犊子，不锻炼将来怎么能撑家过日子？就这么定了吧？回头希希返乡时给釉亮多带点好吃的……

熙靖想了想说，这样吧，你的意思我照实写上。让孩子们自己决定吧，行不？

春妮满意地点点头。

孩子们回信了，还是决定他俩都不回北京了。因为离家的日子不到四个月，折腾不起啦，也省些钱吧。孩子们坚持表示留下来过春节。这封回信惹得春妮哭了一宿不说，自己立马张罗着给孩子们寄固体酱油、老北京肉末炸酱、王致和酱豆腐，她知道希希稀罕"江米条"、动物饼干，各样买上一斤……

熙靖劝说，咱们总不能给他俩寄一辈子吧。

希希不是你亲生的女儿吗？她是俺从小抱大的宝贝闺女！你既然不管俺娘俩的死活，还说这些没用的作甚嘛，你当你的佛，俺做俺的魔！春妮说着说着又抹眼泪了。

腊八那天晚饭，希希和釉亮给自己熬了半锅腊八粥，粥里的大黄米、红枣和各类杂豆都是村民们你一把我一捧给的。希希拿出了珍藏成石头般硬邦邦的红糖。二人喝得热乎乎满头热汗，舒服极了。

吃完饭，希希穿戴好说，我去翠红家学蒸馍，回来带给你满满一屉雪花白馍馍解馋！

釉亮说，等等我，外面下大雪，我去送送你。

大黑天，几步路也是要保证安全呀！

好吧，一起走。把门关好就行了，用不着锁门。

等到釉亮再开门时，吓了他一大跳，一位三十多岁的女人，带着一个大约是刚上小学的女孩儿站在希希宿舍灶旁跺着脚取暖呢，火炕上放着两个系在一起的手提包。见到釉亮回来了，女人上前微微屈身点头，满脸歉意地说，对不起，我们见房门开着就贸然打搅了。我和我女儿可以在你这儿暖和一会儿吗？

女儿走向前，高调门地说，是知青大哥哥吧，我叫迁珠儿，这是我的妈妈成老师。怎么称呼你？

你就叫我釉亮哥哥吧。

釉亮哥哥，我和妈妈一天没吃饭了，我看见锅里有腊八粥，能给我俩喝一碗吗？

啊，没问题。釉亮赶忙走上前，收拾小炕桌，从灶旁的水缸里舀水刷着碗说，这是我们刚刚用过的，粥还热乎呢。他边说边盛粥，边礼貌地邀请母女俩，快上炕坐吧，炕上暖和。他把两碗粥放在小炕桌上，又将红糖包打开说，加些红糖会更好喝。别客气。

二位客人连声道谢，成老师从提包里拿出一个铅笔盒，打开后拿出双乌木筷子和一只不锈钢小勺。迁珠儿看着妈妈问，我能加一勺红糖吗？

已经很好喝了。妈妈看着女儿的眼睛。

好吧。女儿答应着，眼神儿一直离不开红糖包。

釉亮上前拿起红糖包，放在案板上，用菜刀背儿砍了几下，又摆在了小炕桌上，打开纸包，给成老师和迁珠儿各撅了一大块儿红糖放在碗里，说，趁热吃。听口音也是北京人吧？

迁珠儿美极了，谢谢知青哥哥。我是兰州人。妈妈爸爸是北京人。

釉亮见成老师没搭腔儿，便也不再多问，我出去一会儿。你们看见了，锅里的粥足够你们喝，千万别客气。我去去就回来。釉亮走了。

迁珠儿很满足，妈妈，我再喝一点儿就喝饱了，浑身也暖和了。我能参观一下这里吗？

你看看可以，但不允许随便动人家的东西，记住了？

小女孩答应着，却向窑洞后面快步走去。她拿起了一个玩具高兴地向妈妈显摆，妈妈，知青哥哥怎么还像小孩子，喜欢小玩意儿？她举起手中亮晶晶的玩具给妈妈看。妈妈一把将她手里的玩具夺下来，不是刚刚跟你说过吗，不许随便动人家的东西，你怎么就是不听呢？迁珠儿有些委屈，眼泪在大大的眼睛里打转转。

希希推门进来了，后面是釉亮端着冒尖儿的一屉用白土布苫着还冒着热气的白馍馍跟进来。

希希热情地和迁珠儿打招呼，你好呀，漂亮的小姑娘！

迁珠儿一回头，不小心眼里的泪水甩了下来，她慌忙用小手抹了一把，还不忘给希希一个笑脸，你好，知青姐姐。我是迁珠儿。

迁珠儿，你叫我希希姐姐吧。你怎么啦？一定是什么东西迷了大眼睛吧。

不是的，希希姐姐。我又做错事了。成老师批评我呢。

没关系的，我们还小呢。

希希姐姐，你们都是大人了，为什么还玩小玩具呢？

什么小玩具？

你瞧，迁珠儿用小手指了指，桌子上的这个玩具。它叫什么？一个小人怎么骑在一只大鸟的背上呢？

哦，这个呀，它叫仙人骑凤。这里有个很值得我们动脑筋想一想的传说故事，你愿意听吗？哎，请稍等，你先告诉我，吃饱了吗？

小女孩胆怯忸怩地说，我还想吃半个白面馍馍。

希希扬了扬下巴，示意她问问妈妈。

可以吃半个吗？妈妈，我是不是有一年都没吃过白面馍馍了？我很馋的。

见妈妈点头，她高兴地拿起一个馍馍，认真地掰成两半，比了比，挑了那块大些的放回了屉里，然后，她在属于自己的那半块馍馍上咬了一小口，闭上眼睛细细咀嚼，一副很快乐、极享受的样子。这令希希扭过头不忍再看她，希希随手把大些的半个馍馍塞在了她妈妈的手里。

好了，希希姐姐，我真的吃饱了。爸爸曾经夸奖我是个爱思考的孩子，那你可不可以给我讲讲仙人骑凤的传说呢？

希希小声清清嗓子，说，这个传说故事发生在战国时期，齐国被燕国大将率领的五个国家联合起来的军队打败了，国君齐闵王率领的军队节节败退，被追赶到一条大河旁边，面前的河水波涛滚滚，身后的追兵喊杀阵阵，无路可逃的齐闵王拔出宝剑，仰天大叫，都怪朕不知休养生息，爱护子民，一味只想争夺天下，穷兵黩武，如今此般下场乃是天灭我也。我……齐闵王举起宝剑就要自刎，此刻天上忽然飞降下一只金色凤凰落在了齐闵王身边将他救起，骑在金凤凰身上的齐闵王逢凶化吉，迎来了新生……后来，修建故宫——这个世界独一无二的，金碧辉煌的宝殿建筑群的能工巧匠们，就把齐闵王逢凶化吉的故事搬到了宫殿檐头的最前端，寓意为吸取教训，努力改正错误，永不放弃奋斗，才会有绝处逢生的机会。

故事讲完了，希希看到迁珠儿的那双小手恭敬地将仙人骑凤贴在自己红扑扑的脸蛋儿上。闭上双眼，沉浸在属于自己的美丽童话世界里，大滴的眼泪像是断线的珍珠，亲吻了脸颊，抚摸了被寒风吹皱了的手背，顺势钻进了迁珠儿的衣袖藏了起来，由此留下的泪痕清晰绵长，暴露了即使珍珠断了线，也没有一颗想离开这个可爱的小主人……

希希慢慢向前，小心地调整了自己的身姿将小姑娘搂进了自己的怀里……温暖的窑洞，静寂无声……

成老师咽下最后一口馍，赶紧把女儿接过来，说，今天她太累了。

迁珠儿忽然努力睁开眼睛嘟囔，妈妈，您记住睡前一定要吃药啊……

希希赶紧收拾被褥，今晚我和你们一起睡。釉亮是我的好朋友，住隔壁。放心吧，这里很安全。

釉亮拿出脸盆，麻利地给成老师打好洗脸水，成老师，就在灶台上洗漱吧，外面太冷。他见希希安排好了小姑娘，说，你们先洗漱吧，我去去就来。

希希小心地问成老师，你们是来探望北京知青吗？他们早回北京了，我俩是自愿留下来的，就在这儿过年了。

成老师对答如流，没有丝毫犹豫地说，我们俩是打算去韩城坐火车的。

嘻，您迷路了，南辕北辙，韩城离我们这儿还有三十多里山路呢。这么大的雪，你们又不识路，明天我俩去送你们吧。

成老师惊喜地说，那太感谢了。

希希边收拾碗筷、小饭桌，便热情地说，不用谢，我俩也早想去韩城拜见太史公呢。

成老师小心谨慎地问，那……司马迁祠很远吗？我们……可不可以和你们一起去呢？

希希很爽快地答应，好啊！您先洗漱吧，刚才听迁珠儿提醒您吃药，您是病了吗？别着急，釉亮给您请医生去了。

成老师看看房门，又转眼盯看着希希，这样的表情，显然是没想到二位年轻人如此心细，她温柔迟缓地说，也没什么大碍，就是有些头晕，血压稍高些，出门时有些急，忘记带药了。

希希说，我们这里有些药，从北京带来的，不知道是不是有您需要的。希希把小药盒端过来，摆在了成老师面前，釉亮给您请的大夫是从省城医院下放来的内科主任，你放心好了。

大约十分钟后，釉亮敲门示意，跟他进来的还有个四十多岁背药箱的男大夫，趁着成老师看病的机会，希希拉釉亮出来，

釉亮说，我猜想，这对母女是逃出来的。

希希答，我也感觉到了。别怕，这年头逃出来的大多是好人。

釉亮没吱声，希希则催促他，我已经给你烧好热水了，快回去洗洗睡吧。明天我俩一起送送她们吧，大雪封山，三十多里山路，这娘俩怎么走啊。釉亮点点头。

大夫出来了，将处方交给了釉亮，血压有些高，按你的要求我把存货都给她开了。这年头，我也没什么好办法。釉亮连声道谢，跟着大夫走了。

第二天一大早，希希蹑手蹑脚地起床熬上半锅小米绿豆粥，再馏了几个白面馍馍算作早饭。她还把给她们娘俩准备路上吃的白馍馍、家里寄来的一小瓶王致和酱豆腐、一个拳头大小，春妮妈妈腌制的老芥菜疙瘩咸菜，还有一小袋村民们给她俩的陕西大团枣、柿饼之类的吃食儿作为给迁珠儿的点心了。希希围着窑洞到处寻摸，生怕还拉下了什么好吃的。啊！红糖！把这包都给了小妹妹吧。希希边嘟囔着边用手摸摸自己的小腹，别给我捣乱呀，算是本姑娘求求你啦。

成老师从后面轻轻地搂住希希的臂膀，不能再剥削你俩了。我们会在路上找吃的。

希希拉着成老师的手，说，出门难呀！还带着迁珠儿。成老师，您，一定要朝前走啊！一切都会好起来的。这话是我妈妈说的。当年她考上了北大历史系，因为家中变故没上成，太可惜啦。我更可惜，连高考的机会都没有了。但是，这一切都会变的，我妈妈说的，物极必反嘛！真的，您一定要相信我的话。

我相信你说的话！成老师眼含热泪说，我会记住在陕西我有两个亲人，一个是希希，另一个是釉亮。成老师说着将希希搂在了怀里。

吃完了早饭，整理好行装，釉亮说，我们出发吧。

希希姐姐，迁珠儿怯生生地拉住希希的手走到一边，伏在她耳边说，你能把这个仙人骑凤送给我吗？说着迁珠儿从衣兜里掏出了那只仙人骑凤，它说离不开我了。希希很为难地看了看釉亮，釉亮皱了皱眉头没说话。

迁珠儿，你又在搞什么鬼名堂？成老师在一旁提醒女儿，快背上你的

书包！

我央求希希姐姐把仙人骑凤送给我。我们太需要它了。

不可以！快还给姐姐，我们还要赶火车呢。

迁珠儿拉住希希的手不放，大眼睛一直盯看着希希。希希最怕别人这样乞求她，她只好用眼神求助釉亮，你倒是快说句话呀！釉亮也无奈地将眼神躲闪开。

成老师真的生气了，走过来从迁珠儿手里硬生生地掰开女儿的每一只手指，将仙人骑凤塞到希希手里，蹲下来对自己的女儿说，你应该知道，这是半年来对我们母女俩最好的人，比亲人还要亲的人，对吗？我们再提出什么要求是不是太过分了呢？

妈妈，我知道我错了……可是，我们俩，真的遇到了一条大河，波涛汹涌。我们俩真的飞不过去的。我们飞不过去，就会像齐闵王一样被后面的追兵抓住……妈妈，我不知道爸爸去哪儿了，我只能紧紧地抓住您了，不能再没有您了，妈妈！母女俩紧紧地抱在了一起。

希希蹲下来，把手中的仙人骑凤还给了迁珠儿，收好它吧，但愿它能给你们带来好运。

成老师坚决制止，不行。小小的人儿，怎么能把希望寄托一个传说故事呢？

希希流着泪说，迁珠儿一定是跟您出来很长时间了，我昨天看到了那个铅笔盒上面有个兰州大学的标记，我想，她能跟着您从兰州走到陕南是多么了不起呀！她不是迷信，她是将一个坚定的信念汇聚到这个仙人骑凤之中了。希望它能鼓舞自己跟着您走下去，尽管我不知道你们去向何方，但我和釉亮相信，你们母女二人一定永远是迎着阳光走的！对吗？成老师，请相信我和釉亮的祝福吧。希希搀扶成老师起来，又把那个仙人骑凤郑重地放在迁珠儿的内衣里。釉亮递过针线，希希一针一针地将衣兜缝严实，重新系好了每一个扣子。希希站起来。釉亮笑着说，我们出发吧！

四个人，一路上先是走了一段默默无语的路，但很快就转变成了说说笑笑两代人的集体，没感觉有多累就进了县城，中午时分了，釉亮找到城里唯一一家东方红饭馆，要了几碗臊子面，那时饭店的规矩是每碗面都要搭配一块玉米面饼子。釉亮都收归自己所有，从旁边的红旗副食店里买回了四包点心，留给了希希一包，其他的塞进了迁珠儿的书包里，还叮嘱道，如果遇到了坏人，你就用这些点心砸他们……

你不信？等你吃这些点心时就知道了……它们比石头还硬呢！哈哈哈……不过有它总比没有强，穷家富路嘛。有机会你到北京时我请你吃稻香村的点心，那才叫香呢！

吃饱喝好，釉亮提出带领他们直奔司马迁祠，成老师晃晃手中的车票，无奈的表情遗憾地说，时间来不及了。按我们一路走来的经验，我们想去的地方都是关门避客的。成老师把手中的一本书递到希希手中，这本书给你俩做个纪念吧。

希希接过书念道，《司马迁之人格与风格》。太好了！谢谢成老师。

成老师亲昵地搂着希希臂膀认真地说，他是我的大学老师李长之教授。这本书是他抗日战争时期写的。你们要多读读《史记》，以古鉴今，会使自己变得更通透聪明。成老师向前迈了一大步，一手拉着釉亮，一手拉着希希，说，希希，釉亮，前途茫茫，荆棘坎坷，不知道我们还能再见吗？此生遇上你们二位小朋友，是我全家人之大幸，祈愿再见为盼！成老师紧紧地抱着希希和釉亮依依不舍……

第十三章

回村的路上。釉亮捂着希希的小手，希希说，对不起，我没能保住你的那只仙人骑凤。

釉亮笑着说，不怪你，是我不好，我也是实在不忍心拒绝迁珠儿的请求。

希希认真表白，我也是啊。你没见到她的那双大眼睛，我是真的被她的眼神儿融化掉了，抵抗力彻底破防了。

釉亮说，妈妈给我那只仙人骑凤的时候，一再嘱咐我，这不是玩具，是信物，一定不能送人、不能丢失、不能搞坏喽！

信物？什么是信物？谁的信物？希希饶有兴趣地问。釉亮摇摇头，但立马告诉希希，我查过新华字典，信物就是作为凭证的物品。例如，定情信物。

哎呀！坏啦，那就是说，我把家栋爸爸给春妮妈妈的定情信物送给了迁珠儿！再说什么也晚了！定情信物是绝对不能搞丢的！丢了就是对爱情的背叛！我……

没事的！我向爸爸认错，他是不会训斥我们的。

回到村里天已大黑。釉亮开开门迈进去时像是感觉踩在什么东西上，打开手电一照，是个包裹单还有一封电报，顾不上点火做饭，釉亮着急忙慌拆开电报：母病速回。二人慌了神，再仔细查看，是熙靖发给希希的。这不可能！妈妈怎么啦？希希不相信，釉亮也不相信，直觉告诉他一定不正常，大概率不是天灾，一定是人祸。但这种想法不能轻易说出口，希希受不了的。它一定是比生病住院更可怕的人祸。

怎么办？希希问。

釉亮安慰希希说，不会有什么事的。明天我们下县城，设法给厂办公室打个长途问问。不会有事的，你要相信我。

煎熬了大半夜的希希和釉亮天蒙蒙亮出发了，五十里山路，比去韩城还远。到了县城，釉亮首先填写了长途电话申请单，再取出了包裹，剩下的就是耐心等待了。

大约半个小时后，电话终于来了，釉亮让希希在外面等他，自己挤进小小的通话间。

我是陕西啊！请帮我找郭秀花师傅听电话！釉亮大声向对方呼喊，他之所以找郭秀花接电话，除了厂办离烧窑车间最近以外，釉亮还有自己的考虑，秀花婶除了是个贫农出身以外，她的性格大大咧咧，说话冲，没人敢招惹。这点小忙他们会给秀花婶面子的。果然不一会的工夫，秀花婶就来了。

谁呀？一个从很远的地方飘来了微弱且不耐烦的声音。

秀花婶，我是釉亮，您好吗？釉亮大声喊道。

不知为什么秀花婶冷冷地不接茬儿了，釉亮生怕好容易等来的长途线路再断了线，紧着喂喂地求秀花婶子应答。

你有什么事，赶紧说。我正忙着呢！对方显然很不耐烦。

秀花婶，希希妈妈病了吗？您能告诉我们她住院了吗？又是一阵令人焦急的沉默。

我又没打电报，我不知道。你们要是想回家看看，就回来呗。咔嚓，电话挂断了。

见釉亮出来了，希希赶上前，怎么样？病重吗？

釉亮知道电话间是隔音的，他焦急地说，太远，电话根本听不清楚。

高柜台后的一个女生不高兴地接茬儿，说，白天这个时候，长途就是忙，听不清楚也是要交钱的。

在回家的路上，釉亮说，希希，明天我俩还要起大早再赶回县城，下午一点多的客车是能赶上的。我俩一起回北京。放心，不会有事的。

釉亮和希希回到北京，酸楚陌生感将他俩的头压得很低很低，一心只顾往家赶。进了村到了分手的岔路口，釉亮叮嘱希希，不管发生了什么事，半个小时后，我俩都要见一面。我去你家。希希似乎没听见，只有两脚怯生生，犹豫豫地朝家挪动……

七点半不到，釉亮就敲开了希希的家门。

熙靖显得很惊讶，担心说，希希说是去找你呀。怎么，走岔了？

熙靖妈妈，您怎么啦？病了吗？釉亮着急地追问。

谢谢你。我没病啊！

那……

熙靖焦急地掀起棉门帘，我真的没事，还是先找希希吧。

釉亮疑惑地退出来，跑着去找希希，到了他俩最初约会的那块巨大山石的后面，看见希希蜷缩在地上，釉亮叫她也不应，他抱起希希往家跑。

在妈妈的帮助下，给她喂了几勺蜂蜜水，希希醒了，抓住釉亮的手问，我到底是谁？为什么辰亮叔叔走了？秀花婶说我是私生女，那谁是我的亲生父母呢？为什么妈妈一声不吭？难道这一切都是真的？釉亮哥，你告诉我，你说呀！

春妮抱着希希，闺女，听干妈说，熙靖是你的亲妈妈，辰启是你的亲爸爸，你不是什么私生女，不能听他们胡诌八咧！傻妮子！希希从小最听干妈的话了，对不对？希希浅浅地笑了，乖乖地闭上眼睛像是睡着了。釉亮摸摸她的脉搏说，平稳了，睡着了。他立即帮助妈妈安置好床铺，他告诉妈妈，自从她接到了熙靖妈妈病重的电报后，就没睡过几分钟，希希心思重，总是说爸爸走了，魔鬼再不能夺走我的妈妈了。刚到陕西那阵子，倘若超过一周接不到熙靖妈妈的信，她就吃不下睡不着的。当初我就劝她留在北京，她又死活不肯。

熙靖进来了。春妮把釉亮支了出去，关上门，悄声问，你打的电报？

熙靖气愤地答道，我打什么电报呀！今天就是怪！我也不知怎么了，心里一个劲地惶惶地闹腾，我就回家拿药吃，到家我坐在辰启的遗像前，想着是不是他有什么话要嘱咐我。正纳闷呢，希希进家来了，可把我吓得不轻啊！

春妮直视熙靖的眼睛，那是谁在胡说？

熙靖有苦说不出，狠实实地想骂又张不开口，憋闷道，希希进家把我吓了一跳，还没容我说话，就又哭又闹的，可把我吓傻了！希希告诉我，她和釉亮岔路口分手后，正巧在我家大门口遇上了她秀花婶子。

春妮说，得，这场官司就对上了茬口，一准是秀花告诉希希的那些混账话。什么巧遇，秀花存心不憋好屁！当年，郭师傅老两口把我俩叫到他们家说，我们这样人家的闺女是不能嫁到辰启大掌柜家的呀！门不当户不对嘛！我家秀花没文化，心直口快的，还比辰亮大四岁。这也对不起大掌柜呀！您二位可说怎么办嘛！

看着郭师傅老两口，我俩也不知该怎么办，只好问秀花的态度。

郭师傅直拍大腿，秀花平时最听她妈的话，可如今就是看着辰亮好，非他不嫁！还……说她已经是……嘻！

我俩只好说，二位别着急，我们再找找辰亮，看他什么心思。

没等我俩找辰亮，辰亮主动找到我和家栋，表明不愿意和秀花成亲，爱着辰启的面子，没法子，硬着头皮娶了秀花。他嫌秀花没文化，说话办事粗鲁任性，两口子那点事，秀花要求又多又很霸道，稍有不顺心意的，就大吵大闹，说他外头有野女人。那时她话里话外、明里暗里戳点你，嫌弃你，骂辰亮就知道照你的模样逼她学文化。辰亮没在你面前说过关于秀花的一言半语的？

熙靖听春妮说的这些话，也明白了。她板着脸说，他从不敢说这些。因为，我从不给他说这些话的机会。春妮姐，你说怎么办？

要俺说，狠下一条心，凉拌！今后再有哪个不识趣的胡诌八咧，你张嘴就骂他们！

熙靖问春妮，说，辰亮不会出事吧？

你呀！你还惦记着他那个坏种！随他去吧。他难道工作都不要了？他就是没脸在这个老窑厂待下去啦！

釉亮进来了，向妈妈告秀花婶的状，妈妈，我在县城给家里打电话时，是请秀花婶接的，因为她离厂办最近。谁知秀花婶说话很怪气，态度很冷淡，爱答不理的。我问熙靖妈妈的病怎么样时，她却说，她又没打电报。这不是不打自招吗？还有，我俩回北京之前收到了辰亮叔叔给希希寄来的一个包裹，您说怪不怪，包裹里装的是辰亮叔叔在我们县城买的点心、饼干、柿饼、大枣什么的一大堆。就是说，辰亮叔叔到了我们县城。那……为什么不去北张村找我们？

釉亮看到妈妈和熙靖妈妈的短暂相视，心里有些纳闷。

春妮放下心来了，朝着釉亮说，我们知道了，你去吧。看好希希，我们大人家说会儿话。

釉亮问妈妈，辰亮叔叔怎么了？

春妮佯装生气，大人的事，你不要多问。好好看着希希，可不敢再出什么岔子啦。春妮推着釉亮出了西屋，返回身又进了自己住的东屋，给希希掖掖被角，又摸摸希希红红的粉嫩脸蛋儿，从心里向外洋溢着怜爱说，别说辰亮了，我都天天心里想念着希希闺女呢！

春妮回到堂屋，熙靖站起来对春妮说，我该回去了。告诉釉亮，我不能和你们一起过年了，让他过了"破五"就和希希一起回村吧。该带的东西，就由着你准备吧。

熙靖临走时想想还是到釉亮的西屋和他告别。

釉亮说，熙靖妈妈，您放心，我一定会照顾好希希的。您记着按时给希希写信就行了，她心重，总是惦记着您。

熙靖说，让我抱抱你。釉亮啊，你是大哥哥，熙靖妈妈相信你。你要帮我劝着希希，我们几个大人守家在业的，可不用你们瞎惦记。啊？我走了……

春妮拉着熙靖的手走到院子当中说，他毕竟是希希叔叔嘛，希希的来信你也该让他看看，你说呢？

熙靖没吱声走了。

这个年过得憋憋屈屈，孩子们也只见了家栋一面，书记、厂长、副厂长集中在一起学习《人民日报》社论，不准许回家过年。吃了"破五"的离家饺子，釉亮和希希又赶回了陕西北张村。

釉亮，年前辰亮叔叔到了咱们县城了，为什么不来看看我们？希希问。

你怎么知道的？

你看包裹布上的邮戳。寄出地点是县城，投递地点是库霸公社北张村。辰亮叔叔为什么不愿意来找我们？难道他不知道我特别想念他吗？

釉亮有些后悔，由于自己的疏忽没能及时丢掉那个包裹布，希希这么敏感，今后千万别再刺激她了。釉亮说，哎，你手里拿着谁的信？

希希知道釉亮是故意打岔的，生气地斜楞他一眼，说，是成老师从韩城火车站候车室发来的信，都是些感激的话。也不知道她们要去什么地方，只能祈祷母女俩顺利到达目的地吧。

一个月后，他们竟然收到了成老师从香港发来的信。除了问询他们的插队生活外，信中嘱咐他俩，有什么要求，可以向信中的地址回信。还说如果你们的地址变化了，请务必及时通知我，并一再强调她不能没有釉亮和希希这两位亲人。

北张小山村除了有六个北京插队知青外，还有一个下放到此地的某杂志编辑唐叔一家四口。釉亮和希希常去他家玩耍，还给他们送些北京的吃食，诸如，王致和的酱豆腐、老北京的肉末炸酱，或是固体酱油什么的。这也是他俩仅存的珍馐美馔了。熟稔后，他俩便能看到许多文学、哲学类的世界名著。在那个年代，这些书是不能轻易示人的，说明唐老师是信任他俩了。后来的日子，他俩遇到不懂的问题也有了现成的老师答疑解惑。寂寞清苦的插队生活开始变得充实有趣了。

唐老师说，现在是最适合读书和思考的时间，而最不适合的就是下什么结论。千万不要以为来农村是最凄惨的。你们来到中国的最底层，你们能看到最辽阔的、最真实的场景，由此能搭建起你们最坚实最为深刻的认知大厦。记住我的这句话，以后随着世界的不断转变，你们会越来越能体会到这句话的重要。

插队的第三个年头的五一节前夕，釉亮路过公社大门口时，听河南口音的两个人缠着办公室主任小宁要钱。小宁也是北张村人，他俩很熟悉。釉亮上前一打听原来是河南人给公社画了两幅画像，而河南人说是家中有急事想赶快结账回家。而小宁说，事先谈妥的画四幅嘛，还差一半呢，任务没完成怎么就走？

釉亮插话说，这事好办，剩下的我帮你完成就行啦。

小宁疑惑，你会画画？这可是公社党委布置下的重大任务。

釉亮打包票说，没问题。

给河南人结完账，宁主任带釉亮到会议室看绘画现场。

当蒙在画像上的红绸布掀下来的时候，釉亮惊呆了，怎么画成了这样子，你们被骗了！宁主任凑前一看，拔腿就要追，釉亮拦住，算了，早跑没影了。

怎么办？宁主任急得抓耳挠腮。

釉亮看看桌子上的颜料，说，颜料也没剩下什么了。

釉亮，你真的会画画？我刚刚提拔到办公室主任岗位，可开不得半点玩笑呀！

宁哥，没那么严重，放心吧。小宁主任急得磨磨叨叨出去了，不一会儿，一手端着一碗猪肉白菜粉条烩菜，另一只手中的筷子串着三个白馍馍进来，你别回村了，吃完饭就开工吧。我立即下县城买颜料。

也行。釉亮列了个单子递给宁主任，他像是抓住了救命稻草坐着 212 吉普向县城飞奔而去。

釉亮笑笑自语道，该看我的了！

从小在孝存的工作室玩耍长大的釉亮，其绘画天赋深得孝存欣赏，勤奋和专注让釉亮进步很快。孝存还专程携带着釉亮的习作找到工艺美术学院的老师帮忙制定培养计划。美院老师找来了一摞学生教材。当时的社会环境给予了釉亮更多的时间沉浸在他的艺术追求之中。孝存近乎苛刻的治学要求，更是塑造了釉亮的严谨与刻苦。

釉亮匆匆吃完饭立即投入工作中，待到宁主任从县城回来，看到画像时，他呆呆地激动不已，釉亮老弟，我害了"雀蒙眼"，看不见眼前的大才子呀！你听着，明日就到我这里上班。你的任务重着呢！

晚上回到村子里，釉亮立即对希希说，你还是尽快回北京吧。

希希很高兴地说，好啊！明天就走怎么样？

釉亮很是惊讶地问，你怎么知道的？

希希走过来摸摸釉亮的脑门儿，你高烧九十九度，都传染给我了呗！

釉亮恍然大悟，拉她坐下说，按照政策，你就不该来。你为了我，还是来了，表现得也很坚强。尤其是这次不明电报的事儿，对你的打击很大，但你的表现令我敬佩，我都看在了眼里。你也知道，咱村里的插队知青走了一半了，也该轮到咱俩了。但我们不能留在这里安家，要回北京，你懂吗？

希希笑着轻轻摇摇头，还是高烧不退呀！回北京？那是你说回就能回的？我们若能先出去工作才是最要紧的。

釉亮拨浪鼓似的摇摇头，我们一定要回北京工作，做我们想做的事！釉亮把今天在公社办公室的奇遇讲了一遍，我的绘画水平，令宁主任惊叹，当然他不懂画，但他偷偷告诉我，陕西美术学院正在县城招收工农兵大学生，他已经向县知青办公室推荐了我。

你怎么知道？

他打电话时我就在旁边的会议室画画呢。希希，听我说，一种可能，我被美术学院录取了。我走了，你怎么办？另一种可能，你我明天就收到了招工指标，我俩都飞出了农村，去县城或是西安吃起了商品粮。北京老家儿们，怎么办？你不了解，有了工作以后，你就是国家的公职人员了，那时，你要想调回北京比登天还难！而现在，有政策规定，你是属于只有一个孩子的那种家庭，家长无人照看的特殊高中毕业生，而国家政策规定你是可以给予照顾的人，可以名正言顺地留在北京工作的。这样的好机会我们不能轻易放弃！你回北京了，剩下我自己就好办了。我一定能闯出去，到北京找你。

希希呆呆地看着釉亮，半晌才说，你什么时候会想到这么周到、神奇？

唐老师不是要我们学会读书思考吗？这就是我思考的结果。听我的话，希希。我们的机遇来了！激动的釉亮头一次主动把希希紧紧地搂在了怀里。希希也闭上双眼，幸福地迎接釉亮的蛮力，希希被挤压而窒息、而激动，她第一次感觉到浑身的燥热和澎湃。突然，他们俩像是被电击了一样，双方不由自主地弹击开来，老老实实地并肩坐在了炕头上说不出话来。

釉亮很愧疚地说，对不起，我妈妈和熙靖妈妈对我们是有约法三章的。

希希低下头，小声说，你说得对。我们是有思考有理智的聪明人，不该做出这种勾当。希希谴责自己。

都怪我。我们是人，不是毛驴儿，也不是猪。釉亮主动承担责任。

不，都怪我，我是女孩子，应该懂得自尊自爱的，不是又傻又瘦的毛猴子。可是……刚才……你的拥抱，我，突然感觉，真的很温暖！真的很有力！我心里，莫名地很膨胀，很激动，感觉美极了！像飘飘飘呀，升上了天空！真的……可是……不能怪我们呀，我们从小就在一起玩耍打闹嘛，只知道傻乐呵，也没有什么另样感觉呀……今天是怎么啦……

不能怪我们，因为，我们终于长大了，是成年人了……我们可以有真爱了，但更应该有理智了，你说呢？釉亮起来靠墙站在希希对面，十分庄重地表示，我觉得，我俩抱抱总还是可以的。你看保尔·柯察金和冬妮娅，那是多么纯洁的爱情。

希希则带有批判的语气说，只是后来他们的爱情观价值观不一样了，分道扬镳了。我们俩……

釉亮忽地站在了希希面前，大声说，你和我都不会做冬妮娅那样的人！我俩的爱情观是忠贞健康的，这毫无疑问！我米釉亮一生挚爱希希你一人！

希希有些害羞，但终于有恃无恐道，那……釉亮哥，你再抱抱我，好吗？

釉亮认真严肃地张开双臂，我同意！

事情发展的结果是这样的：在小宁主任的帮助下，希希竭尽全力办齐了回北京的所有手续。

二人正准备庆祝釉亮被美术学院录取的好消息时，孝存师傅推门进来了，吓了他俩一大跳，以为又出了什么紧急状况呢！孝存师傅直言不讳地说，我是带着使命来的。你俩听好了，熙靖厂长明年就退休了，过不了两年，我和家栋厂长也该退休了，琉璃这个班非你们来接不可。我们要做琉璃世家，因为琉璃已经是我们家族每个成员生命中不可缺少的一部分，是心脏的每一下跳动。况且熙靖妈妈需要你们赡养、陪护。

希希有些不高兴，提醒孝存叔叔，您不能落下春妮妈妈，她也是需要我们赡养和陪伴的。

孝存眼神游移不定，敷衍道，啊……那当然了！我刚才没说清楚吗？

希希很不高兴地说，您就是没说清楚嘛。

孝存似乎是猛然觉醒了，赶紧拍拍脑门儿，自嘲道，嘻！你们看，我这不是真的老了？离不开你们啦！釉亮，听师傅的话，你也一定要想办法办回北京。

釉亮郑重地面对师傅，点点头。

孝存掏出一枚信封，递给釉亮，有你俩的承诺，我算是完成了任务，至于你们俩想什么法子能回北京，我们几个大人实在没章法，我们只是听说有个别知青办了回去，就到处托人打听，也不知道其中的子丑寅卯，就看你俩的本事和运气啦。再有，我是偷偷赶过来的，必须尽快回去复命。这个信封里是钱和全国通用粮票。

釉亮和希希也不敢挽留，只能当天依依不舍地送走了孝存师傅。

釉亮知道孝存师傅从不干涉自己的生活，但他这次提出的理由釉亮无法拒绝。他跑到县城，当着美院招生老师的面深深鞠了一躬，道了声对不起，斩断了自己朝思暮想的渴望。然后，又找小宁主任帮忙，在县医院开了一张疾病证明书，宁主任陪着釉亮去县知青办开具了"退回原籍批准书"：

因该知青身患疾病较为严重，无法继续适应插队生活，经研究决定：退回原籍。

县知青办（公章）

1971 年 1 月 20 日

二人终于有机会一起回到阔别四年的北京老家。

就在釉亮和希希他俩准备启程之际，收到了一封来自加拿大的信函，这是成老师的来信，说他们一家人已定居在加拿大多伦多了。除了简单地介绍自己的生活外，她殷切地期望他俩能够来加拿大旅游。希希十分惊喜，也十分困惑，成老师到底在做什么工作？怎么总是在搬家？她当然对成老师的盛情邀请感知到了真诚，然而谈到旅游，他俩觉得那是天方夜谭、太不可思议的奢侈了。

"我俩是无法游过太平洋的呀！"希希和釉亮几乎同时想到了这么句奇特搞笑的幽默。

成老师的来信还说，你们俩都很优秀，一定会很快走出农村的。我曾说过，我会送你们一份礼物的，也是你们渴望得到的。请一定要收下……

成老师来信的末尾附了一个地址、电话和人名，并嘱咐釉亮和希希按照她的要求尽快悄悄办好，不要声张，并及时回复她。

看完来信，二人面面相觑。什么礼物？釉亮问。

我也不知道。希希答。

那为什么说是我们渴望得到的？

希希慢慢回忆起来，和成老师临分别的那天晚上，我俩都睡不着，索性天南海北地聊了起来，她问起那个仙人骑凤是不是很珍贵，我想一定是我俩舍不得仙人骑凤的态度引起了成老师的注意，忙说，您别多心，我们的父母都在琉璃老窑厂工作，这个手把件，是他们给客户的小礼品。我还向成老师介绍了琉璃工艺品，她很感兴趣……哎，对了！成老师当时提出的一些琉璃的专业问题，我有些招架不住，就提到家栋爸爸是琉璃专家，还有收藏琉璃制品的嗜好，她显得很惊讶，说了句太可惜了。我问什么太可惜了？她笑了笑，没什么，如果早认识了你们俩就好了，相见恨晚呀。希希，我真的希望有机会能送你俩一些礼物，只是不知道还有没有这个机会了……

釉亮很认真地听完了希希的回忆，他想了想，说，那……可不可以这样延伸思考，成老师也在收藏琉璃瓦件呢？如果是这样的话，那份礼物就是琉璃瓦件的珍品。这些收藏她又不能带出国，寄放在什么地方了，听到你说我爸爸收藏琉璃的嗜好，于是，成老师借此机会想把她的收藏作为礼物送给我俩……如果我们的猜测正确的话……我想，如果是一般的琉璃瓦件什么的收藏品，成老师一定知道家栋爸爸也会有，不稀奇的……

希希接过话茬儿，那就是说，一定是成老师认为的琉璃珍品。

釉亮大喜过望，坚定地说，这么说，咱们分析得完全正确。宜早不宜迟，我们明天就出发吧！

从兰州大学满载而归的希希、釉亮就要登上东归的绿皮客车了，因为发往境外的信函是需要亲自到县城邮局投寄的。二人先来到县邮局办理寄信手续，递给营业员之前希希亲吻了信件，又递给了釉亮，说，我们需要这个庄重的仪式感，因为这是我俩在陕西发出的最后一封信。我俩之所以能够离开这里，一定有成老师给予我们最诚挚的祝福。

釉亮点头同意，也亲吻了即将跨越太平洋的那封薄薄的信函。

第十四章

回到北京的釉亮一进家门就叫嚷，妈妈，我们真想吃红烧肉！馋死我们啦！

冷清的家里没人对他们的归来有很强烈的敏感的反应。釉亮头一眼看到了拄着拐的爸爸，丢下行李抱住了忽然变苍老了的父亲，怎么回事？妈妈呢？

妹妹过来小心地拉着釉亮哥哥的手，只顾着流泪。

家栋拍拍女儿的肩头，别愣着，没什么大不了的，快坐下说话，给哥哥倒杯茶。

家栋平静地讲述半年前家中突然闯进来的那个茂茂。

釉亮听到妈妈失手打瘫了茂茂，义愤填膺，打死他都活该！我妈妈干吗去自首？后来呢？

派出所所长听完妈妈的叙述……妹妹接过话茬儿，说，他们派出所也收到了"警情通报"，讲到了那个茂茂是背负了人命官司潜逃到咱家的，他们正准备调整警力去咱家呢，正巧赶上了妈妈来自首报案。警察立即到了咱家进行了确认，并做了口供记录。对妈妈没做关押处理，只说是回去和上级领导请示研究后通知我们。同时也要求妈妈看管好茂茂，包括妈妈本人都是不能离开村子的，也不要出远门……等他们的消息。后来……谁也不曾料到，那事发生的第三天，一大早我起床做早饭时，见妈妈和茂茂挤在那张小床上还睡着，我也没敢打扰。等我摆好了早饭去请妈妈时，才发现她和茂茂都……我赶忙叫来爸爸，爸爸发现妈妈手中拿着一封信。妹妹说着站起来，从抽屉里拿出了折叠整齐的一张横格纸交给了釉亮，信上说：

家栋，俺走了。认识你，爱上你是俺春妮这辈子最大的福分。可是，俺万万没想到，日思夜想的儿子竟是一个来向俺讨债的催命鬼。这也许就是俺春妮的命数吧。

打瘫他，俺不后悔。因为他发现了你的藏宝洞，威胁俺给他更多的钱，否则，他就会把这个秘密告诉给隗怀仁他们！俺不能因为这个恶魔毁了你一生的心血，毁了俺的全家！

俺走了。家栋，俺纵有对你、对釉亮、对希希、对女儿的万般不舍，俺也只能来世再做你的妻子、做孩子们的妈妈了。茂茂有命案在身，他不会再有明天了。俺作为他的妈妈没有尽到教养他的义务，那就让俺带走茂茂吧，他毕竟是俺的骨血啊，那般漫漫长夜路，他一个瘫子可怎么爬得了呢……

家栋，若是真有那一天，你的琉璃博物馆建成了，可别忘了告诉俺一声，俺多想再看到你那张笑脸啊！那是天底下最好看的一张笑脸！

春妮绝笔于黎明

釉亮"扑通"跪在了春妮的遗像前，一声声哭喊着，妈妈，妈妈呀！边哭边给春妮磕头。

家栋拄着拐将釉亮搀扶起来。

熙靖进屋来了，递给希希和釉亮每人三炷香，希希、釉亮站起给春妮妈妈恭敬地上了三炷香。

孩子们止住哭，坐在椅子上，家栋说，你们记住了妈妈离开我们的那一刻吗？

釉亮说，记住了，黎明时刻。

对！天就要亮了！记住，你们的妈妈是个大英雄！

今后的日子里没有了妈妈，真是塌了半边天，家里少了温馨，少了欢笑。可生活总还是要向前走。釉亮将从兰州大学拿回来的礼物悄没声地放在了西屋的床底下，他一提起琉璃藏品，心里就有阵痛和滴血的感觉，他想爸爸更是如此，从此的岁月里，他和希希都再也没提起成老师给爸爸的那些琉璃藏品。

釉亮和希希赶上了好机会。琉璃老窑厂十年不招工了，青黄不接的现象已经严重影响到了生产。他俩回家之日，正巧老窑厂的招工计划批准之时，算是给他们俩的见面礼物吧。

釉亮和希希回来后的头等大事就是结婚了。因为肖书记、郭师傅老两口都仙逝了，又是比较特殊的时期，婚宴只是家里人。这之前希希他俩去了秀花婶子家，婶子虽然请他俩进了屋，但表情却是很淡漠。希希说明了来意，釉亮双手恭恭敬敬地递过来请柬。婶子也没接，而是客气地借故回绝了。

希希问，辰亮叔叔不在家吗？

秀花婶子拿起扫帚准备扫地的架势说，出门了。

他俩扫兴地回到家。希希偷偷将妈妈拉进了婚房，急切地问，辰亮叔叔到底怎么啦？我们插队时他还去过我们县城呢，还给我买了一大堆好吃的，就是没到我们北张村子，难道就是那次出了门后就一直没有消息吗？

妈妈点点头。

希希生气地扭身背对着妈妈。妈妈起身走到门口，说，我们还是先不要提他吧。过些时候，妈妈再慢慢讲给你听，好吗？来吧，大家都等着咱俩呢。

婚宴就设在堂屋。釉亮第一杯酒敬给春妮妈妈和已故的长辈。第二杯酒敬家栋父亲和熙靖妈妈、孝存师傅。

釉亮说，一想到自己要和孝存师傅一起享受制作琉璃的幸福时，心里很是欣慰。

家栋说，你被分配到搅泥粉碎车间。

釉亮有些发蒙。

孝存对他说，从原料开始学起吧。你有天赋，但不能因此刻意讨巧，扎实走好琉璃工艺的每一步，容不得半点虚假。这是我们的期待。

在师傅面前釉亮是不敢违逆的。其中的道理也不难懂，但要做到自悟自觉，且从第一步就要走得扎实有力，并立誓走到底是不容易的。

希希的工作被定在孝存的制模室学徒，自打认识了唐老师，希希的业余时间几乎都花费在跟着唐老师自学日语和对抗日战争的研究中。她是那个时期的青年人读书学习的强烈愿望潮流中的少数先行者，她越来越像熙靖妈妈——也是蔫有准儿的女人——她要直接报考研究生，只是不愿声张而已。

长辈们对希希没有过高的期许，而熙靖却心里有数，她自己被陈旧的礼教、观念压制束缚，她体会到了，那股力量太过强悍，它是能将一艘大轮船截成两半的涌浪一样向熙靖压来，而熙靖过于渺小、无力。但今天，女儿不可以像她被迫走一样的路。希希绝对不能重蹈自己的覆辙，况且熙靖坚定地认为，女儿是生长在一个全新的奋进时代……

釉亮突然端起酒杯站起来，说，我妈妈曾说过，郭师傅老两口是离佛最近的人！

孝存师傅说，这句话说得真好！我们几位长辈都举双手赞同。来，大家端起杯，一起敬我们的好兄长辰启大掌柜、肖书记、郭师傅大哥和师娘！

希希情绪低落，自己很伤感地举起杯中酒说，我很想念辰亮叔叔。说完自己干了杯中酒，我可以这么说吗？希希用眼神询问妈妈和家栋爸爸。他俩绷着脸没做什么表态。她不明白自己和釉亮不在的这几年家里到底都发生了多少变故呀！

孝存叔叔及时站起来，端起酒杯揽过了话茬儿，来，我敬这对金童玉女百年好合！大家也都举起杯，一饮而尽。孝存又给大家斟满了酒。他端着酒杯说，每逢佳节倍思亲。在今天大喜的日子里，我想大掌柜了。我想对他说，要是没辰启兄长，你米家栋不可能有收藏琉璃的机会呀！我李孝存也不会有今天！我提议，大家再次举杯，祝愿长兄辰启大掌柜在天之灵永远护佑我们吧！说完孝存带领大家恭敬地将杯中酒围着圆桌慢慢地洒了一周，孝存重新给每个人再斟满了酒。

釉亮站起说，我想求证一件事，我妈妈曾在给我们的信中说过，郭师傅老两口为了秀花婶子和辰亮叔叔的婚姻操碎了心，还总是觉得对不起辰启大掌柜，也对不住熙靖妈妈，在老哥几个面前也始终抬不起头来，这件事是真的吗？是不是就因此而使那两位老人早逝了十年？

孝存师傅站起来，我做证，这是真的！在你们插队的第二年冬天，老两口没差出三天的工夫，先后离世了。真是让人唏嘘不已、无法释怀啊！但是我可以负责任地对你说，郭师傅在一次十分重要的场合，表现了一位老琉璃匠人光明磊落的高尚情怀！孝存说完高举起酒杯，用嘶哑的嗓音高喊，郭师傅！孝存敬佩您！他说完喝干净杯中酒，给天堂上的郭师傅跪下了，双手扶在桌边痛哭起来。

家栋也有些喝高了，晃晃悠悠站起身，对釉亮说，论烧窑的本事，没人能顶得上你秀花婶子，只是国家始终也没个工人职称的评定标准。这不对呀！大学的教师有、医院的大夫有、工厂企业的技术人员也有。这不公平嘛！不提这个了，我想说的是，在婚姻大事上，你秀花婶子是个糊涂人！她对不起自己的爹娘啊！好糊涂的闺女啊……

熙靖站起来，扶着醉了的家栋坐下，嗔怪道，你也是好糊涂啊！今天的日子口儿，你就不能说些好听的？糟心的话，过些日子再提不成？

……

嘻！这婚宴酒喝得呀……

第二天一大早，秀花跑到家里找到家栋，家栋皱着眉头还没张口，秀花扑通跪在地上，哭着哀求，家栋厂长，秀花请您原谅来了。

家栋一听不在意地说，婚礼没来，说明你有事来不了。有什么错？

秀花说，家栋叔，今儿我就是来说实话的。自打我和辰亮好上了，爸妈就一再劝我离辰亮远点，说他靠不住。我问，您二老怎么知道呢？爸爸又打岔到"门不当户不对"上来了。我没文化脑子转得也慢，觉得这都啥时代啦，更听不进去呀。爸妈也没法子，才坐下了心病，老俩临走时才对我说了实话，当年就是辰亮勾结洋灰大桥炮楼里的本田少佐，逼迫辰启交出琉璃秘方的，正是辰亮趁机暗地里栽赃辰启大掌柜。我联想他和我结婚后的日子里，平时没少骂大掌柜抢了他辰亮家的财产，我还劝他都是一家人，何必闹不团结呢！谁知后来，辰亮以为机会到了，趁机鼓动钱富水陷害熙靖嫂子，这可把我吓坏了。我反复劝他、敲打他，别再惹祸啦，你是不打算在老窑厂混了吗？家栋厂长，我知道辰亮伤害了你和熙靖嫂子，那是他的不对，也害得我没脸参加釉亮和希希的婚礼。我也不是个东西，不懂好赖……你不知道，我曾接过釉亮从陕西打来的长途电话，我……我给挂了……那份电报是我偷偷以熙靖嫂子的名义打的。我当时心里憋屈，把火都撒到孩子们的身上了。我不是个人！我不是人啊！

家栋问，希希是私生女的话是谁说的？

秀花一副嗫嚅、吞吞吐吐的样子，最后双手猛然拍地，还不是辰亮那个死鬼说的！我哪儿懂得那些事？

　　你呀！家栋叹了口气，犹豫了片刻，还是批评秀花道，你光是对不起希希小两口吗？你对得起熙靖吗？你更对不起辰启大掌柜，对不起你家三代人和辰启家的交情啊！你和辰亮的婚姻出岔子，你也有一半的责任。你摔了跤，不是怨恨天下雨，就是埋怨地有泥，怎么就不想想那是你爸你妈在救你呀！你这一折腾，折了郭师傅老两口十年的阳寿啊！说到动情处家栋的声音也颤抖得令人无不动容。

第十五章

没消停两天，秀花黑着脸又来找家栋来了，还带着一个五六岁的小男孩儿。

家栋问，这个男孩儿是谁？

虎头虎脑的小男孩儿毫不怯场，向前一步自报家门，我是小宝，我快吃蛋糕啦。

家栋笑着摸摸小宝的脸蛋儿说，我猜你该过六周岁的生日了吧？

伯伯，您真聪明！

家栋问，那你从哪儿来呀？

我是河北霸县的小宝。我叔叔是琉璃厂的甄厂长。

家栋认真地问，啊，还有假厂长吗？

小宝开心地呵呵笑了，我说的不是真假的假，也不是西贝贾的贾，小宝姓甄。西土瓦的甄，红楼梦里的甄士隐的甄！他是个好人，但和贾宝玉的命运一样不好呀。不提他们了，我花妈妈有正事要说呢！

秀花不说话，从衣兜里掏出一封信，递给家栋。

家栋接过信，看了看信封，这是招商局臧局长的信啊，怎么？

您打开看看呀。秀花催促道，这是从衣柜里的一个布包里翻出来的。

家栋打开信认真读了一遍，脸色沉重了，说，写信的是去年来的日本两口子吗？说是给家乡投资来的，这个臧局长还来找釉亮说是要求我们还给日本人什么琉璃烛台。岂有此理！后来那俩人为什么偷偷溜回了日本？那是心中有鬼吧！怎么，辰亮和这事有牵连？您先说辰亮给您送过来一提包琉璃老物件吗？

家栋摇摇头。

秀花一拍大腿，自我发狠道，我就说辰亮又装神弄鬼嘛！我真的不认识他了！

怎么啦？

辰亮前些日子不是请病假出去躲了一阵子吗？那是我出的主意，我怕他再和钱富水、魏怀仁他们裹在一起惹祸，担心今后真的没法子在老窑厂混下去了……前两天他回来了，回来时，看见他提着一个手提包，我问，这是什么？辰亮说是琉璃老物件。我听了还夸奖他是有心人呢！我说赶明儿咱们去见家栋厂长时，送这大礼最合适了。可第二天我俩要去您那儿时，他却说先别拿提包，他还没想好呢。等我昨儿下班回家时那提包琉璃老物件不见了。我问，那提包呢？他说是送去了。我还以为他给您送过来了呢。那提包琉璃一准又送给那个姓臧的啦！他呀，整个臧局的马前卒、跟屁虫！

家栋听了秀花一席话，知道辰亮越走越远了。他还想到前几个月，他曾在家门口见到过一封信，信是从辽宁沈阳寄来的，信中要求他必须立即将发光琉璃黄金龙烛台妥善寄到此地址，不得报警。否则，小心会少了身体一个会跳动的老物件！家栋、熙靖他俩和孩子们商量立即报了警。经查，地址是假的。这大概是一次试探性的威胁。这次恐怕更要重视起来了。于是，家栋问秀花，辰亮这趟出门，他都去哪儿了？

我没来得及细打听呢。但他肯定去过沈阳故宫，他说过，那一提包琉璃老物件就是从那儿搞来的。

秀花，你是个爱干净的人，你给他换洗衣物时，没发现有车票吗？

您真是个心细的人。我也正想着查查辰亮都到了哪里。你看，秀花从兜里掏出了一把车票，我把他放在书包里的一堆车票都拿来了，汽车、火车都有，您看……

家栋很快找到了两张一去一返沈阳的火车票。果然，从时间上可以看出，辰亮到达沈阳的第二天，正是那封威胁信函邮戳显示的当天。

家栋厂长，还有事呢！您记得那年，您为配不出民族文化宫外墙设计要求的孔雀蓝着急的事？您看，秀花拿出一张写有字的纸递给家栋。

家栋一看便惊讶道，这是釉料的配方，你从什么地方搞到的？

我给小宝换洗衣服时，发现小宝的内衣兜是用黑线缝着的。小宝说，是辰亮爸爸缝上的。

那这个小宝又是怎么回事？

这个小宝的爸爸，上个月突发心脏病走了，他的妈妈一年前和他爸爸离婚去了广州。而辰亮特别喜欢这个小宝，他想着能不能收养小宝呢。

嗯，这个主意能行吗？家栋琢磨着秀花该走这一步了。

秀花高兴地说，你也是这个意见吗？

家栋提醒道，你也该有个孩子啦！不过，收养是需要条件的。辰亮没在当地打听打听？

打听啦！秀花眉飞色舞地说，那时的辰亮正在当地的琉璃瓦厂打工，他跟我说，他这两把刷子成了厂长的红人，厂长说让他留下来给他当副厂长呢！他也有心留下来，就答应厂长回家和我商量。回到家，他又不想回那个琉璃瓦厂，说是太想家了！

家栋问，小宝家有至亲家属吗？

没有。亲戚也没人愿意收养他。

那就回去求那个瓦厂厂长帮帮忙，把正规手续办下来才成啊。

秀花说，我也是这个意见。

家栋忽然关心地问，你俩早餐还没吃呢吧？

小宝说，我和妈妈都没吃呢，妈妈说先办重要的事。

家栋批评秀花，孩子才是最重要的事嘛。我这里有牛奶、鸡蛋、馒头，你先给小宝操持早饭吧，吃完饭再说别的。

秀花说，好吧。

小宝却说，我吃饼干就行，说完自己跑向卫生间去洗手。

秀花麻利地把早餐做好，安排小宝在厨房吃，自己则出来继续说她要紧的事。

家栋说，这是配孔雀蓝的秘方，秀花，辰亮那儿你怎么交代？

您放心吧。我找了一张类似的纸，泡湿了揉成了一个纸球，放在了小宝衣兜里，再用黑线重新缝好。这就是个事故呗，那能怎么办？

家栋笑道，你真聪明，好样的！

您可别夸我。我秀花是爸妈最疼爱的闺女，我更知道辰亮做那种事的斤两有多重。我不能因为他而背叛爹娘、背叛琉璃的祖师们！秀花往东屋瞅了瞅，又往西屋瞄了一眼问，厂长，嫂子和希希出门了？

家栋顺嘴说了句，他俩逛商场去了。

您怎么不和她们一起去呢？

家栋没吱声。

秀花忙说，对不起，我忘了您的腿脚不方便……厂长，辰亮去办小宝的收养手续去了。我昨天带着小宝去祭拜姥爷姥姥的时候，看见了熙靖嫂子和希希送的花环才这么问的……我以为……她俩，还生我的气，不愿意见我呢……

家栋不满地说，胡思乱想！这可能吗？都是一家人！

秀花惊喜地问，真的还是一家人？

家栋郑重地点点头说，你只要认可辰启永远是咱们这个大家族的大掌柜，我们就永远是一家人！大家都十分欣赏你的烧窑的本领呢！

秀花噙着泪花说，您这么一说，我心里的冰坨子算是彻底融化了！

家栋催促，你也快去吃早餐吧。

我不饿。我还有重要的事没说完呢！秀花说着又从书包里拿出一个做工精良的黄色纸筒递给家栋。

家栋惊喜异常，双手发抖地接了过来说，这是同治皇帝给老窑厂的一道圣旨，晋封辰启家的老太爷为工部营缮司琉璃局五品督造官，顶戴花翎可世袭罔替。家栋急忙问道，不是听说被撕成纸条了吗？

撕没撕成纸条我不知道，我是在辰亮藏的那个包裹里发现的。这一定是辰亮偷偷拿回家，想据为己有的证据。

这个文物太重要了！这个是国家的重要档案资料，谁也不能私自占有！

秀花问，厂长，你不是在搞琉璃博物馆吗？

家栋斩钉截铁地说，这件文物首先要在故宫博物院注册登记，属国家所有，然后才是考虑看能否仿制一份给我们留存展览。你交给我吧，我正有事要去故宫博物院呢！倘若辰亮回来问起，你就实话实说。

秀花面有疑惑、迟迟疑疑地问，这不能，算是他犯有贪污罪吧？

家栋说，这要感激你的义举行为挽救了他。

秀花松了一口气，这我就放心了。小宝，你还没吃完吗？该妈妈吃了。

小宝从厨房出来手里还拿着一块饼干，说，妈妈吃饭吧。我和伯伯说会儿话。

晚饭后，希希坐在写字台前整理采访笔记，回来晚了的釉亮，端着饭碗进来，随手小心关上房门，明晚，给妈妈开个小型聚餐会，如何？蛋糕我都订好了。

希希笔停，却不抬头道，庆生还是添堵？

釉亮坐在希希旁说，当然是庆生啦。

希希转脸歪着头，挑衅的口气问，是庆贺釉亮哥终于坐上了正厂长的宝座？

什么意思？添堵，给我？

希希无奈地点点头，好几天了，你愣是没瞧出来？

熙靖妈妈光荣退休，这不好吗？

听说你最近提出建一座素烧隧道窑？作过评估吗？

有釉烧隧道窑现成的成功案例，这还不简单吗？

希希正面对着釉亮严肃地问，那你和妈妈商量过吗？

当然要商量了。这不仅仅是上下级的关系，就是作为老上级、老同事我也要请示、征求意见呀！

妈妈不同意，是吗？你就排除异议，准备独自勇往直前了。

这不是和釉烧隧道窑一样的吗？

爸爸的意见呢？

爸爸一心钻进了书稿里啦。这样的大事他连听都不想听。

看来你是要用鹅卵石孵出小鸡啦？

熙靖和家栋进来了，默不作声地坐在了床边。他们不说话的意思是等待釉亮的回答。

妈妈，希希怎么又扯到了哲学问题了。

爸爸，希希不客气地说，你们有什么悄悄话，可否借步客厅？我很忙。

釉亮只好端着饭碗，随着爸爸妈妈来到客厅。

熙靖接过女婿捧过来的热茶，问，1971 年，一架军机坠毁在蒙古国的温都尔汗的大事件，你俩是什么时候知道的？

釉亮说，那天晚上是腊八，我记得最清楚。知青们神秘地聚到我们的窑洞来，蹭喝希希熬的红糖八宝粥。大家听闻缩着脖子大眼瞪小眼，浑身起鸡皮疙瘩呀！

熙靖妈妈说，我和家栋是中秋节才知道，是你们秀花婶子偷偷说的，她的消息来源是那两个上大学的妹妹。有意思吧？当时我俩都蒙了，半天都想不起来笑一笑。等到想起该笑两声的时候，却都掉了眼泪，因为都懂得还没到该笑的时候啊！因为我俩一心想着能否把老窑厂的窑火点得更旺些，天安门重新修葺一新了，就该轮到太和殿了啊！

就在此时，我俩听说厂领导发奋图强，要立即上马一条什么金属管的生产线，说是找到了新的经济增长点，亢奋激昂。这话也对，那时，各行各业都在想方设法恢复和发展经济，只知道不能这么混日子啦，要摆脱穷苦日子啦。可是，我和家栋就是想不明白，怎么能有病乱投医呢？我们不在琉璃上下功夫，怎么糊涂到搞什么我们完全不熟悉的东西呢？当时我俩忐忑不安地一起找厂领导，却被他们推搡出来，说什么这和你们有什么关系？

家栋愤愤地说，搞了我俩一个大窝脖！

我俩回过头看见厂西南角不知什么时候突然起了一座高烟囱，我俩钻了进去想看个究竟，又被保卫科长发现抓到领导面前。领导立即派人把我俩关押起来。我俩受到这般待遇，想撞墙的心都有。

不到两个月，几十米高的大烟囱立起来了；外聘的技术人员指导下的新车间也盖起来了；里面的仪器设备都购置齐全了，这些花了国家一百万呀！怪不得职工们称呼这个新车间为"百万贵族"。你们不知道，那时的一百万，可抵得上今天的 1000 万啊！咱们老窑厂要是用这笔投资，一准儿立马变成现代化的大工厂啦！结果呢？泥牛入海无消息。

釉亮说，我进厂头一天就听说这件事了。釉亮挥挥拳头愤愤不平，不能拿着国家的钱，干两眼瞎的事啊！

熙靖笑笑点点头，你和希希是 1972 年从陕西回到北京的吧？

是，釉亮回答，孝存师傅到陕西找我们那天，也是我拿到了美术学院录取通知书的好日子。

后悔吗？熙靖问。

熙靖妈妈，我从不后悔。当时，策划用"病退"的法子回北京，就是我的主意。也巧了，刚刚办好了希希回北京的手续，孝存师傅就来了。他让我回老窑厂准备接你们的班。我俩立即答应了，绝对没犹豫！熙靖妈妈，所以我现在一心想赶快把素烧隧道窑建设好，那样咱们老窑厂离现代化不是更近了吗？

那你是否认为素烧隧道窑和釉烧隧道窑，只是一字之差？

釉亮详细地论证了自己的想法后，说，可以说差别并不大。

假设，我说的是假设啊，熙靖耐心道，你把筒瓦和板瓦，与吻兽那样的大件放在一起，用你想象的素烧隧道窑烧制，你觉得结果会怎样？

我认为，结果会很满意。因为我们现在的素烧窑，就是这样混合烧的呀！

家栋见釉亮回答得一塌糊涂，气得点着他的脑门数叨，釉亮呀！傻小子，你被熙靖妈妈东绕西绕，给绕进了大坑里，你居然不知道？咱们老窑厂是劈柴烧素坯窑和你想建的重油烧素坯隧道窑，差距就在于，一个是用柴烧，一个是用重油烧。柴烧升温和缓、速度慢，重油烧制升温迅速，温度高，这是最大的不同啊。

熙靖按住家栋的胳膊，接过话茬儿，若是筒瓦、板瓦之类的一般构件和吻兽这样的大型构件放在一起烧，结果你想想会怎样？熙靖没让釉亮回答，而是自问自答道，一种情况是，烧制时间短，小瓦件烧好了，而大型吻兽则一定是夹生黑心没烧熟。为什么？吻兽很厚重嘛。另一种情况是，照顾到吻兽的厚重，烧制时间放长，小瓦件是不是就烧酥了？而大吻兽呢，会因为升温过快，或是烧变形或是构件内外温差过大，形成炸裂伤而成为废品。因为吻兽一般都有3—6厘米厚的缘故呀，对不对？

家栋显得有些急躁说，一个事物存在的条件变了，它产生的结果就会发生质的变化。这是最考验领导应变能力的关键时刻嘛！你的脑袋瓜子被门夹成饼了吗？

熙靖板着脸轻轻地拍了家栋胳膊一掌。

釉亮终于点头认可自己错了，埋怨自己说，熙靖妈妈，我怎么忽然变成了大傻子！

家栋鼻子里哼了一声，头脑一热的人就会变成了大傻子！

釉亮再回头找熙靖妈妈，也不知她是什么时候离开的。熙靖妈妈是不是对我很失望？

家栋笑了，不会的。要说对谁很失望，那应该是对我失望了。她对我有意见，认为我对你不是大胆地放手，而是不负责任地放任。这可不是一字之差呀！她批评我一头扎进了老窑厂史的材料收集整理之中，都不看看孩子要摔跤啦！

釉亮说，那，素烧隧道窑的事？

家栋说，我看还是要从设计上找原因。你想，釉烧隧道窑，不管素坯的大小薄厚，它只是把关注点放在了素坯表面的那层釉质上面。而素烧隧道窑的关注点既有不足一厘米厚的薄板，也有六七厘米厚的特大吻兽构件，能一样吗？我建议你找有关专家或厂家咨询、合作，看是不是能找到可以兼容的规律来。你不能拍脑门自己想当然。如今不是最流行这么一句话吗，"实践是检验真理的唯一标准"嘛。熙靖妈妈说过，坐在办公室思考问题，只有两个结果，一是，头脑发热，眼前一片光明；另一个，则是畏首畏尾，前途一片漆黑。你要走出去，到实践中去。

爸爸，您告诉熙靖妈妈，我明白了。我想说的是，您还是要努力收集资料，这是为中国琉璃史填补空白的功德无量的好事。现在没有人去关注，您身在其中再不关注，怕是很多宝贵的资料，还有琉璃文物就会悄无声息地流逝掉了。想想我都会后背发凉，我们不能成为琉璃传承的罪人啊。

釉亮，你有这样的认识，爸爸很高兴。

熙靖进来了说，要牢记"实践是检验真理的唯一标准"这句话。我们这些年可吃了不少亏啊！国家从历史的反思中，找到一条有中国特色的社会主义的道路。中国就会大有希望呀！你赶上了好时候，为什么不努力试试？机会是自己争取来的。人总是要经受磨炼的。

釉亮点头，我不会气馁的。谢谢熙靖妈妈，还有爸爸。

此刻秀花进来了，呆滞的眼神向屋里的人扫了一圈儿，径直坐到了家栋身边，低着头，先擦了把眼泪，再抬起头来说，他被警察带走了。刚刚。

釉亮递过来一杯茶，秀花婶子……臧局长昨天进去了。钱富水是前天被遣返回国的。

　　家栋说，秀花，你做得对。郭师傅老两口泉下有知会深感欣慰的。

第十六章

晚上，釉亮躺在床上睡不着，他悄悄起来独自一人去客厅，给自己冲了一杯茶，坐在沙发里。

怎么不开灯？希希走过来问。但她也没有试图开灯的意思，依偎在釉亮怀里，斟酌了很久，才说，辰亮……毕竟是我的……亲人……我想更深刻地了解他。他为什么要这样做？他流着与辰启爸爸几乎一模一样的鲜红色的血液，辰启爸爸如此信任他、精心呵护他，他却一直怀揣着一颗复仇的心，对待他的恩兄，刻骨铭心地出卖、践踏琉璃祖业。这是什么力量驱使他如此疯狂？我想搞明白。我想即使我和他都把枪口对准对方心脏的时刻，我也在所不辞。所以我向你提出一个去日本的要求，去寻找他和右脚踝内侧那枚红印纹到底有什么秘密……我知道这是很危险的……所以……我们离婚吧。我净身出户，才能心无旁骛，才会全身心地投入调查。你不要怪我，也不要劝我，我要做王选、张纯如一样的中国女人，揭露日本军国主义的虚伪和残暴，不枉做一个抗日战争史的研究者，不枉来到这个世界上走了一回。你只要记住你是希希唯一挚爱的男人，希希是唯一献给你的女人就可以了。希希爱你、爱我们的父母、爱我们辰启琉璃大家族、爱咱俩的宝贝们。

釉亮轻声问，熙靖妈妈和你同行？

希希挣脱开釉亮的怀抱，你怎么知道的？家栋爸爸说的？

釉亮没有回答，只是重新将她拥抱在怀里，轻轻抚慰着。

希希也没再追问，绵软的身躯任由自幼相亲，一生相爱的唯一男人抚慰，征战之前她需要这样的力量……

米釉亮是辰启大家族里成长起来的第三代接班人，他是生长在中国真正站起来，并真正自立于世界之林的重要时刻的代表人物。我们需要了解他的成长轨迹。

十年前釉亮插队回来，谢绝了当年劳动局分配的工作，就是在等老窑厂招工指标的正式公布。谁能想到进了厂却一直围着琉璃制造工艺的外围转悠，原料粉碎、浸泡、搅拌制泥，还有就是夜班烧锅炉。这不行！他不能甘于现状，他在努力寻找破茧的机会！

这天，锅炉房的小卢跑到成品货场终于找到釉亮，他听爸爸的指示唤釉亮为釉亮叔，釉亮叔，隗科长召见您呢！

米釉亮抬头笑着朝他扬扬手，继续低头忙活，旁边摆着一台从自由市场淘来的德国产家用体重计，上面放着一件故宫太和殿顶专用的黄灿灿的筒瓦。

小卢跑过来问，叔，下了班还忙，有加班费？

釉亮快速给筒瓦称重并往本子上登记，但也不忘调侃道，有，老天爷会发的。

釉亮叔，听说要派您去甘肃"灭火"，急茬儿！小卢到跟前来催他。釉亮慢悠悠站起，爱抚地拍拍小卢肩膀，一丝不苟地把手里剩下的活交代给了小卢，叮嘱再三保证质量，干完这点儿就回家吧。

这活我干过，照葫芦画瓢。忘了？您还奖励我肉皮炸酱呢！小卢的胖脸上堆着憨笑凑上前说，我爸说了，我又傻又笨，必须跟着您才有出息。

釉亮摸摸他的头，怜爱地说，过两天我请你吃红烧肉，怎么样？

嘿嘿，我等着啦！

釉亮郑重地告诉他，我要是忘了，你可记着提醒我。

嘿嘿，我不敢。那不成了跟您抢嘴了吗？我要在您眼里是条汉子才成！

釉亮笑了笑，你这么一说我可得记牢这件事，不能在你心中留下一个不讲信用的坏印象。

走出老远的釉亮这才认真地拍打身上的灰土，敞开的蓝色工装大褂的下摆伴着坚实步伐在身后潇洒飘逸。自打七十年代初调回北京进了琉璃老窑厂，他已在粉碎搅泥车间、制瓦车间、烧窑、上釉，差不多全厂的活，兜兜转转走了个遍，一干就是十年了。

这是 1988 年的夏初，国内的改革热潮如同头顶上的艳阳天，光明灿烂。可老窑厂的天怎么总是阴霾呼啦的了？

半年前甘肃柏昌县翻修钟鼓楼急需二十万元的琉璃建筑构件，这是小活，可老窑厂愣是给人家拖延了五个月不能交货，客户急得派专人上门催，又磨蹭了一个月总算勉强装上了车。可是按合同规定随货同到的安装指导员却是叫谁谁不去，拒绝的理由都很充足。合同甲方兴盛建筑队急了，发来最后通牒：国庆节后法院见。有人撺掇让釉亮出差应对，也有人不同意，家栋厂长还在位呢，不看僧面看佛面吧，硬派他干不了的活，还不是丢老窑厂的脸？

高大威猛负责人事调动的隗科长心里暗笑，但转念一想，曾有人反映这个蔫了吧唧的老同学对琉璃痴迷着魔，何不借机看一回他的笑话？在自己面前总是摆一副阴阳怪气的手下败将米釉亮，隗科长是嗤之以鼻、鄙夷不屑的。但是联想起妻子肖弘忍那双狐媚风骚的大眼睛，一见到米釉亮就冒贼光的情景，隗怀仁对米釉亮恨之入骨也不为过。

此刻，他那两只薄薄的透亮的兜风大耳朵忽然扇动了两下，这是他有了成熟的主意后很独到的动作，所以坊间给隗科长送了个外号："大耳朵鬼"。于是大耳朵鬼一副大言不惭的表情说道，家栋，厂长说啦，他说话就退休了，人事调动归我管。他不干预，我要负责任呀！

说起米、隗二人有句老话说得好：不是冤家不聚头。米釉亮的父亲家栋是老窑厂新中国成立后的第三任厂长，在隗怀仁眼里不过是琉璃土专家而已；隗怀仁也瞧不起自己的父亲老隗师傅，一个窝窝囊囊的普普通通的工人，不然自己绝不会混成个小科长。米、隗二人打小学念到高中都是同班同学，却始终秉性不卯，貌合神离、一辈子也没说过十句话。米釉亮打小精瘦、淘气、蔫大胆，心中自有定盘星，隗怀仁却是人壮霸道好张扬，爱当个头头脑脑出风头的人。

后来，希希、釉亮、肖弘忍都赴陕北插队。只过了大半年，隗怀仁突然出现在村知青食堂，那天晚上大家聚在一起高兴地吃着肖弘忍给大家包的玉茭面酸菜馅团子。隗怀仁大步迈进了窑洞，郎朗叫道，弘忍，我来了！大家都很吃惊，因为不认识这个陌生北京人，怎么闯到这儿来了。釉亮、希希和弘忍也很吃惊，是因为此人的到来准没好事。

其实，隗怀仁是拿着当年人人羡慕的盖有大红公章证明信而来，他要将肖弘忍领走。在学校读书时隗怀仁就为了这份爱向着肖弘忍死缠烂打，却被姑娘拒之千里。

这次来就是为了把他心中的美人肖弘忍的户口迁回北京。

希希不喜欢隗怀仁这类人，但她羡慕肖弘忍被隗怀仁带回了北京。因为北京只剩下母亲自己独守着偌大凄冷的四合院，而自己跑到了千里之外，妈妈怎么活？

肖弘忍被隗怀仁带走了。按说米、隗二人缘分到此终止了。谁知，命运之神捉弄人，这哥俩又走到了一起，隗怀仁还是米釉亮的顶头上司。欢迎米釉亮进厂的是隗怀仁，当年的厂人事科长。他一身铁灰色毛料中山装，脚下蹬着一双铮亮时髦的三接头黑色皮鞋，站起来比米釉亮高半头、壮一圈，但在米釉亮眼里隗怀仁再刻意打扮，也总掩饰不住和周围环境的格格不入，就像陕北过年吼秦腔的戏剧人物蒋干，一勾一画一招一式都那么夸张、滑稽。

隗怀仁高兴地叫道，老同学好好干，现在有哥儿们罩着你呢……哎？插队几年，怎么连笑都不会啦？你去粉碎车间可不是我的主意。你老爸可是厂里的大拿！

都说固执之人的脊梁骨上总驮着一个"背"字，米釉亮从此霉运连连，究其根源就在于他太"轴"！隗怀仁从入党再当人事科长兼厂办主任，直到家栋厂长退休，真是一路顺风顺水、光宗耀祖，如今已是厂长兼任党支部书记。而十年后的米釉亮始终是从这群工人到那群工人中转来转去，在隗怀仁面前也始终一个模样——双肩挺括板正、双手握在腹前，不卑不亢，嘴角永远挂有一丝捉摸不定的微笑，蔫乎乎地透着一股子从不服输的倔强劲儿！一般人要骂你，侮辱你，甚至打你，那顶多就是个坏人，但倘若你总是不断地在一个拥有权力的人管辖范围内遭受刁难，那你就是真的鬼魂附体了。

厂长办公室门前。米釉亮猛一声高音儿"报告"，令隗厂长浑身一激灵。他站起迎上前客气道，快请坐，喊什么报告嘛，这又不是吃牢饭的地方。一见米釉亮，隗怀仁双眉立马拧成一个疙瘩，他最讨厌的就是那张脸，一见他的面，便立马掠过的一丝微笑，明明能感觉到那里藏有不可告人的复杂含义，却又说不清确切指向，抓不住什么把柄。隗厂长郑重宣布任务，米釉亮听完后站起身来了句，我是锅炉工，有何资格充当钦差大臣？说完他转身要走。

哎？站住。隗怀仁一脸正色，我说你行你就行！不行也行！老同学啊，厂子效益不佳，你要有大局观嘛。

我申请厂领导给予困难补贴五十元，哎，我只要人民币。

我就知道你会努力完成党交办的任务的。好！放心去吧。

米釉亮说完便皱起眉头，自知老毛病又犯了，用希希的话讲，他是"不吃葱和蒜，专吃'王八'姜（将）"的主。他想必须立即转守为攻努力改正错误，不然回家媳妇那关他是绝对过不去，于是说，我还要印盒名片。

隗怀仁满口应承道，小事一桩，如今时兴撒名片。

米釉亮不予理睬继续道，名片要印清楚：米釉亮，锅炉工，二号字。另起一行，三号字，非中共党员、非质检科员、非供销大员。名片背面，二号字，蜀中无良将，廖化当先锋。

隗怀仁腾地想发火，但绕过办公桌后他立即改成了一摆手，关切地问，可以！还有什么要求吗？

米釉亮边说边往出走，我回家做准备。往返差旅费、名片、介绍信和车票，缺一样我是不动窝的，军无戏言。

米釉亮走了。隗怀仁攥紧双拳，从牙缝撕扯出四个字，记过！开除！他气宇轩昂、义愤填膺，和他魁伟的身材很相当，太不像话啦！明目张胆要挟党组织，张牙舞爪向党要条件！我一分钱也不给，你又能怎么样？不就一个工人嘛，竟然敢装成"臭老九"编词儿作践侮辱党的领导？他咒骂米釉亮似乎不解气，扭身撕了几张绵软的合同书认真擦拭托人从北京友谊商店买来的意大利皮鞋。擦着擦着，那两只薄薄的大耳朵竟然动了两下……

米釉亮回家只能努力安抚妻子希希，我要去甘肃出差。你放心，我去不了的。我提出的条件很苛刻，他是不敢答应的！

希希忙着伏案疾书，研究生毕业后，她分配到中国社科院现代历史研究所，主攻抗日战争史研究。她很忙，忙得顾不上家，顾不上孩子。釉亮也很忙，进老窑厂十年了，依旧是在琉璃的各道基础工艺上流连"往"返，他不满足只是当个普通工人，因为别的行业改革奋进如火如荼，而老窑厂依旧是灰头土脸，能发到手里全额工资就算是阿弥陀佛了，根本不敢奢谈奖金。釉亮心里着急，这种局面必须尽快改变，爸爸退休了，现在老窑厂反而不如乡镇企业，一些退休了的老窑厂骨干成了争抢的香饽饽，但最香的饽饽——家栋厂长却对此类邀请是一概谢绝。他关在家里整理自己工作时留下来的资料，一来是为了写一本老窑厂的历史。二来也为釉亮的"锥之处囊中，颖脱而出"做准备。爸爸笃信自己活着绝不能看到老窑厂的窑火熄灭。这样一来，照顾这个家和两个孩子的重任就落在了熙靖妈妈一个人身上，而熙靖也是闲不住的人，她学会了使用电脑办公软件，帮助希希整理资料，缮写文稿。这不光是帮闺女，也是她努力救赎自己，想抢回丢失了的大好时光。大家各自都忙，也必然、可能忽视了这个大家庭的情感凝聚力。釉亮和希希的疏远也亮起了情感红灯，他们不会为之争吵，他们更耻于搞冷战。而是各自忙各自的，很少有交集，时间长了感情也会被岁月稀释得寡淡无味。

我要去甘肃出差。釉亮见希希没有听见自己的话，恩爱夫妻长期很少交流的下一站就是埋怨，烦躁在迅速发酵。

釉亮终于提高了说话分贝，我不是在和空气说话吧？

希希抬起头，对坐在床边不满之极的丈夫，不紧不慢道，我听见了。但我不明白的是，你是要去甘肃烧锅炉？

釉亮鼻子里哼了一下，我也奇怪，锅炉工怎么会去指导琉璃安装钟鼓楼呢？

希希认真说，我理解了，你是准备跨越式前进了。那个大耳朵鬼是想看你的笑话。但你准备要勇敢迎战，主动出击？

釉亮总算是得到了正向回应，心存感激道，感谢您的理解！

希希很蔑视说道，上个月大耳朵鬼的侄子结婚，他竟然能从工会那儿领了五十块困难补助金。弘忍不满提出疑问，却遭到了他的一顿臭骂。什么人品嘛！

釉亮发出了嗤笑。

希希却问道，这是你的不屑，还是轻蔑？

釉亮回答，轻蔑不屑有何用？不如我也提出同样要求有力吧。

希希认真看着釉亮说，轻蔑不屑他的肮脏，你却也制造了"有力的"肮脏吗？

釉亮却十分不满地说，笑话！又不是掏他的腰包。

希希有些不耐烦，说，你不能从人性本质去分析"大耳朵鬼"这个人物，所以，你犯错误却不知。釉亮哥，我是担心你！你这样的心态去和大耳朵鬼对抗，你把自己降低成了"杀富济贫的土匪"还不如，而你的本意却应该磊落光明呀！我担心你的任务大概率的结果是钱要不回来，自己却成了自投罗网的人质！官司败了，厂里可没钱去赎你啊！

釉亮很高兴希希说了这么多话，立时磨磨叽叽回道，原本我想一口回绝的！这事与我何干？可突然鬼使神差地想赌一把，也想捉弄捉弄那个大耳朵鬼的，反正不会再有比现在更坏的结果嘛。

希希一副不以为然的表情，你是赌徒吗？见谁就想跟谁赌，小时候和爸爸打赌，非要烧制出和北海九龙壁一样宏伟绝奇的黄金龙来，进厂也有十年了吧，做到了吗？好容易回北京了，放弃了人人羡慕的公务员不干，非要回破旧的老窑厂受大耳朵鬼的欺负，有比你还聪明的人吗？

愿赌服输呗。釉亮见希希真生气了，自己心里反倒顺气了，希希总算是和自己有了交流嘛，于是，嬉皮笑脸地为自己辩解。

不撞塌南墙不回头？你不算算还有几个十年可以向"崂山道士"学习呢？妻子一屁股坐回床边流起泪来。米釉亮走上前给希希擦泪，他记得当年自己拒绝美术学院招生处长的挽留，那次的泪水就是希希给自己擦的，那时她还没有"米家媳妇儿"的官衔儿呢。后来，妈妈、爸爸退休，爸爸自顾忙他写书的事，两个幼子的抚养教育、管理陪伴、开支账单，虽说有熙靖妈妈努力维持，但希希怎么能忍心看着妈妈劳累操心呢？自然对釉亮有诸多的不满。其实，釉亮何尝不心痛？此刻，他更想念自己的妈妈了，有春妮妈妈在，这个家就有了统帅、总参谋长、冲锋陷阵的将军啊……

第二天，厂子派车到釉亮家门口，厂办大员一桩桩交代：工会50元补助、一封单位出差介绍信、一盒名片，并强调说明立即陪他去北京站买票，今天无论如何必须出发。米釉亮点头请他稍等片刻。

家里妻子帮他拿上提包，冲他撇撇嘴，把他递过来的五十元钱精心放进昨晚上缝制了两个纽扣的内衣口袋里，穷家富路嘛。

釉亮羞赧道，你看，大耳朵鬼……居然，都照办了。

希希又撇撇嘴，釉亮却有些害羞了，他强调说，这不是我的错，是老天爷干的坏事，原来我谁都惹不起呀……

你就是个"琉璃痴"！只要和琉璃沾边儿，你就犯二。但愿你的出其不意能够旗开得胜吧。

嘿嘿，釉亮诡计被识破反而自鸣得意，对希希说，这是我头一次独立指导组装琉璃殿顶。放心吧，我命好。再说，还有仙人骑凤，遇难成祥啊！

你是不是特爱听肖弘忍胡咧咧？人家是两口子，会和你一头？啊？希希嘴还没闭上，已经感到釉亮生气了，她知道他最忌讳伤害他们三个人友情的话，于是她急刹话头，音调也调低了几度，你说，琉璃瓦厂要是倒闭了呢？难道你还铁了心撇下我和孩子们，去潭柘寺当和尚？希希嗔怪地扭过脸。突然觉得丈夫临走之时，自己说这番话实在不吉利，呸呸呸地朝地上干啐了几口，还用脚剁了几下，想赶走晦气，没承想把眼泪震了出来。釉亮一把将她搂在怀里，亲吻了额头，义无反顾出了门。

看着丈夫乘车远去，希希回家"砰"地关上院门咬着牙小声磨叨，弘忍啊，弘忍，是你夸下海口说什么仙人骑凤很灵验的，我这个历史唯物论者听了你的话，让釉亮带走了它，如果我家掌柜的遭了罪，看我怎么收拾你！说完一屁股坐在椅子上喘着粗气，慢慢地，她突然觉得自己灵魂腾空离开了自己，甚至居然自己看到了椅子上的自己，惊愕自己怎么变成了悍妇这般模样？本来以为改革开放了，所有人似乎一下子都看到了自己与外面世界的差距，大家似乎一下子觉醒了，立马躁动起来，对自己、对国家、对整个世界的强烈不满，并没有停留于空谈，而是东西南北地寻找摆脱穷困的出路。这就是明天的历史现象。而自己是个历史辩证唯物论者，应当有历史的冷静观察与判断，不能如此小家子气、像个小脚女人喋喋不休于柴米油盐酱醋茶，更不能如此轻看了、怠慢了自己的插队农友、呕心沥血传承琉璃之光辉映北斗的志士、热爱自己的米釉亮同志。希希豁然被神力醍醐灌顶，通透理智了。她又和自己的躯体壳鞘浑然一体了……

绿皮车厢像是一条巨蟒，从北京出发经过二天一宿的拖拽终于到了釉亮的目的地。

一出车厢门釉亮就见识了仲夏的甘肃干燥凉爽，一路的"站票"，致使两条腿肿得像两根树桩，麻胀刺痛，眼瞅车厢门口的两级台阶，竟然找不到支配双腿迈下去的动力。车下女列车员大声催促着，只停留一分钟啊！这时一位长者走过来，一手抓住车厢门的扶手，另一只手连带拖拉地将他撂在了站台上。

回家？长者问。

釉亮恭敬地回答，不，出差。谢谢您。

有人接？

釉亮摇摇头，双脚轮流使劲地跺着月台。

长者爽快说，搭我的车送你到旅馆，可好？

釉亮不好意思地请求，您能先把我送到钟鼓楼吗？

长者示意他上车。

白净的文化长者坐在副驾驶位置。他身穿一套做工精致的藏蓝色对襟中式装，手里挽着一件灰色呢子大衣，发色银白梳理得一丝不苟，彰显沉稳、精力充沛、瘦小硬朗的学究派头。

县城的清晨有些凉意了，空气中弥漫着甜香的炸油糕、炸豆腐的味道，再伴上邓丽君委婉阴柔歌声的撩拨，早早唤醒了街道两旁准备开业的店铺，小城一派盎然生机。

随着阳光普照，街上行人多起来，到处是滴滴答答牲畜踏在柏油路上的响蹄声，叮叮当当驴车、马车驮着瓜果菜蔬的清脆铜铃声。自打改革开放生活是年年上台阶，老百姓也更加看重生活的质量，也越来越对富足和喜庆有了痒痒的麻酥酥的期待。只是小汽车尚罕见，212 吉普车一路风驰电掣畅通无阻地来到了钟鼓楼。这是釉亮有生以来头一次享受高级贵宾的待遇。

下了车的釉亮立即被一群人围住，他掏出介绍信，恭敬地交给走在最前面、站在 C 位的一个西北大汉，他验明正身后，正色道，来了好啊！你说咋办吧？俺们天天列驾恭候你咧！北京是首都嘛，为甚你们首都人做事这般下作？伙计们，瞅瞅他嘛，还笑得出？

搧他！

慢着。在一旁观看并未走的文化长者挤到人群中央，听我说几句，可好？

你作甚？先报上姓名！显然西北大汉是这群人中的首领，大汉质问，你和他甚关系？

我是你们县长请来的客人。我俩只是偶遇而已。长者一面从上衣口袋里拿出名片，双手礼貌地递给西北大汉，一面从容地纠正说，我与他细说起来倒也有些关系，他们厂早年间是归北京故宫博物院管理的。

西北大汉看看捏在手掌中的小小纸片说，栗华章，故宫博物院……陶瓷专家……还是教授呢！厉害厉害！他又转问釉亮，名片？

釉亮右手插进了衣兜，那里有临来时他特意向大耳朵鬼索要的名片，他想了想，还是决定不能掏出来。他朝西北大汉微笑地摇摇头，指了指他手中的介绍信。西北大汉幡然醒悟，咦？作甚？他朝长者道，刚才就验明正身了嘛，你横插一杠子，为甚嘛？

我是说……大家心平气和地谈事情。莫急，莫急，可好？

理直，气壮嘛！您说说，西北大汉指指一旁的钟鼓楼，半年前俺们两家定下合同，二十万元的琉璃构件嘛，他们答应最多两个月后到货。负责指导安装的技术员随货到。拖到如今，技术员呢，扭着秧歌刚刚到，您瞅瞅，大汉指指釉亮继续道，一副憨呆傻笑，耍俺们？县领导去年向全县人民许了愿，崭新的钟鼓楼是今年国庆节向人民献的大礼嘛，你敢耍县领导？

栗教授转向釉亮，等待他的解释。

抓紧施工吧。釉亮微微向前探探身，表情十分诚恳并始终挂着三分笑意。

西北大汉却说，不必啦，俺们已经向县法院呈交了诉状，你跑不掉的，等着吃官司吧。

伙计们很懂得烘托领导的讲话气势。打官司！叫他赔俺们损失！

慢着，听我说说，可好？栗教授张开双手安抚大家，我听出来了，你们有理。打官司我支持。可细细想想，官司打起来少说又是两三个月，大西北的秋天说来就来啦，一上冻，工期要拖到明年？这副烂摊子支在县城中央，春节"闹红火"怎么办？县领导高兴？他说完这一席话，那伙人不言语了。他又冲釉亮轻轻抬了抬下巴。

釉亮赶紧说，只要人手够顶多十天的事。釉亮停了停，两手一摊低声补了句，大西北上冻早，再拖，指定是干不成的。

伙伴们仍然怨气冲天，他们想有活干有钱挣，白白耽误工期的责任谁负？他们叫嚷，你是厂长还是书记？不会是个烧锅炉的吧？大家邪火压不住地哄笑着。

釉亮也笑了，我是厂里派来的钦差大臣。既然派我来，责任当然我负。不过，他转身右手高高举向钟鼓楼，像是对天发誓，老祖宗为什么修建钟鼓楼？就是请暮鼓晨钟提醒、监督、教化我们这些不肖子孙，每天都要做好自己该做的事情！我管不了别人，但是必须管好自己。说完自己带头朝钟鼓楼走去，沿脚手架上去勘察施工现场。西北大汉听完没犹豫，大手一挥，伙计们各负其责行动起来。他自己也快步撵上。

釉亮从钟鼓楼顶下来，栗教授还未离开，他将釉亮拉到一旁，小心地问，活好干吗？长者见他点点头，问，你是琉璃老窑厂的技术员？

不是，我真是烧锅炉的。釉亮说着掏出了名片递给栗教授。

栗教授接过来正反面都认真地看了一遍苦着一张脸说，还真是个烧锅炉的？我真不知是该笑还是该哭啊！琉璃老窑厂这是怎么啦？啊？

釉亮突然双眼发亮，栗教授，我爱琉璃，我想当您这样的专家。

那你，到底有什么本事啊？栗教授急切地问，极其耐心地等待釉亮的回答，而他犹豫地说，我……他指指身后的钟鼓楼工地。

栗教授明白了，他拿出便条纸，写了一个地址递给釉亮说，你晚上到这里来找我。我只在今天晚上等你。

釉亮送栗教授上了车，看着车走远了，他才急匆匆赶回工地。先听我说，釉亮聚拢大家，在铺设琉璃瓦之前，我看你们也是按施工顺序在椽子上钉好了板子，缮被都做完了，泥被也干了。这些干得都不错。大工师傅请跟我上屋顶，其他人扛上板子在脚手架上铺设整齐。我再一次强调必须戴安全帽系防护绳。我是一个个检查合格后才准许施工。釉亮这里有自己画的放样图纸，说着他将图纸铺展开，一一校对样瓦，排满顺序，说清楚瓦瓦的来龙去脉。最后问，听懂了吗？几位大工点点头。他们很赞成釉亮一丝不苟的工作精神，逢人总是一副笑眯眯的好脾气。这样釉亮很快和工人们混熟了。

西北大汉姓赵，是县里兴盛建筑队的经理。他说他手下的工人是村里碹过砖窑的大工和年轻的娃仔，干古建工程他们是除了力气甚也不会。釉亮耐心地教授他们如何干活，还要认真地讲解为什么这样做，不这样做的后果是什么。人心都是肉长的，没几个时辰，釉亮哥、釉亮叔成了他们的贴心人。

他们问，天安门真的比钟鼓楼还大？

听说到了北京城，低头捡钱就能发财是真的吗？

听着他们的问题釉亮心里酸酸的……

晚饭后，釉亮换下工作服洗漱完毕，立即去找栗教授，栗教授请他进来说，为等你我推掉了其他邀请，我们要抓紧时间。你先回答我早上提到的问题。一个七百年的琉璃老窑厂啊，怎么……哦，你先说。

我爱琉璃。釉亮开门见山，为了琉璃我舍弃了上大学、不愿当公务员。我就想兑现当年向爸爸吹的牛，于是一头扎进了琉璃老窑厂十年了。

十年的锅炉工？栗教授疑问中有明显不满。

不。我几乎干遍了琉璃烧造工艺流程的各个环节。有的是领导安排，有的是自己要求去的，也有的是被贬发配的，我没犯错误！只是因为……釉亮简略介绍了自己的经历和家庭的遭遇。

栗教授身体前探，耐心地听完了值得同情的讲述，同时又深深地为老窑厂的黯淡前景表现了急切的关注和焦虑。

釉亮汇报了自己拜厂子里的老师傅为师，那些人都是父亲的至亲好友，是他们教会了我制模、上釉、素烧、釉烧的这些活计，他还没忘说自己利用节假日去故宫看大殿、角楼、亭阁的体会。

最后他说，我有苏联军用望远镜、海鸥135照相机，还坚持了三年的现场绘画临摹。釉亮语气中自信满满。

好。栗教授接过话头高兴地说，知道老窑厂里还有你在努力，我心里宽慰了许多。但这样泛泛收集知识只是初级阶段，你首先要记住的是：一，人们都围着金银珠宝转，围着名人字画转，围着瓷器青铜器转，没有人去研究琉璃，这给了你实现梦想的机会。可懂？

釉亮双手紧握、频频点头，两只眼睛直勾勾地盯着栗教授。栗教授继续讲，二是，你必须抓住这次甘肃之行的时机展示自己的才干。不要被动蜷缩，像个受气包、偷猎者，你要排除干扰主动破茧成蝶。在我们周围外行领导内行，不干活的指责甚至诬陷干活的现象不少，问题是你要有吞下委屈的胸怀，格局要再大些！相信一切都会改变的！

看见釉亮落泪了栗教授问，怎么了？

谢谢您！釉亮站起身向栗教授深深地鞠了一躬，在我最痛苦时曾怀疑过自己，甚至还怀疑过这个社会。心里很纠结很恐怖，觉得自己忽然变成了坏人，很坏很坏的人。心里很肮脏、很阴暗的那种坏人……

栗教授递过几张手帕纸说，始终如一地做自己该做的事吧。你有"四张"多了吧？我的结论是，给你的研究、给这个行业的生存时间都不多了。再不抓紧大干一场，你的理想不过是几个肥皂泡泡而已。可懂？

釉亮用力地点头算是对栗教授的郑重承诺。

一切都会好起来的。相信这一点，因为我们的国家绝不能再回到过去了。好。回北京我们再细谈，研究课题我来帮你选择。

第十七章

钟鼓楼工程进展顺利，开始铺设琉璃瓦了。釉亮说话了，不要使用铁制瓦刀、灰铲。

那用甚？有人着急了。

用木锤。釉亮语气斩钉截铁。

木匠不离锯，瓦匠不离刀。你这是为甚？

釉亮耐心地对大家说，因为琉璃瓦是有生命会呼吸的娇嫩女子，咱们要像一个真正的男人疼爱自己婆姨一样疼爱琉璃公主！大家听完哄笑地鼓起掌来。釉亮继续说，铺瓦时不能用尖锐物件对琉璃公主敲敲打打，这是对姑娘家极大的不尊重。否则，转年过了冬、化了雪，漂亮的姑娘就变成了满脸麻坑的老太婆啦！这就叫"惊瓦"。那时我绝不能饶了你们！

放心！保证听你的。

工程到了收工扫尾阶段，赵总盛情邀请釉亮游览柏昌城外山峡中的容圣寺。釉亮很是想去，但考虑到栗教授的嘱托，他坚决推辞了。

西北汉子厚道朴实，开着手扶拖拉机把釉亮拉回了家，怎么也要到家尝尝俺们西北的莜面卷嘛。"家宴"中赵总斟满两杯当地百年陈酿——武酒，恭恭敬敬递给釉亮一杯道，先给老哥赔个不是，初次见面老哥是条汉子！俺不是个人嘛！他举起自己的杯中酒，这头一杯算是俺给釉亮大哥的赔罪酒……第二杯，俺是想问问大哥，俺这样的农民建筑队能干好古建修缮安装吗？

釉亮笑着说，中国有巨量的古建筑遗产，保护文化遗产嘛，修葺翻建的任务一定很重，可是现状是，拥有古建知识技艺的人才队伍却很少啊。

老哥，俺琢磨今后专干古建修缮安装这一行。您说能成不？

有志者事竟成嘛。中国古建规模大、美轮美奂，博大精深啊！它蕴藏着咱们中国人独到的美学、哲学思想，是老祖宗的智慧集大成啊，值得我们敬畏、膜拜、学习一生的！只要肯吃苦，哪有学不会的道理？

赵总听着心里很爽，忙不迭给釉亮敬酒。釉亮虽酒量不行，但此刻却没喝多，而正是印证了希希的话：釉亮一说到琉璃，他就成了醉酒的话痨。

嘻，只恨俺两个离得太远啊！赵总显得十分惋惜。

不怕。干……赵总自己并不想多喝了，只是在劝釉亮多喝。釉亮觉得赵总是有话要说却又吞吞吐吐，釉亮猜到了该说到钱的事了，所以釉亮提出天晚了，该回了。赵总只好送釉亮进了招待所大门，釉亮说，回吧。

赵总说，哦，不忙。他说着还是跟进了屋，嘴上念叨着，这就回啊，人却一屁股坐在了床上不挪窝，窸窸窣窣掏出一张支票，趁着酒劲，满脸涨红地表示，老哥，对不住啦，工期拖得时间长了些，俺……自己赔钱给弟兄们开工资……你知道的，找活计不容易啊……釉亮接过支票看了看，少给了两万块钱。他心里发笑，这家伙看着粗糙实则精明，为了这两万块又做铺垫，又埋伏笔的，大费周章。釉亮抬起头看着赵总点头认可。赵总又顺手从书包里掏出一沓子钱塞给他。这一下惊吓连带羞臊，釉亮的酒醒了大半，生气地连连拒绝。赵总只好拿回了钱，嘴里含含糊糊不知说些什么，只听清了，俺撤诉了……低着头走了。

钟鼓楼工程竣工了。这座距今 400 多年的钟鼓合体楼阁，是古丝绸之路西域高原上最著名的国家级文物保护单位。如今它修葺一新，宛如云锦天香的女王威仪漠北，雍容华贵，神采奕奕。钟鼓之声，威宣八方、恩惠黎民百姓。清晨，大西北的天越发凉意浓浓，天穹水洗般的湛蓝醉人。赵总早早赶到釉亮居住的宾馆，将两块瓦当郑重地递到釉亮的手中，俺猜你是很喜爱瓦当了，就给你拿来了。

这……釉亮迟迟疑疑地不敢接，说，你小子胆儿够肥呀，赵总，你不说容圣寺明年就要开工修缮了吗？怎么还去……这是文物呀！

不怕，你看，熊头磕掉一块，该算是残瓦嘛，俺两盒烟就讨来了。装上！

这是自家娃用的干净小毛毯，俺帮你裹严实，说着不客气地自己动手拉开釉亮提包的拉链，提包里一只连环画书一般大小的红缎子锦盒，引起他的浓厚兴趣，问道，这是甚宝贝？

这可是我家的传家宝。釉亮边打开边讲到，有机会你去北京故宫太和殿时，抬头注意看，殿顶侧脊、戗脊上都有一排祥瑞神兽，一溜儿有十只。

祥瑞神兽？十只？

是啊。排在神兽最前端的就是这个，叫仙人骑凤。赵总小心翼翼地接过米釉亮手中的神物，啧啧赞叹道，让俺也沾沾仙气，他将仙人骑凤抱在胸前不舍释怀，北京故宫太和殿上的仙人骑凤就这么大吗？釉亮哈哈大笑不住摇头道，哪能啊！我估摸那大个头少说也要有我的一臂之高，十多公斤重吧！你手里的这种是我们送给客户的小礼物。回北京我寄给你一个。赵总高兴地连说感谢，俺是个粗人，要发财，必须有此类神物护佑才成呀！他恋恋不舍地把金光灿烂的琉璃家传还了回去。

钟鼓楼下。赵总威武地站在一辕二驾三匹枣红马胶轮大车旁，一手拉着缰绳，一手握着长竹红缨皮鞭，釉亮端坐在车上，底座铺着两层农家棉被，再上面是猩红富贵牡丹图案的自家编织的羊毛毯。兴盛建筑队的兄弟们一律身穿崭新黑土布棉衣棉裤，腰扎大红粗布腰带，脚踏的是婆姨、娘嫂给纳制的亮黑新布鞋，阵营齐整、锣鼓喧天，以西北民俗中的最高礼仪欢送北京来的恩师，一路雄赳赳地向火车站进发。

临上车赵总还再三叮嘱釉亮，老哥，莫忘给俺请那尊神仙呀！

一路向东疾驰的绿皮客车上，釉亮心情舒畅、归心似箭，这不仅仅是任务圆满完成，而且此行上苍神助他遇到了恩师栗教授，是他的教导坚定了自己的初衷：格局大些再大些，坚定去做琉璃的大事业而不去理睬任何阻挠与诱惑。这是西北之行给予他的巨大收获。

釉亮依然站在车厢门口，车厢内依然那么拥挤，但没有了来时的忐忑不安，开始享受难得彻底闲下来不用工作、不用照料家务的大块时间了，奔驰的思维令他想念希希，也不由得想到了肖弘忍。当年他进厂子的头一天二人无意中相遇，看见挺着大肚子的她惊吓得张口结舌，二人默默地看着对方仿佛度过了足足一个世纪。釉亮先开口，你好吗？肖弘忍没有应答，只是点了点头，便像电影中的慢镜头一样缓缓地躲进了制模室再也没有出来。从此后，釉亮也很少再靠近那里。肖弘忍满月后，希希受公公家栋厂长的委托带上礼品去看望过她，不知她俩都说了些什么，在以后的日子里他们三人的关系舒展平静再无波澜、嫌隙。釉亮从爸爸那里知道了肖弘忍一家的遭遇，父亲要求他做一个爱护、尊重这两个女人的男子汉。

提包里的仙人骑凤不是釉亮家的传家宝，那只是一时避开赵总纠缠而编的谎话而已，记得临来甘肃的那天晚上，肖弘忍敲开釉亮家的门，解开一个用漂亮纱巾包裹的红锦盒，里面收藏着这个仙人骑凤。肖弘忍认真地说，我公公生前嘱咐过我，有亲人出远门，或遇到过不去的坎儿，务必要带上它，能保佑亲人们一路平安诸事顺利。希希，我在这世上除了你俩再没旁的亲人了。我知道西北之地穷山恶水，不知西北人是不是暴躁凶悍不讲理，我求釉亮一定要带上它。

谢谢弘忍姐，希希接过仙人骑凤，转手递给釉亮，拿上。心诚则灵嘛！哎，这是？

这是我公公临终前送给我的。这东西在咱们厂不是稀罕物件。最后一句是肖弘忍有意强调的。

希希则说，我们米家也曾有个与它一样大小的仙人骑凤。希希见釉亮点头确认又强调，一模一样。

釉亮也轻声说，一模一样。那是当年插队临走时妈妈塞进我提包里的，还特意嘱咐我千万别搞丢了，当时我还嫌妈妈迷信呢。希希机警地瞅着釉亮。

此刻，坐在列车上的釉亮闭目养神，回忆往事他嘴角露出了祈求成老师母女平安的诚挚祝福，这正是第二个使他心绪难平的原因。当然，这些都是不能讲给西北大汉赵总听的。

回到北京的米釉亮没进家而是首先赶到厂长办公室交差。隗怀仁开始还高兴，夸他干得不错。我说你行你就行吧！后来一听说对方少付两万块钱便拉长了脸。米釉亮装没看见抬屁股走人。

几天后，隗厂长宣布鉴于米釉亮出差的出色表现，任命他为原料粉碎制泥车间负责人。

消息传到希希耳朵里，她轻蔑地一笑，她明白，说是"灭火"有功，赏个车间负责人的名头，领导的却是十几号壮工，带头干着全厂最脏最累的活。记着两年前有人给隗怀仁送礼说是制瓦机太吵，又长期上夜班严重影响夫妻感情。于是米釉亮顶替成为被派到半成品车间的那只羊，专上夜班专责制瓦。米釉亮则笑眯眯称赞挺好，下了夜班还能干点儿活呢。不久，有人反映他常拎着一个家用体重计去成品货场不知忙捣什么，还时不时推着泵秤给大块头的琉璃屋顶构件"正吻兽"呀、"合角吻兽"呀称重量。于是他又被派到锅炉房上白班，锅炉房的小卢很高兴地对他说，我爸说了，让我照顾好您，您想睡就睡吧。

米釉亮笑笑，不能睡觉，大白天太可惜了。

小卢很失望，米釉亮拍拍小卢的肩膀，谢谢你。哎，今天我给你带来了一小碗儿红烧肉，快尝尝。

小卢脸上立时堆满美滋滋的笑容，釉亮叔，您说话算数，是条汉子。

釉亮笑了笑，问，在你心里我算是一条汉子？

当然！小卢把嘴里的肉咽下，看着釉亮的眼睛说，您瞧得起我。不像有些人，把我当傻子，其实，我心里明白，他们才是大傻瓜。等有机会我会让他们明白的。

哦？釉亮眉头微皱，他没有想到小卢能说出这番话，便加了一句话，我看你也是一条汉子。

小卢边吃着红烧肉边问，我也是条汉子？嗯，你有眼力，我太美了！

米釉亮则在锅炉房交接班记录用的那张旧桌子上，归纳整理了自己收集到的官式琉璃资料，试着写了几篇文章，请栗教授审阅。栗教授很欣赏，经过修改，推荐给《园林建筑》杂志，并都陆续发表了。

米釉亮的委任状在不死不活的琉璃瓦厂的确掀起了不小的波澜，他也成了工友们取笑解闷儿的对象。谁不知道原料粉碎制泥是全厂最不招人待见的地界儿，这招叫卸磨杀驴，兵不血刃。这是官场惯技，杀法隐蔽且冠冕堂皇。不过米釉亮真是长着可人疼的肉，他总是一笑而过，从不计较颜面得失，高兴了还亲自拿自己开涮。在家他劝解妻子别生气，人家发财，咱家找乐子、逗闷子呗，谁敢说这不是"财"呢？琉璃这行学问深着呢！选料、粉碎、闷泥、搅拌是最基础的活计，也是最重要的。好事！

希希夸奖釉亮的好心态，你不是被他整治得麻木了就好，记住，我们不会总是困在月亮背面！希希笑着说完，还特意捧着釉亮的头在他的额头上、脸蛋儿上响响地亲吻了几下。

嘿！表达爱意该亲吻这儿才对嘛！釉亮高高噘着嘴。希希则用双手轻轻拍打釉亮鼓鼓的双腮说，你正经点，我这是表达领导的关怀和慰问。

米釉亮走马上任一周后的星期一。早晨上班电铃刚响过，总公司外事办通知，世界知名企业家携夫人明天下午来厂参观，务必做好接待工作。隗厂长又喜又急，喜的是琉璃瓦厂接待世界知名企业家是"大姑娘上花轿——头一遭"啊！急的是厂办所在的四合院以外整个厂子就像是陷在灰土坑里。即使最耀眼的"成品库"也是露天堆放，杂草丛生，七八棵臭椿树散落四周都长得比人高了，用铁丝网一圈，出入口是一间检察岗亭似的验票发货处。其他车间更是一脚踩下去，冒出一股灰黑色尘土，这可如何是好？魏怀仁立即召开紧急会议，全场总动员，除了窑火不能停，必须有人值班外，全部人员都投入厂容厂貌大整顿。

下午两点整，几辆轿车鱼贯驰入厂办临时规整出的清水泼洒的一片空地，世界知名企业家携夫人在外交部、公安部一行陪同人员的簇拥下来到厂办所在的四合院。渴望尽快发展经济的中国，很尊重那些满世界飞来飞去的国际大亨们。因为老窑厂地方狭窄，接待的场所只能安排在天井。天公作美，大冬天，只有今日晴朗暖阳、干燥无风。天井挤着满当当的工人们，他们只是在电影中看过阔绰大企业家和摩登美女。从心里认可了这些人，并不是很可怕的，也看不出人家满身挂着金银珠宝，尤其是那位夫人，如此年轻、貌美，令人艳羡。中国的崭新棉军大衣穿在他们身上，竟然出人预料地找到了另类的高端神气和威武。经总公司外事办主任一一介绍后，特聘前来协助接待的故宫博物院专家栗教授站起，讲了昨日企业家携夫人光临故宫参观游览，被太和殿金碧辉煌的宏伟气势所震撼，提出在回国之前参观琉璃瓦的生产工厂。请厂领导给欧洲尊贵的客人做个简要介绍。

这几句话不啻晴天霹雳，吓了隗厂长一身冷汗，忙活了半天，竟然忘了询问参观流程，以为和往常一样总公司大包大揽，他只是"听吆喝"的跑堂店小二呢。事已至此，他立即紧急寻呼质检科长、供销科长，他知道此刻延误的每一秒都是国际外交上的重大失职，既有辱国格，也是葬送自己的前程，尴尬呆立在贵宾面前的隗怀仁顿时心跳急促、浑身发软。上级接待方也是恨无地缝可钻之时，栗教授立即上前将自己的后背挡住客人的视线，低声不满地提醒道，你们厂不是有个叫米釉亮的锅炉工吗？快把他找来！

隗厂长一时没明白这句话的含义，一脸茫然，说，我厂是有个叫米釉亮的人。他是粉碎制泥车间临时负责人。我们接到外宾莅临参观的通知，考虑那个车间烟尘噪声太凶的原因，立即停了产。另外，如此重要的外交场合有农民工在场的安保风险太大了，所以及时放了羊，包括……米釉亮。大冬天隗厂长头上居然冒出了大汗。

栗教授闪身故意躲着贵宾们的视线，朝着隗厂长强压音高再次强调，快去叫他来呀！

隗厂长此刻才猛然惊醒自己的身份，立即派人跌跌撞撞去找锅炉工米釉亮。

栗教授转身走上台前，依据自己掌握的琉璃常识给贵宾们讲解以弥合礼仪上的严重空挡。

5分钟后米釉亮飞奔进了四合院，头一眼就看见了栗教授，米釉亮立即调整步态，挺着胸脯坚定地走向主讲台，他朝外国企业家和夫人深深地鞠了一躬，随即朗朗道，尊敬的企业家和尊贵的夫人，我们琉璃老窑厂从中国的明代起就是皇家的御用工厂，专门为故宫以及皇家寺院庙宇的屋顶生产琉璃瓦件……米釉亮从容不迫地讲了琉璃建筑构件的独特魅力和神韵；琉璃在中国古代建筑史的美学地位和它彰显出的皇权象征……六分钟后他结束讲话，盛情邀请企业家和夫人沿工艺流程参观游览。当他走下讲台时先是给栗教授鞠了一躬，因为重任在身，二人没机会做什么交流。

欧洲贵宾在米釉亮的引领下边走边看，兴致盎然地参观着，多次表达对中方安排的溢美之词，临离厂之际，意犹未尽的欧洲贵宾向外交部官员表达感谢的同时再一次提出，明天十点很希望在钓鱼台国宾馆再见到米先生。

栗教授找准机会走到米釉亮面前耳语，我很忙不好找，你要主动给我打电话。我们要尽快确定琉璃选题。

釉亮点头，问，那位企业家先生为什么还要找我？

栗教授神秘地说，他请求你们为他烧制一条深浮雕琉璃龙，和北海九龙壁上的中间那条黄金龙一样的雄奇威武。

他看中了中间那条？

怎么，有困难吗？

米釉亮激动了，搓着双手不好意思地央求栗教授，您能不能把这个任务交给我？

栗教授笑着说，好啊！我也想证明你是不是"银样镴枪头"！

我们厂这头儿……

放心吧，这事由我来协调。

米釉亮特意将这个好消息告诉了吻作车间的负责人智君，开工那天智君挽着孝存师傅亲临现场督阵指导。

这个重磅消息成为厂里半个多月的坊间头条新闻。再加上级领导直接向隗怀仁下达指令，外宾要求由米釉亮主持烧制深浮雕黄金龙的消息，一经传开，厂子里炸开了锅，说什么的都有。有的说，这都惊动了顶头领导发话，不寻常啊！难道釉亮真的要发光有亮了？也有的愤愤不平的，琉璃世家的子孙怎么可能永远遭受压制呢？还有的说，他就像是长在了老窑厂，老窑厂到处都有他的影子，这么热爱琉璃的人就应该是个好工匠人啊……

当然，也有紧咬着后槽牙耿耿于怀的，隗怀仁便是这类人的代表。隗家发生战事的引信也因此被点燃，发出滋滋的响动，不过这事发生在旁人不知道的私密空间。

刚才，隗怀仁最器重并称为左膀右臂的质检科蔡科长和供销科钱富水科长上门请罪，被他骂了出来。隗怀仁心里窝火，称病在家已经不像以往那般不断有人来慰问，只好拿妻子肖弘忍和闺女隗珋撒气。

父亲大人！事情发展到今天，不能怪我没提醒您吧？隗珋对父亲的管理能力颇有微词。明明今天厂办有重要事情，您的那两位科长还敢擅自出差，我看又进城吃高档西餐了吧？引信开始滋滋爆燃。

魏怀仁极为不满地斥责，这里一定有阴谋！你懂个屁！引信兴奋地朝着爆炸的终点进发。

隗怀仁对女儿工艺美术学院毕业后不听他的安排，逆势回到琉璃瓦厂早已如鲠在喉、愤懑不已。父女原本隐形对立不睦已然公开化了。他哪里听得进"嫩嘴黄雀儿"聒噪。引信火花迅速接近燃爆点。

父亲大人，隗珋不满意父亲对错误的推诿，不示弱地继续发表忠告：大禹治水是疏解之道，不是堵塞之策。事到如今，您应该请米釉亮出山给您当助手，把钱富水和蔡科长那两位小人请走，他们除了阿谀奉承、有利就钻营还会什么？那二位小厮的活不如都压给釉亮叔一人背上，他有这个能力。他爸爸都没看上您那把破交椅，更何况釉亮叔了！你怕什么？何乐而不为呢？

高抬锅炉工？

对呀！锅炉工当生产厂长！

信口雌黄！你是谁？隗怀仁腾地站起，怒指隗珋。引信即将燃尽，火药即刻爆炸。

隗珋毫不示弱地朝父亲跨前一大步宣示，我是您闺女！您早该主动改组领导班子啦！您下了那么大力量扶植起的人脉呢？您不能重要时刻称病示弱呀！

眼瞅着引信尽头是爆雷，而隗怀仁却不说话了，他只顾生气还未想好对策，这个毛丫头倒是为他想得周全……

隗珋继续自顾大胆排兵布阵，立即把我调到质检科当科长，做釉亮叔的助手，没我的辅佐您会失败得更快！

即刻引爆的炸药就这样被自己女儿的伶牙俐齿生生嚼碎了。他突然有了一种孤独求败的成就感：我还是我，你米釉亮还是由我罩着你那萤火虫屁股！

长期以来父亲宠爱哥哥，处处冷落责难隗珋和母亲。隗珋原以为是爸爸重男轻女的封建思想作怪，她一直都在努力学习，想用自己的成绩兑换缺失的父爱。毕业前她曾在老窑厂实习，这期间她从听来的片言只语中拼凑出自己在隗家地位的完整图形后，她热爱琉璃艺术的拳拳之心不再单纯了，她坚定了必须回老窑厂的信念则是要永远陪伴在母亲身边，不容许任何人再伤害她，首先是父亲。她对父亲更多的是怜悯，她曾耐心地劝父亲不要再和米釉亮斗下去了。越是改革开放的深入，她越是清晰地预见到父亲失败的必然，同时也明确知道了他和釉亮叔的争斗已经殃及家人，尤其是对母亲的折磨。关于母亲和釉亮叔似有似无的传言她半信半疑，但是，在与釉亮叔的工作交流中即使鸡蛋里挑骨头也没有找到他生活作风上的半点瑕疵，她看到的只是令自己由衷敬佩的专业精到，严谨睿智。明明是个工人却像是学富五车的专家一样具有强大的职业气场，面对问题总会有一套解决的好办法的工人出身的专家。她觉得自己的父亲才应该是这个样子，心中也莫名地涌出丝丝缕缕的依附感、崇拜感。有时她也这样提醒自己：尽快学到他的本事，不管传言是否属实，自己掌握了他的本事，以后想怎么办还不是我隗珋说了算？可是……那又该如何向心中的那个人交代呢？

隗珋说的那个人是从小在一起长大的米粮，釉亮的儿子。他比她大两岁，聪明且刻苦，帅气且稳重，自打他考上北大附中去读高中后，他俩就再也没了联系。听说他几年前去加拿大留学去了，毕业后就没回来，而这些消息都是从希希阿姨那里获得的只言片语。她挂念着、暗恋着的就是这个人！隗珋明白自己是不能轻易伤害釉亮叔的，不然怎么向米粮交代呢……

米釉亮主持烧制的琉璃炫彩黄金大龙出窑后，摆在了厂办四合院的天井之中。这条大龙由十二块儿拼接而成，整体高三米五、长四米，大金龙盘桓向前、爪踏绿色海浪，蓝天祥云舒卷，真是气势恢宏，获得了前来验收的外交部和故宫博物院的专家们高度赞扬。各车间的工人们也闻风拥进厂办，一睹即将远游欧洲的东方金龙的神采。吻作车间的智君扶着孝存师傅也来了，米釉亮赶忙前来问候，孝存敷衍地点点头，一心只顾看大金龙了。他什么时候走的釉亮也不知道，自己只顾着应酬领导专家了。待到领导、专家们走了，釉亮躲在厂大门外的边角一隅，对着墙小声却很有底气地说，爸爸，你为什么不来看看儿子的第一件作品？儿子当年太小、太轻狂、太傻！但傻儿子真的没吹牛骗您吧！

琉璃炫彩黄金大龙飞到了欧洲不久，总公司批准了琉璃老窑厂领导班子改组方案，隗怀仁被任命为厂党支部书记兼厂长；米釉亮任副厂长，全面主抓生产管理；刘文举任生产科科长。众人无不明晰，在内外交困重压之下，对米釉亮的启用是隗怀仁的明智之举。老窑厂的现状必须改变了，否则，是与整个中国改革大势不相称的。工人们也明白，老窑厂总算有好听的动静了，他们期待着更大的更明智的改革措施快些落地。工人们急切期待着有活干、有钱挣，走在大街上也昂首挺胸——我还是老窑厂的工人！

隗琊也如愿成为米釉亮的助手并兼任质检科长。工厂上下众说纷纭，有人说是隗书记不相信米釉亮，名正言顺地派女儿实施全方位监控；也有人看到了三步开外的棋局高手：这是"隗家店"几年后招牌高挂辉煌发家的第一步。但大多数人还是寄希望于本次调整，毕竟钱袋子对每个职工来说才是至关重要的。有这么好的改革环境，老窑厂岂能自甘堕落？

斗转星移见证着首都改革开放的飞速发展，琉璃老窑厂终于迎来了一份重要合同——承包环球公园中的古巴比伦伊什塔尔门的琉璃装饰。

合同标的不算大，却是新一届厂班子的露脸之作。不巧的是谈判即将开始，米釉亮感冒发烧在家输液，甲方催得急，隗琊只得撇下米釉亮，自己大胆出面谈判，再大再复杂的宫殿正脊都做过了，区区台历大小的釉面浮雕砖算什么？很巧的是甲方团队中的项目经理是她的同校师哥，二人见面如故谈得很投缘，痛痛快快就把合同签了。因为质检供销两大科室合并，程序简化，隗琊便直接捅到生产科，要求刘文举科长排班定产。

老刘科长年近五十，如今是老窑厂不多见的老匠人了。他身体精瘦，也不知整天吃什么稀罕物，一双大手左手倒右手就是不离那个大号搪瓷茶杯，茶杯外磕碰的地方被涂上了一块块椭圆的绿漆皮，只要大茶盖儿一掀开，那浓浓的茉莉花茶香气直沁心脾。老刘科长一看隗琊递过来的生产派工单，他心里犯了嘀咕：新官上任就点大火？想把我烧死啊，我才不上套呢。他喝着茉莉高末儿，咂着嘴说，隗大小姐，派工单应该有米釉亮的签字吧？

隗琊立马呛了回来，釉亮副厂长病啦就不生产了？

刘科长头没抬说，这活不一样啊，风险大呀。说完才想起看看这位美女什么反应时瞅见米釉亮迈进车间大门，米……刘科长一时不知怎么称呼这位没名分的领导，说了句，您来了？烧退利索了？

釉亮一脸倦容，拿上刘科长递过来的派工单有气无力地说，隗琊，你叫上各车间的班组长、各科负责人到厂办开个会吧。说完他就先走了。

经过盘点上次接待欧洲著名企业家的种种失误后，隗怀仁立即建了大小两个会议室。小会议室就是釉亮第一次召集生产一线的班组长开会的地方，大家兴许有种新鲜感吧，很快到齐了。釉亮刚要开口，刘科长指指他面前的大号搪瓷缸子悄声道，别着急，先吸溜口茶吧。米釉亮掀开杯盖，一股浓浓的红糖姜水的香味扑面而来。米釉亮一下子精神了，吸溜了几口大声说，谢谢诸位，我们是第一次召开厂生产大会，必须说几点，一，刚刚宣布让我多挑半桶水我就病倒了，隗琊第一次主持合同谈判不容易。开局我们俩都表现不错。

话一出口大家都咧嘴笑了。米釉亮继续说，二，合同是给环球公园里一座著名的大门做外墙装饰面板。隗琊，你先说说产品规格。

隗琊站起以示尊敬，我说说面板规格，宝石蓝色琉璃深浮雕面砖，一公分厚、五公分宽，八公分长。我说完了。

刘科长，米釉亮问道，您为什么觉得这活风险大呢？

釉亮兄弟，刘科长坐直腰板说，行话讲，琉璃不是瓷，怕薄不怕厚，按这种规格烧造起来，容易变形啊。

各科负责人，米釉亮转向大家伙，你们有谁明确通知刘科长这活怎么干吗？会场静悄悄。隗琊，你有什么建议吗？隗琊也一脸无措。

米釉亮严肃地说，这是全厂生产会议，我们以后要常开这样的会议，各科要多通气，群策群力。下面我先说，大家有不同看法再补充。刘科长说得对呀，这种砖又小又薄，不想办法，素烧就可能出现大量的残次品，更别说挂釉再回炉了。怎么办？第二，釉烧时怎样避免"烟熏砖"，保证釉面的光洁度？几位临时负责人先说，每个人都要说，什么时候生产会议呈现百家争鸣的态势，咱们厂就大有希望了。我点名啦？

刘科长接茬儿，釉亮兄弟，说实话，别难为几位班组长了，咱们厂二十年没接过这样的活了。不是小瞧几位，我估摸着没人能说出个酸甜苦辣，有想试试的吗？别让我埋没喽人才。

会场一片寂静。米釉亮笑了，刘科长将这一军好啊。我试试，请大家批评指正。米釉亮又吸溜了几口姜糖水，说道，一，原料粉碎时加大骨料两成，料粉必须过 40 目筛，否则浮雕的清晰度不过关。

刘师傅见不少人皱眉头便插话道，骨料就是素烧时的残次品，粉碎后掺上它是为增加泥坯硬度，减少变形。说完朝米釉亮点点头，您继续。

米釉亮笑了，提醒得好。二，供销科立即采购一百斤洗过的粗粒石英砂。窑炉车间注意，这是为了保证烧制时不变形，釉烧也一样，都是不能用"支钉法"作业的。为什么？自己想。三，技术科立即根据图纸要求，赶制几套专用模具。这是要加强浮雕的精细程度。四，生产科筹备搭建"隔洞法"烧制面板，这是为了防止出现烟熏釉面砖。我说完了，谁家的孩子谁抱走，细节再具体布置。刘师傅、各位师傅们请多指正。

嘿嘿，我只有鼓掌的份儿啦！刘科长说完带头鼓起掌来，大家听得虽说没全懂，但这次会议大伙都感到跟往常相比有股子不一样的感觉，没废话，只有干货，听着有味道，有劲头，所以也跟着刘科长使劲地鼓起掌来。

米釉亮宣布散会，悄悄转身对隗珋说了句，你留一下。

第十八章

会议室剩下隗珋和米釉亮，他请隗珋并排坐近些，隗珋不动窝，米釉亮只好绕到桌子对面，隔着"防护带"说，隗珋啊，一，你没学过产品成本核算，抽时间你尽快主动找我。二，这份合同要重新谈，总价要提高百分之二十才不亏本呀。

隗珋瞪眼了，回怼道，这是合同！字签了，章盖了，你不怕人家笑话咱们无理取闹吗？要谈你去谈，我不敢去！

我没说不去嘛，这样，明天咱俩先做这笔合同的成本核算，然后我们一起找甲方谈判，好不好？

隗珋站起身，甩了一句，嗯，没别的事我先走了。

哎，我还没说完呢。回家，把我会上说的整理出一份笔记。

隗珋没吭声，二次车转身几步窜出了会议室。

米釉亮看在眼里没说话，拎着搪瓷大茶缸朝生产科走去，满满搪瓷缸子姜糖水让他吸溜得干干净净，他要先去谢谢刘科长及时通知他有这份环球公园的合同，否则真要坏事啊！由此联想到厂子里技术好的老师傅越来越少了，退休还能干的，跑乡镇企业了，甚至跑外省地界儿赚大钱去了。米釉亮的技术水平老师傅都心知肚明，想赚大钱的师傅都是第一个想把他挖到自己跟前去，米釉亮一一谢绝了。他牢牢地记住栗教授的叮嘱格局大些再大些的话，他更记住了父亲的叮嘱，如今改革开放门户大开了，大千世界的诱惑千奇百怪，可你只能专心搞好老窑厂的事，否则你将一事无成！老爸末了还强调了一句，这还是老窑厂，还是不能忘了辰启大掌柜的临终嘱托。你万万不可儿戏啊！

可父亲难道不知道，现如今的青年人谁还愿意玩泥巴？他们只是为了保住"五险一金"才在厂里干耗着，不然，早顺着永定河漂走了。到哪儿不比这儿挣得多、待遇高啊？这不能怪别人，凤凰还知道攀高枝呢，何况人乎？米釉亮心里拽了一句，自嘲嘛，聊以自慰呗。可是有一点必须做到——像刘文举科长这样有责任心的师傅，说什么也要把他们认真地捧在手心里！他心里想着，见到刘科长竟然顺嘴儿诌了句，您是稀缺资源啊！

这话怎么讲？刘科长乍听有些蒙灯儿。

宝贝呀！刘师傅。如今，咱俩尽可能多地联络几位老师傅，包括出去挣大钱的退休师傅，组织起咱们厂的土专家讲师团，把大家伙的心气烘起来，让大家伙的钱包鼓起来！

别着急，憋着劲儿，一步别停干扎实喽。刘科长说着拎起自己的棉军大衣甩给米釉亮，披上！你瘪啦，工人们的钱包还能鼓？

几天后，米釉亮和隗玥一起请甲方来厂谈判，釉亮诚恳地将本合同的成本核算呈现给对方审视，这本是老窑厂的机密呀！没法子，只能向甲方诚恳道歉，讲了那些天自己病得不轻，实在没能前来和大家面谈，也希望能够给予改正。

隗玥也一再向师哥表示道歉，知道自己犯了自以为是的错误了，站起鞠躬恳请师哥原谅。那位师哥居然很大度地将合同改签了，标的金额也增加了百分之三十。谈判结束客人走了，隗玥依然如同在梦中，不解地问米釉亮，真不可思议！难道我那位师哥听您的咒语了不成？

"诗在功夫外"，文科生都知道这句话。米釉亮抿嘴似笑非笑地说了一句。

有秘诀吗？隗玥毫不在意他此话的多义性而坚持问。

工程一再延期，总承包商下达了限期令，他们在和我们接洽之前已经找了五六家了，均未成功。

您是怎么捕获到的信息？隗玥追问。

米釉亮低头将这几天和隗玥一起搞的成本核算及表格、设计草稿整齐地收集起来，塞进每天必带的老款人造革黑书包后才说道，谈判的关键是知己知彼，知彼是最需要自己悟的那部分。

隗玥没动窝。米釉亮冷眼观察发现，隗玥长得越发像她的母亲。二十多年前琉璃老窑厂有一朵远近闻名的厂花——肖弘忍。别的工友领了劳保蓝色工装立即上身，肖弘忍却将工装改成了中式立领、对襟儿一排精致的云朵盘花扣、卡出细腰身、走动起来随着腰肢的自然扭动，下摆更显得婀娜飘逸，惊艳了众多爱美的女工。二十多年后隗珋青出于蓝而胜于蓝，这个有艺术造型功底的大学生，着装更加新潮得体。娘儿俩逛街走到哪里都是一道亮丽的风景，尤其那两双能点着炉火的大眼睛。然而，细细评鉴釉亮觉得隗珋的眼睛虽然俏丽却不如母亲那般的秀美清澈、那般的委婉韵致。隗珋有一种掩饰不住的高傲冷艳的气质，这本该是靓丽女士的加分项，但工作中总是冒出咄咄逼人的强势，易烦躁且不耐心的缺点，又像是洗后没有经"金纺"漂洗的漂亮连衣裙，皱巴巴露出着装瑕疵而别人又不便提醒的尴尬一样，这一点性格大约是遗传了隗怀仁。作为他的助手隗珋始终伴其左右，但助手该有的"眼力见"她却反应木讷、迟钝，像是阳光下应该有影子时却不见了的那般诡异，使他感觉有意若即若离、拒他于千里之外。她说话不多但很注意直戳实质而缺乏变通，干活不主动但很关注他的行踪而失去谦虚学习的诚意。

这天该下班了，走之前米釉亮问隗珋，我让你写的那份全厂第一次生产会议纪要呢？

隗珋不耐烦地应付道，我跟着您整天瞎跑瞎忙，真没时间啊。

米釉亮扭头看了看隗珋，机灵的隗珋也读懂了眼前这个神秘男人眼神的语义，挑衅地加了一句，八小时之外，还给您卖命？

米釉亮心里窜出一股邪火，他最讨厌这句话，干自己喜欢干的事还分内外？做自己热爱的事业是给别人卖命？他最鄙视对事业缺乏主人翁精神的人，何况你是主动回老窑厂的呀，怎么可以……

自身的经历只让米釉亮记住了一句话，"最高的轻蔑是无言，甚至连眼珠子也不转过去。"他撇了隗珋一眼站起想走，那双基因复制的大眼睛令他犹豫了，鲁迅的名言不该用在这里，她毕竟还是个孩子啊。釉亮的脑海中骤然闪过这样一组镜头链接：厂班子调整后的第二天，下班电铃响过好一阵儿了，肖弘忍在办公室门外喊他，他大声说请进，她却执拗地继续喊。他只好迎出门外。

她隔着他三尺远，努力小声说，我求你好好管教管教隗珋，行吗？她很佩服你。可是……你要小心她，她像隗怀仁，一阵阵不懂好赖，但她不是隗怀仁，心眼儿不坏，只是没想明白……万一，她顶撞你，别记恨她。算我求你啦！说完没了下文，也不等釉亮表态，独自扭头急匆匆走了。

米釉亮默默地注视渐远的背影，永远的那般楚楚动人，永恒的那般清纯，永驻于心的那般怜爱同情之心无以言表……直到视线里不再有那个灵动情影了，他才摇着头回到办公室，两家四口大人都是中学六年的老同学，怎么越混越像是陌路人？眼前的情景算是什么？秘密接头？怎么还把孩子也牵扯进来？

米釉亮迟疑之时，隗琊在其背后也在关注他。为了肖弘忍的嘱托米釉亮并未回身，但还是开了腔，努力表现出极大的耐心说，隗琊，你希望分分钟把我的本事都抢到手，再赶我走，自己却又不想卖力气踏实干，这样，能有出息吗？说完沉稳地走了。釉亮知道这是留给隗琊的思考，去用心悟其道理的话。只是现如今，她还找不到正确的答案。

隗琊难堪地晾在一旁，半天挪不动脚步。

米釉亮没走远，他在厂子里转悠，一路上谁见了都停下来夸上他几句，大家高兴，米釉亮带着隗琊和供销科的人成功地谈下来一笔大合同：黄河边的铜鼎市建造黄河楼的大工程。两年的饭折算是有了，奖金高了谁不高兴？

转了一圈气消了，米釉亮想起栗教授，他打了几次电话，栗教授办公室的秘书不是说他出差了，就是说他出差还没回来。这回他到生产科又试着拨了几次电话还是不通，他只好和刘师傅商谈联络老师傅们讲课的事。

任务重缺人手，街道上的待业青年不愿意来，不得已只能招来一批农民工，各车间负责人的业务素质也不高，车间管理能力更别提了。生产任务上来了，保证质量就成了关键，于是他策划了建厂以来头一次大规模岗位学习方案，计划组织以老师傅为主的讲师团、以各岗位规范要求为重点的专业学习班。方案都写好了而米釉亮心里却没底，明摆着的事，再好的方案也架不住隗怀仁一句冠冕堂皇的话给否喽，犯愁的米釉亮找媳妇想辙，希希戳点他脑门道，一到这类人事儿你就犯二！讲师团策划人、负责人、实施人都是隗琊，你只是个帮手，还愁领导不批吗？

第二天，米釉亮左手捂着腮帮子一副极为沮丧的模样来到办公室，隗琊见状自然播撒柔风细雨，米釉亮反应肯定要迟迟疑疑，在万不得已情况下才说出自己的心事，结尾他反复强调隗琊对专业培训一定是驾轻就熟的。隗琊一听夸奖当然小脸绯红含羞认可，于是，米釉亮毛遂自荐主动连夜打草稿，再请隗珧审阅后上报。第三天方案正式出炉，由策划负责人、实施负责人隗珧打印正式请示件呈报隗厂长审批，结果一路绿灯，批示件上的支持力度当然也是破天荒的。

隗珧变得干活很认真，制定了严厉的奖惩制度。中年讲师要有详细的教案，老师傅则由她和米釉亮共同商议讲课内容，米釉亮写好教案帮助提醒老师傅讲课。制模、造型课由智君负责编写，隗珧审阅。每星期六下午集体先洗澡，三十分钟后学习一个半小时，迟到早退、笔记潦草、考试六十分以下的，都要罚当月奖金的二分之一。至于无故旷课，考试六十分以下则扣除全月奖金，而各车间优等生奖金翻番。

米釉亮的心从未有过地畅快。他进厂二十多年了，主动调换工作也罢，被迫承受换岗也好，关于琉璃瓦他总是怀揣的敬畏，爱屋及乌，对待老师傅们他毕恭毕敬，什么脏活累活他都笑眯眯地接过来认真干，从无怨言。自己烟酒不沾，却舍得孝敬老师傅们，哪位师傅病了都会找他，因为县医院有他的知己朋友，帮忙请个好大夫，再多开几盒生脉饮、人参健脾丸、大活络丹之类的补养药。那时候这些药还都是入医保的紧俏货。只是有一点，除开老师傅别人没这个"福利待遇"，老师傅眼里的他最是好人缘。但也有人骂他势利眼，他反倒自得其乐说，这些老师傅对琉璃行的贡献，值得自己伺候他们。

因为教学内容针对性强，挂钩生产实践紧密，大家反映强烈，车间生产欣欣向荣，环球公园的合同也如期完成了。全厂半年产值利润成果显著。全厂上下都有笑脸了。米釉亮也终于晋升了生产厂长，隗珧则是厂长助理兼质检科长，生产科长刘文举升任生产副厂长。

这天，隗珧主动拿出一沓厚厚的 A4 复印纸，放在米釉亮的面前，还没开口说话，桌上的电话铃响了，米釉亮赶忙拿起话筒，来电声音很大，旁人都听得一清二楚。

您好，请帮我找米釉亮啊。

我就是。您是栗教授吧？

对方拖腔带调地大声说，米大厂长啊，我们首先要确定一个事实，你是否主动地给我打过电话呢？

米釉亮赶忙讲了自己主动给栗教授打电话的全部经历，并请他的秘书做证。不见对方回音，八成是在核查。过了一会儿，栗教授才用和蔼的语气说，米厂长，我刚才提出的问题很重要，经过核实我比较满意，否则，我会拒你千里之外的！这不是你和我的事，这是关乎琉璃存亡的大事，它比你我关系重要，可懂？

我懂，我懂的。米釉亮感动得有些哽咽，他找到了懂他的人，他的伯乐！这是他最幸福的时刻。

釉亮啊，栗教授继续说，我这里有一封重要的快件发给你，我不是要求你立即完成，但必须从现在起运作起来，倘若动起来，只能是快马加鞭，绝不可以停止！可懂？好了，我说完了，再见。栗教授先挂了电话。

釉亮痴痴地握着话筒，这是他还没有从刚才的特殊情境里走出来。

喂，喂！哎！隗珊一声比一声高地呼唤米釉亮，醒来的他满脸通红地竟然像个小孩子一样害羞。隗珊装作根本没看见这一景，说，这是我收集整理的各位师傅们的讲课教案，您看看。隗珊另外递过来几页打印稿……这是咱们厂第一次生产会议纪要……那次……我错了，妈妈批评了我……请您，多多指正。

釉亮边看边点头说，好。另外，我是说……有机会替我谢谢你爸爸。关于这些笔记我要拿回家认真仔细看看后再提建议，争取把这些宝贵的教材汇编成册，以后以它为蓝本，不断地提高完善成老窑厂的内部教材。咱们都要记住，千万不可小觑它的宝贵呀！

隗珊高兴地说，都记住了。另外您的讲课质量比我想象得要棒得多！

釉亮的脸又红了赶忙掩饰道，你是科班出身，从现在起要养成留存归档的好习惯，尤其是失败的案例，残次产品如烧裂、焖青、烟熏、薄釉、流串釉等等，都要留存实物、加配照片，这都是最珍贵重要的实物资料，各岗位老师傅的操作过程还可以录制下来，需要的专用设备你写个报告我签字，你找隗书记批一下。米釉亮半天没听到隗珊的反响，抬头看到姑娘一直在盯着自己，痴痴地，能感觉到她的眼神空空如也、没有焦点凝聚，思想不知飞到了哪个爪哇国去了。这回轮到米釉亮笑了，但不敢出声只好静悄悄地等待隗珊的清醒。

哦，对不起，轮到隗珊解释了，我刚才想，给您打电话的一定是陪同欧洲企业家来咱厂参观的栗教授吧，就是那个故宫博物院的陶瓷专家。他真是个办事较真的大人物，跟您说话毫不客气。

釉亮点头佩服隗珋的精明，他知道她很想加入栗教授的课题中来，便大大方方地说，这两天帮我注意接收特快专递，你可以签收也可以拆开阅读，那是栗教授给我的研究课题大纲，是关于琉璃建筑构件的。如果你愿意我们可以共同参与一起完成。

真的？隗珋对自己的猜测不仅没有引起米釉亮的反感，反而获得了意外收获，自然惊喜连连说，太好了！我一定积极参与努力担当。

你需要从现在起进入课题资料收集工作，但不能影响厂里的工作。见隗珋跃跃欲试，釉亮很高兴地布置，凡是可以见到的琉璃构件你都要分门别类地编号并绘制白描三维图。

隗珋高举右手说，一定抓紧时间尽早完成任务。

这天下了班肖弘忍直接来到希希家。希希热情端过来一盘子大枣请她吃，还不忘连声道歉道，真对不住啦，你那仙人骑凤果真灵验呢！我说快点给你送过去，可釉亮说别送去，还是等你来的好，我想也对，免得隗怀仁疑心生暗鬼再找你麻烦。肖弘忍点头致谢，希希接茬儿道，你上次说这只仙人骑凤是老隗师傅临走时给你的？见肖弘忍严肃地点点头，希希说，我不明白了，老隗师傅不是因为家栋爸爸处分他才怀恨在心，才指使隗怀仁陷害他的吗？怎么人之将逝，其言也……

肖弘忍说，最初我也这么认为。心里甚至还说过，有其父必有其子呢。公公临走前两日我才知道当年我公公受到党内警告处分后，家栋厂长几次找他谈心，分析犯错原因以及错误对家庭的危害，我公公知道自己错了，认识到若不是老厂长及时挽救，自己的家就散了。他说他感谢老厂长，从不记恨他，老哥俩还是知心朋友。我听了很感动，二位老人家都是顶天立地的好男人……肖弘忍见米釉亮进来了便打住话头。

昨天肖弘忍刚刚从希希家出来不久，被免职的供销科长钱富水迎面走过来，老远朝她点头哈腰干笑了两声，她无视此物坦然过去了。肖弘忍认定这样的男人是典型人渣，助纣为虐的帮凶，隗怀仁只知道这些人献上的蜜是甜的，却不知蜜里是掺过"蛊"的。

回到家的肖弘忍忙完晚餐还不见父女俩回来，她吃完晚餐又归置干净利落开始忙自己的了。洗漱完毕肖弘忍套上双自己织的厚毛线袜子，伏在桌上开始和她心中的宠物亲昵交流。平房冬天没暖气，需要自家生炉火。安宁中徒增了几分清冷。这个家先是儿子上大学走了，盼着毕了业，儿子却把家安置在朝阳，偌大北京城一东一西难得见上一面，后来是珘儿上了美院附中住宿后，家剩她一人看守。隗怀仁视家为客栈，和他性格相左的肖弘忍早已习惯了。她不喜欢串门子唠闲嗑，喜欢独自享受这份安宁。珘儿就是受母亲熏陶也喜爱中国工笔画，尤其爱画观音。弘忍不信佛，却敬佩佛家的威仪天下，普度众生的大爱情怀。她每次描摹观音前都要净身焚香感激之心浸淫其中，能够更真实地领悟到观音手持柳枝沐浴凡心舒暖，令她享受到缥缈云天的那种被解脱、自由飞翔的释怀轻松。可有谁知道这般情境的序幕大多是在家暴后才慢慢拉开的呢……最近一年多，琉璃老窑厂有了米釉亮的领导，厂子一派欣欣向荣、她别提多高兴了，她不在乎奖金有多少，她在乎的是米釉亮终于熬到了"锥之处囊中，颖脱而出"的时刻。她暗暗自诩是她多年叩拜观音的那片诚心所致，每每想到自己大言不惭偷偷贪天下之功时，她都会显示出少女时的那份妩媚娇羞，那是她最可爱的时刻，她需要这个时刻替代隗怀仁而救赎她的罪孽，修补她心灵遭受的创伤。于是，她又爱上了描绘藏匿豢养在心海中的宠物，它们是蹲守巍峨恢宏的皇家大殿斜脊之上的十只祥瑞神兽，它们的位置在侧脊、戗脊等脊的前端，依次排开在最前端的是仙人骑凤，之后的祥瑞之兽，各司其职，或防雷电，或镇洪水，或镇守金銮殿平安，或弑佞臣叛党。它们的名字是龙、凤、狮子、天马、海马、狻猊、狎鱼、獬豸、斗牛、行什，这些都是中国古典建筑的美学之宝，是中国古老文化的浪漫奇葩。她庆幸自己能白天在厂子里塑造它们的美丽、威武，晚上在家能描摹它们的神勇忠诚，她更是想借此机缘祝福自己的家人、亲眷、知己朋友安康而不受恶魔小人的欺辱。突然，隗怀仁夺门而入，凶煞煞站在肖弘忍背后，她感到了后背阴风袭脊，又来作孽的蛊魅附体了。随后，隗珘也满身带着动静进了来，倚着门框不语。

又去了米釉亮家？隗怀仁怒问。

我一辈子的行踪磊落光明，值得你监视吗？肖弘忍沉稳地放下画笔，站起来，背对着他，清晰地回答。

魏怀仁咬牙切齿地咒骂，想老情人想得骨头痒了，需要"家法"伺候啦，是不是？

肖弘忍腾地转身紧握着绘画的毛笔，笔头冲着隗怀仁一板一眼声不高，气不促地说，刚结婚时你犯浑，我顾及家和老人让着你；琊儿他俩小时，我顾及孩子心理不受伤害忍着你；现在，就从当下开始，你胆敢再动我一下，试试？肖弘忍蘸满墨彩的笔头，随着她不急不缓的动作洋洋洒洒甩了隗怀仁一身。隗怀仁一时被眼前完全陌生的女人镇住了，等他清醒过来，在隗琊面前想找回颜面丧失殆尽的那一点点残存尊严之时，他用力扬起拳头，却被女儿一把推倒在床。隗琊平静地说，老夫老妻嫌不嫌丢人？过不下去离婚呀，何必互相折磨？

隗怀仁翻身坐在床边傻眼了，怎么？闺女撺掇父母离婚？媳妇敢对自己发威？霸主呢？被篡权啦？被赶下台啦？

隗琊觉得自己很了不起，终于可以保护妈妈了。但令她诧异的是心里刚刚升腾起来一点点儿成就感，却被妈妈一反常态的行为震慑坍塌了：女儿强压着不满说，妈妈为什么非要进釉亮叔的家门？希希姨不吃醋？别人不嚼舌根子？瓜田李下总不该给别人留话把儿吧？她的这番话既是为了扑灭家中战事灾祸，又想平衡父母关系，小声对妈妈说，您也真是，该注意影响呀。隗琊的话音未落，只听见"啪"一声脆响，隗琊趔趄几步勉强扶墙站住，脸上火辣辣地痛。隗怀仁见闺女被妻子暴打，立即找到了施展家法的充足理由，但他错了，他见到这个女人左手紧握剪刀护在胸前，双目怒睁，一言不发却大有血拼成仁的架势。隗琊慌乱地冲过来先护住妈妈，再向父亲低声怒吠道，坐下！隗怀仁一时竟然乖乖坐下，隗琊转身抱住妈妈，对不起妈妈，我错了……肖弘忍轻轻放下剪刀，拨开隗琊的手默默地走出了家门……隗琊只好悄悄地跟在她的身后。

肖弘忍漫无目的地在大街上晃悠，她下意识地来到米釉亮的家门口，夜已深了，希希家大门关着，她疲惫地扶着院门把手，双膝绵软缓慢地瘫坐下去，头抵着门犹豫着不知该怎么办才好。她鄙视自己为什么在心的深处还有他的一块地方，可是自己从未做过一件对不起希希的事情，她是将希希和釉亮当成是自己的亲人看待，亲人不该在心里有个位置吗？釉亮是个值得敬重和信任的哥哥，希希是自己应该时刻爱护的妹妹，这有什么错吗？为什么至今还遭受着上苍的报应惩罚呢？那个从未把她当成好女人的隗怀仁，对自己却是呼来受皮肉之辱，唤去罚筋骨之痛。如今公婆没了，孩子大了，尤其隗怀仁已是稳坐书记高台，为什么还在设法将米釉亮压在"五行山"下？她原以为隗怀仁中年得志不再折腾了，谁知这一年多米釉亮干得成绩显著，在隗怀仁那里依然还是时刻要拔除掉的眼中钉、肉中刺。她又一次无辜充当了撩拨他内心怨恨的那根最敏感的神经。可最不能理解的是含辛茹苦疼爱有加的宝贝女儿竟然也质疑她，这令她心如锥刺般绞痛！眼下她跪在希希家门外，想求得院门内的他俩对自己的宽恕。

肖弘忍轻轻地对自己的珋儿说道，我只有在这里能找到温暖，每当我遭到家暴或是心里有委屈，从来都是他们俩一起给予我温暖帮助，米釉亮是我敬佩一生的好男人，希希一家人才是我心中最渴望最向往的人和人的真实美好的世界。隗珋搂着妈妈，头一次听到了妈妈的心里话。她恨自己错怪了妈妈。

院门内，米釉亮被噩梦惊醒，他坐起来竭力想弄明白梦魇的缘由。他坐起的动作并不大，可还是惊醒了希希，她问，怎么啦？米釉亮下地倒了杯温水，喝了几口，默默地走到门前，轻轻拉开了门帘儿……

希希走过来，把压在二人身上的薄被子罩住釉亮，自己也乘机钻了进去，紧紧地抱着丈夫，和他一起看着铺满院子的银灰色如丝锦的月光……

院门外，肖弘忍继续说，我的娘家毁于几十年前，就在我爸爸没了而妈妈最困难的时候，为了妈妈不惜自己身陷狼窝，我用自己的身体换来了回北京的机会。结果妈妈就在我背着行囊疲惫地推开家门时断了气，去追寻她一生的崇拜者——爸爸去了。我不能原谅爸爸的懦弱，书中给予他"颜如玉"，为什么他没有看到书中熠熠生辉的灿烂与温暖呢？我也不能原谅妈妈的偏执，她为什么那么害怕孤独，为了追随挚爱宁可抛弃女儿，去拥抱死亡呢？爸爸在那边不责怪她吗？妈妈她好自私，好任性呀！肖弘忍默默地摇头，我即使再苦也绝不会像你们，我没有权利任性，没有人把任性恩赐我一丝一毫。你们兄妹俩没有、公婆没有、隗怀仁更不可能有……

院门内，一直亲昵搂着希希的米釉亮提醒妻子，门外有人在说话。希希警觉地凑近门玻璃，仔细聆听。我怎么没听见，没有啊。

院门外，隗珋轻轻地搂着妈妈，静静地跪在她身旁，她知道自己错了，她在等待妈妈的原谅，她执意要和妈妈一起朝前走，她可以什么也没有，就是不能没有妈妈……隗珋不明白地说，爸爸反正不是你的爱，我也不拜赐你俩的基因奉献，何必各自不仁慈地放手呢？她怕妈妈受了风寒，轻轻地扶起她往家走。她不明白像自己父母这样关系的家庭为什么能如此隐忍几十年，不，她不能让男人为所欲为，凭什么？我是独立自由的大写的人呀！

院门内，希希看着釉亮紧锁的眉头，便轻轻说，我们去看看？

米釉亮摇头，没人了。我们睡吧。

肖弘忍本就少言寡语，第二天，她该上班上班，该做饭做饭，一如既往。可是，谁也不知道她的心境却是三十来年第一次豁然透亮，恰似当年和希希、米釉亮第一次站在陕西高高的黄土垣上一样，当年她无助无望混沌的心被湛蓝的天打开，被棉柔洁白的云朵擦拭洁净，第一次涌进了一丝暖暖的欣慰，就是因为她什么也没有的时候，有希希和釉亮在自己身边，她至今记得那刻奔涌的心悸。现在他俩不是还在身边吗？虽不能触手可及，但她能看到希希成了历史学家，釉亮也在自己热爱的琉璃事业上突飞猛进，肖弘忍能真切地感觉他俩的蓬勃生机的存在，已经真正地感染到了自己，她欣慰且十分知足了。

厂子里都传说米釉亮要赴日本出差了，大家十分羡慕，当喜事疯传，中国工人要出国指导日本人啦！这让工友们眼热得早早开始计算釉亮能带回几件日产家用电器，最后大家一致认为——厂长家没钱！

第十九章

日本客户先来了，他们是日本东京都的投资人，准备建造一座宾馆，规模并不算太大。他们向世界宣布，这个宾馆必须具有举世无双的特点：建造宾馆所有的建筑材料都必须是世界顶级的名牌产品，其中有法国法拉基集团的水泥、意大利黑金花天然大理石板材……而琉璃屋顶和大厅的墙面装饰则选中了中国老窑厂的琉璃制品。因为，它是超过七个世纪的皇宫御用老窑厂的顶级产品……有着无人能比的高超技艺。

借着迎接日本客人的好机会，米釉亮带领着全厂职工对厂容厂貌做了整整一周的彻底整治，包括铺设水泥路面、增设绿植以及打造多处大小花坛。他年轻时念念不忘的一个小小梦想，璀璨如宝石的琉璃瓦件在尚未登上皇宫最耀眼的殿顶之前，就应该居住在花园式的庭院之中，因为它们是最尊贵、最华丽漂亮的公主。

走进焕然一新的厂大门，宾客会立即被一个内方外圆的大花坛所吸引。花坛四角全部由琉璃烧造的祥瑞之兽：青龙、白虎、朱雀、玄武各镇守东、西、南、北四方，向着花坛中心口吐圣水沐浴白莲营造出一种幻化美景，池中还有一群锦鲤游弋。

这个设计最初不是浴莲而是浴佛，但遭到了隗怀仁的强烈斥责，这是国营老厂，不是佛家宝殿！

花坛设计师隗珋强调这是美好神圣的寓意，但隗怀仁强烈坚持原则，气得隗珋翻白眼，找妈妈诉说。

肖弘忍和蔼地劝解道，他坚持得有道理。经过妈妈的一番劝说，隗珋乖乖地改变了设计，她也愈加敬重妈妈。

日本客人到了。

寒暄后，米釉亮问日方翻译，昨天在机场不是有五位客人吗？

是这样，另两位客人只是和我们同行，今天早上已经被贵国政府官员接走了。

米釉亮觉得有些怪气，不是我们的客人，怎么还要和我们握手相识，还主动交换名片甚至想乘坐我们的车？真纳闷儿！想到这儿，釉亮想找到名片却找不到了，也就没再当回子事。他提醒隗琊去请隗书记，隗琊哼了一声说，请了，他不来，说是他在宴会上举举杯中酒应付应付就行啦。

米釉亮心里说，你倒想得美！嘴上则笑着说，他们今天是来考察我们是否具有履行合同能力的。日本人很是谨慎精明，认为在合同未签之时安排宴请不好，有贿赂之嫌，我们不能宴请他们。

隗琊不吭声了。其实这段话是釉亮灵光一闪临时加上去的，他拿定主意就是签了合同也不能花钱请他们，和这些日本人只是做生意而已，他记住了孝存师傅的教导：我们可以和他们做生意，但不能做朋友。我们没有资格替死难的一千多万同胞烂施我们的善良。

隗琊说，日本人要的货分两类，一部分是屋顶用的琉璃建材，另一类是墙面用的挂釉板。两类货总计 22 万件，其中挂釉板有八万块，规格是 $400 \times 400 \times 50$（毫米）。这是个什么概念呢？就是说，比老窑厂历史上做过的最大的挂釉板还要大出 100 毫米、厚出 10 毫米。这下生产科刘文举为难了，这么大的尺寸目前的机器是无法生产的，要改造。问题是平整度要求也很高，还要见棱见角，陶土釉板不怕纹饰复杂，就怕要求平整。那么大的琉璃板材内部干燥率稍不一致，素窑烧出的尺寸误差就会加大，而内行的日本人早已将这些考虑在合同之内了，要求误差度也很严苛，这样残次品率就会增加。大家议论纷纷，这活难干，挣不上钱啊。

米大管家，有位小伙子一不留神顺嘴流出了大家给釉亮厂长起的外号，您是我们几百号家庭中，掌管碗中干饭的总管家。

有人也立即作出回应。肉是好肉，就是咬不动啊！大家也是议论纷纷，集中一点就是怕合同完不成，影响收入。

甚至还有人说，反正是给日本人的货，他们能一块块验货？

釉亮对大家表现出强烈不满的心情有些不高兴，但仍然耐心地解释道，不论咱们是手艺人，还是生意人，首要是讲诚信，咱们的产品已经出口到十几个国家，包括当年欺负过中国的八国联军的所有国家，能因为曾经的历史就不和他们做生意？不讲信誉？再说回来，艺高人胆大，能解决大困难的人才算是能人；能做别人做不了的产品，企业才能吃八方、挣大钱！各位看看咱们周围的乡镇企业，咱们再因循守旧，怕是连饭碗都被人抢走啦！

釉亮最后这句话，倒惹出众人纷纷埋怨甚至斥责返聘到乡镇企业当顾问的老师傅们了。

这话不对啊！米釉亮一下子音调提高了三度，右手高高扬起，咱们年轻人干这行就要爱这行，咱们也能练就一手绝活，也能在这行业立住脚跟。大家都这样，琉璃行当就能一代一代接续往下传承，与其咧着大嘴埋怨，不如闭住嘴巴踏实苦干！道理以后再讲，咱们先说说怎么解决困难吧。

有个小年轻固执地站起来红头涨脸地说，听说，有人出一百万现金聘请米大管家跳槽出山呢，有这事吗？

米釉亮高举的右手停在了半空，会场霎时寂静无声。米釉亮慢慢放下手臂，依旧是那遗传来的似笑非笑经典表情，慢条斯理道，有这事。我从没见过那么多的钱，一大提箱啊，唉，我这人啊，太"轴"，就认这个蹒跚走过了七个多世纪的琉璃老窑厂！

会场立时爆发一片掌声……小伙子高声叫道，只要您在我们就什么也不怕！

八个月后釉亮和隗琊应甲方之邀赴日时，发现那里的传统泥瓦烧造环境十分整洁干净，原料、半成品、成品的摆放规矩讲究，还十分便于发货，就连车间都是用红黄绿不同的标志线分划出可行、缓行、禁行的不同区域，那份场景真的触动了他。他理解了那是日本工匠精神的一部分，敬畏、热爱自己的劳动产品就应该是工匠信仰的一部分。他铭记于心也努力施治于行。这与他的民族仇恨无关。他要努力尽快实现爸爸朝思暮想，并为之竭尽全力收集整理的琉璃文物的夙愿。爸爸说，这是自己能为老窑厂做的最重要的一件事了。我要帮爸爸实现它！

米釉亮每天上班的第一件事就是检查日本八万块釉面板材的进展情况，一点也不敢马虎。隗琊过来告诉他有一位重要客人来找。米釉亮回到办公室。

你好。这位是区招商局臧局长。我是区招商局办公室主任，免贵姓崔。现在请我们的臧局长作指示。

臧局长说，咱们国家的改革开放的步伐加快了，各地政府都在积极努力招商引资，我们这里的形势也是一片大好。

釉亮截住闸门说，请直奔主题吧。

好，好，我们来是谈这样一件事，当前咱们区正在大力进行招商引资，力争使咱们区的经济发展尽快上个大的台阶。最近有两位华裔日本客人回来想投资家乡经济建设，这是大好事嘛。但他们也提出了一个请求，就是请我们帮忙找寻一件遗失的家传文物。这件文物叫夜光琉璃金龙烛台。他们指出这件文物你是知道下落的。

米釉亮不耐烦地说，你绕了一大圈，就是想说遗失的什么夜光琉璃文物在我这儿？

是这样。臧局长插进话来，这二位客人是专门携巨款回馈家乡经济建设的。这也正是我们十分渴望的经济支持嘛。我们应当热情欢迎嘛，客人提出了一个请求，我们是不是也应该尽力而为呢？当然，你若是知道，也可以提供线索，帮助日本客人嘛。

不好意思，我这可是第一次听说，真没有什么线索可提供。釉亮站起来表示送客。

二位来客并没有要走的意思，臧局长客气地问，听说你祖上是搞收藏的大家？

我不知道的家谱，你们比我还清楚？

这样，你回家问问老人可有此事，若有岂不更好？你不知道，二位日本客人也不是白白向你提出要求的，他们说也可以重金收购的嘛！你家也不会吃亏的。

釉亮说，既然是他们的祖传宝物，只要有证据可以理直气壮地要回嘛，甚至可以诉诸法律。为什么要重金收购？他们岂不是傻到只剩下钱了吗？

臧局长提高了嗓门，但还是耐着性子教育这位小小的厂长，你不能这样认识嘛！

我再说一遍，釉亮不客气地打断了臧局长的话，我没有什么线索可以提供。二位可以走了。我们企业比不上你们机关，天天一杯茶一张报那般舒坦，我这儿还有事要忙呢！釉亮说完抬腿自己先走了。

隗书记办公室。智君在接受隗书记指派的一项新任务。

这个钱富水不知道什么原因，有一阵子不来上班了。你代表厂领导找他爱人问问情况，告诉她，钱富水再不来上班老窑厂就除名了。

智君有些犹豫说，我既不和他一个车间，也不是人事科长或是车间主任，为什么找上我了呢？

隗怀仁有看透人心的能耐，他说，智君啊，我让你来任厂办主任，你死活不来。他们都忙就劳烦你现在跑一趟吧？

智君站起身点点头就出门了，心里头老大不乐意了。但她很清楚的是，即使无奈也要执行命令，总比被穿小鞋好受些吧。

听见敲门声，钱富水的妻子打开门，笑盈盈地说，是你啊，快进来。

智君被请到沙发上就座，她笑着问，你认识我？

认识的。你是智君，我在婚礼上见过你。我家富水总是夸你呢，人和善漂亮还很能干。你是给我带来了富水的消息吗？

智君环顾四周问，你的儿子呢？

姥姥接走了。我上班照顾不了他。富水走了个把月了，都不给我来个信儿，却托你来捎话……他怎么……

智君打断她的话头，说，我今天来，是厂领导指示我转告你，请你尽快和钱富水联系，假若钱富水再不来厂上班，就有可能被除名了。这可不是小事啊！你说呢？我既不和你家富水一个车间，也不是什么领导。厂里的隗书记临时派我来传达指示，我敢不来吗？

钱富水的媳妇抹眼泪了，低着头，双手揪着衣角揉来绕去，说，我就觉得不好嘛！我记得那天是星期一早晨，他不让我上班，非要我陪着他说说话。我说我那班是不能缺岗的，他说他是去那边挣大钱的，让我放宽心等他回来，就接我去那边享福。

智君问，去哪边？

钱富水媳妇叹了口气，撇撇嘴说，他平常就是谎话连篇的，我才不信他还能有句实话。我坚持要上班，他却把我压倒在床上……都是女人，我不怕你笑话，他头天晚上就折腾我一宿不能睡。我挣扎着不从。他一个大男人竟然哭着求我说，他是个浑蛋，平时待我不好，都是他的错，要走了他才知道自己的媳妇是天底下最好的媳妇！智君姐妹儿，我结婚这些年来头一回听他说句人话啊！我这心一下子软了……等完了事，他从书包里掏出了两沓子十元钱的钞票甩给我，要我等着他！等他再回来，一准儿换成四沓子绿色的百元一张的美金！说完他还真的流了泪……亲了亲我的脑门儿，背起书包就走了，再也没转身……

他没说和谁一起走吗？智君追问。

钱富水的媳妇流着泪，两眼茫然地望着窗外，大约沉浸在痛苦的回忆里，并没有听到智君的问话。

智君没再说什么，想悄悄离开，却忽然听到钱富水媳妇的话从后面悠悠地追了上来，都是漂亮女人，你为什么就不会上当，运气为什么那么好呢？

智君扭过头来，发现她依然痴痴地望着窗外，兴许她并不想得到什么答案吧。智君心里说，我哪有本事回答你这么高深的问题呀，我还单身呢……她静悄悄地走了。

隗书记家。正帮助妈妈准备晚饭的隗珊哪壶不开提哪壶，实在没眼力见儿，她耐心地规劝坐在火山口上的父亲，您不要再跟釉亮叔斗啦！

"啪"的一声，隗怀仁把握在手里的筷子狠命地拍在了桌子上。肖弘忍一个劲儿示意隗珊别再说下去。隗珊却毫不示弱，把一摞碗朝桌子上一墩，你斗啊？哪回你赢啦？

魏怀仁拍着桌子说，怎么没赢过？我威风时还没你呢！

几十年前你乘风破浪，威风八面。为什么现在不行啦？想过吗？米釉亮再不济，他在日夜抓生产，你身不动膀不摇，梆子戏听着，高级茶喝着，还想怎么舒服？人家努力带大家伙朝前跑，你却下绊子，能服众吗？哼！要是我才不受……受你这窝囊气！

真是闺女大了打不得也骂不得，隗怀仁气得训斥道，我还没找你算账呢！

我怎么啦？

是不是你给米釉亮做了讲课费？隗玥点头承认。我审查你上报讲课费名单里怎么没看见他的名字？

隗玥理正不服弱，我后加上去的，由我代他签收的。

魏怀仁站起来，指着她的鼻尖儿训斥道，谁给你的权利？跟我耍花活，啊？要是大名单里有他，看我怎么收拾他！

隗怀仁掏出一个信封拍在饭桌上。隗玥掏出一看，是米釉亮退回的讲课费，还附上一份声明。隗玥自语，怎么转了一圈儿又回来了？这是他该得的呀。那，那我那份也不该要啊……

哼，我就不信啦！老虎不上树，就咬不死孙猴子？隗怀仁狠狠地夹了一箸葱爆羊肉，冲着呆立一旁的娘俩颁布口谕，吃饭！

你们多吃啊，我减肥。隗玥兴致未减，再告诉你们一个确切消息，孟师傅带一个河北老板找到釉亮叔，老板提着一个大拉杆儿箱子张口就说，您立马带我去最近的银行，我给你存上 100 万，只是聘金，工资、合作协议另说！

隗怀仁和肖弘忍不约而同地相互对视了一眼，低头不语了。隗玥还在添佐料，再逼急啦，釉亮叔真的拿上 100 万抬腿迈步颠丫子啦。咱们厂可就……

吃饭吧！肖弘忍命令隗玥，煽风点火，有用吗？

看对谁啦！隗玥不服气地瞟了父亲一眼。

肖弘忍"嗯"地清了清嗓子。

隗玥讲的 100 万的故事在米釉亮家里也是一颗大雷呀，谁和钱有仇？希希知道了这事以后坐卧不安，这笔钱能使他们家立即脱贫进入小康，希希知道有些医生在医院外兼职，每周五晚上乘飞机到二、三线城市，落地有人接机，直接拉到手术室开始手术，忙到周日晚上，再坐晚班机回来上班，利用双休日挣的钱，就能抵得上一个月的工资了；教授也到处授课捞外快，反正他们是不坐班的嘛；知识分子有了经济头脑，就像是踩上了风火轮儿。而学历史的希希例外，根本不能和数学、物理老师比，就是教语文的老师也比希希强百倍。希希在这样的潮流面前，只有望洋兴叹的份了，因为她是绝对不敢在釉亮面前触碰这颗大雷的。

几天后，希希拿定主意——"曲线救国"，求肖弘忍帮忙劝说釉亮。希希断定只要弘忍一张嘴，这事准成功！然而，希希请弘忍来家做客，刚提了个茬儿便遭到好闺蜜一口回绝，不行！

你不能只想着你家嘛！希希生气了，我家釉亮为隗怀仁做牛做马，捞着好了吗？

希希！这话可不敢对釉亮讲。

怎么啦？做牛做马还要我老公心甘情愿地做冤屈鬼？

弘忍拿出义正词严的架势说，他会鄙视你！不信你试试？

希希反驳，但声调显然缺少底气，凭什么？他这么拼命干！

就凭对琉璃的热爱！希希，凭这一点，米釉亮的价值就远超 1000 万！

价值？一听价值二字，希希感觉到弘忍立马比自己高出了一大截，希希不淡定了，声调语气都走了板儿，这局她明知输了，却还硬挺着说，价值是冰箱是彩电？是楼房是奔驰？我不管。我只知道真金白银能让我家一步跨入小康，我儿子结婚也不用发愁了！

弘忍扑哧笑了，她知道自己戳痛了希希，赶忙也耍起了太极说，你想得美，我不让琊儿认你这个婆婆！

我就想得美！我让米粮把她拐到加拿大去！

你……肖弘忍气得一下子扑上去把希希按倒在床上，搔她的胳肢窝，二人连笑带骂地滚作一团。

打闹够了，二人仰面躺在床上，希希说，我就知道你不会帮忙。

弘忍也不示弱，那你还找我？

希希嘴犟，不甘心呗！总要试试才知道嘛！

弘忍不退让，不撞南墙不回头。

希希嘴不饶人，错！这叫不到长城心不死！

二人都不说话了，沉默了好一会儿，希希忽地侧身冲着弘忍说，哎，你说句实话，现在还爱他吗？

弘忍生气地翻身坐起，戳着希希脑门儿愤怒道，你疯啦？你违反了咱们的约法三章啦！怎么又回到插队时"傻汝子"的状态啦？

希希不以为然，耍赖地说，我们都这把年纪啦，爱就爱呗，我不怕你怕啥？我原以为你心里还爱着釉亮，一定会站在我这边呢。希希见弘忍还是一副气鼓鼓的样子，便一下子将弘忍扳倒，搂着她撒娇地说，我知道错了嘛，别生气啦，唉！其实，我心里明镜一样，明知 100 万我是没福气一嘴吞下的，可不把它放在我嘴里狠咬几下，我……心里难受……希希声音有些发颤，肖弘忍把她搂在怀里，轻轻地拍着说，等他俩结婚时，我给你凑足 50 万还不行？

希希甩着脸子说，吝啬鬼！你就不能说 100 万，让我耳朵也过一回年？

哎？弘忍终于放下心来，故意说道，我把珋儿这个无价宝都给了你家啊！你真是渔夫的老太婆，贪得无厌吗？一说到钱，你还是个历史学家吗？和熙靖妈妈差远啦！

历史学家也不能离开人民币嘛……

这天一上班，党支部办公室。隗怀仁请来了米釉亮，很生气地批评他，你敢打招商局局长的脸？你很牛啊！政府办来电话了，命令你全力认真地支持招商局的工作，把人家祖传的什么宝物还给人家嘛！听说人家非但不计较你的恶劣态度，还愿意出大价钱收购，你还犯什么轴嘛！

你说完了？我还忙正经事呢！釉亮抬脚走了。

隗怀仁在背后吼道，你这样狂妄是要犯大错误的！

正准备往家走的希希接到老同学房梓的电话，对方说，方便吗，见一面。希希答应了一声，转了个大弯，进了文化局局长的办公室。

坐吧，新沏的茶……听说你家有一只会发光的琉璃烛台？哎，我是听说的啊！招商局臧局长在区长办公会上好一通宣传那件稀世珍宝。最后才说，只可惜，这是从一位华裔日本商人手里抢劫到手的。现在日本华裔商人想回家乡搞投资，为家乡经济建设做贡献，顺便希望政府能帮助他们讨回公道。

希希故作惊讶，竟然有此等事？我怎么不知道！

臧局说已经找过釉亮厂长了，原本想通过私下疏通关系，悄没声地解决了，毕竟影响不好嘛！不承想挨了你那口子一顿撅！臧局提出能否通过有关领导出面给予协调。那二位日籍华人毕竟是带来了巨额资金嘛！

希希端起了茶杯欲喝未喝道，房局的意思是机会很难得，时间很紧迫。你也想着助把子力气？

房局微微撇撇嘴，摇摇头，你从茶杯上沿儿看我，把我看扁成一条弧线了吧？

希希连连道歉，我想说的是，一来，我们两口子年轻既没有收藏的经历，也没有收藏的实力，更没有发财的运气。至于家栋爸爸那里有没有，老人家的秘密，我俩真的无从知晓，也从没问过。不过，那两个日本人我倒是想见识见识。

这个信息我可以提供。房局顺手撕下一张台历纸递给希希，这是两个中年日本人，一男一女。

希希起身双手接过那张台历纸，谢谢，我这就去续写那个传奇故事。到时还要仰仗房局的鼎力帮助。

伸张正义，在所不辞。房局向她伸出大拇指。

一推开宾馆 404 房门希希就用日语和那两个日本人聊了起来，她自称是在上海靠码字谋生的记者，说，来此地探访一位朋友时，听说您二位回家乡搞投资，便很想搞个采访，宣传二位感人的义举。可以吗？见男人点头示意，希希便打开了便携式录音机、笔记本，问，可以吗？当然可以。二位用日语很兴奋地回应，并大谈起祖辈在日本经商的成就。

希希突然用中文道，听说二位的祖籍就在北京郊区大兴？女人不好意思地立即改成了中文说，对不起，我爷爷是大兴县肖家庄人，他的名字是肖建锁。

希希自语，肩头的肩，锁骨的锁。

不是的。建立的建，锁门的大铜锁。

喔，对不起！希希欠了欠身表示歉意。

珍优子，男人用日语说，我说什么来的？你爷爷的名字起得太不吉利啦！不然，怎么会伤到肩头和锁骨呢？

希希很执拗，说，可我听说，您爷爷被砍伤后，随身携带的会发光的琉璃烛台，也被抢走了，是这样吗？

是这样的，这很令人气愤！日本女人说到此处表现得很生气，还有些烦躁，向上撩了撩裙子下摆，盘腿坐在了希希对面。这个小动作被希希敏锐地抓住了，她发现那女人的右脚内侧踝骨上方有一个铜钱大小的圆形红色文印记号。希希立即想到了孝存叔叔曾经说过的这个红色印记，他说是在一个日本军官的同样位置发现过。前些年，她曾在日本做访问学者时，专门查阅过有关日本人家族文身的档案资料。那里就有这个红色圆形文印记的记载，那是个极右翼反华组织的秘密标记。

于是，希希问道，这抢劫是发生在大街上的吗？啊，大庭广众吗？当时您的爷爷还不曾加入日本籍吗？怎么会这样啊？希希很惋惜，也装成很气愤的样子说，当年的日本军队就在这里，他们应该帮助您爷爷才是呀！二位日本人忽然有些迷茫和慌乱。对不起，我们可能混淆了时间、地点。这样，我们也携带了一份向中国有关部门的申诉材料，送给您参阅。请您按照材料上所反映的情况帮助我们讨回公道呀！谢谢啦！

女人站起身，很认真地向希希鞠躬致谢。女人不满地用日语埋怨男人，那是穷鬼们太无人性！这也是命中有劫，劫运难逃嘛……

希希装作很无知但很感兴趣地用日语问，穷鬼们？是一些什么人？那个日本女人忙解释，那是六七十年前的事啦，还是不提了。

不过，我有必要提醒你们注意，这里是北京，中国首都。这里戴红色袖箍的中老年妇女们是负责街道治安管理的，真的很厉害的。半年前，就是这一批负责街道治安的大妈们，发现了三个日本人装扮成旅游者，向他们打听这，扫听那，总之都是些很敏感的问题。这样一来，引起了大妈们警觉，大妈们把他们围在自己队伍的中间，进行了一通教育，整整十五分钟呀！把那三位日本人搞得很狼狈灰溜溜地逃走了。希希一边讲故事，一边观察这两个日本人，注意到了那两个日本人也开始紧张兮兮起来，她笑着说，你俩也不必如此紧张，你们若是真诚地回到生你养你的家乡来搞投资，那肯定十分欢迎的。放心吧！我把你们的资料拿走一定仔细阅读，也一定帮助你们的。

希希说着话走到门前突然转身问，你们认识一个叫齐凤兰的日本人吗？

认识，她是我们的……哎，你怎么认识她？日本女人倏然警觉起来。希希平静地说，是这样，我的一个朋友给我讲过一个故事，说她认识一个叫齐美凤的日本人，她是早年间曾在中国生活过的日本间谍。她的右脚踝内侧有个钱币大小的红色文印标记。

话音儿刚落希希瞥见那个珍优子女人下意识地朝下抻了抻裙摆，嘴里还忙着解释，对不起，我听错了。我姥姥叫齐凤兰，不是齐美凤。

希希笑了笑，不怪你，可能是我记错了。再见，我一定努力去办珍优子女士拜托我的事。随之她从容地打开房门扬长而去。

到家后的希希，立即将这些情况向公安局做了书面汇报和说明。

三天后的下午，文化局的房局长打来电话说那两个日本人突然不辞而别了。

希希故作惊讶道，是吗？招商局的臧局长这几天倒是没来老窑厂找过我的家人了，嘿，你说是不是很奇怪呀？

晚饭时，希希把和日本的珍优子见面的事讲给大家听。

孝存师傅立即亢奋起来，说，看来这是肖建锁、齐凤兰的家人呀！这下可好，咱两家的仇人一下子都找到了！

家栋爸爸很无奈地说，鞭长莫及啊，咱们想咬他们两口也够不着呀！最近不知为什么，有几个常年不大来往的朋友突然打来电话说很想念我，约我去喝酒，并请我务必赏光云云。家栋还笑着说，打来电话的人有因为工作的缘故联系的区委办局领导；有的是探讨琉璃的艺术性话题；有的是请教我对"盛世收藏"的看法、观点；还有的直接说，能不能把外销的琉璃艺术品也提高一定的内部销售的比例呢，并强调说，现在国内的生活水平也在迅速提高嘛，有相当一部分家庭已经从物质温饱型迅速向精神需求型转变嘛，嘱咐我一定要抓住这个商机，一定要抓住呀；有的电话直接向我提出购买成套的琉璃艺术品。我问什么人需要，有的说是公司的大客户；有的竟然百无禁忌，直言上级领导需要，多来几套，价格不必考虑……哎，那两个日本人是不是给我们带来了大商机啊！

熙靖问孝存，你记得辰亮问过你是不是做过琉璃黄金龙烛台吗？

孝存低头想了想，好像是问过吧……我想起来了，几个月前，辰亮专门找到我，说是闲聊，胡乱瞎扯了半天，就像是无意之中的闲扯，但总是要转到那年做的琉璃黄金龙烛台上来。这就对了。

熙靖若有所思，怪不得，一个多月后就来了珍优子夫妇俩，拿着巨资来给家乡投资来了。家栋，这个推理有价值吗？

家栋点点头，有价值啊！请在座的你们，家栋环顾一周继续说，一定要保守秘密，不要外传！

希希问，家栋爸爸，建立琉璃博物馆的事怎么样了？

时机还不成熟，展品也差些，不急。家栋做了结论性发言，大家一致表示同意。

晚上入睡前，希希推了推釉亮，今天的事是不是说明，本历史学家满有华夏后代的家国情怀？

釉亮接了话茬儿，却故意拧巴着说，你这话说得没劲啦！大是大非面前，每个中国人都是要有国格人格的嘛！

希希生气地踹了釉亮一脚，没劲！就不能夸夸你媳妇儿？

釉亮笑着摸摸希希的脸蛋儿，扭转话题道，我真不明白了，爸爸为什么又不着急建立琉璃博物馆了呢？

希希答，大概那只发光的琉璃烛台撩拨起了富豪们、官员们的美梦了吧。当然，这样一来也是对咱们琉璃艺术品的一个绝佳广告！釉亮哥，我有个想法，受你认识的启发，我觉得，这一支夜光琉璃黄金龙烛台，我们必须先请故宫博物院的专家做一个鉴定认可书，并将这件宝贝完成献给故宫博物院的捐献手续，以免再生出什么是非来。

釉亮说，完全正确。我们可以将这个想法告诉爸爸妈妈。我想爸爸之所以不愿意把展览馆放在老窑厂里的原因，是他认为老窑厂好比是琉璃先祖、长辈们的灵堂，而旁边却在大张旗鼓地搞什么琉璃展览、销售、推广，他心里肯定不是个滋味。再者说，发光的琉璃又不是专讲夜光琉璃黄金龙烛台，琉璃产品传承上千年的中国文化本身就是熠熠生辉的、发光发亮的嘛。

我也在想，家栋爸爸一定早有捐献的决定了。

翌日，釉亮和希希前后脚到家，一进家门，见孝存叔叔正在煮面，熙靖妈妈说，正叨念你俩呢，怎么还不回家。今天是春妮妈妈诞辰日。小妹也请假回来了。

希希说，家栋爸爸，我们有重要的事向您通报。

　　爸爸听了釉亮说的一番话，沉思道，看来齐凤兰是真下了大功夫呢！家栋把几十年前那个唤作齐凤兰的日本人来家假作献宝，实则妄图骗走咱们老祖宗留下的琉璃珍宝的故事复述给釉亮和希希听，大家都听过几次了，但谁也没好意思点破，那是因为家栋爸爸真的想念春妮妈妈了。

　　家栋最后说，只可惜，那只夜光琉璃黄金龙烛台至今还是形单影只啊！釉亮沉吟片刻，大声叫了声，爸爸，神秘地说，您等等！他自己进了西屋，从床底下拉出三个落满尘土的手提包，摆在众人面前。釉亮说，当年我俩就要回北京之际，接到了成老师的一封信，说是给我俩一份礼物，是什么她没说，我俩就按着成老师提供的地址，跑了趟兰州大学，找到了那位烧锅炉的大爷，他带我俩去到他家的凉房，就是当地人说的储藏室，搬出了三件手提包。

　　希希也兴奋地说，就是这三件手提包！我怎么也忘得死死的啦？她把拉链一打开，家栋立即跨步过来，惊喜道，这么好的东西，你们怎么搞到的？希希说，成老师从北大毕业后到了兰州大学历史系任教，很早就是教授了，这是她的琉璃藏品。都捐献给您啦！

　　釉亮从书包里取出了一个文件袋，爸爸，这是成老师给我们寄来的关于她的藏品资料，还有她经过考证的成果资料。

　　家栋激动地接过来，匆匆翻阅着，嘴里还不停地提醒釉亮，你接着说，爸爸听着呢。

　　爸爸，成老师在兰州大学历史系教书时，去过甘肃柏昌城北山峡中的容圣寺，它距今已有1400多年的历史了，隋炀帝曾在这里同西域27国的首领结盟。寺中有座唐塔，是为纪念西天取经回来的唐玄奘在容圣寺讲诵经文而建的。这座容圣寺在鼎盛时期光是在册的僧众就有1000多人呢。因此，他被誉为甘肃河西走廊第一名寺，只可惜啊，后来被毁坏了。这些都是成老师冒着风险抢救出来的。这些勾头滴水上仍能清晰见到大部分的黄色琉璃片，您看这莲花图案，虎头瓦当，您看釉面、釉色厚度，上千年了，保存得都还算是基本完好吧！

　　希希说，家栋爸爸，这下您的藏品规格可是大大提升啦！

　　家栋爸爸高兴地招呼熙靖妈妈和孝存叔，你俩也快来看看呀！要搞琉璃博物馆，没几件镇馆之宝是撑不起场面的！希希他俩是立了头功的！什么时候给成老师写信时一定要代我表示敬意，别忘加上最真诚、最刻骨铭心之类的字眼……

信早寄给成老师啦！不然成老师该多着急啊！

哎，不对呀！家栋爸爸停下观察手中的藏品问，你们回北京这么多年了，怎么才想起让我知道成老师的藏品呢？

釉亮看着爸爸，竭力掩饰着自己的悲伤之情，说，您忘了？当年我俩从陕西刚刚回到家时才知道，妈妈为了保护您和您的藏品，打残了茂茂，后来她老人家……您要我们记住妈妈是黎明前走的，她是个大英雄……我，后来……一直不敢再拿出来成老师的藏品了，怕您睹物思人啊！时间长了我竟然也忘了。

希希劝慰道，家栋爸爸，时代变了，我们要尽快建设一座琉璃博物馆，那才是对春妮妈妈、对辰启爸爸、对郭师傅，对一切为了琉璃贡献了最大努力的祖辈们的一个交代呀。最后希希轻轻自语，要是成老师能回国来看看该多好呀，我想她了。

釉亮安慰希希说，一定会见面的。这是我的思考。不信，打赌！

希希振作起精气神，对，我相信你的思考！哎，家栋爸爸，您还没见到最耀眼的一件宝贝呢！希希说着拉开第三个手提包的拉链，小心翼翼地拿出一个孩子用的小棉被，一层层打开，家栋爸爸，您看，这是什么？

家栋激动地泣不成声，夜光琉璃黄金龙烛台！

釉亮和希希急切地问，和您说的那个烛台是一对吗？

家栋连连点头，说不出话来，眼泪成串地夺眶而出、掷地有声。

孝存忽然也醒悟道，家栋，你这家伙，真是让人捉摸不透！城府太深！当年你让我给你做的琉璃黄金龙烛台原来就是模仿这个珍品呀！你竟然保密到现在！哎？我问你，你为什么都不让辰启大掌柜临终前看一眼呢？你这样做可不地道！

熙靖赶紧替家栋辩解，我可以做证，大掌柜临终前看到了。别怪家栋这样做，他就是怕辰亮也知道了。

孝存不满地说，你们很早就开始怀疑辰亮了？

家栋拍拍孝存的肩膀，我其实很早就点明了对辰亮的怀疑，也很含蓄地告知了你。当时你对我的那种不知感恩辰亮帮助我们盖房的鄙夷眼神，我至今还记得。

孝存反问，那辰亮怎么还是知道了呢？

家栋说，我做过调查，辰亮是从当年熙靖家的保姆秦婶儿那里诈出来的，然后才去再诈你的。

我绝对没犯自由主义的错误！孝存举右手发誓。

家栋说，你被他问得有些举棋不定的短暂瞬间，辰亮做出了他的猜测。立即向藏局长作了汇报，才有了后来的一对日本夫妇回家乡假投资，实则妄图骗走我们的宝贝。这几件事的发生是有时间上的逻辑的。

熙靖说，这也是辰亮暴露出他内奸本质的又一个有力的实证。

家栋爸爸，希希说，我和釉亮认为，您还是早去故宫博物院做个鉴定和捐赠手续吧。

家栋激动地说，你们说得对！下周我们全家一起去！到时候我们全家一起和这对宝贝合个影！

哎呀！希希一跺脚，十分惋惜道，这对宝贝捐赠出去了，那我们的琉璃博物馆怎么办呀！

孝存说，好办！我再做一对复制品呗。

家栋说，那咱们多做几对吧。怎么说我们也要留给自己做个纪念吧？

好了！希希请大家入座，釉亮，你快去洗洗手，请诸位坐下，我们还是赶紧吃面吧。

下午，家栋和熙靖、孝存，还有釉亮、希希和小妹每人拉着一个小不点儿，一起来到对子槐山西墓地。一家人都穿着一身在前门老字号瑞福祥定制的中式服装。男士是深蓝色中山装，女士则为亮灰色右衽大襟中式服，脚踏黑色布鞋，七口三代人先是一起来到老太爷墓前告诉了老太爷，您心心念念的那一对发光琉璃黄金龙烛台终于凑齐了。下周全家人会到故宫博物院办理捐赠手续。老天爷可以自豪地向祖辈交代了，再无遗憾了！随后，大家又来到了辰启墓前，把最近家里的变化一件件说给他听。第三个祭拜的是郭师傅老两口。

做完这些大家再来看望春妮妈妈，没有了妈妈的日子不好过，孩子们从小到大地排序，每人都和春妮妈妈汇报了自己的思念，也当着春妮妈妈的面表达了自己一定要给妈妈争气。小辈们都表示了保证孝顺三位老人颐养天年。孩子们祭奠后先走了。

　　轮到孝存叔叔了，他跪在春妮面前，说，春妮嫂子，老天爷眷顾我这个孤儿，派辰启兄嫂、家栋兄嫂体恤我这个四六不懂的孤傲之人，我被你们宠爱成了一个最幸福的孤儿。这一大家子人都是值得信任的好人啊……孝存沉浸在这个氛围中享受了一会儿，最后说，春妮嫂子，下面是家栋和熙靖二人和您聊天的时间了。我……先退了，孝存双手撑地站起来，低着头慢慢地走了。

　　家栋用手一遍遍抚摸着墓碑上春妮那张永远绽放的笑脸，眼泪扑簌簌地流下来，春妮姐，我好想你啊……辰启大掌柜临走时，拜托我俩好好照顾熙靖和希希，你绝对是努力做到了！你无私地践行了你的诺言……我清楚地记得辰启大掌柜临走时，拿出了一个景泰蓝莲花小盒子，说是这里面有一张棉纸，上面写着当年寺庙老住持送给他的一句禅语。我看见了棉纸上写着"春子秋风拂袖去，是悲是喜佛度怀"。大掌柜说自己一直不知何意，他还说，时已至此，他也无力劳神了，送给我留个念想吧……春妮姐啊，春妮姐！你走的那天早上，我恍然大悟，我终于明白了那句禅语的真谛啊！这是佛的旨意，凡胎肉眼竟然真的无能为力啊！春妮姐……你那一颗佛心，爱这个疼那个，心中唯独没有自己。春妮姐，你就是佛……愚弟家栋心中永远供奉着你啊！

　　熙靖默默地听着家栋的话，从开始的诧异到最后的顿悟。她的双眼模糊地看不清家栋的双眼了，她站起来将家栋搀扶起来，和蔼地说，我们回去吧。

　　家栋没说什么，木然地站起来，将那个景泰蓝莲花小盒子留在了墓碑前的供桌上，跟着熙靖走出了墓园。

　　家栋问，孩子们和孝存都已经到家了吧。

　　熙靖说，是吧。家栋，我想……

　　家栋说，你想跟着希希一同去日本。

　　熙靖迟疑了片刻，还是问，你知道了？是的。这是我的想法，我，正想跟你商量这事呢。

　　家栋说，我来回答你心中实际想问的问题吧——你怎么知道的？因为，我偷偷看到了他俩的离婚证书。

　　熙靖大为恼火，希希怎么可以这样！

　　家栋说，你的这句话，是不是可以理解为，离婚事件发生之前希希是和你商量过的？

熙靖默认，少顷，她又强调说，我始终不同意她这样做！

家栋有些不耐烦，熙靖，难道我们不是一家人吗？照你这么说，这件人生大事，实际上已经酝酿了一段时间了，你是不是应该通报我一声呢？我们四口人完全可以坐下来，召开家庭会议嘛！开诚布公地好好谈嘛！釉亮做错了什么？我们做家长的该问、该批评、该打都可以，何必搞突然袭击呢？

家栋！熙靖也有些生气了，我们俩是知心过命的知己啊！怎么能这样看待我们母女呢？

二人一路无语。到了家，只见希希和釉亮在给大家准备午饭。时不时二人还偷偷地贴脸、亲吻表达着浓浓爱意，而熙靖和家栋二人一脸正色进了他们的卧室，还把门关上了。

家栋倚靠在床头，脸朝里，闭着眼。

熙靖扯过来一张夹被，给家栋搭在身上，自己搬来了一把马扎坐在家栋的对面，平静地说，三天前希希告诉我，辰亮在国家安全部门的问询中一言不发，后来在禁闭室内自杀了。

家栋睁开眼，看着熙靖，竭力表现得很淡然，这也是他较好的归宿了。

熙靖没表示什么，只是继续沿着自己的思路往下说，他给希希留下了一封遗书。希希知道了和辰亮的真实关系。也正因为这件事，希希憎恨辰亮。她决心查清楚辰亮和日本那帮脚踝有红文印家族的真实关系，想查清楚辰亮到底陷入有多深。这是希希去日本的真正目的，也是希希和釉亮离婚的原因……希希爱釉亮，釉亮也只爱希希。她是担心……

熙靖说到这儿，希希、釉亮手拉着手推门进来了。釉亮说，我俩来是和爸爸妈妈谈我们为什么离婚的。

家栋忽地坐起来，直勾勾盯着釉亮，一句话也不说，但是已经充分地显示了他对这个问题的重视程度。

希希依次看了看熙靖和家栋，极为严肃认真地说，爸爸妈妈，我已经知道了，辰亮是我的生父。但我很蔑视他，更憎恨他。他已经死了，这是他的最好归宿。因为他不配做我的亲人，更不配做中国人！辰亮的死给了我巨大的震动和思考，我不屑研究半封建半殖民地社会的道德伦理，但我感激熙靖妈妈给予我生命和一颗健康睿智的、爱国的心！我作为一名抗战史的研究者，不能容忍一个为了一己私利而不顾，去损害琉璃祖业；去出卖自己的灵魂，还无耻地站在我面前，觍着脸说爱我的直立行走的动物！我无法忍受！同时，我也联想到了，还有一批类似辰亮的两足动物，出现在我的工作实践中或相识或听闻中，他们也生活在中国这片美好的土地上，却暗中成了日本军国主义主子在中国的忠实走狗，他们或明或暗地坑害，甚至颠覆我们的国家。我想了解这个内幕、这个过程以及这个内外勾结的踪迹。这就是我要深入日本的真实内心。我知道这是一个很疯狂很危险的旅程。正是因为它危险，我才不想连累我的爱人、亲人；正是因为它疯狂才有了去追逐、去研究的意义。我也想成为王选、张纯如那样的女人，因为她们是祖国最需要的探险者，她们的奉献会唤起千百万的爱国者挺身而出与日本，这个只知礼仪而不知廉耻的民族！我也要学习她们，做搏斗的志士、去厮杀的女英雄！这其中必须有我！因为希希身上的血液中有抹不去的辰亮的毒液！我要为救赎自己而战！

熙靖站起来说，请家栋、釉亮和孩子们原谅我，希希是我身上掉下来的肉，母女连心，她舍身去探险，我不能无动于衷，我不能在家里忍受煎熬，我恳求希希一定要带上妈妈！我们在一起会有一加一大于二的力量。

家栋激动却又疑惑地问希希，你舍命去日本做调查，这是大义之举啊，作为你们的长辈我是无条件支持的！我能看出来釉亮也是坚定的支持者。既然全家人意见一致，你们俩为什么还要离婚呢？害得我的心……险些痛死啊！家栋说到动情处老泪纵横。

家栋爸爸，希希也泪流满面，说，您和春妮妈妈待我比亲闺女还要亲，我不是冷血动物，岂能不知？可日本之行，潜藏着许多意想不到的危险，我说的是万一啊，日本右翼反动势力察觉到我的行踪意图，他们就会不仅针对我，还一定会针对在国内的所有亲人。我这样做就是想从法律层面上和你们割裂开来，以避免受到不必要的伤害。即使如此你们对待反动的日本右翼势力，依然是不能掉以轻心的。

此时肖弘忍推门进来了，向各位鞠了一躬说，昨天，希希告诉我她要去日本，要我帮助她照顾家人。我肖弘忍是个孤儿，从我失去了爸爸妈妈那天起，是家栋伯伯承担起父亲的责任和爱，使我能够坚持活下来。釉亮、希希兄嫂，你们一家人都是我的亲人，你们是干大事的，你们放心大胆干事业，我无能无才，但我有一颗中国心，我可以帮小忙，让你们没有后顾之忧，帮助你们解决一些日常生活中的小难题。也许你们会问，我为什么非要往你们这个大家庭里挤，因为我一直都在找机会成为你们这个大家族的一份子，因为这是一种无上的荣誉！我渴望拥有这种荣誉！

家栋也受到了震撼，站起说，我作为大家长宣布接纳你！

大家小心地悄声鼓起掌来。整个房间立即十分沉静，笼罩着临行前的庄重肃穆。

家栋继续说，辰亮读书是个聪明人，但为了自己家的利益，为了一个无所谓的名分，他将自己陷入了危险的死循环的胡同里而不能自拔，直至发展成了出卖老祖宗的不孝之子。他是辰家的败类已经很清楚了！可我不明白的是……算了，我也许老了，或者我缺乏甚至可以说，没有你们年轻人的那种敏锐、深刻的洞察力。那……好吧，我无条件支持你们，坚定地站在你们一边，义无反顾，和你们一起前进！

家栋由衷地说，那我们在家的亲人也积极地行动起来吧，做为你们娘俩的坚强后盾！你们俩也要千万加小心啊！现在起全家总动员，你娘俩制定行动计划吧，大家出谋划策，共同完善起来。

第二十章

希希和妈妈乘坐的飞机十三点十分准时起飞了。

出发前按照希希提出的要求，全家人只送到公交车站，大家高高兴兴地告别。

在远处散步的秀花母子俩呆呆地看着车站上的送别队伍，心里酸酸的，她不在这个队伍里。她在墓地里看到了熙靖娘俩祭奠父母的花环，心里觉得暖暖的，还有些深深的自责和愧疚，但她不明白为什么娘俩这个日子来祭奠父母。看到这个送别的场景，她突然知晓了，那二人是要出远门了。去哪儿？干什么？自己不是家人了的陌生疏离感让秀花感到浑身不自在。

小宝发现了不远处的家栋伯伯，摇着妈妈的手说，您看！那儿多热闹，我们也过去吧。

秀花低声说，不要打扰他们，小宝，我们回家吧。

希希和熙靖走后的第三天，米粮从加拿大出差回到了家。晚饭后，他信步来到了定旺河边。

当年野马脱缰的定旺河流经这里时拐了个大弯儿，放慢了脚步，淤积出一大片河滩地，这片地几乎什么都种过，红薯、玉米，茄子、西红柿等各类蔬菜、粮食作物，但是种啥啥不成。因为大自然还在这里开设了一个天然大浴场。一到夏日这片地就成了周围几个村孩子们的"自助快餐便利店"。那时的孩子们饿得就像是一群蝗虫扑进河滩地，见什么啃什么，吃嘛嘛香。米釉亮的儿子米粮常招呼隗珋和一帮厂宿舍的孩子们扎进河里疯闹，芦苇滩里藏猫猫，河滩地里偷吃嫩茄包子、啃生红薯，再不济也要掰几根玉米甜杆儿权当是甘蔗大嚼一顿，才能对得起瘪瘪的肚子。长大后的米粮很少再回家，更别说来河边散步了。

长大后隗珋也很少再来过这片河滩地了，这天吃过晚饭的隗珋漫无目的散步消食儿，来到了河滩地触景生情，不由自主地回忆起甜美的少年时代。也是因为她前两天梦见了米粮的缘故。自从他进城上重点中学后，她俩几乎再没见过面，只听说他后来去了加拿大留学并留在那里工作了。成家了吗？无从知晓，听妈妈说是没有。想起这些她心中像是撞翻了五味罐儿不知是个啥滋味，想起这些她常常会和自己较劲，由此生发的痛苦、悔恨，还没地儿诉说，就想躲个没人的地方痛快地哭一场，但为什么哭，自己也说不清楚。失恋？二人根本就没恋爱啊……

兴许是心灵感应，她抬头想抑制平复自己繁杂刺痛的心绪时，竟然看见面前站着一个大小伙子冲他微笑！

米粮哥？是你吗？一个大小伙子站在离他三米远的地方，伸展双臂做出拥抱的姿势时，她却被魔法定格在原地，双手捂嘴有些失态。米粮则大大方方地走过来礼节性地抱了抱隗珋，说，我猜你一定会来这儿凭吊我们的少年时光。

隗珋心中兴奋，却又努力用矜持压制着，说，釉亮叔请的机修高人就是你吗？

米粮故作叹气状，回国出差前，爸爸就给我派了私活。你们厂的机器都是该进博物馆的古董级别啦。

隗珋瞬间闪现出了失落，不能修吗？

米粮无所谓的样子说，能修，不然怎么显出我的本事？说实话，咱们老窑厂实在应该尽快和现代化接轨啦！

隗珋不想谈这些，我们……不能谈点儿别的吗？

米粮附和，可以啊，你生活得怎么样？我俩把懵懂青涩的中学时光甩丢了，又把那几件学位黑袍抛洒了一地。今天见面才发觉我们为之抓狂地奔跑，却因此丢失了观赏路旁娇艳鲜花的机会！你的感觉呢？

米粮哥像诗一样的几句话，悄悄开始融化隗珋心中最柔弱的那份心结，本来应该是言情剧的序幕急速打开发展下去，而隗珋反而又拿着劲儿泛泛道，我……说不来，没什么感觉吧。哪像你，一个浪漫大诗人。

米粮热情洋溢地说，看到你，我便知道你就是我心中想象的那样，精神干练、勇敢能干！

隗珣嗔怪道，这么多年没见面，也从不联系，你怎么敢如此武断？

你忘啦？弘忍阿姨和我妈妈是最好的闺蜜嘛，我们两家人的工作、生活又在一起，我当然会有搜集你信息的大好机会呀！不然我怎么会放心呢？

米粮的几句话像一粒石子，投进了隗珣心中那一片被压抑禁锢的青萍池水，骤然搅动起了一池春水，涟漪层层荡漾起来。

隗珣说，我的名字还是你爷爷起的呢……

为了琉璃。米粮轻声念叨，忽然变得很认真的样子问，是准备为之奉献一生吗？

隗珣不好意思道，我没想那么远，只是为了……隗珣想说是为了妈妈才来到老窑厂的话头被姑娘强制刹住，她意识到，这是个令自己很尴尬的话题，也是自己很害怕触碰的话题。米、隗两家掌柜的关系糟成了这样……怎么可能同意……我该怎么办？他会理解吗？他能接受吗？想到此，隗珣淡淡地说，天晚了，我们回家吧。

米粮不明白，怎么刚刚升温了的交流，忽然又戛然而止了？他见隗珣已经转身朝家走去，也只好跟了上去。两个年轻人只有衣袖的摩挲，再无别的交集热点。显然刚被点燃的爱之小火苗瞬间被踩灭了，被谁？为什么？米粮不明白，只是觉得他们被时间撕扯得太远了，空间也戏谑地如同雾霾般将他俩隔绝开来，那本该是属于他们自己拥有的那份甜美却变得模糊和寡味了。

离家还远，隗珣匆匆说了声再见就匆匆逃掉了。二人今夜注定无眠……

米粮一直目送隗珣回到家关上院门后还依依不舍，踯躅徘徊许久才离去。

但他不知道的是，姑娘一进院门就躲在院内，在绿植的掩护下偷偷瞄着他，眼神粘着他宽阔的胸膛、热情的眼睛、高挺的鼻梁、丰满的嘴唇……直到眼前一片空无、模糊，只有寂静的黑暗温柔地抚慰着自己那颗剧烈跳动的心。

但他们俩都不知道的是，肖弘忍站立在窗前一直在关注着女儿，她在心里舒心地笑了，叮嘱自己竭尽全力爱护女儿的拳拳之心终于得到了丰厚的回报，自己要在女儿幸福中获得 N 多倍的增值，全部投入两辈人家庭的幸福培育中。

为了完成日本人建造高级宾馆的发货时间，同时，也为了减轻货品重量，避免因集装箱超重而被罚款，米釉亮同技术科集思广益，从压制蜂窝煤中受到启发，将釉面砖的背后均匀地扣压出九个圆坑，既保证了成品的合格率，又节约了原材料，还减少了运输成本。

这两天米釉亮稍显得清闲些，他赶紧坐下来翻阅隗珣送过来的厚厚一沓琉璃构件的白描图。漂亮准确，他不由得啧啧赞叹，他还设想如果再加上比例标尺，就是一张同一品种不同规格的图表，尤其是他提出了琉璃构件标准化管理的设想，用来控制每种规格的琉璃构件重量的方案，都可以集中体现在这一张表上了。这样一来琉璃构件在屋顶的信息就更全面、规范了。

米粮对爸爸搞的这些资料提出了改用 AI 技术做成立体动画图形的建议。他说已经和隗珣讲了，她正在改进试用。釉亮听他提起隗珣，认真地说，隗珣一直在等你，你可不能辜负了人家好姑娘的那片赤诚嘛！

米粮说，您放心吧。

当米釉亮翻看到太和殿顶上的仙人骑凤和那十只祥瑞神兽的白描稿时，立即心跳加快，他发现每种神兽的白描图，都附加了一张色彩逼真、形象生动的彩绘图，令人拍案叫绝。他一看就知道这是肖弘忍的手笔，几十年前少年宫绘画班里的记忆被清晰映现，米釉亮情不自禁脱口而出，妙不可言！可能调门儿高了些，把隗珣惹火了，哼，残不可言又怎么样？难道我还不活啦？

米釉亮吓了一大跳，细心观察敢情他和隗珣的直播并不在同一个频道上。他没说什么，怜爱地笑了笑，悄悄地到成品货场去了。

供销科长常泰找到厂长釉亮，提出先把日本人建宾馆的那批釉面砖发了货，给货场腾地儿，可刘副厂长不同意，他担心日本人会拿釉面砖上的"蚂蚱纹"说事儿。他来请示厂长怎么办。

所谓"蚂蚱纹"就是釉面砖底面出现的细纹，形状如蚂蚱前肢四条细细的小腿样的微裂纹，也称"牛毛纹"。这是允许存在的。国家标准没有关于蚂蚱纹被判定不合格这一说。这算是陶土素砖的自然现象，或者说是"胎里带"。

釉亮表示了自己的态度，我请教了外贸法规专家，结合我们的国标，日本制砖行业的产品标准，都没有对陶土制砖微裂纹有明确的限制规定。我们和日本人的合同，也没有就此问题的明确质量要求。我认为，即使日本客户提出了这个问题，我们也是有充足的理由表示反对的。

供销科长常泰说，刘副厂长的意思是，我们和日本客户第一次合作，考虑到今后的长久合作关系，可否尽可能满足他们的要求。

那……这样，釉亮说，前些天你不是购买了一吨白水泥吗？我把白水泥调成了浅黄色稀浆，请十几块素砖进去洗个澡，已经晾干了，就在那边，你用刷子刷去浮粉后再看看，若可以掩饰牛毛纹，就可以照此办法去做。若不行，就索性什么也不做。好吗？

这样糊弄，行吗？常泰表示疑惑，这不是您最反感的弄虚作假吗？不怕被识破喽？

米釉亮笑着摇摇头说，没有明确法规反对或禁止的商业行为就是合法的。

常泰终于松了一口气，我这就去试试看。不一会儿他又跑回来说，没问题，我立即去安排。

企业的日子就是由无数个"害怕机器断了电，害怕合同没得签"的日子组成的。

米釉亮忙完厂子里的事回到家里即使再累也要静下心来校对修改父亲送来的初稿。因为琉璃烧造工艺是国家和市两级非物质文化遗产，出书所需的专项经费也获得了市文化局的支持。他催促自己快马加鞭，时间紧迫。厂子里的事刘副厂长和隗琊大多都主动承揽下来，好让釉亮能有更多的精力赶稿子。

为了北京的蓝天，也为了迎接 2008 年奥运会，琉璃老窑厂即将关停，这是上级政府的最后决定，不过还有两年的缓冲期。从现在起釉亮能做的就是为自己钟爱一生的琉璃再多做点什么，来场工作几十年了，他的心情从没有像现在这样复杂，痛苦且无奈，但更多是紧迫的压力。

对关停琉璃老窑厂的问题，业界也引起了不小的争论。烧造行业的专家一致认为，按照我国目前的科技条件，老窑厂的污染和对环境的破坏应该是可以改变的，至少是可以控制在国家允许的范围内的。在治理污染的前提下规模发展，更有利于避免国家级非物质文化遗产项目的空壳化，虚拟化……但是，北京的空气污染治理是当前必须立即解决的一件大事。

米釉亮厂长和李孝存、智君师徒俩组成的三人组抵达美洲鸽城华埠，他们的任务是来指导安装九龙壁的。这是应鸽城华商会前主席林老先生的请求，要在这里建造一座九龙壁，完成林老先生心中最为重要的夙愿。虽说是仿制北京北海九龙壁，体量也只有北海的一半，但要求神采依然、韵味不减。算起来这是老窑厂在日本、新加坡以及中国港澳等地建造的第八座仿制九龙壁，真的做到了爸爸向辰启大掌柜的承诺的第一步——把九龙壁推向世界。

第一次公务出国的智君既兴奋又紧张，这份刺激的来源不是因为出国的那份新鲜感，她自己曾陪爸爸妈妈去过新马泰以及欧洲。这在当时的中国还只是大众旅游的开始阶段。她的这份新鲜感是因公出差的那份荣耀，尤其是她将要给孝存师傅当助手，为当地华侨讲解演示琉璃知识的那份期待的光荣责任。

仿制北海九龙壁的消息不是始于此刻。琉璃艺术走向世界是大势所趋，智君为了能够成为琉璃艺术的国际宣传者，努力编辑英文文案的同时，还更加刻苦学习 AI 动画技术，竟然耗用了两年多的艰辛时光，她要成为一名具有前卫营销能力的琉璃专家。

而此刻坐在她旁边的孝存师傅却有别样的心境，出国公务已经是 N 多次了，但是这次却总是有一种令他惴惴不安的骚扰，甚至时常还有一汩汩伤感从心底悄悄往上涌来，刺激他的泪腺，也许是因为往年的今天正是自己祭奠家人的时刻吧，而这个时刻他一次都没有落过。去年的今天是老窑厂的休息日，上午十点，他关上自己工作室的门，默默地摆好父母亲大人和爱妻的灵位……

六十年后的今天，此次赴鸽城的安装指导也许就是他告别琉璃工作室，回家养老的最后一次祭奠了。

坐在舷窗旁的釉亮则有些累了。他拉下遮光板，将毛毯裹在身上，闭上眼想眯一会儿，然而，事与愿违，脑子反倒是更加清醒了。想着还有不到两年的时间，老窑厂的炉火就真的灭了，当他第一次听到这个消息的时候，内心的那股子痛苦真是难以忍受，他跑到辰启伯伯的墓前痛哭不止……昏天黑地的也不知是什么时辰了，更不知父亲是什么时候过来的，拍拍他的肩膀，递过来一小杯酒，和他一起坐在了辰启伯伯面前。二人你一杯我一杯，辰启伯伯一杯地喝了起来。谁也不想说话，也无话可说……

老窑厂要关闭的消息不胫而走，本市的、外省市的、国内的、国外的电话不断，还有不少要求订货的、补货的，甚至协商可否留货的电话，传真也不少，订单也多了起来，都是这么多年的生意伙伴，和一些著名的皇家建筑的主管们。釉亮把生产任务排得满当当。

他想着尽量满足客户的要求，再累也要善始善终吧！美洲鸽城华埠九龙壁的全部琉璃构件，务必保证按时交货，来不得半点差错。那是耄耋之年的老华侨一生中最为重要的夙愿，更是老窑厂琉璃烧造的最后一座仿北海九龙壁了……

就在釉亮送走了最后一辆货车，整套九龙壁，近万件琉璃构件将横渡太平洋美洲鸽城的时候，突然一封来自加拿大渥太华的"紧急请求技术援助函"递到了釉亮的手里。这是加拿大渥太华甘露寺的业主钟女士发来的。

事情的由来是这样的：钟女士的母亲，也就是当年插队相遇的成老师慷慨奉献大半生积蓄建起了这座中国佛教庙宇，在异国他乡有了一个寄托自己思乡之情的圣洁之地，也为那些漂泊海外的华人有了一个遥祝祖国繁荣昌盛、美好愿望得以实现的燃香祈祷的场所。

现在寺庙的规模是在原有的大雄宝殿的旧址上进行了扩建。落成后的甘露寺曾引起美洲的巨大轰动。尤其是崭新的大雄宝殿金碧辉煌的屋顶很是吸引游客和众香客的赞誉，中国的琉璃建筑华丽宏伟也轰动了美洲地区。这是凉爽而妍丽的仲夏，但是到了春天来临的时候，庙宇屋顶上的冰雪融化了，寺院各个屋顶上的琉璃瓦件出现了较大面积的釉面斑驳脱落。更有甚者，琉璃瓦竟然还出现了断裂现象，致使个别的建筑出现了漏水。这对钟女士的打击很大。

事情发生了，钟女士也不敢和母亲诉说，只能悄悄地决定自己掏钱弥补损失。况且清明节后她还要代表母亲回国参加老人家对兰州大学的捐赠仪式，这只是其一，其二是去祭奠自幼时走丢了的爸爸。钟女士想着做完这一切再去找釉亮叔叔帮忙解决甘露寺的琉璃瓦问题，当初妈妈就反复强调要求钟女士一定要用北京老窑厂的琉璃瓦。自幼就有自己准主意的"迁珠儿"则不以为然，她认为都是琉璃瓦，都是中国产的，都是铺在屋顶上，能有多大的区别呢？可巧的是，捐赠仪式上认识了兰州的一位古建总公司的赵总，本来因为招待会座位相近，闲来也只是随便问询，一听钟女士遇到了困难，那位赵总便一口应承下来，他讲了自己和釉亮是很熟悉的好朋友，解决这点小事没问题，包在他身上。就这样一筹莫展的棘手事神奇地迎刃而解了。可是，没想到又把她推进了泥潭。钟女士最后还是遵从了母亲的警告，找到了北京琉璃老窑厂的电话紧急求助了。在电话里听到了钟女士的急切恳求，釉亮当然不能袖手旁观。况且那人还是当年插队时认识的迁珠儿。他紧急请示上级主管领导，只好把鸽城渥太华的活安排到了一起。赴加拿大的这组成员是釉亮和隗琊。釉亮只能两头都要兼顾，经报总公司批准，他一看出国名单，竟然加上了隗怀仁的名字，他去能干什么？釉亮转念一想，嘻，顾不上那许多了，赶紧启程要紧。他不能和隗怀仁父女同机前往加拿大，要参加鸽城华埠九龙壁的盛大开工仪式。

釉亮的三人小组经过了十几个小时的飞行，平安到达了鸽城国际机场，这是鸽城的上午十点十分。国际机场是世界最繁忙的机场之一，这里的五万多名员工各就各位，各司其职地迎来送往川流不息的各国乘客，每年有近八千万乘客经奥黑尔机场穿梭于全球各地。

釉亮三人来到接机口时，立即看到了写着"欢迎北京米釉亮先生"的牌子，他们三人赶忙迎了上去，一位中年妇女彬彬有礼地向前来的釉亮三人满脸慈祥微笑着频频施中国的拱手礼，然后向他们介绍，这位是林老先生。釉亮诧异地跨步向前向着健硕的老先生深深地鞠了一躬。见林老先生热情地伸出双手，便又赶忙伸出双手，紧紧地握着这位可亲可敬的老华侨。

黑色奔驰商务车载着从祖国赶来帮助实现自己的美好夙愿的三位尊贵客人，林老先生显得十分高兴、健谈。寒暄过后，中年妇女介绍了接下来的程序安排。

鸽城华埠的九龙壁安装在华人街游乐场靠近高速路的地方。林老先生对这次选址很满意，他认为位置显眼，对中华传统文化的宣传会有很显著的效果。今早天气晴朗，还是很亲民的凉爽。工地上集聚了很多中外观看热闹的群众，他们看到工地上摆满了花花绿绿像宝石般闪亮的琉璃瓦，不断地发出啧啧的赞叹声。孝存师傅站在事先要求做好的基础地基上，通过翻译指挥按照木箱上的标记号码，摆好在基础地点的对面广场上。安装工人拆箱按顺序摆放构件，他耐心地解释为什么这样摆放、安装的顺序、需要严格执行的安装规则。看到美洲的建筑工程师很是能干，孝存师傅他俩紧张的心终于安定多了，但在关键的工序节点上，他还是紧盯住不放，有时甚至亲自召集大家来看他的示范动作。美洲工程师表现出的耐心友好的合作精神令孝存很欣慰。此刻在孝存的心里也很感谢家栋，他平时总是督促自己不仅要专心搞创作，也要向其他老师傅学习安装技术，做一个全面的琉璃工匠大师。

有几个华侨对站在旁边的智君悄声问道，这些砖瓦砌筑时，不需要在内部作钢筋支架吗？如果需要，我们都是电焊工程师，可以免费服务的。

智君也友善地笑笑，谢谢，真的不需要的。

那几个华侨坚持说，如果有其他的需要，请不要客气。我们都是龙的传人嘛。

听到这些话，智君很感动，不住地点头说道，中华民族一家人。她见到孝存师傅朝她看了一眼，便赶忙过去了。

孝存说，你要再反复演练我们的讲演稿，需要时间的话，你要提醒我，这里有我，你放心好了。目前我还不能完全放下心来，起码要等到九条龙砌筑安置妥当，我们才有可能安排讲座。

智君不住点头说，您放心吧，我心里有底的。只是我们要计算一下时间至少提前三、五天请华侨协会的组织者通知下去。

孝存师傅眼看着拆箱的工人干活，嘴里也不停地对智君说话，你说得对，注意提前提醒我呀。

智君不明白孝存师傅为什么这么紧张，他在担心什么？他要讲的那些知识都已是烂熟于心的。于是智君耐心地哄着师傅说，义父，没问题的，有我呢！哎，刚才有几位华侨问我，为什么你们不在琉璃瓦件中安装钢筋固定呢？您说逗乐吗？

孝存故意板着脸提醒道，你可不能笑话这些华侨啊。

不会，不会的。我做了解释。他们说，别客气，我们都是龙的传人。您听，说得很感人呢！

林老先生每天早上都要来工地转转，问询孝存或是智君有什么需要一定要跟他说。老先生忽然问，米先生呢？

智君回答，他去渥太华了，那儿还有件急活要处理。

老先生很是欣慰地说，看你们为了琉璃忙，我心里很高兴。琉璃文化是中国很重要的传统文化之一，你们做得这么好，这也是对我们这些海外游子的巨大精神鼓舞呀！

智君亲昵地拉着老先生的手说，林爷爷说得真好！我们回国一定要向国内的同胞宣传林爷爷的赤诚中国心！

釉亮参加完开工仪式，赶往机场，经过两个小时多一点的时间到达了渥太华，钟女士亲自来迎接。在和钟女士握手寒暄时，有一位体态有些臃肿的中年男性不客气地挤过来哈哈笑着大声说，原来是釉亮厂长啊！你不认识我啦？贵人忘事多嘛！我呀，甘肃昌柏古建总公司的老赵、赵总经理嘛！想起来啦？来来来，我是专程来接你的，我的车在那边。胖胖的中年人语音高调，也不在乎旁边匆匆闪过的国际乘客们的侧目，不由分说拿上釉亮的行李箱递给了旁边的助手，硬是勾肩搭背地如同绑架般强行推着釉亮随他走向汽车。

釉亮想起了这个油腻的中年人，但已经无法和当年的那个还算朴实的年轻农民画等号了。他不喜欢这种过分的热情，此等做作的表演引起了釉亮的职业警觉。他停下来，摆脱了肩头上的肥胖胳膊的重压，面对着眼前这位古建总公司的赵总，认真地说，你等等，我要和钟女士说句话。

他走向钟女士，问，对不起，这个赵总您认识吗？

钟女士勉强笑笑，说，他就是我工程的供货商和安装的工头。

釉亮恍然大悟，说，我明白了。

来到渥太华已经是仲夏时节了。接机的除了钟女士和她的秘书外，又冒出个甘肃的赵总，本以为是一桩"他乡遇故知"的人生幸事，而这位赵总让釉亮感觉到这件事的蹊跷和复杂。

被赵总自作主张拦下来的釉亮被迫登上了赵总的车，他倒要看看接下来赵总又要编什么故事。一行人出了机场，赵总才露出一副苦大仇深的表情向釉亮倾泻。

原来多年前甘肃一别，赵总真的做起了古建修缮业务，他赶上了好时代，一路顺风顺水发了财，也成了兰州一家有名的古建修缮维护业务的公司总经理。他说几年前，钟女士回国出差，他们是在兰州大学相识，才知道她主要是为了更好地完成妈妈的一桩心愿——按中国古建风格建造一座甘露寺，找寻有资质的古建队伍。上网一查，琉璃瓦产品满眼皆是，钟女士也认为不就是房顶的瓦嘛。本来嘛，千百年来琉璃瓦发展了什么？它能有多少科技含量？不就是一件积德行善的好事嘛！

赵总突然表现得很是气愤，他说，谁会想到，大殿、寺庙亭阁的屋顶琉璃装修失败了……这可不是我的责任啊！我是被一家南方建筑材料公司骗了。赵总转脸又是一副乞求的恳切态度，这人啊，在国外待上几年就再不讲情义二字了，钟女士非要和我打官司。米大哥，你务必帮这个忙啊，花点钱不是事，请务必把这事平息下来，我回国和南方公司打官司一定补偿钟女士，也自然不能忘记您的大恩大德啊！

米釉亮此刻才彻底听明白了。他只是洗耳恭听，他在想，多年不见的赵总，已是浑身珠光宝气透着暴发户的乖戾恣睢。按说自己和赵总算是共过事的朋友了，如今却感觉二人相隔千里。发迹这么多年，北京城赵总一定是常常光临的，古建行业离不开琉璃，而琉璃圈子并不大，北京琉璃老窑厂在这个圈子里却是很有名望的，赵总为什么从来不去找他呢？也许这正是"道不同不相为谋"的经典解释吧。

见米釉亮反映不热情，赵总笑眯眯地补充道，老哥，你还记得在我家喝酒的事吗？

家栋看着赵总的眼睛说笑道，哪能忘记呢？你还少给了我们厂两万块钱呢！

哎，有这事，我可以做证啊，是我扣下的，与你个人无关啊！哎，还记得你偷偷收藏的那两块虎头瓦当吗？那可是容圣寺有名的瓦当哩，收藏界赫赫有名的中国古代传说，镇北神兽白虎瓦当嘛！对不对？你时运好，后来我村里一个年轻娃仔偷了十块虎头瓦当梦想发财却被抓走，还判了刑呢！

米釉亮嘴角咧出了一丝微笑，眉头却凝结成一疙瘩盯看着赵总说，你真是煞费苦心啊。前两年我们区文委到琉璃老窑厂搞文物普查，那两件瓦当我捐了。有机会赵总一定要去我们当地文物博物馆参观指导啊！

赵总尴尬地笑着，一定一定。

本来是钟女士安排好的接风晚宴，却被赵总抢了风头，非要自己亲自出面搞。按照惯例开场白过后，主宾大致分成了两拨，座位也变成了两张桌子了。

赵总及助手和隗怀仁一拨，坐一桌，二人谈笑不出五分钟便是一遍又一遍地推杯换盏，大有相见恨晚之浓情了。

另一拨则是钟女士、米釉亮和隗珝三人单独坐一桌。主宾杯盏相敬，谈笑无白丁。在北京时米釉亮就已经在希希的帮助下和钟女士通过话了。而钟女士除了开始的寒暄外，就是替妈妈，也就是当年的成老师简单地向釉亮表示了问候，主要是讲了修建渥太华甘露寺时遇到的琉璃瓦质量问题，没有涉及其他内容。这才有了釉亮见到赵总时的意外和尴尬。釉亮心中有了定盘星，他信奉物以类聚，人以群分，气味相投的人才相聚成群嘛。这边钟女士格外喜爱隗珝，问这问那，敬酒布菜。那边赵总和隗怀仁勾肩搭背，已是莫逆之交了。米釉亮向来不适应这种场合，赵总过来给他敬酒，米釉亮也是礼貌地展现从爸爸那里遗传来的似笑非笑的标志性表情。

赵总可是个劝酒霸主，但釉亮自有自己的社交定盘星，他说出大天来，釉亮也只是象征性地碰碰杯边。坐在一旁的钟女士视若无人，轻声细语地和隗珝温柔地扯着闲话。一动一静形成了鲜明的对照。

原定第二天上午去甘露寺查看现场的安排，被赵总有急事要进城处理为由推迟了。隗怀仁听说赵总进城办事则非要同行不可，说是不会影响赵总办事，只是随车走马观花地欣赏欣赏渥太华城里的景观。

釉亮坚决反对，说，等等，赵总，鸽城那里还等着我呢！时间很紧迫，还是共同看完现场再办你的事吧。米釉亮高声提出反对的同时冷眼看着隗怀仁，脸上划过一丝轻蔑的浅笑。隗珝觉察到了，她低着头心里特别难受。

嘿嘿，米总，对不起，真的是国内有急事。

再急你也回不去吧？用电话不方便吗？米釉亮并不想得到赵总的回答，而是将隗珝拉到一旁，因为牵扯到隗怀仁，米釉亮不得不将自己对赵总的分析判断无保留地告诉了她，希望她能去和父亲谈谈不要误入赵总的圈套。隗珝听话地去了，谁知她只开了个头，就遭父亲训斥。隗怀仁直截了当地过来告知米釉亮，你没资格管我！然后，朝着米釉亮梗了梗脖子，拉上赵总走了。

隗珝为难地说，您说怎么办？

米釉亮笑了笑，我们去钟女士家做客吧。

奔驰中型旅行车在干净的高速公路上疾驰，一路上到处可以见到的是松柏、加拿大杨和能制糖的加拿大枫树，还有常绿的灌木丛，松鼠、兔子，还有躲在街道两旁排水道里的浣熊，甚至肥硕的野鹿时常不请自来，打破别墅住宅区的安静。与中国哈尔滨市同样在北纬45度线上的渥太华即使地广人稀也不会感觉寂静和荒凉。

一刻钟的时间车子开进了一所豪宅，这里是钟女士办的福利性质的私人养老院，目的就是请老人们陪伴已是耄耋之年的成老师。当年她带着女儿来到加拿大，在亲戚朋友的帮助下经营房地产慢慢发达起来。不知她何时笃信佛教的，并投入巨资建起甘露寺，就是想表达她希望爱满人间，福润世人。成老师精神矍铄，只是腿脚有些不利落了，经常要坐在电动轮椅上。她思路依旧敏捷清晰，还记得当年希希和釉亮为她们娘儿俩蒸的那锅白馍馍，还记得她的女儿说有很长时间没尝过白馍的滋味了。釉亮笑着介绍了现在国内的经济发展和人民生活，老少三代人彼此问候祝福，畅快地聊了二十分钟，釉亮为了不打扰成妈妈休息而依依惜别。

如今的钟女士，奔驰在当年的迁珠儿的住宅路上。

米釉亮问她，我记得当年您母亲冒着大雪也要去祭拜司马迁祠，说是有要紧的话要和太史公说，只可惜因为火车车次的原因没能去成，太遗憾了。

钟女士回答，我也多次问过妈妈，她始终笑而不答，直到前年我回国，她要求我再去陕西韩城一趟。我问，在太史公面前我替您说些什么？她只说了两个字：还愿，让我代表她烧好三炷高香就是了。米釉亮不再探问，他猜想这个学历史教历史的老人一定认为历史明鉴天地，它竭力推动社会盘桓向前的力量是任何人都无法撼动，更无法改变的吧。

恍如隔世沉积后的挣扎与觉醒，当年五岁的迁珠儿，自言自语，仙人骑凤、骑凤仙人，太神奇了……

米釉亮觉得气氛过于沉重，他连忙转变话题，问关于甘露寺屋顶的问题，而钟女士欲言又止。米釉亮说，您不必有顾虑，隗珧是成年人，她有辨别是非的能力和责任，不然怎么会让她来呢？既然来了她有权知道事实真相，并作出负责任的公正判断。于是钟女士讲了整个事件的过程。

前年，钟女士回国先去访问父母大人曾供职的兰州大学，完成了母亲捐赠善款的重托；另外，她还要考察祖国的古建队伍的实力，准备甘露寺的开工事宜。赵总负责组建施工队伍和琉璃建筑构件的采购。

钟女士说，当时我们的合同有明确规定，一定要采购北京琉璃老窑厂的建筑构件。因为我依稀记得当年您说过，您的父亲是故宫博物院琉璃老窑厂的厂长，专为皇家宫殿服务的。我确定那是代表着中国顶级水平。

米釉亮情不自禁地夸奖道，您的记忆真好！

岂止是真好，钟女士哈哈大笑，是真的特别好！在您窑洞的那天晚上我记住了所有的细节。您还记得吗？当时我着了魔似的迷上了你皮箱上的那只仙人骑凤，我知道那里面一定有故事有典故，于是希希姐被逼无奈，给我和妈妈讲了东周列国时的齐闵王如何在灭顶之灾来临时，被一只金凤凰救走、遇难成祥的故事。听完那个故事，我就非要您的仙人骑凤不可，那时我刚刚在逃难的路上度过了六岁的生日，该懂事啦，然而我们临别时，我哭着喊着非要它不可，也不管您舍不舍得，我就要！我还一根筋地为自己辩护，说天天都搂着它睡觉，每天都祈求那只金凤凰也来救我和妈妈，金凤凰一定能来的，我对你和希希姐还有我妈妈一再强调，你们要相信我！妈妈拿我没办法……可是，以后的日子真的证明了我的预测，我们每逢关键时刻、危难关头都有好人相助，您能说它不灵验吗……

釉亮讲，对于仙人骑凤的传说，我想那只是个传说而已，齐闵王是不是个仙人，坊间有着截然不同的多种解说，可谓仁者见仁、智者见智吧。

钟女士问，希希姐姐还好吗？你们有了几个宝贝了？钟女士热情的提问让釉亮有些应接不暇。畅谈了十几分钟后，她缓缓地开着车不再说话了，沉默了好一会儿，才轻轻地叫了声，米大哥，请允许我这样称呼您。您和希希姐是我家的救命恩人。我受妈妈委托把这枚翡翠观音雕像送给您作为她老人家对您和希希姐的感激之情。说着将手伸了过来，手心里放着一枚半个鸡蛋大小的椭圆形翡翠观音雕像，深邃且碧绿，没有一点杂质，浓浓的像深海的一滴眼泪，且雕工十分精致。把它握在手中的那份冰爽感使你能立刻清醒通透，像是将自己融化其中一样，获得了大海的那份广博的人生格局。

此刻的釉亮赶忙提醒钟女士开车时注意力要集中，并轻轻地推回了她的手，说，代我和希希谢谢成老师吧。她的礼物太贵重了，几十年前我们在陕西小山村相识，对于我们来说已经是很大的荣幸了。我们心中十分珍惜那短暂的美好回忆。这件翡翠宝物我们是万万不能收的。我们都是中共党员，我们的信仰和初心是永远也不能改变的。我代表你希希姐再次表达我们对成老师的真诚的敬意和永恒的祝福！

我明白了。钟女士收起了那份祖传的翡翠观音雕像。

车停在了钟女士的寓所门前，钟女士请米釉亮和隗珥进了客厅，她按下一个开关，两面墙的夹角处豁然明亮起来，一束强光打在了木制花台上的一个玻璃罩子上，罩子里就是当年那只釉亮的仙人骑凤，它还是那么亮丽如初、金光灿灿，魅力无穷。

钟女士深情地对它说，你的主人终于来了，他会带你回家的。

不。米釉亮坚定地说，送给您的东西怎么能再拿回去呢！

钟女士摆摆手制止米釉亮道，当年，我太不懂事了，请您原谅。唉，那时被逼无奈，只想着能抓住一根稻草，救我和妈妈。不然我和妈妈……钟女士哽咽地说不下去了。

釉亮态度坚决，那只是一桩小事而已，您千万不要动它！

钟女士摇头说，不，我知道它真的是您家的传家宝，不然我会留着它陪伴我们母女一生的。

釉亮笑了，我都不知道它是不是传家宝，您怎么……

此时进来一位中年华人妇女温柔地提醒，钟姐，午饭准备好了。

好，我们先吃饭。钟女士走在前面高兴地说，我刚说到甘露寺屋顶装修工程，没两句就跑题啦！你们俩谁也不提醒我，尤其是隗珥。

不是的，钟阿姨。您讲的故事深深吸引了我。

说得对。钟女士说，文学作品总不如生活真实精彩，吃完饭我们再谈正事吧。

晚饭后，隗怀仁和赵总回来了。隗珥见父亲神采飞扬，话多舌根发硬，这是又喝醉了。她很生气，碍着面子赶紧扶着父亲回了卧室。

回到客房的魏怀仁一把推开隗珧，软软地瘫坐在床上说，我没醉。你坐下，我有重要的事情和你谈。隗珧服侍父亲躺下，坐在他旁边。

隗怀仁说话语无伦次，一句话还不断地重复，我告诉你，那个赵总可不是简单人物，昨晚上他得知米釉亮和钟女士是老相识，可吓得够呛，今天早晨是他设计约我出去的。你呀！绝对不会想到赵总和米釉亮……在他老家甘肃的钟鼓楼工程上，就是好朋友……就有猫腻！当年我就怀疑，为什么20万工程款他米釉亮只拿回了十八万？那两万呢？当时的两万，现在说起可是个巨款呀！米釉亮跟我汇报说是耽误了人家那么长的工期，这期间赵总是用自己的钱……给大伙发工资。这两万……是赵总自己提出来的，他觉得合理就答应了……你听听，多么的冠冕堂皇啊！我今天……今天啊，才闹明白，他把那两万现金揣进了自己的腰包！

等等，隗珧打住父亲的话头，我相信釉亮叔，他不是那种人！隗珧想和父亲讲讲今天她亲眼看到的一切，一个价值几百万的祖母绿观音雕像釉亮叔叔都不贪恋，怎么会为了两万出卖人格呢？

魏怀仁一把扇在了隗珧后腰上，你相信他？我还不相信你呢！我警告你，别以为我不知道你和他儿子那点丑事！我劝你趁早灭了这念头！

隗珧惊讶、气愤、痛苦的表情瞬间在脸上都表现了出来，她没有想到自己的父亲如此不堪自重，她流着泪说，您！这是做父亲该说的话吗？

父亲？哼！鬼知道你……是不是，我的亲生女儿呢！

一句接一句的重击，将隗珧肺都气炸了，她永远不想听到，但她还是听到了隗怀仁二十多年一直欺辱自己和妈妈的根本原因了！隗怀仁！难道你连做长辈的一点点尊严都不要了吗？你在践踏自己的脸面！看看你进门时的表现，联想你平时的所作所为，你得到了什么承诺？得到了什么实惠？还是你真以为找到了压制釉亮叔叔于五行山下的法宝了吗……隗珧的严厉斥责都没能压住父亲山响的呼噜声……

第二十一章

　　隗琊回到自己的卧室心事重重地打开提箱，拿出红锦盒里的仙人骑凤，双手捧在胸前，自语道，妈妈，它真的灵验吗？还是我也像您一样迷信了？我实在是迷茫无助，像钟阿姨所说，我现在也只想着能抓住一根稻草，救救爸爸，他毕竟是我的爸爸！他来加拿大就是一个错误。还有您，您非但不支持我对他出国的阻止，还说什么"你度我度，不如自度。唯其自度，方能普度"。妈妈，我既然来了，就要阻止爸爸再做错事！您同意吗？妈妈，我记得临来加拿大的那天夜里，我们娘俩在一个被窝里促膝长谈，您讲了您的插队、您的痛苦、您的爱。我真的理解了您，也更加理解了母爱的伟大。妈妈，我从未经历过如此重大事件，我有些头晕目眩，您一定要求求仙人骑凤保佑我和爸爸，保佑我们一家人啊！

　　隗琊独自冲着仙人骑凤磨磨叽叽一反往日的高冷矜持，露出了一个小女人渴望呵护的原生态，她流着泪埋怨，妈妈，您不是说米粮哥爱我吗，为什么我来加拿大三天了他还不来看看我，多伦多离渥太华比北京还远吗？为什么连个电话也没有呢？

　　隗琊停下来不再说什么了，是等待妈妈的回答，还是等待仙人骑凤的明示？她终于轻轻地摇摇头，因为她只等来了妈妈曾经说过的一句话：没有什么救世主，全靠我们自己。她忽地站起来将仙人骑凤安顿好，鬼使神差地回到父亲卧室翻看他的手机短信，果然看到了渥太华当地的中国银行打给父亲的收款短信通知，收款金额：20万元人民币，到账时间：下午3：44。隗琊拿上手机奔出了卧室，她想去敲开釉亮叔叔的房门，想请求釉亮叔叔和她一起去找钟阿姨，她相信只有钟阿姨和釉亮叔叔会帮助自己度过这道迈不过去的坎儿……可是……我是他女儿啊！我说了……他会怎么样……

第二天早晨，大家享受自助餐时不见隗怀仁父女，刚说联系服务台，隗珋在楼上大喊，快来人啊！救命啊！快叫急救车呀！快救人呀！大家一拥而上，隗怀仁的卧室门敞开着，见到隗珋守在父亲身边，隗怀仁躺在房间过道的地板上不省人事。钟女士紧急呼叫救护车，釉亮和隗珋与钟女士一起赶往医院。经检查隗怀仁脑血管破裂出血，极有可能是因为酗酒和过分激动而诱发的脑卒中，医生立即安排抢救手术，而这些急诊、住院手续都只能是钟女士一人操办。六个小时的煎熬之后，隗怀仁被推进了 ICU，大夫说手术很成功，下面要看病人自身的恢复能力了。

这个意外太糟糕了，整个工作都被打乱。隗珋整个人都吓傻了，像是个牵线木偶，跟着钟女士跑来跑去，碍手碍脚可又不知所措。

赵总拉米釉亮躲到一边十分沮丧地说，我没有请他喝酒啊，他非要去外国酒吧尝尝鲜嘛，我能说什么？

不是你提出的请客吗？米釉亮反问。

自然是我请啦。赵总不屑地说，你们那一点点外汇补贴连一顿饭都买不起的。他话说完又觉不妥，换了一副哀求的表情，一把抓住釉亮说，问题是他答应帮我的忙呀，他这一病，我可怎么办嘛！米大哥！你救了他，也要救救我呀！

釉亮冷冷地问，怎么救你？

赵总如获至宝地来了精神，钟女士要告我商业诈骗罪呀！这个钟女士太狡猾了，甘露寺的工程结束了，她盛情邀请我来加拿大访问，我来了，结果却……我没有欺诈，我也是交易的受害者！

你是受害者？釉亮语气铿锵有力道，你打着我们老窑厂的旗号招摇撞骗，事情败露了，又贿赂隗怀仁，让他应承下来你这批南方货就是我们的产品，对吗？

赵总仍不死心，表现得极其诚恳地说，我们可以商量嘛！等我回国，给你们双倍的赔偿，我是信守承诺的，一定信守承诺！我们可以签协议书嘛！

米釉亮死死盯住赵总的双眼，在那里他分明读到了这样一句话："编造的谎言总是因为缺乏底气而显得眼神飘浮游离不定，像一股股鬼火。"

釉亮低声说，你还不知道自己已经成了渥太华的新闻人物了吧。你的行为不仅仅是在败坏我们琉璃老窑厂的信誉，更败坏了中国琉璃作为国家级非物质文化遗产的信誉、形象，别以为我在危言耸听，你可以看看这些天的报纸，有中文的有英文的，你应该记住：这里是加拿大！

赵总急不可耐说，我承认我错了。关于赔偿我们都是可以商量的嘛！就是不要把我送上法庭啊！求求你们了。

赵总，记得我跟你讲过的仙人骑凤的传说吧。

讲过，讲过，赵总立即掏出手机，您看，我在手机上的开篇首位还保留着仙人骑凤呢！那神器我一直供在家里，和关公关老爷并列在一起，天天香火不断的。

香火不断？釉亮怀疑的语气问，你还记得金凤凰救的是谁吗？

记得，记得！齐闵王。他是个遇难成祥、大富大贵之人。

米釉亮摇摇头，《史记》上燕国大将乐毅评价齐闵王是"伐功矜能，谋不逮下"之人，就是说齐闵王是个暴君！治国谋略也就是下等水平，再加上他不讲信义，失信于民，诛杀忠臣，政令暴虐。最后，齐国被燕国所灭，齐闵王遭五马分尸，那一刻，再也不会有金凤凰来救他了。

釉亮哥呀，你别吓唬我呀！我也是受害者啊，赵总见钟女士走过来，立即低下头不作声了。

当年我在你家喝酒，米釉亮继续说，你问我为什么这么喜爱琉璃，我说，琉璃是有生命的文化，文化是道，它统领我们热爱它的灵魂，我们要敬畏琉璃，不管风云如何变幻，你起心动念之时便决定了你是否真的能做到最后的成功！

赵总坚持表演着一副可怜状，一直低头不语。

釉亮和钟女士、隗琊一起离开了医院。

在车上钟女士对隗琊说，你专职照顾父亲吧，但这两天 ICU 是不能进的，可以探视时院方会通知我，你放心吧。

钟女士转身对釉亮说，米大哥，我们这两天需要准备好起诉证据，你们昨天看到了大殿、亭阁等屋顶琉璃崩釉的现象，我很需要你们的专业帮助。

米釉亮说，我从国内带来了我厂生产的琉璃筒瓦和板瓦各三块儿，为的是和赵总购买的南方琉璃瓦作比较，这个书面报告我来写。另外，我们琉璃建筑构件是符合"急冷急热冻融试验"的国家标准的。

钟女士很关切地问，能通俗地告诉我吗？

米釉亮信心满满地说，很简单，在摄氏正负 25 度之间，反复连续实验 15 次，必须全部合格。这就是我们的"冻融实验"的国家标准。我有一位瑞士籍德国朋友不太相信我们的产品，他把我们厂的琉璃筒瓦、板瓦各十块儿拿回瑞士亲自做了严苛的实验，这是实验结果鉴定。米釉亮递给钟女士一个透明文件袋。

Oh my God！ 155 次实验成功的记录啊！钟女士惊呼。

米釉亮沉稳地说，我们厂的产品用在您的甘露寺建筑装饰上是完全能够保证质量的。

这么说，钟女士问，赵总的南方琉璃瓦是不合格的劣等品？

不一定。您听过这句话吧："橘生淮南为橘，橘生淮北为枳。"同样是琉璃瓦，南方气候潮湿多雨，赵总的琉璃瓦不能胜任北方干燥寒冷的气候环境，所以还是有可能产生崩釉现象的。当然，赵总出示的质量合格证是伪造我们老窑厂的，这一点可以确定他提供的产品是伪造品。不知我这样说您是否明白了？见钟女士点头，米釉亮继续说道，在国外和自己的同胞打琉璃产品官司，总觉得不是滋味儿，像是亲哥俩在大街上打架，会有一种被路人耻笑羞辱的感觉。我的意思是，我们是不是争取庭外和解呢？前提是赵总必须赔偿你们的损失，同时必须对我们双方都要进行书面道歉，其他问题我们和他回国再解决。您看？

钟女士说，都是中华儿女，我何尝不想这样做呢？赵总不明白合同欺诈在加拿大是重罪。这样吧，让我的律师和他聘请的律师具体交涉吧。

那太好了。米釉亮点头，我在北京时就已经估计到您的屋顶问题是用瓦不当引起的。我已经预留了您需要的琉璃瓦件。我明天就给您测量计算用瓦件的数量和品种。不过我提醒您，最好是比我们测算的数量再多买一些，一方面您要留一些维修用瓦；另一方面，我们老窑厂的窑火不久会强制停掉的。至于以后还会不会重新生产，我还不知道确切消息。

钟女士睁大眼睛叫道，什么？你不是说老窑厂是国家级非物质文化遗产吗？难道你忘了她已经存活了七百多年了吗？她艰难地跨越了截然不同的三个时代呀！

家栋忍住眼泪，说，迁珠儿，我来时就已经嘱咐家里，让他们准备发货。还有，我们这几年在德国、瑞士都建有中国园林景观，琉璃瓦便是不可或缺的园林造景的重要元素。我每到一些地方都会为当地报纸写一些关于中国琉璃瓦的科普文章，我们，哦，隗琊和我还专门开了QQ公众号，有文章有图片宣传中国的琉璃瓦。回到家请您看看能不能也在渥太华的报纸上做些宣传，算是以正视听吧，别因为赵总的错误而对我们祖国的琉璃珍宝造成不必要的误解，可以吗？

放心吧！我会全力以赴的。华文报纸没问题，英文报纸我会想办法的，你放心好了。我很赞同釉亮哥哥的想法。隗琊的父亲是个意外，明天我和隗琊去中国大使馆请求援助。你们放心，隗怀仁先生一旦病情稳定，我们会和有关部门协商尽快回国进行康复治疗，只是这需要医院的评估准许。

釉亮最后说，迁珠儿，等您的货到了之后，我会安排技术人员来帮您重新换瓦。这样您就可以安心过冬了。

釉亮叔叔，隗琊羞于启齿，可又不得不说，钟阿姨，我父亲他……

钟女士主动接过话题，鉴于你父亲目前状况，是无法对自己的受贿行为做出悔过改正的。这事我会通过律师跟赵总谈。关于你父亲的治疗的费用，我可以先帮你们垫付，你们回国后再还吧。但这些措施都要通过双方律师的法律文件的形式得以确认，是马虎不得的。

谢谢钟阿姨！隗琊在车里扭着身子给钟女士鞠了一躬。

釉亮很满意地说，这里有你的安排，我就放心了。鸽城那边我明天必须赶回去。

车子开回了钟女士的别墅，钟家保姆出门迎接并说道，米先生，贵公子在客厅等候您多时了。

大家进家落座，米釉亮向钟女士介绍了自己的儿子，并说道，他是专门从多伦多赶过来的。

米粮站起来将支票双手递了过来。钟女士欣然收好。

隗珧飞上前疯狂地抱住米粮，不住嘴地说，谢谢米粮哥！我代表妈妈谢谢你！她边说边抱着米粮不放手。当她终于知道了自己的失态时，隗珧像是被电击了一样躲开米粮，连声说着对不起。大家面面相觑，不知道这些个对不起是说给谁听的……隗珧的小脸绯红，语无伦次地连跑带嚷，釉亮叔叔，钟阿姨，你们等等我。隗珧兴奋地跑到楼上，把仙人骑凤拿来呈现给大家，并认真地讲起那里的秘密，俨然是当事者的模样：

二十世纪六十年代，米爷爷委托我爷爷专门做了两只仙人骑凤，将一只赤足金手镯和两枚纯金戒指分别埋在仙人骑凤的底座里，这是约定日后留给釉亮叔叔的。后来，我父亲打折了米爷爷的腿，我爷爷愧疚万分，在以后的日子里，我父亲所作所为，尤其是我父亲对釉亮叔叔百般刁难压制，令爷爷十分失望，父亲也听不进去爷爷对他的忠告。爷爷临终前叮嘱妈妈，米家人才是最可信赖的……我说的这些都是临来时听妈妈说的，她是世界上最纯净的女人。

秘密讲完了，隗珧将仙人骑凤拿给米粮看，你看金凤凰的尾羽，这是当年我爷爷制作时特意留下的暗记。

钟女士也凑上前来观看，然后将玻璃匣中的那只仙人骑凤也拿了出来，米大哥，您看这里也有一个暗记，只是小一些。您请仔细观察，这里有粘接的痕迹，是我家以前的保姆不小心碰坏后又粘贴上去的。也正因为磕掉了一块，我才发现了里面的两枚金戒指，由此证明了它真的是您家的传家宝。

爸爸，这些是真的吗？米粮问。

米釉亮脸上呈现的又是那种令人捉摸不透的微笑模样，淡淡地说了句，好像隗珧没说清楚她手中的那个仙人骑凤是怎么回事。

米粮恍然大悟，对呀！隗珧，你妈妈是怎么得到这只仙人骑凤的？

隗珧尴尬地拍拍脑门儿，笑着自我解围道，哎呀！这么复杂都把我的头整昏了，还是釉亮叔叔讲吧。

好，我讲。釉亮看了看大家说，几十年前，因为一些特殊原因，熙靖妈妈和我爸爸都被关管起来了，隗伯伯是当年厂工人纠察队的头头，一天晚上，他换掉当时的看守，悄悄问爸爸，有什么话捎给春妮弟妹吗？他知道爸爸身体不好，怕是经不起这么折腾，万一有个三长两短……老哥俩心有灵犀，确实都预感到形势发展很难说是否过得去这一关，于是爸爸交代隗伯伯，他和大掌柜辰启伯伯生前有个做儿女亲家的约定，爸爸早早备下了一只纯金手镯和两只纯金戒指，为了这份约定，爸爸拜托隗伯伯给他烧制一只仙人骑凤，将三件金首饰都埋在底座里，交给我妈妈，以防不测。但在制作时，隗伯伯考虑仙人骑凤是桌上的摆件，底座埋入两件金饰怕烧制时可能会炸裂，自作主张烧制了两只仙人骑凤交给了我妈妈，并将暗记都交代清楚。

之后，爸爸熬过了寒冬。一家人团聚时，爸爸才知道我手中的那只藏有一对纯金戒指的仙人骑凤送给了成老师的女儿迁珠儿，就是眼前的这位钟女士。我和希希结婚时爸爸重新买了一只金手镯和两枚金戒指。

米粮问，那藏有金手镯的那只仙人骑凤呢？

爸爸将那只藏着金手镯的仙人骑凤当作肖家的陪嫁礼物送给了隗伯伯。因为爸爸和弘忍的父亲是知己书友，如今，肖家只剩下了弘忍一人，爸爸就自作主张成了弘忍的家长，将那只仙人骑凤交给了隗伯伯，拜托隗伯伯费心照顾好弘忍。隗伯伯拍着胸脯爽快应承下来。谁知过门后的弘忍竟然遭到隗怀仁的虐待，这令隗伯伯捶胸顿足，大骂自己是上辈子造孽，这个不肖的怀仁逆子给隗家丢了大脸，自己对不起家栋好兄弟……隗伯伯临走时只会一遍一遍念叨，我这一去只能下地狱啦……天老爷啊，我造孽我领罪，我领罪……

隗伯伯是那天后半夜走的，爸爸竟在那一时刻感知到挚友殁了。他立即唤起我和老伴儿希希，将这件事的真相交代给了我俩，并要求我俩向爸爸保证今后一定要像兄嫂一样保护好弘忍。我和希希跪在父亲面前指天发了誓。

故事讲完了。钟女士家的客厅静静的，在座的人没有不落泪的。

过了好一阵，钟女士站起身，说，米粮啊，感人的传奇故事听完了，你也该把米家的宝物请回去吧。钟女士将那只仙人骑凤递给了米粮。

米粮双手接过来那只绕了大半个地球的神奇的仙人骑凤，深深地向钟女士鞠了一躬，说，钟阿姨，你们这代人的故事，值得我们这代人永远镌刻在心，我们也一定要像你们那样做一个大写的顶天立地的人！

釉亮带头鼓掌，大声说，这就是中华民族的基因传承！和琉璃一样晶莹闪亮的宝贵传承！

飞机在鸽城一落地，釉亮坐上出租车直接到了工地，看到九龙壁已经基本完工。智君过来向釉亮汇报了琉璃科普讲座的计划安排在后天。华侨协会那边将会务都安排妥当了。

釉亮听了很满意，说，林老先生是怎样安排合龙仪式的？

孝存说，也是安排在后天。是后天上午九点整。林老先生的义举轰动了鸽城市长，听说市长、市议长都要出席合龙仪式呢！讲座是安排在后天下午两点，不冲突。据说报名听讲座的人数爆满呢！

智君也是信心满满，她掏出手机，神情凝重地说，釉亮叔，您不在时，这里发生了一件您意想不到的事。

什么事？釉亮问。

智君答道，前天，钱富水突然出现在我的面前！

釉亮大吃一惊，问，真是他？

真的。我在工地上正忙着，突然听到有人跟我打招呼，我抬头一看，竟然是那个家伙。他倚在公路旁轿车的门边向我招手，我当时迟疑了一下，喊道，你等等我，我向师傅请个假。我跑到孝存师傅身边，让师傅的身子挡着我，掏出手机，快速调到录音键，再将手机装进上衣口袋，向钱富水招招手，还故意拿起师傅的水杯，喝了几口水，这才不紧不慢地走过去。钱富水隔着那条高速路隔离板，倚靠在二手凯迪拉克轿车门边，很高兴，也挺吃惊，问，真是你啊！我还怕认错人呢。

智君认真严肃地对厂长说，釉亮叔，我觉得这不是件小事，我有责任向您汇报。

釉亮说，你做得对。我现在就听。

智君将手机调到需要厂长听的那段录音，交给他，说，您先听着。我们先忙去了。您听完，我还有话说呢。说完智君和孝存师傅各自忙着收尾工作去了。

釉亮按下收听键，里面传来钱富水和智君两个人清晰的对话声：

钱富水的声音：真是你啊！我还怕认错人呢。

智君的声音：你怎么跑到美洲来了？你这一失踪，可把大家忙坏了，还以为你怎么了呢！

钱富水大大咧咧，我，真没事！你这么惦记我，我真是很感动！

智君岔开话题，说说吧，该不是齐闵王骑着金凤凰捎带着你横渡太平洋，来到美洲的吧？

钱富水承认，也差不多吧。一个朋友告诉我一个好机会，我就办了个赴美旅游签证过来了。

智君装作不信道，嘿！给你一把柳条，你还真编筐诳我呀！

钱富水一脸认真道，真没有！骗谁也不能骗你呀！你在我心中的地位，谁能比？

智君生气道，别说没用的！先期办手续的人民币，那要好十几万呢，你有吗？

钱富水自信道，天上飘着五个字，那都不是事！你忘了？我有个当招商局局长的臧哥哥呀！你不信？得，得，我反正来美洲了，就跟你说实话吧。钱富水学着说书人的派头，话说有一天，啊，我用偷配的钥匙偷偷开了臧局长的家门，进了他的卧室，见到了一个保险柜，我瞎鼓捣了一阵，打不开呀，只好另寻求门路。天助我也，我在他的大衣柜里摸到了一个暗门，我进去后，打开我的打火机，突然，眼前冒出个怪物，面目狰狞，没把我吓死。再细端详，原来是个翠绿色琉璃貔貅独角兽，这还是我从厂子里偷出来送给他的呢。当我重新打开打火机，这才发现了宝藏，一个用白布罩起来的单人床的床板下，全是一捆一捆的百元大钞呀！这就不用我往下说了吧？我搬了两趟，就算是拔了招商局局长身上的一根毫毛吧。你说这家伙还是两条腿的人吗？整天装得熊模狗样地教导我。不过，他还是帮了我的大忙呀！对我来说，算是"踏破铁鞋无觅处，得来全不费功夫"嘛！再后来什么办签证、买机票，全不在话下！我还办了三张信用卡。招商局局长真不错，对得起我这个弟弟吧？

智君故作羡慕，你本事不小呀。

智君，你总算是对我有了新认识。今天，咱俩该说是天赐良缘吧？这么多年，你也知道我对你是一片真心，觍着脸紧追不舍呀。你漂亮，你能干。我呢？现在你看到了，也不差吧？怎么样，趁此机会你也别回去了，咱俩在这儿怎么都能干出一番大事业来！你，表个态吧？

录音键二十秒内只能听见高速路上往来车辆的喧闹，听不到智君的表态，这令釉亮有些着急……终于听到了智君清理嗓音声。这是琉璃人大多都有的慢性咽炎的特有症状表现。

钱富水，生命的存在是需要支撑点的，你懂吗？

那你整天围着黑泥巴转，鬼迷心窍地心甘情愿，能让我看看你衬衫内的那两个支撑点吗？

听到此处釉亮愤怒地哼了一声，骂道，流氓！这里应该反击他！他听不见智君的声音，也看不到她的表情，但他确信智君一定不会饶了他。她来了！釉亮又听到了智君清理嗓子的声音，智君说，钱富水，我给你讲个故事吧。前天我就在这儿监理时，一名外国记者走过来，他用流利的汉语说，能问您个问题吗？我说可以。他问，你们中国人为什么要塑造九条龙呢？一条还不够吗？九条不害怕吗？我说，为什么要害怕龙？龙是中华民族的图腾，它有除妖降魔的伟大力量，是中华儿女的祖先，是中华民族的保护神。中国人五千年的发展历史，就是体现了我们与龙的血缘关系，存在于我们基因中的那种勤劳勇敢、善良坚强、团结一心、永不屈服的民族精神。这就是你的问题标准答案：我们热爱中华民族的图腾，一条龙不少，九条龙不多！我一口气说完，那个外国记者呵呵大笑，十分感慨地说，啊！年轻的女士，你很会讲话。我接触过很多的中国女性，当然也包括来美洲留学的那些比你还要年轻的女士们。你们给我的一个共同印象是很自信，不，应该说是自信地很好斗，请不要摇头，难道不是吗？是不是因为龙的缘故？我一听才知道这个记者来采访我的真实目的，来者不善呀！我慢条斯理地说，你用词不当，是因为你对汉语言文学的修养不够所致。我们不是好斗，是我们中国人渗透进骨髓里的自信。他插进话来说，你能说说为什么吗？我叹了口气问，你能告诉我，你是哪国记者吗？他说就是这儿的。我说，你该从我们两国历史中寻找答案，只有两百多年的历史，怎么能和有五千年历史的龙之国相比呢？面对如此深厚的文化底蕴，他的子民能不自信吗？要说到好斗嘛，你只要从互联网上查查就会知道你的国家才是非常好斗的。请问，你愿意为那些靠侵略别国、掠夺他人财产发家的政治家们充当炮灰吗？我知道这儿的人民是爱好和平的！那个记者忙说，对不起，我还有别的事，再见了。请等一等，我见他要走，赶忙说，后天，我师傅和我将在这里的华侨协会，举办琉璃制品的艺术魅力讲座。我为此准备了两年，十分欢迎你莅临指导。

到这儿釉亮以为录音结束了，智君正好赶过来提醒厂长，釉亮叔，请等等，后面还有一段。这是下面的录音：

智君，你给我讲这些故事什么意思嘛？我想不清楚的是，你到底跟不跟我走？你记住，我要想办成的事任何人都别想阻拦！

钱富水，我没讲清楚吗？我们不是一条道上的人，你好自为之吧，享受你的福报。我不会跟你走的！

等着瞧！智君，你一定是我的！录音里听到"嘭"的一声，很响很沉重的关车门声音。接下来是发动汽车、强行驱动发动机而引起车轮和路面摩擦的刺耳啸叫声。想必是钱富水恼羞成怒到了极点。

釉亮叔，那个家伙偷钱的事，还有招商局局长的事，是不是都该向纪委汇报？

肯定要汇报。

马上就要回国了，能给我点时间给家人和朋友们买些礼品吗？

可以，讲座结束后，放假一天。

按照历史记载的规矩，像九龙壁这样的皇家重要工程——正脊完成之前，要将正中的那块脊瓦位置暂时留下来，一定要举行隆重的"合龙"仪式，在众多来宾中，请一众德高望重之宾或是重要官员、权威人士，将一个特制锦盒捧送至脊洞中安放妥当，再盖上最后一块脊瓦。至此刻，鼓乐齐鸣，彩旗飞舞昭示九龙壁顺利完工，"合龙"仪式结束。

九龙壁合龙仪式圆满结束。鸽城华埠九龙壁建造已经顺利完工。下午两点半，由鸽城华侨协会主办的"关于琉璃与琉璃艺术魅力讲座"在协会礼堂举行。这是一座能容纳两百多人的多功能礼堂。舞台左侧摆放着一张长桌，这是主讲人孝存师傅、助手智君的位置。智君面前摆放着一台电脑，她负责操纵电脑，为的是配合孝存师傅将讲座内容放映到舞台后面大银幕上，这样，讲座内容和实物、实景得到精准融合，以达到最佳观赏效果。

时间到，看到台下座无虚席，走上来的主持人兴奋地介绍道，热烈欢迎各位前来参加本次"关于琉璃与琉璃艺术魅力"讲座。大幕上展现的是中国琉璃老窑厂。这是一座具有七百多年历史的皇家唯一一座御用官窑厂。李孝存先生是这座御用官窑厂中著名的琉璃吻作大师。他带领团队设计创作的琉璃作品连续参加十几年中国广州出口商品交易会，远销世界各地，誉满全球。这次的鸽城华埠九龙壁则是李孝存大师团队集体创作的成果。下面请李孝存大师开讲！

孝存师傅拿着话筒，在掌声中沉稳地走上台前，向大家深深地鞠了一躬开始了演讲：

我想在座的诸位一定有很多朋友参加了上午结束的九龙壁合龙仪式。据我所知，不少朋友是心存一个疑问的，我们的鸽城市长先生为什么双手捧着一个锦盒，放在了脊洞里？这就叫做"合龙"吗？为什么？那个锦盒里放了什么宝贝？

这些问题都由我来回答。这就叫合龙。按照中国古老的紫禁城皇家的规矩，重要的皇家建筑在即将完成的时刻，正脊中间那块脊瓦是不能着急安装的，需要请一位重要人物将一个锦盒安放在脊洞里，再安装好最后那块脊瓦，即，合龙仪式圆满完成。

随着孝存师傅的讲话，大幕上放映着上午合龙现场的视频剪辑。

孝存师傅继续讲，锦盒里放着什么宝贝呢？让我来告诉诸位：一是五金，就是金银铜铁锡五种金属；二是五色缎，五块各种颜色的绸缎；三是五绺颜色的线；四是五香，红绛香、黄芸香、紫沉香、黑乳香和白檀香；五是五谷，稻、黍（也就是大黄米）、稷（也就是小米）、麦、菽（也就是豆子）五种谷物；六是中药，生地黄、木香、诃子、人参、茯苓；当然还有，七是五色宝石；八是五种经卷；九还有钱币，等等。这算是皇家的最高规格，一共有九种，每种又是五种不同颜色或是不同种类的宝物，表现出九五至尊的至高权威嘛。放这些有什么用途呢？那个古老年代自然是祈福平安，避雷雨、地震等一切灾害，表达皇家建筑永远屹立不倒的美好心愿了。这次华埠的九龙壁正脊上宝匣里放置了什么宝物，我是不知道的。我只知道一点，那就是不能按九五至尊的那般豪华安排。随着孝存师傅的讲解，智君会在大屏幕上放映出准确的彩色图片，甚至还标出中文和英文名称，便于对照。这一走心的举动也引起了台下观众的学习热情，纷纷用手机、照相机，甚至还用袖珍录像机拍摄记录下来。

七十多岁的孝存老人一点都没有疲惫感，沉稳地在台上慢慢地讲解，他说，譬如，"五药"中为什么放"生地黄"这味中药呢，因为中国古老医学认为，生地黄有滋阴清热、凉血补血的功效，尤其是去除心火的功效更佳。因为古代的宫殿全部是木制建筑，最怕的就是发生火灾了，当然老百姓要管理好灯烛，避免失误造成了火灾。可是谁管得了老天爷打雷、闪电呢？可能大家不知道，中国老祖宗认为宫殿建筑、宝塔，甚至皇家陵园，都是有灵魂的生命体，一定要认真地恭敬地对待它们，还要用宝匣里的这些宝物时刻提醒这些有灵魂的建筑，它们才会认真对待，努力镇邪避灾。

好，下面我再给大家讲一讲，中国伟大的故宫皇家建筑群，首先需要明确一点：故宫是世界绝无仅有的、保存完好的、年代久远的宫殿建筑群。这是获得世界公认的。今天由于时间的关系，我只重点地讲解太和殿，为去过故宫太和殿的朋友们撩拨你们美好的回忆，也为还没去过的朋友们燃起你们到祖国来、到中国来逛逛故宫的热情。故宫欢迎您！

舞台大屏幕上出现了故宫太和殿的宏伟形象。随着太和殿由远及近，由仰视再到俯瞰，孝存师傅的讲解与流动画面配合得天衣无缝，就像是用你自己的双眼，坐在飞机上变换着不同视角在欣赏故宫。

他说，太和殿是故宫建筑群中的核心建筑，很多人认为这里是皇帝平时用来上朝接待官员和外国使臣的。其实不是这样的。这里是明清两朝24个皇帝用来举行各种典礼的场所，如皇帝登基即位、大婚、册封皇后、命将帅迎敌出征等重要的仪式、庆典所用，再有在万寿节、元旦、冬至的三大节日中皇帝在此接受文武百官朝贺。这样算下来，实际应用的次数并不多。

随着镜头慢慢地瞄准大殿顶部正脊的西端再到东端时，孝存师傅的问题也来了：我有个问题要问大家，朋友们有谁注意过，太和殿上正脊两端的这两个大块头神兽叫什么？台下一片安静。那我告诉大家，它叫吻兽，也称鸱吻。那么，请大家猜一猜，这两个庞然大物有多重呢？这个互动环节使得台下顿时热闹起来，大家踊跃报来一片数字，一百斤？三百斤？八百斤！不不不！这个平时少言寡语、很反感抛头露面、即使说话也很容易把对方撅倒的老人，此刻慈祥地笑着，又是摇头又是连连摆手，活像个老顽童。他说道，还是我来告诉大家答案吧：这两个鸱吻呀，每个高三米四，有两个我这样的身高，重达3650公斤，就是说3.65吨呀！

台下立即一片惊呼声。孝存像小孩子一样，朝台前蹦了两下，也叫道，真是令人惊讶，真是不可思议呀！它是怎么运上去的呢？当然不能整体把它吊装上去的。那个古老年代，我们老祖宗也是很智慧的嘛！大家从屏幕上的这张放大照片，可以看出有拼接的痕迹。对，是由十三块拼接而成的，所以也有叫鸱吻为"十三拼"的。你看它俩一位坐东朝西，另一位坐西朝东，拼命张开大口，像是在比赛看谁能立即把正脊吞进肚子里似的，所以也有叫它"吞脊兽"的。唉！孝存重重地叹了口气，说，其实大家错怪它了。为什么？我先在这里卖个关子，待会儿我再给它平反吧。

镜头开始摇到了太和殿斜脊上来，我们快来看看，斜脊上有十只勇猛可爱可敬的祥瑞神兽。我建议，当我们参观故宫时，请大家务必随身携带一只望远镜，你会看得很清楚。随着孝存师傅的讲解，智君的镜头便慢慢摇到了斜脊上的最前端。

好，我们先看看最前端的这个骑着金凤凰的仙人吧，它叫仙人骑凤，请记住它。此刻，我们暂且按下不表。从他身后的这只"龙"说起吧。

"龙"是君主之象，天子化身。随着孝存的讲解，银幕上出现了龙的特写镜头，也有龙的卧姿、腾飞的雄姿、盘旋霸气的动画，并将中英文标注在一旁。孝存继续说道，龙是排在祥瑞神兽之首，不仅仅是因为他的尊贵之身，更因为古代绝大多数的开国皇帝都是身先士卒，勇往直前的，唯此，才可能创下千年基业的。即使掌权了，更要掌管全局，心怀百姓，承担天赋之责的；

紧随天子之后的是帝后化身的"凤"，母仪天下，才能换来太平盛世；

第三个神兽是"狮吼"，是护国镇邪的最勇猛的神兽，用今天的话讲就是陆军总司令；

第四个神兽的名字是"天马"。天马行空、无往不胜。他是空战之神，就是我们常说的空军总司令；

第五个叫"海马"，对，是海军总司令；

第六个叫"狻猊"，别笑，他可不是蒜泥。他是大力神，如同希腊神话里的大力神海格力斯（也叫"赫拉克勒斯"）；

第七个叫"狎鱼"，是雨神，有呼风唤雨、灭火防灾之功。

第八个是"獬豸"，中国法院的门前左右两边的神兽就是它。因为它是公正之神，有分辨是非曲直之神功。这可是我们现今社会最为珍贵的品格；

第九个"斗牛"，是镇宅之神，它承担保护太和殿为代表的所有宫殿安全的责任；

第十个是行什，长得像猴子但它有一双翅膀，有人说他是雷神。其实大家要注意他手中所持的是一柄玉皇大帝所赐予的金刚宝杵。这是唯一身带神器的第一神，也就是说，他有至高的督察之职，也可称之为朝中的总督察使，督导各神以及各地大小官员，各就其位、各司其职，违者必究之责。

最后，我们再回来谈谈前面讲过的正脊两端的那两只鸱吻。

鸱吻，它是龙王的第九子，长相大嘴不很帅气，还有个习惯，好站在高高的险要之处东张西望，只要见到明火燃烧，便扑上前去将火一口吞进肚中。因为过去的建筑大多是木材、茅草为原料，一旦燃烧起来，又没有更好的办法得以扑灭，自然希望有一个吸海浪以降雨灭火，或是能直接吞火的祥瑞神兽，这便也成就了鸱吻的这个习惯。但它得意忘形之时，也会像个孩子，淘气起来不管不顾地乱吞一气。好啦，我讲完啦。

台下立即爆发出热烈地掌声！

孝存师傅笑着招呼智君一起来到台前，向大家深深地鞠了一躬，说道，谢谢大家来听我们的讲座。如果大家对琉璃还有什么问题，欢迎提出来。我们再寻找机会，或是再想其他的办法给大家解答。

主持人也上到台前，对大家的热情参加表示感谢……

孝存回到宾馆直接来到了智君的房间，见她在房间里来回踱步，依然兴奋不已，心疼地说，辛苦啦！快坐下歇歇吧，看把你兴奋的！

智君两颊绯红，羞赧地坐在师傅对面，我不累。看着台下观众的反应那么热烈多给咱们长志气呀！

釉亮厂长进来了，他轻轻拍拍智君的肩膀，说，刚才华侨协会的几位朋友说，讲座很有水平。还说那个动画视频编辑得也不错，AI 技术运用得很熟练。可见你是下了一番功夫的。好了，孝存叔，我们走吧，让智君好好睡一觉，这几天，她怕是真的累啦。

智君真是累了。她听从釉亮厂长的警示，关好房门，没脱衣服，只是把被子拉下来刚搭在自己身上，瞌睡就不请自来了。忽然，她惊醒了，听到有人在偷偷拨弄她的房门锁链子，她小心地起来，大声问，谁？门外说，我呀，钱富水。还不开门请我进去？

智君拿起房间电话立即拨打孝存师傅的房间号，里面传来师傅的问话，智君吗？智君小声回答，是我，您注意听！她放下了电话，但没挂断，放在了床头柜旁。因为钱富水已经进来了，她自己用身子半挡住电话，后面还跟着一个不认识的年轻人，也是个中国人。他一进门就急着上厕所。

听说你们后天就回国了？你到底想好了没有？听我的话，抓住这个大好时机，留下来吧。就算是我求你啦！你不能离开我！为什么？因为我离不开你呀！

智君怒斥，我不会为你留下来！你别过来！我警告你，再过来，我就报警！

但是丧心病狂的钱富水已经什么也听不进去了，他扑过来抱住智君狂吻起来，嘴里胡乱地不知说着什么……

突然，一只啤酒瓶狠狠地砸在了钱富水的脑袋上，他立时瘫倒在地。此刻，智君却是一副睁大了双眼的惊恐表情，下意识地用手捂着张大的嘴巴，似乎是怕自己喊出声来，表情如同被什么东西扼住喉咙而无法呼吸般的窒息。她看到了从厕所出来的那个年轻人，手中握着一把枪，狠狠地抵在了孝存师傅的后脑，就在这千钧一发之际，那个年轻人被从后面突然挥过来的拳头狠狠地击中后脑，一声不响地瘫倒在地。然而，就在年轻人倒下的一瞬间，他手中的枪也响了，孝存师傅不由自主微弱地"啊"了一声，被打倒在床上，年轻人也无法选择地把自己的头部撞向桌角，松开的手指也顾不上那支枪的重要，将它摔在了地毯上。智君见来人是釉亮厂长，她迅速扑过来，用自己的真丝围巾将已经昏厥过去的年轻人双手反剪后背，捆了个结结实实。然后用房间电话，向旅馆前台报了警，并要求前台立即呼叫救护车。釉亮立即扯了三张面巾纸，用纸巾垫着手小心地把枪捡起来，找到一张当地华文报纸谨慎地包好手枪，立即又转身查看孝存师傅的伤情，万幸的是子弹打在了肩胛骨，不致命，只是血流不止。

宾馆的保安和服务员训练有素地报了警、呼叫了救护车。当保安赶到了出事房间时，迎上来的智君用熟练的英语，讲述事件经过的同时，指认了持枪伤人的犯罪嫌疑人和刚从昏迷中醒来的钱富水。釉亮也在第一时间将纸包交给了保安。保安控制住了两个犯罪嫌疑人。两位服务员合力帮助孝存师傅脱下上衣，用三角急救巾包扎伤口，此时已经听到了急救车、警车的警笛声越来越近，车上闪烁的灯光也冲进了窗户证明了这一点。终于，一切进入安全掌控的井然有序状态。

医院急诊手术室外，智君和釉亮在走廊的长椅上焦急地等待着手术结果。

釉亮劝智君，别哭了。孝存师傅不会有事的。

智君羞赧地看看釉亮厂长，说，在宾馆时，紧张地顾不上哭，现在却忍不住想哭，想大声哭出来，心里才舒服些……都怪我不好，总是给您二位找事。要不是您那拳出手及时，我可没脸活在世上了……

釉亮故作嗔怪道，你可别英勇就义。没你那几句英语，进来的保安、警察，还以为我是犯罪嫌疑人呢！枪还在我手里呀！

智君会心地笑了。

釉亮又问，是不是快和我们拜拜啦？

智君忽然一本正经道，您这是在撵我滚吗？我可舍不得离开你们！我热爱琉璃。我不走！我要傍着这团老窑火，我要握住这团黑泥。只有这样，我才会有多彩的人生，我的灵魂才会有温馨的附体。现在，我只是学了些琉璃的皮毛，比起我特别崇拜的家栋爷爷，还有您，还有义父孝存师傅，我才知道人生苦短，快步向前，不然一件事都做不出个眉目，可怎么得了呀！

有你这句话，我就放心啦！还不知道有没有机会送你去美院进修……哎，什么时候认的干爹？

智君有些羞赧地说，嘿嘿……我想认，孝存师傅不让啊！

二人正聊得火热，手术室的门开了，出来的医生对智君说，手术很成功，放心吧。智君一个劲儿地道谢，并急切地问，什么时候能出院？

医生挥挥手，说，很快，一周吧，说完就进了手术室。智君跑着跟上护士的步伐。她问护士，我能陪床护理吗？护士摇摇头。

第二天，智君和釉亮被请到警局，做了笔录。因为是来这里出差的中国人，警局还特意请了一位会说中文的女警员做翻译和记录。警局问到她是不是钱富水的未婚妻时，智君做了明确否认，并指出他在骚扰自己时，师傅迫不得已才出手相救的，这是在进行犯罪制止，不能说是我师傅先动手打人的。警察笑笑没再说什么。

一周后，智君陪同孝存师傅一起乘坐国航班机飞回了祖国。

又过了三天，米釉亮、隗珈和米粮陪同病情稳定了的隗怀仁乘坐波音 747 从渥太华国际机场起飞。釉亮坐在角落的座位上校对文稿，必须尽快交栗教授审阅付梓，否则，挨栗教授训斥事小，耽误了渥太华甘露寺的换瓦大事是绝不可以的。

隗珈过来了，釉亮叔叔，这稿校对完离出书就不远了吧？

米釉亮抬头看看隗珈，隗珈连忙解释，我爸睡着了，您歇会儿，我来吧。米釉亮不语仍低头继续自己的工作。

釉亮叔叔，隗珈知道自己现在的角色很微妙，于是加倍赔着小心说，刚才我爸爸对您那态度，很不对……您别和他计较……

米釉亮只是摇摇头，他想说，我没有时间和他计较。而隗珈却噘着小嘴儿嘟囔，他毕竟是我的父亲嘛。她执拗地小心翼翼地向米釉亮解释道，他毕竟是病人嘛！他的思维还停留在喝醉的那天呢，根本不知道以后的事情……

米釉亮抬起头，看看隗珈，缓缓地说，昨天晚上你妈妈给我来电话……米釉亮低下头没再往下讲，咽回去了半句话，隗珈开始还能安静地等待，过了一会她绷着脸吓傻了，只见米釉亮眼泪噼里啪啦地砸在了他那破旧的笔记本上。她赶紧递过去一包纸巾，又慌忙打手势招呼米粮过来。米粮过来也愣了，他也是头一次看见父亲流泪，不知道该说什么，该做什么，只能悄悄地坐在父亲旁边。

过了好一阵子，米釉亮似乎平静多了，他喃喃似自语道，你妈妈电话里说刘厂长去政府开环保会议，为了北京的蓝天，咱们厂的窑火被强制灭掉了，也就是说老窑厂进入了关停程序……

谁干的？为什么？上报集团领导了吗？到点就灭火呀？隗珈很气愤，钟女士的甘露寺还等着咱们的琉璃瓦呢！

米釉亮伤心地沿着自己的思路说，年初……我和中科院地理和资源研究所的专家们在咱们的页腊石采矿点查看环境修复情况，也转了方圆十里的村子检测了环境污染情况，最后由我执笔提交了三万多字的调查报告，对升级改造琉璃瓦厂，拯救发扬琉璃文化提出了我们的观点和方案……半年前，我……还专门找到栗教授请他组织国务院有关参事来咱们厂视察，我……帮助他们写了《琉璃烧造技艺不能失传的几点意见》。我不是出风头，更不是和环保部门对着干呀！我是不明白，国家级非物质文化遗产不是要传承吗？窑火灭了，厂子散了，只剩下个没有生命的空壳子啦，还传承什么？你们说！

两个年轻人都被眼前的老人所感动，他俩佩服米釉亮对琉璃深沉的爱、对琉璃文化执着坚定的自信，他们也因此深深地爱着这个鼻涕眼泪抹了一脸的花甲老人。只是他们不敢吭声，也不敢陪着哭，那样老人会更难过。

沉寂良久，米釉亮冷不丁又冒出一句，我米釉亮，不能做琉璃瓦厂的末代昏君，不能做琉璃行里的罪人啊！谈话默然中断了半晌儿，釉亮才又续上了下一句，老祖宗的窑火不能就这么灭喽！拼老命也要把大道理和小道理讲得老百姓和政府都听到，让他们都信服！你俩信不信？我一定能做到！不信？打赌！

爸爸，我听隗珋说您的第二部书稿的大纲栗教授很满意，您……

嘻，你这时候还提什么写书嘛！米釉亮对儿子这句话很不满意。

隗珋看了看米粮，又转过脸面平静地向米釉亮说，釉亮叔叔，这趟客机是穿过加拿大向北极飞，进了北极圈再折返向南，跨越俄罗斯西伯利亚的广袤荒漠，最终回到北京的。您说，这条航路是不是很像我们中国人的生活轨迹，历经了波折劫难，度过了酷寒荒原，终于迎着阳光、重新找到了幸福温暖的复兴路。釉亮叔，我和您永远站在一边，咱爷俩和时代打个赌，为了咱们的国家更温暖更幸福，该我们做的事一定要努力做好，一定能做得更好……隗珋说完伸出右手先抓住米粮的右手用力将它拽过来，再抓住釉亮叔叔的手，一家人的手紧紧地握在了一起……

从加拿大温哥华回来，釉亮顾不上倒时差，就去找总公司的老总，老总听了釉亮的想法后说道，首先需要明确的是，老窑厂的关停是首都的全局性决定。但这并不能代表老窑厂窑火就此灭了，这方面集团也是有充分考虑的。

釉亮忍不住插嘴道，我怎么听说，老窑场腾出的地方要改建成高级别墅？

那是谣传！集团老总字字铿锵，不说别的，就那四座窑炉也都够得上国家文物级别了，必须加强保护措施！另外还要建设一批宣传展示琉璃悠久文化的设施。琉璃烧造技艺毕竟是国家级非物质文化遗产嘛！哎，听说你收藏了很多琉璃建筑构件，还有琉璃艺术品嘛！这很好嘛，捐献出来搞一个琉璃博物展览嘛！

釉亮未置可否，反问道，我们要是对老窑场进行彻底改造，达到绿色环保要求，您看这不是更有利于保护七百年国家级非物质文化遗产吗？

老总笑笑，你提的这个建议我们也在调研之中。既然琉璃老窑厂是国家级非物质文化遗产，就要注入绿色环保理念去发展。这些都是有考虑的。你们尽快把渥太华甘露寺工作做好。隗怀仁的事近期就要有处理结果了。哎，我听说还有一桩冒充老窑厂产品的案件？

是的，我们已经成立了专门班子处理这些事，也将情况都及时向上级纪检部门作了汇报。

好。老总点头称赞，哎，你们那个辰亮也掺和进招商局局长的案件了？

见釉亮点头，老总叮嘱，有什么情况你要和总公司监察委保持联系。

釉亮回家和爸爸家栋讲了自己从总公司领导那里了解到的情况。

家栋只是淡淡地说，这些我都听说了。

老爸，成老师的甘露寺用瓦我已经电话里就交代了刘副厂长了，一下飞机他就告诉我材料都准备齐整了立即发货。临出国之前，我也向总公司领导请示过关于这件事的安排了。放心吧。

釉亮，爸爸真的老了？说好不再管老窑厂的事了，可心里头怎么就过不去这个坎儿呢？不是说要保护传承琉璃文化吗？可怎样保护才算是传承、发展呢？当然不是只做成木乃伊嘛……

釉亮啊，几十年前，我曾面对建国十周年北京十大献礼建筑工程的巨大困难向党承诺，再大的困难也要保证完成任务，别人都说我胆子太大，都说我逞能，可我不管三七二十一，闷下头一门心思往前走，为什么？因为后面有区政府、市政府的全力支持呀！要人有人、要物有物，老窑厂一夜之间就从原始人工操作变成了比较现代化的企业了！这哪里是我自以为是瞎吹牛啊，是我们赶上了好时代，是老窑厂赶上了乘坐大船乘风破浪向前冲的好机会！现在要保护首都的蓝天，是大好事！这对老窑厂来说也是个大好的机遇呀！在新的科学观念下努力建设老窑厂的新生，不仅是保护好中国琉璃事业，更是要把它发扬光大传承好啊！它毕竟是世界上最独特的建筑材料，是值得我们发扬光大的中国特色！我听说，琉璃老窑厂窑火熄灭了，害得故宫博物院到处找烧制高等级琉璃的窑厂呢……我心里头……一阵阵发闷、堵得慌、喘不过气来……心里头疼啊，真疼啊……

家栋啊！孝存进屋来了，耐心地劝解道，老哥心思太重了！这么大的事您是做不了主的呀！要相信你的家国情怀和国家、市政府的整体规划是在同一辆高速列车里的。

家栋嗔怪道，你回来不在家好好倒时差，到我家干什么？给我上思想教育课吗？

老哥哥高抬我啦。我是来还房钱的。几十年啦，今天，又到了当年咱哥俩搬新家的日子啦。

家栋一甩头，不满地说，你倒不嫌麻烦，我还要说一百遍吗？我不要！

孝存啪的一声将一个鼓溜溜的信封，拍在了八仙桌上，那你要什么？要金条？我也没有啊。

哎，你看看，家栋指了指堂屋西面墙上的中国神话琉璃雕像画，你能不断地创作出这些优秀的琉璃艺术品给社会就行。你看看，后羿射日、夸父追日、愚公移山、精卫填海、女娲补天……这些是咱们中国古老的最精彩的神话故事。中国的老祖宗始终都有一颗责任感，悲悯心，人们被酷暑折磨，后羿就挺身而出，射下多余的日头，留下一个温暖人间；天漏了，天雨、火石倾泻而下，人们生活在水深火热之中，女娲见状，奋勇站出来，炼五彩晶石弥补天漏之洞，救苍生于水火……几千年来，中华儿女就是在这些神话传说的教化感召下，注入基因中敢担当、为大家、争做为、舍自我的民族精神。

孝存激动地说，照你这么一说，我们这帮老朽的琉璃匠人还是能做些贡献的？

家栋思考了一会儿说，前些年辰亮曾经告诉秀花琉璃被历史淘汰了，老窑火一灭，就再也烧不起来了。琉璃真的完蛋了吗？他的鬼话我从来不会相信！这就像人们对金属的认识一样，从青铜器的产生应用，再到发现了铁金属的应用，不论是制造生产的工具，还是生活的器皿，甚至是猎取食物的武器，保卫自己、家族、氏族部落的武器，都是在不断地发展，发现新的合金，新的金属，是人们视野更加开阔的证明，是人类自己也变得更加聪明的证明，世界也变得更加美丽更加多姿多彩。难道琉璃就不能变得更加光彩夺目，更加结实耐用，甚至发现崭新的一片天地吗？我们要传承琉璃传统文化，但又不能困囿于传统而扼杀了人类自己的智慧。

孝存走到家栋的面前，笑着拍拍家栋的肩膀，老哥哥，我老早就发现你是个不安分的人，总是能突发奇想。我喜欢！当然我有时候也很害怕你呢！不过，你这一番话，不管说得对不对，只是把我的心气鼓动起来了，觉得自己还是很年轻嘛，还不到退休年纪啊！我想，至少我，不，是我们，至少要努力挖掘琉璃传统文化的同时，再找到琉璃文化发展的新天地。你说怎么样？

爸爸，您放心，我回国后已经及时将钱富水和隗怀仁的事向上级纪委作了汇报。还有赵总的事，也向法院递交了立案申请。

家栋追问，隗珋那儿什么态度？

她表现不错。隗怀仁收受的那二十万，就是她发现的。在加拿大时，甘肃那个赵总也如实做了交代，这些都有相关的证明材料，都有加拿大方面的律师出示的材料采集认证法律手续。

隗怀仁干的这件事他现在清楚了吗？

厂党支部成员一起找他谈了这件事。他认识到了自己的错误，也在自己的谈话记录上按了手印，这都有他同意的录音记录，表示接受党组织对他的处理。

家栋说，他是个聪明人，只是时常聪明过了头。

家栋的手机响了，是米粮打来的。釉亮看看爸爸无动于衷的样子，打开了免提。

是爷爷吗？米粮话音显得很兴奋，爷爷，有个特大的好消息！您等着，我立即发给您几张照片，您就明白了。

几张照片很快发了过来，放大后才看清楚这几张照片是剪报。米粮介绍说，这是当地的中文报纸和英文报纸关于中国琉璃艺术品拍卖的报道。这些琉璃制品是二十世纪六十年代初，老窑厂参加广交会售卖给外国人的琉璃艺术品，如今已是他们争先收藏的紧俏货。米粮激动地说，我要将隗珋接过来，我俩正在筹划着在这儿成立一个中国非物质文化遗产发展公司呢，迁珠儿阿姨说，成老师已经答应作为公司的最大股东了。我们希望爸爸能在国内成立一个生产基地。我们准备先从琉璃艺术品做起，再逐步将中国的"非物质文化遗产"项目一项项介绍给全世界。您说怎么样？

　　釉亮和家栋短暂相视没说什么，他们感觉这个消息来得太突然，但是，却很令人振奋、使人震惊，是近期获得的极为难得令人感到欣慰的好消息！他们也知道这还只是一个想法，操作会很艰难，但内核却是强大的、有生命力的理想种子。他们一定要为孩子们的稚嫩起步，竭尽全力努力帮助，因为这里面有老窑厂窑火不灭的魂魄！
　　这魂魄是永远不能丢掉的。

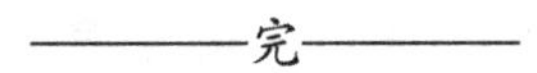

————完————